逃亡者

中 村 文 則

幻冬舎文庫

逃亡者

犬が吠えている。

この古びたアパートの前の痩せた木に、いつも繋がれた犬。だがその犬の苦しげな鳴き声が、不意に止《や》んだ。

犬に何かしたのか、と僕は思う。僕を見つけた誰かが、犬を暴力的に黙らせたのかもしれないと。やがてこのアパートの軋《きし》む木の階段を、明確に上がる音がした。鼓動が速くなっていく。どうすればいいかわからないまま、近づいてくる音に耳を澄ますことしかできなかった。

背後の窓を無意識に見る自分に気づく。でもここは三階で出ることはできない。僕の居場所が、やはり知られたのかもしれない。足音はさらに近づき、僕の部屋の前で止まった。意識して息を深く吸う。物音を立ててはならない、と思う。ドアには鍵がかかっている。椅子の上で、身体《からだ》の動きを止めた。

静寂の中、自分が部屋のベッドや、棚や椅子になったように感じていた。もう世界から必要とされない、忘れられた家具の一つに。昔そんな物語を思いついたことがあった。外国のどこかのホテルに孤独な男達が宿泊し、それぞれ家具になってしまう物語。ラストはホテルのオーナーが、ため息を吐き廃品回収の業者を呼ぶような。

ドアを見つめていたが、突然硬い音がする。外から鍵が外れ、開いていく。

驚きで声を上げそうになるが、僕を見つけ、この部屋に来るような人間は、こんな古い鍵などすぐ開けるともどこかで思っていた。

背の高い男が入ってくる。暗くてよく見えないが、知らない男。肌が白く、髪が灰色がかった金色に見える。男は僕に気づき、唇の片側を歪《ゆが》めた。笑みなのかもしれない。男の動きが止まり、古い床板が乾いた音を立てた。

「留守かと思ったんだが、やはりいたか」

男が英語で言う。どこの国の人間だろう。四十代のようにも、五十代にも見える。黒い帽子に、生地のいい黒いスーツを着ていた。柔らかなオーデコロンの匂いがする。

「ああ、なぜ私が君の部屋のドアを開けられたのか、それを不思議に思ってるのかな」

男の声は低い。

「これまで世界のあらゆることをしてきたような私が、こんなアパートのドア一つ開けられないとでも……？　いや、まあいい。君は私のことを知らない。知る必要もない。……さて」

男が僕の部屋を見渡す。

「……あれはどこにある？」

男が背後のドアを閉める。丁寧に。白い手袋をしている。

「ん？　私の格好か？」

僕の視線に応えるように、男が両腕を軽く広げる。自分の黒いスーツを、見下ろす仕草で顔を下げた。

「こういう時、こういう場面では、黒い服を着た男が来るものじゃないかね。突然やって来た得体の知れない男、君に対する何かの使者。……ふはは。私は人生を愛している。正確に言えば、人生のこういう場面場面を愛している。だからこの服装は、こういう場面に対する私の敬意だ。……まあ、愛しているというより、軽蔑していると言った方が正確かもしれないが」

男は笑みを浮かべたままだった。

「そして私はよくしゃべるから、聞かれてないことを今から答えるんだが、……んん、なぜ私が今、背後のドアをきちんと閉めたかわかるだろうか。それはね、今からここで行われることを、私が君にするとてもとても酷《ひど》いことを、外に見せないためだよ」

耳を澄ましている場合ではなかった。僕はすぐ逃げるべきだった。

なぜ僕の居場所が知られたのだろう。わからない。こんなことが、起こるはずはないのに。

いずれにしろ急過ぎる。外の乾いた空気が入ったせいか、部屋の温度が徐々に下がっていく。

「何も言わないのか？　英語ができない振りをしても無駄だよ。君がある程度、英語を理解できることは知っている」

男がこちらに歩いてくる。靴のままで。

「この時間、普段なら孤独に散歩に出かけ、憂鬱な顔でこのケルンの町をフラフラ歩き、ケルン大聖堂辺りの観光客などを眺めたりすることも知っている。陰鬱な顔で、ぼんやりとドイツ人だろうか。スイス人かもしれない。僕は大きく息を吸う。

「……あれとは？」

「やっとしゃべった」

男が歩くことで、埃《ほこり》が微かに舞い上がる。

「でもそういう演技はいらない。ついでに言えば、私は君が自分の人生に失望しているのも知ってるし、それが理由で日本人であるのに、このドイツまで来て隠れて生きていることも知っている」

男が黒い帽子を片手で取る。急に飽きた様子で。

「さて、本題に入ろうか。……名作〝ファナティシズム〟。トランペット」

男が続ける。僕に言い聞かせるように。

「第二次大戦中、日本軍のある作戦を、劇的に成功させた伝説の楽器。……日本の軍楽隊に所属した天才トランペッターが所有していた、通称〝悪魔の楽器〟だよ。……あの作戦で日本兵もかなり死んだが、それより膨大な米英軍が八つ裂きにされた。神の仕業とされた作戦を可能にした楽器。……君が持っている」

「何のことか……」

「数年前、あの楽器がフィリピン・マニラで奇跡的に発見されてから、あらゆる者達が手に入れたがっている。少し教えようか」

男が僕の正面の古いソファに座る。積もった埃を気にしていない。喉が渇いていく。

「たとえば中東の、あるテロリストグループ。彼らは、アメリカと堂々と戦争をした日本を元来好意的に見ている。そこの首謀者の片腕が、ぜひともその楽器が欲しいと言っている。……日本兵を魅惑し、奇跡的な作戦を成功させた楽器を、現代で吹き鳴らしたいと。彼らはその楽器を大袈裟にもう〝神の楽器〟と呼んでいる。神がこの地上に、アメリカの悪魔に対抗するためもたらした楽器だと。……彼らは笑顔で言ったよ。手に入るなら幾らでも出すと。

ふはは。あとは闇楽器のブローカーやマフィア、世界のもの好き達、そして日本の幾つかの保守グループ。挙げればきりがない」

男が灰色の目で僕を見続けている。

「本来、日本の軍楽隊の遺族に返還されるはずだったものが、何者かによって盗まれた。……厳格なイスラム法では、窃盗者への罰は腕の切断だ。彼らはね、神の楽器を盗んだ者は、それに値するとまで言っている。もちろん冗談で言ってるんだが、彼らは冗談のままでも本当にやるよ。この楽器の噂は瞬く間に広がり、今や闇で懸賞金までかけられている。いま持っている者は運が悪いな」

「知らないですね」

僕は首を振る。

「何のことかわからないですよ。……いいですか。あなたは鍵を壊し、人の部屋に勝手に上がり込み、一方的に意味のわからないことばかり並べたてている。いい加減にしてくださ い」

僕は言う。男の座るソファを見ながら。楽器はその下にある。

「本当は、部下にでも来させれば良かったんだが、実は君に、多少興味を持った」

男は僕の言葉を無視した。

「当然私は、君のこの楽器に関する記事を読んでいる。でも君に興味を持ったのは、そのフリージャーナリストという肩書じゃない。君のこれまでの活動でもない。君の出身地は、長崎県の浦上《うらかみ》だろう」

出身地ではない。だが僕は黙った。

「キリスト教が日本で弾圧された時、浦上には潜伏キリシタンが多くいた。君はその末裔《まつえい》。……そうだろう？　興味深い。彼らは見回りに来る政府の役人達の目を誤魔化すため、十字架などを巧妙に隠したそうじゃないか。仏像を拝んでいると見せかけ、その仏像の裏には十字が刻まれていたり。……もしかしたら、君は楽器を巧妙な場所に隠したかもしれないな。たとえば私が座っている、このソファの下とか」

「一つ教えてくれ」僕は言う。表情を変えないように意識した。声も震えていない。

「表の犬、どうした」

「気になるか。知りたいなら見てくればいい。多少血で汚れてるが」

僕は平静さを装う。だが首や背に汗の気配を感じた。男の上質なオーデコロンの匂いがまとわりついてくる。

「一瞬で生物を殺すにはコツがある。私には奇妙な趣味があって、意図的に殺した相手の一部を持ち帰ることがある。今回は……」

男がポケットに手を入れる。

「ふははは。冗談だよ」

男が手にしたのは、スティック状の何かの肉だった。市販の加工肉。

「こいつをやり、静かにさせただけだ。今頃眠ってるが死んではいない。私は人間は殺すが動物は殺さない。自我のない存在を殺してもつまらないからね」

男が顔を近づける。やはり背が高い。

「今から君に拷問をしよう。昔の潜伏キリシタン達が、政府から改宗を迫られそうされたように。さて、君は何本目の指を失った時……」

僕は引き出しを開け、銃を取り出し構えた。

「ほう」

「出ていけよ」

「本物じゃないな」

「なら……、試そうか？」

男が僕の銃を見続ける。埃が緩やかに僕と男の間を漂っていた。男が息を大きく吐く。面倒くさそうに。

「ああ。困ったな。……その銃は恐らく偽物だし、もし本物だとしても、君は私を撃つ度胸などない。……でもね、焦った君が、思わず暴発させる確率が少しだけあるんだよ」

「出ていけよ」

「ふうむ」

男がやがて立ち上がる。ゆっくりと。好きなテレビ番組を見ている最中に、宅配業者が来たような素振りで。

「今日は、私は銃を持っていない。持っていたとしても、君が暴発させた場合、消音パーツもついていないそんな銃で音を出されたらたまらない。事は穏便にやりたいのでね」

「お前は、どのグループなんだ？」

僕は思わず言う。

「さっき言っていた、楽器を馬鹿みたいに欲しがってる連中のうち、どのグループの」

「そんなことを聞いたら、君が持ってると言ってるようなもんじゃないか。ソファの下だな」

「答えろ」

「ふはは」男は背を向け、急ぐ素振りも見せず、緩慢にドアに向かっていく。

「君は知る必要はない。ここはそういう領域なんだ。たとえ誰かが死んだとしても、そいつは自分がなぜ死んだかわからない。なぜ自分がこうなり、そうなったかもわからない。ここはそういう領域で、君はそこに自ら入り込んでしまった」

後頭部をかきながら、男がドアの前で振り返った。

「まあいい。ゲームみたいに少し楽しむことにしようか。まずは顔合わせ。こういうのもなかなかいいんじゃないか？　あと私は数学が好きだから、ちょっと頭の体操を今してみたんだが、んん、一週間後、君が生きている確率は」

男が再び歩き出し、背を向けたままドアから出ていく。外の乾いた空気が再び入り、男のオーデコロンの匂いも消えていく。

「4％だ」

僕は銃を下げ、椅子に身体を預けた。肩や腕から力が抜けていく。足が震えていた。

まだ学生だった頃、どんなことにも動じない人間になろうとしたことがあった。

でも無理だ。確かに、僕は本来入る必要のなかった領域に、入ってしまっている。

第一部

〈神を前に〉

銃を見る。黒色の側面に、U.S.9mm M9-P.BERETTA 64440 PBとある。自動式。本物かわからない。川沿いの古びたこのアパートを借りる時、前の住人の家具が放置されていた。机の引き出しが二重底になっていて、そこにあった。

どんな人間が住んでいたか、わからない。大家はほとんど、この薄汚れた部屋を見ることもなかった。孤独な男だったはず、と僕は思う。何かの事情でこのような部屋に隠れ住み、銃を携帯していた男。

銃の金属の冷たさと、もっと握らせようとする、そのあまりに手に馴染む形状に、一瞬抵抗を感じ机に置いた。使われていない銃は不機嫌に見える。僕のいる領域がどういうものであるかを、この金属は体現しているようにも感じた。

ソファの下から、トランペットの入った黒いリュックを出す。中のものを意識し、ふれた指が緊張していた。銃もひとまず同じリュックにしまう。銃とこの楽器には、冷えた親和性があると思っていた。この物達の領域に、入っていくことを意識する。覚悟も何もないまま、自分の存在を預けていくということを。

ドアの鍵は奇麗に壊されている。部屋を出て、辺りを窺《うかが》う。人の気配はない。

古びた木の階段を、下りていく。アパートを出ると犬が見えた。片側の枝の折られた木に、倒れたまま繋がっていた。住人の一人が、許可なく飼っている犬。夜になると消えるから、恐らく部屋に入れている。

犬は眠っている。川沿いの道路に出、タクシーを拾った。ひとまず走ってくれと伝えると、運転手の女性はアクセルを踏んだ。

何度も後ろを振り返るが、追ってくる車は見えない。どういうつもりだろう。このままどこかに逃げても、見つけられるということだろうか。

「――」運転手がドイツ語で何か言う。

「もしかして、――なの？　私、――」

なぜか少し興奮している。僕はドイツ語がわからない。知らない単語が多過ぎる。

「あなた、――、任せて！　フジヤマ、映画、――どこ？　どこに行く？」

僕が追われてると思い、協力することに、喜んでくれているのだろうか。そう冗談を言い、楽しもうとしているのだろうか。ケルンは親切で、親しみを感じる人が多い。

「えっと、ケルン大聖堂に」

「わかった。神が助けてくれるよ！」

ようやくわかった言葉に、笑みが浮かぶ。経験上、神が人間を助けることはない。僕には、もうその資格もないのだった。

「――、フジヤマ！　――、そして、つまり、フジヤマ！」

もうフジヤマしか聞き取れない。日本人には、フジヤマと言えばいいと思ってるのかもしれない。

ケルン大聖堂が見えてくる。普段なら、歩いて一時間かかる。料金を払うと、最後に「フジヤマが助けてくれるわ」とまた言われた。

日本なら、スシやピカチュウなどもあるのに、なぜフジヤマなのだろう。行ったことがあったのかもしれない。ピカチュウなら守ってもらえるかもしれないが、富士山は当然、僕を守ってはくれない。

もしあの男が部屋に入ってきた時、僕の肩にピカチュウが乗っていたらどうだったろう。

あの男は、「さすが日本人。……まさか、肩にピカチュウが乗っているとはね」と言ったかもしれない。「本物じゃないな」とも言われたかもしれない。そうしたら僕はきっと「なら……、試そうか？」と同じように言った気がする。

何を考えているのだろう。僕は恐らく、疲れている。大聖堂前の広場に出る。

ゴシック様式の大聖堂。空にあるものが落下してきたようで、圧倒される。細部まで装飾されているのに、あまりに巨大であり、この場所が何か壮大な物語のような、現実のものでないように思えてくる。

二〇一五年の大晦日の夜、年越しを祝うイベント中、この広場で女性達を狙った集団暴行事件があった。

州当局の発表で、容疑者のほぼ全員が「外国出身者」とされている。難民や移民の問題が、また過熱した事件。反難民・反移民デモもあったが、ケルン大聖堂は明かりを消し、その排斥デモに抗議の意を示した。あらゆる世代の、あらゆる国の観光客達。肌の色はそれぞれだが、着ている服は当然のようにグローバリゼーションで大体似ている。ズボン、スカート。シャツやジャケット。声を上げ、笑い、人々がうごめいている。事件の想像はもう難しい。

場所は記憶するのか、と考えたことがある。その場所で行われた全てを、場所は記憶するものかどうかと。絵葉書にもなっている、第二次大戦中の写真がある。この広場は当然戦場だった。ケルン大聖堂を正面に、瓦礫《がれき》の中でうつぶせになり、銃を構える兵士の写真。戦争が終わった時、この大聖堂の鐘が町中に鳴り響いたと言われている。

観光客の中の、黒い髪の女性。身体が硬直し、でもすぐアインでないと認識する。違うと意識でわかってるのに、遅れて鼓動が乱れていく。大きく息を吸う。あの女性のどこがアインなんだ？　そう思いたいだけだ。不可能を期待し、苦しみたいだけだ。

僕の前には、さっきアインと思った女性が歩いている。身体が後をつけている？　驚いて立ち止まり、再び息を大きく吸う。たまたま彼女の後ろを歩いたのか？　わからない。僕は歩いているだけなのに、息を切らしていた。大聖堂に視線を移し、また彼女を見る前に中に入った。

不意の静寂と、低下した温度。もうクリスチャンとは言えないのに、少し落ち着いていく自分を感じる。落ち着く自分を糾弾する意識も同時に騒ぐ。僕は無理に、相反する意識のままここにい続ける。

ケルンに来た理由は、この大聖堂だった。自分の人生を終える前に、自分が行きたかった場所に、自分の人生において、本来行かなければならなかった場所に、行こうと思った。

悲劇の戦争が終わった時に鐘を鳴らし、断絶を促すデモに対しては、明かりを消し抗議の意を示した教会。

そして僕が一番見たかったものは、ゲルハルト・リヒターのステンドグラスだった。教会のステンドグラスには、通常、キリストの物語を描くものが多い。受胎、誕生、人々を救っていく歩み。裏切られ、十字架に磔《はりつけ》にされ、復活する一連の物語。しかし二〇〇七年に設置されたリヒターのステンドグラスは、モザイク柄だった。

何度目かもうわからないが、僕は観光客達に混ざり、仰ぎ見ていた。さっきのアインの姿を打ち消すように。

圧倒的な混沌《こんとん》とも言える細部の色の集合が、美しく輝いている。コンピューターのプログラムによりランダムに、しかし最高値の無秩序になるよう、綿密に計算しつくられたと聞いた。現代的過ぎると批判もあったが、僕はそう思えない。時間や歴史からの超越を感じる。やはりあまりに、美しい。

見て、勝手に確信したことがあった。神の言葉／意志は、キリストを介し、弟子達が解釈すると聖書のようなものになる。だが本来の神の言葉は、本質は、人間からするとこのようなデータに似たものではないのかと。

たとえばCDに入っているデータ。あれは凹凸のパターンの連続で、実はそのデータは言うなればON／OFF、つまり0／1の膨大な組み合わせで記録されている。音楽を0／1

のデータに変換してＣＤに刻み、そのデータにレーザー光を当て読み取り、音楽を再生している。

基本的に、あらゆるものは似た仕組みでデータ化され、伝達され再生される。そうでなければ、パソコンなどの膨大なデータが、細いケーブルのみで、つまり電気の無数のパターンとして伝達できるわけがない。

リヒターの意図はわからない。でも僕は、神の本来のメッセージの形態を、このステンドグラスは表現しているのではと思ったのだった。メッセージそのものではなく、その形態の有様を。

中国人風の女性が、僕と同じようにステンドグラスを見上げている。一人旅をする女性に惹《ひ》かれる癖が、まだ僕は治っていない。彼女の片方の袖だけが、なぜか窮屈にめくれていた。またアインの姿を浮かべようとする自分に気づいた時、背後で何かがぶつかる鈍い音がし、短い声が上がる。赤毛の大柄な中年男性が、足をどこかにぶつけたらしい。様々な言語が短く、小声で飛び交う。

よくこういう場面を見る。人は無意識に、自分を罰することがある。教会や寺に行くと、漠然とした罪悪感が刺激される。あの男性には、何かあるのかもしれない。ただでさえこういう場所では、思ってもいない冒瀆《ぼうとく》の言葉が浮かぶことがある。思ってはいけないと意識することで、余計うごめき、浮かぶのだろうか。何かを冒瀆したい感情や、自分を虐《しいた》げたい意識が騒ぐのだろうか。人間の中にある、不愉快に騒ぐ他人のような声。

僕も、なぜ今ここに来たのか。部屋に入って来たあの男は、僕がこの辺りを歩くと知っていたのに。わざと自分を、危険に曝《さら》している可能性はあるだろうか。

大きなもの。キリスト教に限らず、伝統宗教の中に入り、自分の人生を考えるということ。限定であると同時に、広がりでもある。でも僕は、その中に入りきることができなかった。

神を前にすると、いつも質問が浮かぶ。

日本の戦国時代から明治にかけ、キリシタンが迫害された時、あなたはどのような気持ちで、死んでいく信者達を見ていたのか。

その迫害中、信者の一人が、聖母マリアの姿を目撃している。過酷な環境下での幻覚でないなら、あなたのマリアはどのような意図を持ち、その姿を現したのか。

長崎と天草地方にある潜伏キリシタン関連の遺産が、世界文化遺産に登録されたらしい。でも、本来ならその「一連の物語」に入らなければならなかったはずの「欠けた物語」について、あなたはどう思うだろうか。その物語がなければ、一連の潜伏キリシタンの物語は本来成立しないはずではないのだろうか。

それから――、

「振り向かないでください」

女性の声。日本語ネイティヴが話す日本語。僕の後ろに座っている。

鼓動は速くなっていくのに、僕の中の何かが、軽くなっていく。現実感がないようで、不吉に陽気になっていく。自分を投げ出したくなる。僕は笑みを浮かべていた。自殺者は、最後に明るくなることがある。

「ああ、すみません。驚きますよね。でも仕方ないんです。本当は、メッセージとか紙に書いて、あなたのリュックのどこかに挟もうとしてました。でもあなた何だかずっとぼんやりしてるんで、気づかれないかもと思って」

女性の声には、緊張感がない。あまりに現代的な、絡みつく日本語。

「あと、振り向かないでって言いましたけど、別にわたし顔みられると駄目とかじゃないんです。ただ、後ろにいる人達に、あなたに接触してる人間がいるって思われたくなくて。だから何も言わず、前向いててください」

後ろにいる人達。部屋に入って来たあの男の部下などが、ここにいるのだろうか。

「あなたがここ出た瞬間、ひったくりみたいな感じで、あなたはリュックを盗まれることになりそうです。だから出た瞬間、走って逃げてください。タクシー拾って、ホテル　イムヴァッサートゥルムの405号室に来てください。私は怪しい者じゃない。あなたを助けられる。もう一度言います。イム　ヴァッサートゥルム。４０５。あの塔のようなホテルです。覚えたら、右手で首かいてください」

　僕は首をかく。怪しくない人間が、こんな接触をするはずがない。

「何も言わないってのも無理ですよ。一応聞きますけど、あなたは誰ですか」

　久しぶりの日本語に、親しみが湧くのを感じる。日本から逃げてきたのに。

「ですよね、聞きますよね普通。……でもここでは言えないんです。長くなる。ただ、本当に、怪しい者じゃないんです。私はあなたからその楽器を奪ったりしない。きちんと取引をします」

　嗅いだことのない、柔らかな甘い香水の匂いがした。

「取引？」

「つまりお金と、私の身体です」

　肩や背中が一瞬硬直し、僕は息を吐く。奇妙な現実。でも海外の諜報活動などの歴史で、当然聞いたことはあった。

「あ、もう行きます。４０５号室。……ちなみに、私はあなたがさっき後をつけていた女性より、奇麗だと思います」

　匂いが遠ざかっていくのを感じながら、正面の十字架を眺め続ける。僕にも、こんな風ではなく、普通の人生があったことを思う。そういうルートは、確かにあったのだった。

立ち上がり、さっきの女性を無意識に探す自分に気づき、意識的に首を振る。何気ない素振りで歩き、外に出て一応走った。追ってくる人間がいるか、わからない。

タクシーを見つけ、手を挙げると同じ車だった。ドアを開け乗り込むと、またフジヤマと言われる。もう名前みたいになっている。僕は山峰《やまみね》だ。近いが違う。

「――！　――フジヤマ。――」

「コネクションホテルに」

別のホテルを言い、念のためリュックを確認した。チャックが一度開いた感じがしたからで、見ると後ろポケットの一つに黒いカード状のものが入っていた。小型のGPSかもしれない。僕の位置を把握するための。わからないが、一応窓を開けて投げた。


〈変調〉


ホテルの部屋は空いていた。フロントで鍵をもらう。

やや狭かったが、清潔な部屋だった。カーテンの隙間から外を見る。誰もいない。移動中、タクシーを追ってくる車もなかった。

スマートフォンにメールの着信が来ている。でももう、僕にメールを送る人間はいない。迷惑メール。開けるとやはりそうだった。

〝2000万円を、一時的に預かってくれませんか？　持ってるの怖くって！〟

こういうのが、一日百件ほど来る。スマートフォンに詳しくなく、どうしたらいいかわからない。

〝健太だけど、今いつものホテルにいるよ。なんで連絡してくれない？〟

〝ユウコだけど、今いつものホテルにいるよ。なんで連絡してくれない？〟

迷惑メールの送信者は、僕が男か女かわかっていないらしい。

でも今、実際に怪しい女性が、僕を別のホテルで待っている。笑みが浮かぶ。行けば彼女とそういうことをしたのだろうか。

アインが今の僕を見たら。〝山峰さんは自称リベラリストで、女性の権利とか言うくせに、日本語で何て言うの？　えっと、つまり、エロ過ぎます〟と言うかもしれない。僕はそれとこれとは違うんだと、滑稽に弁解を始めるだろう。内面に温かなものが広がった瞬間、喉に圧迫を感じ、息が苦しくなる。鼓動が乱れていく。

僕はトイレに行き、蹲《うずくま》り吐こうとする。でも今日は何も食べていない。何も出ない。ただ苦痛だけが喉に留まろうとする。

目に涙が滲《にじ》んでいる。急にどうしたんだ？　吐こうとした時の涙だろうか？　アインが死んだのはもう大分前なのに。

気を逸らすため部屋に戻り、リュックから黒に塗装された木のケースを出す。所々色が剝がれ落ちているが、鈍い光沢が維持されている。

噂は以前から少し聞いていた。第二次大戦の日本兵達の証言を集める仕事を手伝っていた頃、その存在を時々聞いた。

戦時中、連合軍から何かの戦犯の容疑をかけられ、名前を偽り、どこかの部隊から、ある軍楽隊に配属された男がいたこと。その男のトランペットの腕前が、天才を通り越し、悪魔的であったこと。彼の使うそのトランペットが、他のトランペットとはやや違った音を出したこと。

軍楽隊は、内地、つまり日本での軍関連の式典やパレードなどの演奏だけでなく、主に戦地に行った。

兵隊達の慰問に加え、占領した土地の現地住民達に対しての、宣撫活動もあった。素晴らしいコンサートを聞かせ、日本に良いイメージを抱かせる。現地民は時々スパイ化した。日本に対し良い感情を持たせるのは、その土地の兵士達にとって死活問題だった。娯楽の少ない時代、オーケストラによる生演奏は感動を呼び起こし、絶大な効果があった。

正規には残っていない、曖昧な記録がある。フィリピン・ルソン島の山中で、数で劣る日本兵が、大勢の連合軍を殺害したある小さな作戦。このトランペッターが成功させたとされている。

だがどの元兵士も、実際の作戦の細部に入ると口をつぐんだ。彼の演奏を振り返る時はやや涙を浮かべ話したが、それ以外は言葉を濁した。「気さくな男だった」と述べる者が多い。「女のように美形だった」という証言もある。その後、トランペッターは発狂したと言われている。

真偽は不明だが、そのトランペットには前にも使用者がいたという。軍楽隊の楽器は軍の所有物であり、演奏者を代えそれぞれの戦争を跨《また》ぐことがある。

ここからは、さらに真偽不明な情報。使用者のトランペッターが精神に異常をきたした後、このトランペットもおかしくなったというのだった。重要な場面で鳴らなくなった。ある悲劇が起こったとも。しかしいずれも、伝説の域を出ない。

僕は留め金を外し、ケースを開ける。ケースにふれる指が、微かな恐怖を感じながら心地よく緊張していた。目の前のトランペットを見る。僕はその銀の金属の光沢に見入っている。見つめるとさらに込み入っていくような、複雑で緩やかな曲線。悪魔的なのに、なぜこの曲線はこんなにも美しく優しいのだろう。この曲線は、全てを許す。人の狂気を。人の惨劇を。

曲線を僕は目で辿《たど》っていく。進むとカーブしながら惑い、また元に戻っていく。

部屋に入って来たあの男も、大聖堂で背後に座ったあの女性も、僕がその平和や人権や自由を重視するリベラリズムの思想から、使命で持ち逃げをし、渡さないようにしていると思っているのかもしれない。

トランペットにふれる。その金属の冷たい感触に、指が喜んでいく。全てを弾《はじ》く拒絶の金属に、僕は指を押しつける。一瞬の震えの後、徐々に指先が馴染む。僕の指が、この冷たい金属と一体化していく。金属に身体が侵食されていく。僕が僕でなくなる。

彼らは知らないのだ。この楽器が、僕とアインを結ぶ物体であることを。僕が今、どれだけ孤独であるかを。僕が時々この楽器に、話しかけていることを。楽器に語りかける自分を許すほど、僕の孤独が修理不能であることを。

彼らは知らないのだ。僕の中のリベラリズムがもう死んでいることを。かといって、保守でもないことを。思想は死んだ。僕はリベラルの残骸だ。

気持ち良かったか？　僕は笑みを浮かべ、トランペットに話しかける。多くの軍人を地獄に落とした時、気持ち良かったか？　その場を制覇した時、気持ち良かったか？　トランペットの曲線にふれていく。人の血はどうだった？　君と違い柔らかく血が流れる人間はみっともないだろう？　弱々しい人間の断末魔は？　君の美しい音色の足元にも及ばない、濁った生命とやらの断末魔は？

本当は、狂ってなどいないのだろう？　本当は、あの事件の後も鳴り続けたのだろう？

電話の低いベル。ホテルの部屋の電話。

しばらく無視するが、ベルの焦る音に意識が乱れる。電話が鳴れば受話器を取る日常の感覚と、その音質が僕に注意を否応なく向けさせる。自分の狂気の未熟さに、しかし安堵《あんど》がよぎっていた。迷いながら受話器を取ると、大聖堂で背後に座ったあの女性だった。

――どうして来ないんですか。

僕は黙った。驚いていない自分を不思議に思っていた。

――取引、と言ったはずです。……場所が不安なら、どこかのカフェでどうですか。

「申し訳ないですが、取引するつもりはないんです」

僕は言う。会話にすぐ謝罪の言葉が入るのが、我ながら日本人だ。でも日本人は、それほど悪いと思ってなくても、取りあえずという感じで謝る。感情も、実はそれほどこもっていない。

――女性に興味がないという情報は、入ってなかったんですが。

「そういうことじゃないんだ」

確かに、この声の女性に未練を感じている自分がいる。でも僕は、もう人生に貪欲になることに疲れている。

――……すみません、考えてたより、あなたの想いは深刻だったみたいです。考え直すことはできませんか？　ひとまず、私の話を聞いてください。

「嫌です」

僕は言う。やはり彼女も、会話の中で一度謝ったと思いながら。

「電話できるのだから、僕の場所はわかってる。でも突然訪ねて来ないのは、あなたは、というかあなた達は、警察沙汰になるのを避けたいと思ってる。他の連中と違って、穏便にやりたいというか。だから警察に行きます」

――一つお願いがあります。

彼女の様子から、背後の誰かと小声で話しながら、電話を続けていると気づく。

――管楽器が、基本的に消耗品であることはご存知ですか？　ただでさえ、その楽器は奇跡的な状態で発見されてる。それはおよそ八十年前につくられたものと推定されてます。もちろん百年前のトランペットでも、ちゃんと音が鳴るものは他にも現存してる。アンティークとして取引されてる。でもその楽器は発見されてから、紆余曲折を経て、今は最も保存に適してないあなたのもとにある。いいですか、これはあなたの命にも関わることです。

口調が少しビジネス風に変化している。僕を動揺させる手段とわかってるのに、全て彼女の言う通りだった。

──あなたが誰かにトランペットを奪われて鳴らない状態になっていた時、……あなたはしかるべき責任を取らされる。トランペットには、修理不能地点があります。今でさえ、音が鳴るのか、いえ、昔のような音が鳴るかわからないのに。

修理不能地点。まるで僕みたいだ。

──ですから、あなたの立ち会いのもとでいい。一度いまの楽器の状態を確認させてください。……あと、ここからは個人的な忠告ですが、あなたは時々、自分が薄ら笑いを浮かべているのに気づいてますか。

「……何が？」

──薄ら笑いです。意識してる時もあるでしょう。でも無意識に笑ってることが、あるのではないですか？　広場でも大聖堂内でも、あなたは時々気味悪く笑みを浮かべていました。見たことが、あるでしょう？　町でぶつぶつ一人で何か呟いてるような人を。あなたは恐らく、いつかあれになる。

僕はまた、自分が笑みを浮かべたのに気づく。

──あなたには、緊張感がない。自分が置かれてる状況のわりに、奇妙にも明るい部分がある。……これは危ないです。わかりますか？　人は何かの領域に入って、フワフワとした明るさの果てに破滅することがある。

知っている、と僕は言わない。

──あなたは今、正常な判断ができていない。私達は、あなたを治療することもできます。少なくとも、今のあなたの精神状態を確認することも。

「正常な判断？」

僕はおかしくなる。この女性は何もわかっていない。

「そんなものに何の意味がある？」

相手は黙った。でも僕は、喜びが湧いてくるのを感じる。

「そうあるべきというのは、結局他者の意見だろう？　俺はもう、あなた達とは違う文脈で生きてるんだ。正常な判断を強いるというのは、結局他者の願望で、俺は……」

言葉が詰まる。僕は……。

僕は何がしたいんだ？

──すみません、私はただ。

違う。僕は思う。今は目の前の現象に対して、最善と思うことをするだけだ。

「……いえ、僕の方こそ、申し訳ない」

僕の言葉は、それらしく響くだろうか。

「あなたの言うことには一理ある。……でも不安です。人通りの多い場所で会いませんか」

君達に会うつもりはない。

——お願いします。場所を指定してください。

「グロス通りにあるヨックというカフェを知ってますか」

行くつもりもない。

——はい。

「そこで明日の午前十時に。店内ではなく、外のテラス席で」

永久にそこで待ってるといい。

——ヨックカフェのテラス席に、明日の午前十時。わかりました。

「でも、ご期待に沿えるかわからない」

あそこのコーヒーはゴミの味がする。コーヒーも含め、あなたの全ての期待に沿えられない。

——構いません。ありがとうございます。

電話を切り、階段を下りフロントに向かった。

「部屋を変えてくれませんか」

フロントの男は、妙に若い。ここは恐らく、個人が経営する小さなホテルと思われた。オーナーの息子かもしれない。ずれた腕時計と袖口の隙間から、微かに線のタトゥーが見える。融通がきく雰囲気がある。

「女性に追われてます。別れた彼女で、ストーカーなんです」

男が怪訝《けげん》な顔で見る。僕はすぐ言葉を繋げる。「ホテルの部屋はまだ使ってない。奇麗なままです。あなた達は何もしなくていい。ただ部屋を変えてもらうだけです」

見張りがいるかもしれない。今は出ない方がいい。

「部屋を変えるのはいいですが、ストーカー？　深刻なものですか？」

「そうですね、ええ、万が一僕を探してる人間が来たら、もうチェックアウトしたと言ってくれませんか？　友人の男性を連れてくるかもしれない。それでも何か言うなら警察を」

警察という言葉に、逆に安心したらしい。少なくとも、僕は犯罪者ではなくなる。

「さっき女性の声で、あなたが泊まってるか聞かれました。申し訳ない。友人だというから、気軽に泊まってると言ってしまった。女性だし、部屋番号まで……、ここはアットホームな、つまり悪気は……、ええ、部屋を変えましょう」

思ったよりシンプルだ。彼女達は辺りのホテルに電話をかけただけだった。

「ではお願いします」

「部屋は隣しか空いてないですが、いいですか？」

「いいです」

「あと、その部屋は空調が悪い。あなたのトランペットによくない。いいですか？」

「え？」

「トランペットを持ってるんですねあなたは。大勢の人間を殺したトランペットを。既にいま彼らがあなたの部屋に行っている。戻ればあなたは殺されることになっている。彼らがどうやって人間を殺すか知ってますか？　だからあなたはまだ私とここでしゃべっていた方がいい。いいですか？」

違う。これは日本語だ。彼が日本語を話すはずがない。彼は——。

「あなたは殺されるんじゃないかな。アインさんと同じように、**ちょっとした手の力で**。もう一度言いましょうか？　**ちょっとした手の力で**。だから、——、——」

そうだ、彼はドイツ語を話している。僕がドイツ語を理解できるはずがない。

「——、——、あ、すみません、ドイツ語はわからない？」

幻聴のようなものだろうか。思い込みだろうか。頭痛がした。右のこめかみに、たとえば目の前にあるこのボールペンを、少しずつ入れられるような痛み。ペンにキャップが嵌《はま》っていないから、自分はそう感じているのだろうか。なぜペンにキャップを嵌めないのだろう？なぜペンにキャップを？　彼の顔を再び見、驚く。

でも驚く必要はない。彼の顔に何も特別なものはない。何も驚く必要はない。

「大丈夫ですか？」男が僕の顔を覗《のぞ》き込んでいた。僕は再び驚こうとする自分を止めようとする。違う。言い聞かせる。彼はただドイツ語で話しただけであり、彼はフロントの男性であり、親切に部屋を変えてくれようとしているだけだ。

「……大丈夫です。ありがとう」

「水を？」

「……お願いします」

男が一度カウンターの奥に消え、水を入れたコップを持ち出てくる。水が動いていた。自らもがきながら、その密度をどんどん濃くしていた。飲めば、僕の喉の途中できちんと止まるように計算されている。さすがだ。彼らは正確だから。彼らは間違うことはないから。彼ら？　誰だ？　右のこめかみがさらに痛くなる。考えず飲めばいい。喉に水が通ってくる。呼吸を整え、もう一度飲み、また深く息を吸った。何かがまた意識に浮かぼうとするのを、僕は散らすように息を整え続ける。身体が少しほぐれていく。胸の辺りが酷く緊張していたのに気づく。

「……大丈夫ですか？」

「はい。……ありがとうございます」

僕はいま正常だろうか。考えてみれば、もう二日まともに寝ていない。

犬が吠えている。

ホテルに犬？　僕は不思議に思う。犬は懸命に、誰かを呼ぶように、脅えながら吠え続けている。

だがその鳴き声が淫《みだ》らになっていく。犬が苦しみながら、喜んでいる。何匹もいる。何匹もの犬が、苦しみながら互いに淫らに――。

人の気配がした。小さな足音を、僕は聞いていた。犬など吠えていない。僕はベッドの上で、暗がりのなか目を覚ましている。複数の足音がした。

ドアがノックされる。隣だった。僕が変えてもらう前の部屋のドア近くに、複数の人間がいる。今は何時だろう？　外はまだ暗い。

――ミスター山峰。夜遅く申し訳ない。しかし緊急の伝言が届いている。

隣の部屋のドア越しに、誰かが英語で囁《ささや》いている。聞き覚えのない男の声。僕はスリッパを履かず、裸足のまま絨毯《じゅうたん》に降りる。音を立てないように、ドアの近くに寄った。

このドアに覗き穴はない。だが廊下は明るく、ドアの下の隙間から光が漏れている。古いホテルで、ドアの端からも微かに。だがドアの下から見える光の中央が欠けている。恐らく、そこにも人が立っている。

――ミスター山峰。起きているならフロントに来てください。緊急の伝言がある。

息が詰まったようになり、呼吸が乱れていく。オーデコロンの匂い。

アパートの部屋に入ってきたあの男がつけていたのと、同じ匂い。柔らかく上品な香りが、ドアの隙間から微かにする。

なぜこの場所が、あの男に知られたのだろう。後をつけてきた車はなかった。しかも僕が初めに入った部屋の前に来ている。

電話をかけてきたあの女性と、繋がっているのだろうか。混乱していく意識の中、身体の動きを止めた。音を立ててはならない。彼らは、僕が隣の部屋に移動したのを知らない。

――ミスター山峰。かなり緊急です。ミスター山峰。

どうすればいいだろう。窓から逃げるか？　でも窓を開ける音がする。このホテルは古い。壁も薄い。

僕は暗闇の中を動き、リュックのチャックを静かに開けた。銃を出す。銃は冷えていて重く、ふれた指から身体がさらに緊張していく。でも安全装置を外すことができない。僅かだが音がしてしまう。

硬い音がし、隣のドアが開いた。複数の足音が、静かに入っていく。

もう一人の自分を思う。僕は囲まれ、銃を突きつけられ、楽器を渡さなければ殺すと言われている。

自分の人生を終わらせる。そう思っていたはずだった。本当に終わらせるつもりだろうか。僕は無駄に引き延ばしている。でも終わらせなかったとして、この先に何があるだろう。

壁の向こうで、ドアが開けられる音がする。僕を見つけられず、恐らくトイレやクローゼットのドアを開けている。僕は壁に耳をつけるが、話し声は聞き取れない。籠もる音がするだけでわからないが、多分英語ではない。ドイツ語かもしれない。不意に何かがぶつかる音がし、僕は驚く。彼らのうちの誰かが、恐らく壁か何かを苛立ちで蹴った音。

でもなぜだろう。もう一人の自分を想像しても、僕は殺されたくないと感じている。楽器も渡したくないと思っている。希望もないままに、まだ人生を続けるつもりだろうか。正確に言えば、希望を持ちたくない内面のままで。

そんな状態で生にしがみつく自分に嫌気がさしたから、僕は内面を追い込んでいるはずだった。僕はどこかで、狂いたいと思っている。自分の人生など、命などどうでもいいと思う領域にまで。緩慢な自殺。でも、僕はまだその最中にいる。

男達が出ていったが、また来るかもしれない。窓から逃げるなら今だが、外に見張りがいる可能性がある。

僕は待つことにした。もしこのドアの前に人が来たら、方法はない。覚悟を決め窓から逃げる。

静寂を感じる。暗がりの中で、身体の輪郭がくっきりと浮かび上がるようだった。自分の存在への判決が、これから決まる数分のように思う。部屋の家具たちが僕に関わらないように、よそよそしく気配を消しているようにも感じられた。目の前のカーテンが片側だけ開いている。僕が開けたのか？　なぜ？　記憶がなかった。

不意に電話のベルが鳴り、僕は咄嗟《とっさ》に受話器を取る。取って良かったのか、と思った時、さっきのフロントの男の声がした。

——大丈夫でしたか。

身体に安堵の温度が広がっていく。なぜか、不快に感じる温度が。

「……ええ」

——あなたは、その……。

フロントの男が口ごもる。

——……誰なのですか？

どう言えばいいだろう。

——いや、いい。やっぱり何も言わなくて、いいです。……彼らは裏口の鍵を開けて、入ってきました。このホテルには、フロントに続く入口にしか防犯カメラがない。でもカウンターから姿が見えた。四人。もう四人とも出ていきましたが、……もしかしてあなたは、あの、彼らが何者か知らないのですか？

「……え？」

——そうですか……。なるほど。

受話器の向こうで、男は恐らく煙草に火をつけていた。ジッポーライターの音。深く息を吐く。声がやや震えていた。

——うん、何というか、嫌な巡り合せです。偶然じゃないかもしれない。すごく嫌だ、こういう巡り合せは……。私は昔、ベルリンに、そしてベルギーにいたんです。親のもとに、このホテルに戻って来るまでは、まあ、実は色んなことをしてきました。つまり、昔はやんちゃだったということです。……あなたに伝えておきますが、彼らは、かなりよくない人間達です。いいですか、かなりよくない。……あなたのような日本人にはわからないかもしれませんが、彼らはスイス人です。スイス人が使うドイツ語。

「スイス人」

——そして私は、あのうちの一人を見たことがある。……少し、話しましょう。……ベルギーで、……ベルギーの、移民街。アルコールを禁止されているはずのイスラム教徒が、バーテンダーをしているような、薄暗いバーです。古いダーツマシーンやら、所々削れたビリヤード台が、曲がったキュウを載せて雑に置いてあるような。……私はある不良グループに所属していて、その店には何気なく入ったんです。でも、自分達のボスが、店に入ってすぐ「奥は見るな」と言いました。……何気ない笑顔のまま、でも目だけは私達を真剣に見ながらです。……「目立つな」ともボスは言いました。これから一杯だけ飲んで、俺が携帯を出して少ししゃべる振りをするから、急用ができた感じでこの店をゆっくり出ると。どうしたのかと聞くと、〝B〟がいると。

〈〝B〟という男〉

「……〝B〟?」

——はい。私は不良グループの末端でしたが、よくある隠語で、その名前は聞いたことがありました。……とにかく、関わらない方がいい。そういう人間が、ああいう世界にはいるんです。まともな人生を送っていれば、普通の人間なら決して出会うことのないタイプの人間。〝B〟に感謝してる人間もいれば、恨みを持つ者も、凄まじい恐怖を覚える者もいる。まあ、そういう世界の、そういう人間というか……。つかみ所のない存在というか、悪趣味というか。……一杯目のグラスを空ける頃、ボスが携帯を出してしゃべる振りをしました。「出るぞ」とボスが何気なく言います。でもその時、〝B〟が真後ろにいた。私達は絶対にそちらを見ないようにしていたから、気づかなかった。いや、それでも本当なら気づくはずだ。でも気づかなかった。店が暗かったせいなのか、それはわからないですが。

男が黙る。僕は続きを待った。またライターの音がし、息を吐く気配がした。

――「落としたぞ」と言うんです。見ると〝B〟が私達のグループの一人のシガレットケースを持っていた。「ありがとうございます」そのメンバーが、努めて自然に言います。やり取りはそれだけでした。確かに威圧感はあるが、別に普通じゃないか。私はそう思った。でも翌日、そのメンバーが死んだんです。

「……は？」

――泊まっていたホテルで殺されていた。しかも拷問を受けていた。……わからない。そうでしょう？　わからないんです。彼がなぜ死ななければならなかったのか。

何を言えばいいかわからなかった。

――どういうことなのか、なぜ彼が殺されなければいけなかったのか、私はボスに聞きました。でもボスはただ、俺達があのバーに行かなければ良かったんだ、としか言わなかった。

……不可解さには、恐怖がつきまとう。私達はすぐベルギーを離れてベルリンに戻ることになりました。別々に出発し、ベルリンで合流することになっていたのですが、……私は向かうため一人でブリュッセルの駅に行った。駅のホームの椅子に座った時、隣に〝B〟がいたんです。

男の声が掠《かす》れていく。

──驚きました。私が座っているところに、彼が来て座ったんじゃない。彼が座っているところに、私が行ったことになるんです。……実は〝B〟の姿は私の視界に入っていて、私の無意識が、彼の隣に私を座らせたんじゃないかとすら思った。視界に入らない、いや、視界に入っているのに、意識では知覚しないことってあるでしょう。派手な店の上がマンションの場合、ふとした瞬間に、この上はマンションだったのかと気づくことがある。……私はアジアに行き日本にも行ったことがありますが、コンビニエンスストアとかの上は大抵マンションになってる。でも通常私達はコンビニエンスストアの光が派手過ぎてマンションを意識しない。視界には入っているはずなのに、知覚していない。でも無意識では認識してるはずなんです、そういう感じで……。

なぜ彼の無意識が、彼を危険な男の隣に座らせたと思うのかは、聞かなかった。

──座った瞬間に〝B〟に気づいて、いや、正確に言えば、座ろうとした時に〝B〟に気づいて、恐ろしくて身体が固まったようになって、私は吸い寄せられるというか、まるで庇護でも求めるみたいに、〝B〟の隣に座った。……駅は霧がかっていて、彼は私を見なかった。でも口を開きました。……〝新しいグリム童話を思いついた〟。そう言ったんです。

「グリム童話？」

――意味がわからなかった。というより、もう仲間が死んでから、あらゆることの意味がわからなかった。黙っていると、彼が続きを話します。〝昔あるところに、残酷な兄と善良な弟が住んでいた。兄の頬には蝶の形をした美しい痣《あざ》があり、弟の額には三つめの美しい目があり、二人は性格は全く違ったが仲良く暮らしていた。そしてある日、新しい仕事を探しに旅に出た時、二人とも嵐に巻き込まれて死んだ〟……話はそこで終わったんです。

「……何なのですか」

――ええ、わからないです。この話をどう思うか、と聞かれました。私が答えに迷っているうちに、鉄道列車が来て、……私はそのまま乗りました。〝B〟は私を追うことも、こちらを見ることもなく、別の用事があったのか、そのまま座っていた。……理解できないかもしれませんが、私はその時、一つのことを思い出したんです。あのバーでシガレットケースを「落としたぞ」と〝B〟が言った時、彼の手が、何気なく私のジャケットの肩にふれたことです。列車の中で、急にその肩の辺りが気になり始めました。ふれられたことで、あの男と何かの関係ができてしまったのではないかと、論理的におかしいですが、混乱していたのでしょう、そう思えて仕方なかった。古いジャケットだったからそうしたのかもしれませんが、私はそのジャケットを、ベルリンに向かう途中で列車が長く停車した時、ホームに一度降りて駅のゴミ箱に捨てたんです。……説明が難しいのですが、そうした方が、いいと思った。恐怖は妄想を過剰にしていくのかもしれません。

男が黙る。再び男が話し始めるまで、僕はやはり何を言えばいいかわからなかった。

——あの薄暗いバー、煙草の煙が充満して、白いモヤが漂っていたあの空間、そして二回目に会ったベルギーのブリュッセルの霧がかった駅……、時々、思い出します。全部、現実のことではないように思えるのに、確かに私達はそこに行き、そこから出て、一人が死にました。私は駅で再び会ったけど、まだ生きている。いや、他の日々も、あの頃は、振り返ると色々非現実的な時間だった。……あなたは、あの男に会ったことが？

「恐らく、その〝B〟という男に、会いました。突然部屋に……。饒舌で、悪趣味な」

——饒舌。なるほど、あなたにとっては、彼はそうだったのかもしれない。

「僕にとって？」

——私達に対しては、彼は陰鬱だった。突然、というのは同じですね。私達の時も、全てが急だった。

僕は彼の言った言葉の意味を考える。

——ああいう存在は、何も〃B〃だけじゃない。でもここにいるのはあいつです。いずれにしろ、あなたはもうケルンを離れた方がいい。午前八時が、ここの前の道が最も人通りの多くなる時間です。タクシーはいつも停まってますから、その時間に出発するのがいいと思う。

「……ありがとうございます」

——私は、あなたを助けたいと思う。昔、私は日本人の女性と付き合ったことがあるんです。何というか、私は彼女を幸せにできなかった。本来関係なかったはずの私の話が、あなたに色々関わっていることになる。……本来関係のなかった私の話が、あなたに接続したことになる。全ての話というか、全ての物語みたいなものは、どこかで繋がっているのかもしれませんが、でも……。

アインも似たことを言っていた。いや、彼女だけじゃない。

——でもここ数日は、ちょっと奇妙なんです。先日は、昔のクラスメイトが偶然ここに泊まりにきたりした。やっぱり、嫌な予感がするな……、私は迷信深いところもあって……。とにかく今は様子を見て、なるべく早く逃げた方がいいです。

〈三つの選択〉

翌朝、僕は言われた時間の午前八時にホテルを出ようとした。フロントの男はいなかった。代わりに年配の男性がいる。

昨日のフロントの男はどうしたのかと何気なく聞くと、おもむろに顔を歪めた。

「急に休むと言いやがったんですよ。息子なんだが、しばらくこの町から出るとか言いやがって。ふざけてる、ねえ？　もう何年も前に更生したと思ってたのに」

僕は何も言うことができない。いや、ただ彼がそう言ったような気がしただけかもしれない。チェックアウトを済ませ、停まっていたタクシーに乗る。ひとまず走ってくれと伝えた。

もうケルンにはいられない。どこに行けばいいだろう。ドイツからも出た方がいい。ここからなら、パリよりオランダのアムステルダムの方が近い。でもタクシーで行ける距離じゃない。細い小道に入る。左のサイドミラーにヒビが入っている。

「ん？　どうして曲がったのですか？」

運転手は黙っている。

「聞こえてます？　どうして」

タクシーがスピードを上げた。僕は座りながら身体のバランスを崩す。

「……何を」

後ろを振り返る。背後に黒い高級車。もう一度運転手に何かを言おうとした時、彼の首の後ろが汗で酷く濡れているのに気づく。

「――」

相手がドイツ語で言う。何を言ってるかわからない。だが運転手も怯《おび》えている。状況がわからない。この運転手が脅され、僕をどこかに連れて行こうとしてるのか。そもそもこの運転手も仲間か。意味がわからない。何もかもが。

「――！　――！」

運転手が叫び、車が突然減速した。いま車が停まったらまずい。人通りもない。僕は彼らに拘束される。

「待ってくれ。せめて人通りが多い場所に」

車が停まる。ここでもう降りろということか？　僕は運転手に怒鳴ろうとするが、どうしようもなかった。辺りに人の姿はない。だが手段がなく車から降り、走った。背後の高級車が近づいてくる。

奴らは撃つのだろうか？　そこまではしないか？　角を曲がると通行人の姿が見えた。

フェンスがある。僕は上ろうとするが、上手《うま》くいかない。フェンスの網の間に、靴の先が入らない。

　上がれそうなフェンスだった。フェンスの黒い規則的な網が、錆びた半分だけ不意に歪んでいくように見える。網のフェンスは、向こう側を見せるのに通過を拒絶する。網がぼやけながら、二重や三重に重なり合っていく。

　軽い眩暈《めまい》がし、蹲りそうになるが何とか耐えた。通行人が不思議そうに僕を見る。フェンスを諦め、道沿いを走った。高級車が僕を追い越し、停止する。でも本当に、彼らは僕を追っているのだろうか。僕は彼らに背を向け、また来た道を走りながら戻る。この場でUターンは難しいはず。だが車から男が一人降り、気だるく近づいてくる。僕は道路を斜めに渡り、アパートの連なりの間の道を抜けた。道の片側だけ街路樹が並んでいる。

　逃げている。僕は不意に思う。僕は今、逃げている。なぜかわからないが、僕はその当然のことを意識し続けている。

　でも、おかしい。彼らは多分追ってはきているが、それほど必死さが感じられない。通行人や、セキュリティーカメラを意識してるのだろうか。わからない。

　小さな公園に出、また小道に入る。彼らの姿は見えなくなったが、逆に僕が彼らの位置を見失ったともいえた。彼らを避けようとするほど、人通りのない場所へ行かされているようにも思う。

　僕は息を切らし、小走りであてもなく移動している。冷気を含んだ石畳の路地だった。硬く、下から上へ迫る乾いた冷たさが身体を覆うようだった。ヨーロッパのこの石畳の路地の硬さと冷たさに、アジア人は孤独を感じるのではないだろうか。美しいが、アスファルトのような温度や柔らかさがない。目の前の冷たく美しい石の道の片側が、微かに緩やかに傾いて見える。気のせいに決まっているのに、僕は走り難さを感じている。

　でもなぜだろう。彼らも僕を見失ってはまずいはずだった。まだＧＰＳが？　でも服もリュックも全て確認している。

　また息が切れた。僕は灰色の建物の壁に手をつき、でも休む時間はなく再び走った。広い道路に出る。でもタクシーが来ない。

　逃げている。僕はまた不意に思う。僕は今……。

　動いていく、手足。逃げることで、あらゆることを捨てながら動き、荒く呼吸し、時に止まり、息を整えていく。その緊張と逃げた安堵の、サイクルのようなものがあるように思えた。自分がやがて、そのサイクルそのものを中毒のように求める存在に、そんな抽象的な存在になるような、その枠のようなものに、嵌り込んでいくような、そんな予感がした。もう、そうなっているのかもしれないような、そんな予感がした。

このままここにいていいのか、と思い始める。タクシーを待ちながら姿を曝している間、あの角から、さっきの黒い高級車が右折してくる可能性はないだろうか。

来た車が黒に見えた瞬間、また路地に戻った。さっきの高級車だろうか。わからない。僕はいま逃げている、と再び思う。

小道に出て、レンガ風の建物の陰に座り込む。やみくもにタクシーを探すより、電話で呼んだ方がいいだろうか。ひとまず休まなければならない。建物の隙間から細い川が見えた。

スマートフォンを取り出す。現在地を確認しようとし、また迷惑メールが大量に来ているのに気づく。メールの件名で、すぐそれとわかる。昔はスマートフォンの画面を見るたび、アインからのメールを期待していた。

〝健太だけど、俺のこと嫌い？〟

〝麻衣だけど、私のこと嫌い？〟

誰だよ。メールの件名を見ながら、苛立ちより悲しみを覚えた。いま僕という存在に届くのは、こんな言葉ばかりだ。こんな言葉ばかりが、渦のように。

〝助けて下さい！　今日泊まるところがありません。十七歳の女です〟

〝助けて下さい！〟

〝助けて下さい！〟

後頭部に、銃が突きつけられている。オーデコロンの匂い。僕の部屋に来た男だった。

「なぜ見つかったのか、不思議だろうけどね。……そういうものなんだ。もうちょっと野放しにするつもりだったんだが、事情が変わった。残念だね」

銃が突きつけられている後頭部の辺りが、痺れたようになる。信じることが難しいほど、全身から体温がなくなっていく。

「私が君に銃を突きつける寸前まで、考えていたことはこうだ。君を脅し、そのトランペットをもらう。そして何か気の利いたことを言い立ち去ろうとして、君が安心したタイミングで君の足を撃つ。……愚かな人間には、その愚かさを痛みと傷痕でわかってもらわなければならない。そうだろう?……でも私には、ちょっとした癖があってね。そしてこの癖は君にとって最悪なものだ」

男の声から、陽気さが消えていく。陰鬱になっていく。

「私はよく、自分の思っていることや、したいこととは逆のことをする癖がある。私は今、君の足を撃って終わりにしたいと思ってるんだが、でも、自分がそう思っているからこそ、そうではないことを、つまり君を殺そうとしている。……なぜだろうね。困ったな。私は君を別に殺したくないのに、だから殺すことになる」

身体が硬直していた。自分の全身が、突きつけられた銃によって、無力になっていく。支配されていく。身体が。

「だから、これは君にとって最悪なケースなんだ。君が私に何か言うだろう？　それによって君は、自分の運命から、死から、逃れようとする。でも無理なんだ。君が何か言う。それによって私が君を助けようと思う。なのに私は撃ってしまうんだ。だから君は説得することもできない」

声が出ない。喉が圧迫され、声が出ない。

「そしてこういう時、撃つタイミングがあるだろう？　私が何か言って、君を撃つ。でも私は時々、そうしない。何かを話してる途中でいきなり撃つことがある。だから君は安心できない。いま撃つかもしれない」

銃が微かに動く度に、今度は身体が震えていく。

「今、……今かもしれない。今か？　よし今だ。ええ？　ん？　よし二秒後だ」

声が出ない。こんな最後は。

「ああ引き金の指が動くな、動きそうだ、もう動きそうだ。言いながら撃とうか、あ、あー、もう指が、あー」

何かを。何かを言わなければ。

「……潜伏キリシタンを見つける時、昔の日本の政府は、かの有名な絵踏みをさせた」

男の声質が、唐突に変わった。

「十字架に磔にされたキリストを彫った小さな板を用意し、領民達を定期的に集め、次々踏ませた。……踏めなかった者や躊躇《ちゅうちょ》した者、表情の変わった者を拘束したわけだ。効率を求める日本人らしいやり方だな」

男が拳銃の先を、後頭部から耳の辺りにずらしていく。ゆっくりと。なぜ彼がこんなことを言っているのか、何もわからなかった。

「拷問を受け、殺すと言われても、彼らの多くはキリスト教を捨てなかった。当然信仰心が強かったとも言えるが、彼らが体験していた普段の日常が絶望的であり、天国に全ての希望を託していたのも理由だろう？　侍達から過度な年貢を徴収され、惨めな貧しさの中にい続けなければならない人生。神を信じなければ生きていけなかったし、神を心の底から信じることができるほど、純粋だったとも言える。……だが君は純粋でもなければ、もうキリストの神を信じてもいない。天国もだ。だから当時の潜伏キリシタンのような死後の希望がない。しかし共通しているのは、この世界にあまり未練がなさそうだということ。だから殺してもつまらないかもしれない。……君に三つの選択肢をやるのはどうだろう」

男が僕の髪をつかみ、引き倒す。僕は背中を地面につけながら倒れ、男を見上げる。身体に力が入らず、僕は男のされるままになっている。男の姿の半分が、逆光で影になっていた。

オーデコロンの匂いに包まれながら、銃を喉に突きつけられる。

「まずⅠは、死ぬことだ。でも普通の死ではない。死ぬ前にある拳銃と、二つほど刃物の柄を握ってもらう。君の指紋をそこに自然な形でつけ、ちょっとした罪を被ってもらい死んでもらう。君のような外国人が犯人であるのがちょうどいいケースがあってね。ついでに利用させてもらう。でもそれだけではない。拷問の果てに死んでもらう。拷問は、私達の世界で長年行われているある方法になる。東ヨーロッパで古くから行われている非常に効果的な拷問だ。説明はしない。体験してもらう。重要なのは、途中でやはり生かしてくれと言っても、止められないことだ。助けてくれと後からいくら言っても、泣き叫んでも、その拷問は君が死ぬまで終わらない。君は味わうことになる。この世界で最も無残な体験の一つを。生まれてきたことを存在の底から拒否したくなるほどの苦痛を。……そしてⅡは呪い。最後のⅢは生まれ変わり。説明がいるな」

男が笑う。

「二つ目の選択肢、Ⅱの呪いとはつまり、本当の呪いだ。君をここで自由にする代わりに、君の運命を規定する。これから君が君の人生において幸福になった時、私は君を殺すことをここで約束することになる」

男が続ける。でも僕には、なぜ彼がこんなことを言っているのか、わからない。

「わかるか？　たとえば、君がこれから誰かに出会い、結ばれたとする。するとね、私は君を殺し、そのパートナーまで殺すということだ。君が君の仕事で何かを成し遂げたとしよう。すると私は君を殺し、君の仕事に協力した者も殺す。ふはは。つまり君はもう、Ⅱを選択すれば、生きてはいけるが、この世界において、君の人生において、もう何かを達成し、大きな幸福を得ることができない。そして三つ目のⅢは」

　わからない。彼が言っていることもそうだが、彼の存在そのものがわからない。

「生まれ変わりだ。君がこの世界において、最もなりたくない存在になってもらう。そうすれば、君はこれから生きていけるし、幸福を謳歌することもできる。最もなりたくない人間というのは当然、その人間による。ある人間はこういう人間になりたくない。別のある人間は、別のこういう人間になりたくないという風に。潜伏キリシタン達は、キリストやマリアを冒瀆する人間だけにはなりたくなかった。つまり存在そのものが根底から覆されるということだ。当然それぞれ違うが、君の場合は」

　銃が喉に深く食い込む。

「差別主義者になってもらう。とある企業がある。古びたビルの中にある、とてもとても小さな会社だ。そこで君は他のパートタイマー達と共にＰＣの前で、ひたすらフェイクニュースを作り続け、その国の断絶を促すために、百以上のツイッターアカウントなどを駆使しへイトスピーチを撒き散らしてもらう。君が最も忌む存在に、君になってもらう。つまり、……もうわかるな？　私は君のことをよく知っている。**君は、君の恋人を殺したような人間になるんだよ**」

僕の目に涙が浮かぶ。アインが死んだ理由。東京の新宿のあの路地。思い出したくない。この男は何を言っているんだろう。この男は。

「お前は」ようやく声が出る。小さな声が。

「お前は、何なんだ」

「わからないか？　私という存在の意味が」

男のオーデコロンの匂いがまた強くまとわりついてくる。

「私はその人間が、人生の中で遭遇する何かなんじゃないか？　時にそれは災害であり、事故でもある。……それに君と私とでは、住む世界が違う。住む世界が違えばルールも違う。んん、考えてみろ、イスラム過激派がいたベルギーの移民街におけるルールと、君達日本人の銀座や浅草の老人のルールは違う。ふはは。君は接触してはならない人間に接触した。それだけだよ」

わからない。こんな人間が存在することが。

「さあ選べ。ⅠとⅡとⅢだ。Ⅰは拷問でⅡが呪い、Ⅲが生まれ変わり」

「殺せ」目から涙が流れてくる。

「駄目だ。では拷問か？」

銃をさらに突きつけてくる。

「昔ね、まだ私が少年だった頃」

〝B〟が囁く。彼の目が、今度は急に虚《うつ》ろになっていく。

「現実的ではない人間に、なろうとしたことがあった。……私にとって現実は、忌むべきものとして」

〝B〟が急に身体の向きを変え、僕にではなく、自身の背後に向かって銃を撃つ。何が起こったのかわからない。男の背後で、スーツを着た誰かが銃弾を受け、倒れた。

「甘いな」〝B〟が言う。

「いや、……ん？」

一瞬、彼の表情に笑みが浮かぶ。

「それとも、……何だ？　お前、最初からグルか？」

誰かが今、この〝B〟を殺そうとしたのか？　彼が僕に気を取られている隙に？　それを〝B〟が阻止したのか？

「お前、わざと俺に捕まったのか？　俺をこんな風に遊ばせ、油断させて殺すために？……

ああ、確かに悪い癖だ。私はこういう時、やや周囲をおろそかにする。んん、何だお前、誰に頼まれた」

わからない。全くわからない。いま撃たれた男が誰かも僕は知らない。それは彼らの世界の出来事で、僕とは全く関わりがない。

「ふむ。もう殺すか。急に面倒になった」

銃弾の音がした瞬間、〝B〟がバランスを崩した。

〝B〟は倒れたまま身体を曲げ、自分の足首を見ている。銃で撃たれた男が倒れたまま、血を流したまま、背後から〝B〟を撃ったのだろうか。

「ほう……」

〝B〟が言う。顔を苦痛に歪めることもなく、自分の足から流れる血を眺めている。

「ほう……」

弾かれたように、僕は走っている。自分が走っていると気づいたのは、走っている最中だった。

何かが掠る。銃弾かもしれないし、気のせいかもしれない。〝B〟が撃ったのか。それとも倒れている男だろうか。僕にはわからない。後ろを振り向くわけにいかない。

また銃弾の音がする。走るしかなかった。リュックを背負ってはいるが、背中を曝している。

角を曲がるまで、まだ数秒かかる。その間、僕は背中を曝していなければならない。背中だけではない、頭や、首や、あらゆるところを。いつだろうか、いつ撃たれるだろう。曝している部分が冷えていくようだった。転びそうになるが、何とか走り、角を曲がるとタクシーが見えた。反射的に手を挙げるが、既に客が乗っている。

運転手が笑顔で謝る仕草をし、乗っているカップルも笑顔で僕に合図する。彼らの関係のない何かの用事が、僕の命を遮断したように思う。タクシーが去っていく。背後から足音が聞こえた気がし、再び走った。

だがまたタクシーが来る。乗客もいない。手を挙げて止め、乗り込んだ。身体に温度が広がっていく。否応なく、快楽にまで高められた温度が。

「ひとまず走ってください」

運転手がアクセルを踏む。何か言っている。

「――？　――どこへ？」

何を言っているのだろう？　どことは何だろう？

「どこへ？　どこに行くつもりだ？」

今度は運転手が英語で言う。さっきのはドイツ語だ。どこへ？　僕には意味がわからない。

どことは何だろう？　考えがまとまらない。

「ん？　言葉がわからない？　――？」

運転手が、今度は恐らく出身国の言葉で何かを言った。再び英語で言い直している。

どこへ？　そうか、僕がどこへ行くつもりか彼は聞いているのか。

湧いていた温度は既に消え、身体が震えていた。こめかみを両手で押さえる。身体の震えが治まらない。

「どこへ？　おい、大丈夫か？　どこに行くんだ？」

そうだ、僕はどこへ行くのだろう。

運転手が、あらゆる言語でどこへ？　と聞いているように思えた。どこへ？　どこへ？

「あの、ちょっと待って……」

スマホはもうない。僕はリュックから地図を出そうとする。ケルンに来た時、駅のインフォメーションコーナーに、無料で置かれていた観光マップ。取り出そうとし、リュックの中のものが次々シートにこぼれた。手が震えている。キャップの取れたペン、何かのレシート、残り少ないウエットティッシュ、パスポート、あらゆるものが、バラバラと落ちていく。

「どこに行くんだ？　聞いてるか？」

僕はどこへ行けばいいのだろう。何をすればいいのだろう。どう生きればいいだろう。どこに行き、何を見て、何を思い、何をすればいいだろう。

「うん、ちょっと待って」

なぜか運転手に、媚びるような声を出していた。

「僕は、……遠くから来たんですよ」僕は何を言っているのだろう。

「遠くから来て、それで、遠くまで来てしまったんです。……自分でも、思ってもみなかったところに」

運転手が不思議そうに僕を見ている。僕は全身が濡れている。まだ汗が流れ続けている。

「僕にも、そうじゃない、道みたいなものが、あったんですよ、ここじゃない場所、こうじゃない人生が。あの時、ほんの少し、何かが違っていたら、僕は、ここにいない。二年前、僕は、二年前に」

ようやく地図を取り出す。でもドイツ語で、何が書かれているかわからない。ここはどこだろう？　わからない無数の地名が、二重や三重になり右端から霞《かす》んでいく。

「えっと、僕は、これから――」

〈二年前〉


二年前、アインに会った。

出会わなければよかった人、というのが、この世界にはいるのかもしれない。〃B〃のような存在ではなく、逆の意味で。

幸福を、与えてくれた人。この世界に強い色彩と、生きる実際の意味のようなものを、持たせてくれた人。アインと会わなければ、世界を倦怠と惰性で眺める稀薄な人間の一人として、僕はこれまで通りの日常を、静かに過ごしていたかもしれない。

アインとの短い幸福がなければ、今、こんなにも人生が不快でないだろう。もう彼女はこの世界にいない。あのような存在が、あのように死ぬこの世界を、僕は認めることができない。

アインに会う前、僕は勤めていた小さな出版社を辞めていた。駆け出しのフリーのジャーナリストとして、一冊の本を出版していた。

本の内容は、戦争と経済だった。これまでの戦争で、どのような企業が、どのような利益を得ていたのか。政府が発表する戦争の「理由」の背後で、どのような経済的な利益が飛び交っていたのかを、自分なりに調べ、わかりやすく書いた。

　第二次世界大戦時における、軍部と癒着した日本の財閥の動きにもふれたが、現代で発生する様々な戦争の背後がメインだった。戦争で利益が発生する構図を終わらせなければ、戦争は終わらない。趣旨はそういうものだった。タイトルは『戦争で稼ぐ人々』。内容的には、平和や人権、自由、多様性の歓迎といった、いわゆる「リベラル思想」に溢れたものだった。たまたまあるテレビ番組が紹介したことで、この本は多く売れることになった。でも僕自身が何かの企業の不正を暴いたわけでなく、これまでのジャーナリスト達の仕事を紹介する形式だった。当然のことながら、ジャーナリストの報告でなく、ノンフィクション・ノベルのようだと評された。実際に行われたことを、小説のように再現したこともあり、自分でもそう思った。

　戦争における死者数を、人間が平均的に有する血液の量で示し、その企業達が手に入れた金額を血液で表現したことも、インパクトがあったようだった。ある企業の利益の○億ドルは、戦争による死者の血液にすると○トンだというように。

　本が売れた時、フリーになっていたから安堵した。でもその反応に、僕は考え込むようになった。

　おおむねは好評だったが、でも少なからず、批判的な反応もあった。批判は当然ある。でもここが駄目、これが駄目、のみの批判が多く、ここがこうなのが、なぜ駄目なのか、これがどうでないのが、なぜ駄目なのかが、書かれてなかった。自分は少し保守的だから合わなかった、と書けば済むことを、別の理由を無理に挙げ批判するものも多かった。

前に出版社に勤めていたこともあり——主に翻訳書を出す小さな会社——自分が編集した本への批判は多く見ていた。でも『戦争で稼ぐ人々』に対する反応の種類は、やや奇妙だった。

なぜか感情的なものが、多かった。僕の中に最も残った、手紙による批判がある。一方的な批判の文章の最後の方に、かなりさりげなく、

〝知りたくなかった〟

と書かれていた。

〝知りたくなかった〟。これはあらゆるジャーナリズムにとって、重大なことだった。ジャーナリズムは、この世界で起こった出来事、隠れていた出来事を取材し、暴き、多くの人々に伝えるものだ。〝知りたくなかった〟と反応される時、ジャーナリズムは終わる。

ジャーナリズムだけでなく、映画や文学にとっても大きなことだった。人間の隠された心理、世界や人生における、皆がこれまで知らなかったある側面。〝知りたくなかった〟と言われれば、芸術も沈黙してしまう。

出版社に勤めていた頃、ここ十年の間で、少しずつ、読者の感想に奇妙な傾向が出始めているのに気づいたことも、思い出していた。大半は通常の感想なのだが、ごく一部、気になるものが混ざるようになっていた。

要約すると〝登場人物達がみな自分からかけ離れていたので、駄作だと思いました〟というような感想が、少しずつ増えていた。あるスペイン人作家の翻訳小説で、その翻訳者が書いた「訳者あとがき」があった。評論家でもある彼のそれは、その作品を理解する上で非常に大きなヒントになるもので、おおむね好評だった。彼にしか書けない文章だった。

でも一つ、こういうものがあった。

〝自分が思いつかなかったことが書かれていて、少し不快でした〟

この国に、いや、もしかしたら世界的に「何か」が広がっている。そんな予感がした。

本の出版後、僕は雑誌やラジオ、ごく稀《まれ》にテレビでも、意見を求められるようになった。戦争と経済だけでなく、あの本にあった「リベラル思想」により、僕は穏健左派の書き手のように受けとられ始めていた。

従軍慰安婦や南京大虐殺などの歴史問題、ジェンダー格差やLGBT、貧困問題についてなど。右傾化する日本政府への批判も、何度も書くことになった。

僕は編集者時代の貯金もあり、最初の本も売れたから、経済的にそのような仕事をする必要は実はなかった。センシティブな問題を少ない文量で書かねばならず、時間と報酬のバランスが、全く一致しない仕事だった。

当時の僕は、日本の右傾化に危機感を持っていた。危機感を持っている、つもりだった。

「でも、不思議ねえ」

講演会の時、打ち上げにきてくれた小学校時代の恩師が、何気なく言ったことがあった。

「少し不登校だったり、実はクラスメイトを避けていたはずのあなたが、……こんなに社会を心配することを書いて」

教師は、あなたも成長した、の意味で言ったと思う。嬉しそうに笑みを浮かべていたから。でも僕は動揺していた。

「覚えてるの、あなたのことはよく。……あなたはクラスで冗談を言ったり、皆と一緒に盛り上がったりしてた。でも私から見ると」

教師は微笑《ほほえ》む。あの頃は確かまだ新人に近い年齢だったはず。今では副校長だという。

「あなたは全部を、やり過ごしてるように見えた。ほら、運動会で、障害物競走ってあるでしょう？　あんな感じと言えばいいかしら。あなたはクラスメイトの全員を、障害物のように見ていた。この場は冗談を言ってやり過ごそう、ここは頷《うなず》いている時だという感じで。嫌い、というわけじゃないんだろうけど、何か、そんな感じが……。私みたいな先生に対しても、そうだった」

でも教師は一瞬、僕を不安げに見た。

「もしかして」

そう言い、続けて優しい表情を向ける。

「今でもそんなに変わらない？」

短い文章を様々な媒体に書いたり、ラジオで話しているうちに、明確な誹謗《ひぼう》中傷がくるようになった。

〝パヨク脳全開ｗｗｗｗ〟

〝これほど愚かな論客しかいないようでは、パヨクは人手不足らしい〟

〝そんなに現政権が嫌なら日本から出て行け！　売国奴！〟

小中学生のイタズラかと思っていたが、ネットに詳しいジャーナリストに聞くと、二十代〜七十代まで、こういう「ネトウヨ」と呼ばれる人達がいるという。

〝また新たな政権批判分子を発見。拡散希望。野放しにできぬ〟

〝お疲れｗｗｗ。パヨパヨチ〜ン〟

でもそんなものだろう、と思っていた。気にすることではない。

当時、別れたばかりの恵美《えみ》から、時々メールが来ていた。僕と付き合っていた頃、別の男性に誘われ、浮気になる寸前で、彼女は僕に別れを告げた。

その相手と男女の関係になる前に、僕に別れを告げた彼女のことを、奇妙にも、律儀だと思っていた。彼女らしいというか、ある意味の不器用さだとも、なぜか思った。

寝不足になるといつも赤くなる目で、彼女は僕という存在と真っ直ぐ向き合い、正面から別れを告げた。

辛くなく、むしろほっとしている自分を感じた。だが奇妙にも、僕が最初に意識したのは、自分がほっとしていることを、彼女に悟られないようにすることだった。

自分は彼女を好きなままで、でもふられる流れが自然だという風に。ほっとしたら、彼女が嫌な思いをするのではないかと。だが反対に、あまり悲しむと、彼女に罪悪感が湧く。僕は自分が、対応に迷っているのに気がついた。

対応。そうだった。僕の人間関係は全て、恋愛までも「対応」だった。

彼女はしかし、その男性とすぐ別れた。原因は男性の浮気と聞いた。彼女が再び僕に会おうとしているとは感じたが、僕はさりげなく別の話題の返信をし、避けていた。避けていると彼女も気づいていた。

〈長い手紙〉

一通の手紙が届いたのは、その頃だった。

『拝啓　晩秋の候、いかがお過ごしでしょうか。』

癖はあるが、潔癖を思わせる整った字で書かれた封書だった。僕に対する批判ではあったが、他のものと様子が違った。何枚もの便箋に書かれた、長い手紙だった。

『初めて手紙を差し上げます。貴著「戦争で稼ぐ人々」を拝読させて頂き（タイトルがよくありませんね）、加えて、昨今のあなたの随筆、コメント等を拝見し、お伝えしなければならないことがあると考え、筆を執った次第です。

それにはまず、私の人生もあなたにお伝えしなければなりません。私は、鉄工所を営む51歳の男です。名前は伏せさせて頂きます。離婚をし、現在は一人です。

今から幾年も前、私は原因不明の奇病に襲われることになりました。

本当のきっかけがどうだったか、わかりません。ですが、一つとても覚えていることがあるのです。梅雨が明けたはずであるのに、しばらく曇り空が続き、また雨が降った日曜日の朝です。床屋に行った時間のことでした。

理髪師に髪を洗われている時から、不思議な気持ちがしました。落ち着かないと言いましょうか、早く終わってくれと言いましょうか、不安感が泣き声を上げていました。洗髪が終わると、髪を切る椅子に移動させられます。どうしてか、その椅子が少し小さいと言いましょうか、体が挟まれてしまう印象がありました。私は首から下はシートで覆われて、留め口が首に巻き付いています。どうしたのか、と思った時、床屋の店主が私の落ち着かない顔を見たのでしょう、何気なく「動かないでくださいね」と言いました。

その刹那、私は、逃げ出したくなったのです。汗、眩暈、胸がダッダッと鳴って、息苦しくなった。グラングランする目に、店主の太い腕にびっしりと生えた毛の濃さが、ちらつきました。私は立ち上がって、大きく深呼吸しました。店主が驚いて私を見ます。もちろん今では、閉所恐怖症とか、もしくは恐らくパニック障害と呼ばれるものであり、誰にでもその気配はあり、酷くなれば精神科や心療内科で治療可能と知っています。ですが当時は、少なくともそんな名称は一般的でなかった。

私はもう一度椅子に座ろうとしました。でも駄目でした。また汗が噴き出して、胸がダッダッと鳴り、私は立ち上がり、首に巻き付いている覆いを外しました。

「体調が、悪いみたいです」

私は何とか取り繕いました。店主が驚いたままでいることも、苦しかった。

「お代は払います、すみません、帰ります」

「いやお代は洗髪代だけでいいですが、大丈夫ですか」

他の客も、私を見て驚いている。私は逃げる気持ちで床屋を出ました。

あれは何だったのだろうか。自分はどうしたのだろうか。でもそれから、私は電車に乗れなくなりました。ドアが閉まり、動き出せば電車はもう次の駅まで停まらない。途中で、降りることができない。それを意識すると、汗がまた噴き出し、胸が鳴って眩暈がするのです。

元々苦手だった人前でのスピーチも、できなくなった。知り合いの結婚式でのスピーチ。場が規定される、と思うと駄目だった。自分の名が呼ばれ、マイクの前に立ち、話している間、自分はここから出ることができない。そう一瞬でも意識すると、駄目なのでした。

当時入会していた会の尊師に、悩みを告白しました。告白代の二〇〇〇〇円は安くなかったですが、尊師は親身に話を聞いてくれた。

「先祖が怒っている」

やがて尊師が言いました。

「先祖の供養を怠っている。そうだな？」

尊師の言う通りでした。自分が経営している工場の債務が重くなり、私は朝も夜も関係なく働き続けていました。

仕事を休み、和歌山県の先祖の墓に行きました（尊師の言う通り、私の父方の先祖には様々に問題がありました。ですから、まず父方の先祖が眠る和歌山の墓に行ったのです）。

墓を水で掃除して清めまして、周辺の草を抜きまして、檀那寺である浄土真宗の経を唱えた後に、会独自の経を唱えます。私達の会は、元々会員が檀家となっている宗教を蔑《ないがし》ろにすることはないからです。

霊園は丘にあり、美を誇る緑の山々が一望できました。空気が澄んでおり、私は深呼吸しました。今その山の森林から生まれたばかりの新鮮な酸素に、囲まれておりました。

私は山の森林を見ながら深呼吸を繰り返しました。自分の症状が、遠いところにありました。体の力を抜いて歩きまして、立ち寄ったソバ屋で美味《うま》いソバを食べました。昼でしたが、ちょっとだけビールも飲みました（おいしかったです！）。

治ったのかもしれない。尊師の言う通り、先祖の墓を清めた後、体の重さが消えている。試しに電車に乗ってみると、私は普通に乗れました。少しどこかが引っかかりましたが、外の広い景色を眺めているうち、一駅を越え、もう一つ先の駅まで乗ることができていた。

ですが東京に戻り仕事を再開した途端、私はまた電車に乗れなくなったのです。

祓《はら》いをしなければいけない。尊師が私に言います。祓いには一五〇〇〇〇円がかかる。エ場の債務に追われている私に、払う余裕はない。その頃、会の信者が減り、元々名も知られていない、小さな集まりであるその会の経営が、傾いているとも私は知っていた。

私は、私達は、その会を、尊師を、心の底から信じてるわけではないのです。会の教えには真実が含まれていたし、会を離れた今でも、尊師には何か不思議な力があったと考えています。ですが、経営状態や、人事の人間関係など、会が発表することに「大人の事情」があるのを、私達はちゃんと理解していた。

「お金が払えません」

私が言うと、尊師は怒りを見せました。私は震え上がりました。会の経営状態が悪く、お金を払わせたいとはわかっていた。でも尊師から見放されれば私は一人になる。優しく温かな会のメンバー達からも、後ろ指を指されてしまう。

尊師は表情に怒りを見せているのに、声だけは、私の返事が聞こえなかったかのように、平静に続けます。

「先祖の念が、お前の体にもう入り込んでしまっている。こうなっては、いくら墓を清めても難しい。鎮めねばならない。荒行になる。でもお前ならきっとやり遂げることが」

「お金がないのです。私の工場は」

「荒行は丸一日かかる」

「お金が」

「ならば苦しめ」

尊師が突然言いました。聞いたこともない低い声でした。

尊師は、我慢が切れた表情をしていました。それは、私の返事に対する我慢だけとは思えなかった。これまでの、全部。私達の悩みを聞き、お金を集め、そのお金の集まりが悪くなってもなおすがってくる私達に対しての、我慢が切れていた。尊師が、自ら始めた会であるのに。

「私の言うことが聞けないのか。それならお前は破門だ。破門されたものがどうなるかわかるだろう」

尊師が静かに言います。私の脳ミソの真ん中にその言葉はダイレクトに響くようでした。

尊師の声にはそういう特徴があるのです。

「祓いをしなければお前の体内には常に先祖の念が居座り続けお前は癌になる。お前の体内には既に、癌の芽がある。どんな名医でも見つけられないほどの癌の萌芽」

「おやめください」

「声が聞こえるんだ。お前の未来の癌の声が」

「お願いです。おやめください。お願いです」

「破門になったSの末路は知っているな？　破門の一年後彼は病院で……」

私は尊師の部屋から出ました。逃げるしかなかった。でもこの逃亡は尊師の呪いを受けることを意味します。でも走るしかありませんでした。

どうすればいいのだろうか。頭では、さすがに尊師に癌を発生させることはできないとわかっているのです。でも、どうも、気になってしまう。病院に行こうか、と思う自分を叱り、でもここ数日ずっと腹部に微かな痛みがあったのを思い出して、でもどんな名医でもわからないと言われたことも思い出しました。潰れかかっている工場に戻ります。その頃、従業員は私以外にもう一人しかおらず、古株の彼にも給料が払えず、週末だけしか働いてもらってなかった。私は仕事をしようとしました。でも駄目なのです。工場の電源のブレーカーを上げることが、できないのです。

どうしても、手が、そう動かないのです。なぜでしょうか、幾つも並んだ黒のスイッチが、その整然さのようなものが、恐ろしく見えたのです。私は手を、その冷たい見知らぬ人のような黒いスイッチの整列に、近づけることさえできない。これを上げて機械をまた動かせば、自分は死ぬのではないかとも思った。私は工場の油の染みたリノリウムの床に膝をつきました。その場に蹲りました。

行き止まり。でもその行き止まりの私に、救いを差し伸べてくれた人がいたのです。

私と同じ会に所属していた人。行方不明と聞いていたが、脱会していただけだった（驚きました！）。彼が、私を別の宗教へ誘ってくれたのです。

小さな仏教系の宗教団体で、恐らくメンバー以外はその名も知らないでしょう。そこで私は〝リーダー〟に会いました。片方の目が義眼の、美しい男の老人でした。

古い屋敷を思わせる建物の一室でした。〝リーダー〟の背後には金色に輝いた奇麗な祭壇がありまして、線香の煙がゆらりゆらりして、春の花の匂いに似たお香が焚かれていました。

〝リーダー〟は私の姿を見た瞬間、「大丈夫です」と仰《おつしや》ったのです。

「……何がですか」

「大丈夫です。……息子よ」そう仰いまして、なんと私を突然抱き締めたのです。工場の汚れた服のままだった他人の私を。

〝リーダー〟の体からは、お香と同じ春の花の匂いがしました。私を抱き締めた細い老人の手は、しっかりと力がありました。私はその刹那、体の中が火照《ほて》り、気が付くと涙が流れていたのです。自分でもなぜだかわからないまま。

「私は、尊師に呪いを」

「大丈夫です」

「癌を」

「もう大丈夫です」

体に劇的な変化が起こっているのを感じました。体の中に広がっていた、特に胸や喉の辺りにつっかえていたようなものが、すっと下へ抜け落ちていくような震えがありました。

私はそこから、Q派の会の会員になったのです。』

手紙はそこで、唐突に終わっていた。

Q派の会？　僕は意味がわからなかった。彼がなぜ僕に自分の人生を送ってきたのかも、わからなかった。だが手紙の続きは、同じ日に届いていた。全く同じ封筒で。

手紙を書き、長くなり便箋の枚数が多くなり厚くなれば、通常は大きめの封筒に入れる。もしかしたら、手元にこの大きさの封筒しかなく、分けて送付したのかもしれない。でも普通なら、そんな風に分けて封書を送ったりせず、別の封筒を買うはずだ。

その手紙を分ける心理は、僕にはわからないものだった。もう一つの封書には、やはり続きが書かれていた。唐突に書かれていた。

『Q派の会の目的は、心の平安です。でも通常の宗教とは、明確に違うものがありました。〝リーダー〟の、存在感。当然ですが、圧倒的なのです。

周辺の景色とは、〝リーダー〟だけが異なった存在であると言いましょうか、別の世界から来たと言いましょうか、不思議な印象がありました。でも〝リーダー〟は、自分は外の世界から来たとは仰らないのです。

「人間には、本来辿るはずだった道がある」

〝リーダー〟は、そう仰います。

「しかれども、多くの人々は、その本来辿るはずだった幸福の道から逸れ、時に滑り落ち、人生の中で惑い、道なき荒野へ出てしまう。私は、その本来の道から逸れた人々を受け止め、元の道に戻したいと思う者です」

〝リーダー〟の義眼を見ていると、自分のあらゆる業が吸い込まれていくようでした。実際に、Q派の会に昔からいる会員から、〝リーダー〟の義眼の意味を教えられました。

「多くの人々の罪を受け止めるため、〝リーダー〟の左目は失われた。あなたの罪も、業も、あなたの代わりに、高次元の霊体を持つ〝リーダー〟が引き受けてくださる。自分の罪や間違い、苦しみを告白する時、〝リーダー〟の義眼に向けてするようにしなさい。〝リーダー〟の義眼の中に、あなたの内面のわだかまりが吸い込まれていくイメージを浮かべながら。私達は全て〝リーダー〟に任せればいいのです。道に迷った時は、いつも〝リーダー〟が受け止めてくださる。私達は〝リーダー〟と出会えて本当に幸運なのです」

ここは会費もなく、どのような義務もありませんでした。古い屋敷の一階広間が常に開放されておりまして、私達は自由に出入りでき、心を静かにして座り、迷いがあれば、三階におります〝リーダー〟に伝え、受け止められ、アドバイスを頂くのです。そしてまた自分の人生を生きるのでした。

私は〝リーダー〟に全てを話しました。母親と最初の妻を、立て続けに同じ病で亡くしたこと。娘が交通事故で亡くなったこと。悲痛の中で、何度も自殺未遂をしたこと。紹介された尊師に先祖の業であると何度も言われ、自分と自分の血を強く責めたこと。仕事に精を出したこと。しかし奇病にかかり、お金が払えずお祓いを受けられなかったこと。

「大丈夫です」

〝リーダー〟はでも、そう仰るのです。

「あなたの業はもう、あったとしても、あなたの人生に入り込むことはありません。あなたは守られています。そのことよりも、あなたは工場の仕事を、縮小するべきではないですか？　ほんの少し、意地になっていませんか？　休暇を取ってはいかがでしょう？」

そう仰りながら、〝リーダー〟はニコリニコリ笑ったのでした。

工場の経営が、安定していきました。同じくQ派の会の会員である女性と、再婚もしました。あれほど、私の人生が平穏だったことはない。あの時〝リーダー〟の支えがなければ、私はとうに死んでいた。

それから10年が経ち、Q派の会も変わりました。

でも私の〝リーダー〟への帰依は不変です。私の人生が今進んでいるのは、全て〝リーダー〟のお蔭なのですから。

私の意志が、何だというのでしょう？　私の自由意志など、必要ないのです。私は〝リーダー〟に導かれて人生を生きます。これが悪いことだと、あなたはお思いですか？

〝リーダー〟に導かれることと、キリストやアッラーや仏陀に導かれることが、違うとでも言うのでしょうか。宗教に限らず、学校の恩師や社長などに、導かれることも間違っているのでしょうか。

いつからQ派の会が変わったのか、きっかけは、徐々にだったと思われます。数年前、〝リーダー〟の説法の会の後に、とある地方議員が講演したことがありました。その辺りからでしょうか。変わっていくQ派の会についていけず、妻は脱会し、同時に私は離婚することになりました。

この辺りの事情は、私達を攻撃する材料になってしまう恐れがありますので、言うことはできません。私達を攻撃する者がいるからです。ですが、あなたにお伝えしなければならないことがあるのです。

日本は、中国と韓国と北朝鮮に、乗っ取られようとしています。政治について全く門外漢だった私は、〝リーダー〟やその仲間達から少しずつ教えられ、真実を開かされ、今はその危機を共有しています。

私達の人生を乗せる船である日本国。この日本国が、今道から外れようとしている。国の道が逸れてしまえば、国民皆の道が逸れてしまう。私達は、止めなければなりません。

私はそのためなら、何でもやります。必要悪、という言葉を御存知でしょう？　時には心を鬼にして、酷い言葉を言わなければならないこともある。そんな時は、私もその後に少しお酒を飲んだりして、自分を叱咤するのです。

あなたはフェイクニュースは駄目だと言う。何もわかってらっしゃらない。

私達が望んでいるのは、結果なのです。その結果が正しければ、手段は免罪される。結果的に日本国が正しい方向へ向かうなら、時にはフェイクニュースという名の劇薬で、人々を動かすのも重要でございましょう。

しかし先日、韓国人達と酒を飲む機会がありました。

仕事の関係上、どうしても参加しなければならなかったのです。話題が一瞬だけ、冗談のように、日韓の歴史問題にふれました。お互いに領土権を主張し合う、竹島の話です。

私は意見を言おうとしました。私が普段、インターネットで発言しているようなことを。

でもどう言うか迷うことになりました。一言で相手を黙らせる言葉は何か。

いや、考えているのでは、なかったかもしれない。言えなかったのかも、しれません。そうではないと思うのですが、インターネットで発言しているようなことを、実際に口で、喉を通った声で、相手の顔を見て言うのは難しかった。喉の先が抵抗して、言葉が出なかった。でも仕方ないではありませんか？　私だって、相手を傷つけたいわけではない。

その時、韓国人の一人が私の肩を抱きました。私が複雑なテーマに困惑していると、勘違いしたのかもしれません。

「政治のことは政治に任せて、今は目の前の酒を一緒に飲もう」

そう言い、乾杯をしたのです。

そこには議論も、言葉も、ありませんでした。乾杯。ただそれだけがありました。私達は乾杯をした後、酒を飲み、なぜか皆で拍手をしました。人間と人間が、今ここで出会ったのだと。何々人である前に、私達は同じ人間という存在であるのだと。ことあるごとに、私達は乾杯をした。私達は酔って笑い合っていました。夜遅くまで、いつまでも。

家に帰り、私は反省し、Q派の会で去年から実践されるようになった、十戒を唱え続けました。

来週は選挙がある。市議会議員選挙です。

私は選挙スタッフであり、負けるわけにいかないのです。地方の、しかも地域の選挙は投票率が低く、民主主義の盲点をつくることができる。一部の組織的な活動で、その地域の権力が確定されるのです。地方から、侵食することが可能なのです。

民主主義という病から、地方は解放されている。自分達の土地の地方議員達を、一度確認してみたらいかがでしょう？

平和で、温かな、素晴らしい社会を日本国に築かなければならない。それには、工作員達につけ入る隙を与えるわけにいかないのです。先祖の業などに、つけ入る隙を与えないのと似ていますが、外国が日本を侵略する隙も、与えてはならないのです。

私はQ派の会の変節により、二人目の妻と離婚することにはなりました。しかし、私の人生は、もういいのです。私は十分、〝リーダー〟の下で平穏な人生の期間を過ごすことができました。今は、私はQ派の会から与えられた使命によって、自分の人生を生きているのです。

私は地域のボランティアに参加しています。そちらはQ派の会とは別の活動です。私の子供は不幸にも亡くなりましたが、通学路を歩く子供達の笑顔を見ていると、絶対にこの国を守らなければならないと強く感じます。あの子供達は、私の子供の代わりに日本の未来を生きることになるのです。乾杯など、酔っていたとはいえ、軽率な行為でした。

あなたの言動は、日本国を危うくする。お止めになって、いただけないでしょうか？　あなたのような思想は危険です。中国や北朝鮮や韓国から、日本を守らなければならないのです。子供達の未来を、私達は守らなければならないのです。

あなたの著書「戦争で稼ぐ人々」は、綺麗事だと思います。実際の国際社会は争いです。確かに、私達Q派の会が今度選挙スタッフとして入る市議会議員は、デリカシーがあると言えず、失言も多い。でも、彼は日本を守ろうとしてくれるのです。

あなたにまず、あるサイトを教えましょう。このアドレスにアクセスなさい。この世界の真実が、守るべき私達の未来が、そこに書かれています。』


手紙はそこで終わっていた。

手紙に書かれたサイトにアクセスすると、そこにはいわゆる、ネトウヨと呼ばれる人達の歴史観が羅列されていた。

しかし、彼の人生を否定することが、できるだろうか。僕にはできなかった。人生の悲痛な出来事を身体に受け、そこで宗教にすがることが間違っているだろうか。人間はそんなに強くない。

怪しい宗教など脱会しろ。言うならすぐできる。だが宗教とは、その人間の根本存在に関わる。僕もキリスト教徒だった。熱烈に信仰しているわけでなかったが、子供の頃、僕はよくキリストの神を意識しながら生きた。

彼を説得するのは、政治や歴史の議論ではない。恐らく途中で変節した〝リーダー〟なる義眼の男からの影響などを、まず彼の「宗教」を取り除かなければならない。

でもそんなことが、果たして「出版物」で可能だろうか？

ロシアの作家ドストエフスキーは自身の小説で、論理に論理をぶつけても、人間は変わらない場合があると書いている。中には論理や思想が強い感情と化してしまい、固まってしまう人もいる。その本人が変わるのは、論理ではなく、同じくらいの強い別の感情によってでしかない場合があると。さらにその本人の思想を変えようとする時、同じくらい魅力的な思想を代わりに用意しなければ、その本人はなかなか変わることはないと。

真実だ、と思う。

だがドストエフスキーに付け加えるものとして、現代では、その思想の代わりだけでなく、その本人のネットも含めた周囲の人間関係の代わりも、用意しなければならない場合があると僕は思うのだった。

間違った関係性、グループの中にいたとしても、本人の思想を変えることは、ネットも含めそういったコミュニティーから出すことを意味する。勝手に説得してコミュニティーから出し、後はその本人を孤独のまま放り出すというのは、社会の自己満足に過ぎないのではないだろうか。

僕は、手紙の書き手が悪い人間とも思えなかった。会えば恐らく、やや神経質で意固地な側面はあっても、基本的には素朴な人間なのではないだろうかと。

〈別れた人〉

別れた恵美が他の男性のもとに行ったのは、彼女が結婚を考えてのことだったと思う。恵美が僕を、結婚相手に相応《ふさわ》しくないと思っていたのは、間違いなかった。

恵美はプロのライターだった。女性の権利に関する記事をよく書いていた。

「あなたを裏切った私を軽蔑する？」

僕に別れを告げる時、恵美はそう言った。付き合って半年で、長い関係ではなかった。

人間はそういうものだろう？　僕はそう言おうとする代わり、「しないよ」と言った。

僕のマンションの近くのカフェだった。客はほとんどいない。雨が降っていた。

「その男性は、……聞きたくない？」

「いいよ」

「結婚しようって私に言ったの」

僕は彼女が記事で、女性は本当に結婚した方が幸福なのか、子供を持った方が幸福なのか、いや、というよりも、そもそも幸福などそれぞれではないかと書いていたことを、思い出していた。

「嬉しかったの。……あなたはいい人で優しい。これまで付き合った男性で一番優しい。……よく言われるでしょう？」

僕は黙った。でも、それは。

「でも、それは、何か違うの。あなたはエゴがない。ううん、あるんだろうけど、あんまりない。なんか、表面的には隠してるけど、通行人みたいに、観光客みたいに、世の中にいる感じ。……多分だけど、あなたは自分から人を好きになったことがないような気がする。そうじゃない？　人から好意を告げられて、それに応える形で、恋愛をしているというか。……そこからようやく、人を好きになるというか」

禁煙していた煙草を、久し振りに吸いたくなった。別れを告げられた上に、無造作に内面に入ろうとされている。

「でも、じゃああなたが積極的じゃなくて、いつも受け身だったかというと、そういう単純な話でもなくて」

いつまで続くのだろう。

「なんていうか、愛し合ってる時のあなたは、積極的だったから」

僕はコーヒーを吹きそうになる。

「……は？」

「なんだか、そのために私は付き合っているのかなって。そのために、あなたは優しいのかなって、そう思うこともあって」

「違うって」僕はようやく言う。

「うん、そう、違うの。そんな簡単な話でもなくて、うーん、どう言えばいいのかな」

彼女は、記事でいつも彼女がそうしているように、分析している。

「そういうのが目当ての男性って、いるでしょう？　誰でもいいみたいな、酷い男性。あなたはそうではないの。ちゃんと付き合ってる女性とだけだろうし、自分が好きになった女性とだけ、深い関係になる。とても優しい。でも、そういうことをしている時、あなたは他の男性より、……感謝してる感じがする」

少し胸がざわついた。

「別に特別なことを要求するわけでもないし、私も別に、普通のことをしているだけなのに、……不思議な感じがした。あなたは多分、稀薄に生きていて、世の中というか、生きることも、そんなに楽しいと思ってない。でも、それだけってわけでもないんだろうけど、女性という存在を、不自然にリスペクトし過ぎてる印象を受けるの。自分を生活に、人生に、繋ぎ留めるものというか」

　彼女が考え込む顔をする。

「でもそれも、母親を投影してとか、あなたの場合、そんなシンプルなことでもなくて、もっと複雑なんだと思う。……あなたの成育歴みたいなところが、関係してるのかもね」

　そう言うと、彼女の目が少し濡れた。

「ごめんなさい。私、今、多分あなたに復讐してたね。……わかってる。結婚が全てじゃないとか書いてた癖に、結婚を前提に告白された男になびいて彼氏を振るなんてって、思ってるんでしょう？」

「思ってない」嘘だった。

「それは嘘。あなたはそういうことは口にしないから。もちろん、私は自分の考えを書いてたの。でも、百パーセント、自分の書いてたことを、自分で信じることができなかったのかもしれない。信じてない癖に、よく言われてることを、書き並べ立ててたのかもしれない。身勝手よね、でも複雑なの。……違う、私はただ」そう言うと、彼女は席を立った。

「あなたに愛されていたんじゃなくて、あなたにおもてなしを受けてたみたいで、傷ついたの」

こういう時いつも思うのは、もう自分のような人間は、恋愛などしない方がいいということだった。彼女がまた一人になりメールが来るようになっても、会うと思うと気だるさを感じた。

Q派の会の彼からの手紙は、時々読み返していた。自分がなぜ、社会的な発言などしているのかを考えながら。

〝差別するなという奴ほど、日本を差別してるよな。俺はただ在日は出て行けと言ってるだけで、これは移住のご提案です〟

〝セクハラ発言するなって言われると、もう何も言えないよな。男の人権はどうなる？〟

相変わらず、僕のもとにはこういう言葉が届き続けていた。タイにいる友人から、こっちに来ないかと誘われた。いい機会かもしれない。僕は一週間の休みを取った。

〈タイ　バンコク〉

友人の名は高井《たかい》といい、タイにいることも知らなかったし、タイで何をしてるのかも不明だった。大学時代に知り合い、三年おきくらいに、何かの機会で会う関係。その距離感が僕には心地よかった。

「なんかすげーよな。すげー活躍してる」

タイのバンコクで出迎えた高井は僕に言った。一番上のボタンを外した、派手な花柄のシャツを着ている。その日焼けの本格さが、この地に長くいる生活を表していた。

「そんなことないけど、でもさ」

僕は周囲を見渡す。

「久しぶりの再会なのに、ここ？」

広く薄暗いバー。衣装と思われる白い水着を着た女性達が、カウンターテーブルの上で踊っている。

中央には、ポールダンスをする女性が、足を広げながら天井近くから降りてくる。気だるく見ている多くの客達の中に、時折拍手する酔客の姿が見える。スピーカーからはミーゴスのラップ。

どこかをぼんやり見ながら雑に踊る女性だけでなく、客達に向け腰を振る女性もいる。目の前の白い水着の女性が、僕に微笑みかける。染めたと思われる金色の髪が、緩く動く身体をなぞりながら揺れている。美しい。僕は思う。

「女性の人権が気になるか、リベラリストとしては」

僕は言う。リベラリストという言葉が、なぜか不快だった。

「男性でもあるだろ。アメリカとかで、パンツ一枚で踊る筋肉質の男性達。……だから女性の人権というより、貧困の問題か、もしくは性への態度の話なんじゃないかな。やりがいを持ってる人もいるだろ。古くから議論されてることだけど」

「何だ、つまんねえな」

「ん？」

「格好つけて怒り出すお前を、笑おうと思ったのに」

高井はそう言い笑った。禁煙している僕の前で、煙草を吸い続ける。旨そうに。

「前にね、知り合いの女が訪ねてきた時、嫌な目で見てたよ。女性を商品にしてるって。だからさっきお前が言ったみたいに男でもあるだろって言ったら、相対的に女性のが多いし、それは社会的に女性が虐げられているからだって言ってたな。……正論なんだけど、なら過酷な肉体労働をさせられている男達はどうなるんだって話でもあって。……仮に一人の潔癖者が、そんな服着るな、踊るな、給仕だけしろってここの女性達の仕事に介入したとする。言ってる時は気持ちいいだろうけど、そうすればこの店の客は減って、彼女達は結果失業するんだよ。代わりの産業を用意してから言わないと欺瞞《ぎまん》だな。しかも彼女達に一方的に押し付けた別の産業が、本当に彼女達のやりたいことかもわからないしね」

彼は昔からこうだった、と思い出す。

「女性も技能や能力を磨いて働くべきだ、みたいによく言う奴いるだろ？　でも本当にそうかな？　男性だって別に、働くことに魅力を感じてない奴だっている。仕事をしたいって思う女性が、差別されずにできるようにすることが重要なのであって、働かないと駄目みたいな空気はおかしい。……働くママ、みたいな女性がそんなに好きでない女性だって多いよ。働いていない女性が、私は子育てとか自分の生活で精一杯と思うのは自然なことじゃないかな。要は人それぞれでいいのであって、押し付けられるとイラッとするよ普通。男も同じでね、何でそんな一生懸命働かないといけないのかって思う男も多い」

高井はそう言い軽く手を広げた。

「俺みたいに」

いま思えば、高井が必ずしも正しいわけでなかった。働く女性は別に他者に強要してるのではなく、女性が働くことも自然で当然という空気をつくらなければ、男性優位の社会のままであるから、時にそう発言することもあるだけだと思う。でも僕は酔っていた。

「諸悪の根源の一つはツイッターなんじゃないか？」同じように酔った高井が言う。

「140字で議論なんてできるわけないだろ？　どうしても感情的になったり、極端になったりするよ。あの文字数が社会を分断に向かわせてるね。そもそもスマホは脳過労に加えて、前頭葉を抑制的にするんだろ？　前頭葉が抑制的になってる時の言葉なんてまともなわけがない。……乾杯」

「何に？」

「社会の無数の分断に」

僕はカウンターで踊る女性達をぼんやり見る。美しい、とまた思う。

日本で真面目なことを言い続けるより、別にタイでなくても、こうやって女性達に囲まれ人生を終えるのはどうだろう。酔いで頭が重くなっていく。

「おー、リベラリストが変態の目してるぞ」

「しょーがないだろ」

「しょーがないか。ははは、ああ、しょうがない」高井が酔った目で僕を見る。

「この地で人生の最後を迎えようとする人間もいてね。ここは売春はないけど、そういう店もある」

「だろうね」

「金持ちの西洋人が年を取って、妻が死んでしまったりした後、……ふっていなくなることがあるらしい」

「ん？」

「ここにいるんだ。……ここの売春宿で、女性を買いながら人生を終える。あらゆることを社会で成し遂げ、尊敬を得て最後に来るのがここっていうね。……最後に来るとも限らない。自分達の国ではまともな生活をして、年に一度くらいここに来て自分を解放する連中もいる。……金持ちで、ラフな膝丈ズボンをはいてるような白髪の西洋人」

高井がなぜか、もう一度僕に乾杯を促す。

「知り合いの話なんだけどね、そうやってタイに来たのに、恋に落ちた奴もいる」

「ありそうだ」恐らく、彼自身のことだろう。

「……売春宿で一人の女性と出会って全てが終わった時、スマホでメールを見始めた女性が急に泣いたらしい。女性がね、家の小鳥が死んだって言ったそうだ。……その男はつまり、ナイーヴなインテリだったわけだ。先進国のナイーヴなインテリ。どちらかと言えば貧困問題に同情的なのにもかかわらず、恋愛に疲れ女性と付き合う気がないために、欲求に悩まされそういう場所に行ってしまう。多めに金を払い、気を遣いながら売春婦とそういうことをして、終わるとほのかな罪悪感を感じ、時に申し訳なさにいたたまれなくなるような。そんな先進国のナイーヴなインテリの文脈からすると、売春婦の涙は身体を売る悲しみの涙、生活の疲れの涙になる。だよな？　でもその女性は、田舎の実家で飼っていた小鳥が死んだから泣いている。……男は謝り、自分が何か余計なことをしたのかと聞く。女性は少し驚く。『あなたはいいお客』女性が言う。『痛くしたりしない。変わったこともしない。余計にお金くれた。あなたいい人』」

高井はそう言うと、息を吐くように笑った。

「男は困惑したそうだ。身体を売った後に、実家の小鳥の死に涙を流し、さっきまでの行為はまるで何でもないことのように受け止められている。……男はそう思った。でもその涙を見ながらね、ほら、インテリは自分がややこしくて不純だから、純粋さに弱いだろ？　何か心にくるものがあったらしい」

高井がまた煙草を吸う。禁煙している僕の前で。

「男は質問したそうだ。なぜこういう仕事をしてるのかと。協力する気もないのにそう質問してしまう男がいるもんだけど、男は本気で彼女を助けようと思ったらしい。女性はタイの田舎の出身で、借金があって、バンコクまで出てきて働いてる。オーナーに金を払うまで自由になれない。男は憤る。でもすぐ女性が『でもオーナーはいい人。時々ご飯を奢《おご》ってくれるし、アクセサリーもくれる』と腰を折ることを言う。……男はその額を聞き、全部肩代わりすると決めた。女性は驚く。オーナーはいい人で、今のままでいいと女性は言う。別のところに行きたくないと。男はそうじゃないと言い返す。『借金を払うだけだ。きみは別の仕事につける』男は続けて言う。『君が好きになったみたいだ。付き合ってくれ』……実は好みだったらしい。微笑ましいだろ？」

僕はどう答えていいかわからなかった。

「でもこの話には続きがある。二人は付き合うことになった。男はタイでの人脈が多少あって、彼女に日系の会社の事務員の仕事をあてがう。二人はしばらく幸福に生きた。男はこの国に骨を埋めることを考え始める」

やはり高井本人の話だろう、と僕はぼんやり思う。高井は酔って、日系の会社と言ってしまっている。

「女性が一度言っていたらしい。あなたと出会う前に、よく見た夢があると。……ホテルで客が寝息を立てている横で、ついたままになっていたテレビで中東のどこかの砂漠を見た頃から始まったそうだ。……起伏のある砂漠の真ん中で、寝転がっている夢。砂漠はあまりに広く、素っ気なく、どう歩いても、どこまで行っても、町には着かないと女性は思う。元々そういうものであるというか、むしろこのままの方が無事のようにも思う。でも同時に怖くなって側にあった枕を抱くと、それが大きく重くなっていく。腕や首に砂がついているのを、気にしなければいけないと思いながら、そのままにしている。仰向けで抱きかかえるようにしていた枕はさらに重く大きくなるけど、でも砂は柔らかくて何とか耐えることができる。

でもその耐える感覚が、ギリギリかもしれないと女性は思う。自分の右腕が気になってふと見ると、少しずつ古い布になっている。驚いた瞬間腕が崩れ、元々腕があった空間越しの空に一瞬タカが飛ぶ。そこで目が覚めていたんだそうだ」

カウンターで踊る女性が、こちらに微笑む。

「砂漠なんて行ったこともないのに、妙にリアルだったそうだ。もう日は落ち始めていて砂漠の表面は冷たいのに、身体が沈む砂の中にはまだ日の温度が残っていて、温かかったらしい。でもその温度には感情がなく、ただ日が当たっていたからそうなっている、という風で、やはり素っ気なく、味気ない。……俺は精神分析家じゃないから何を表してるのか知らんけどね。男は男で、別の心配をし始めた。彼女が自分と付き合っているのは、彼女の借金を肩代わりしたからじゃないかという疑問。当然のことで今更なんだけど、男は不安になり始める。彼女が仕事から帰って来たら何気なく聞いてみよう。男はそう考えた。インテリの自業自得の疑心暗鬼が始まるはずだった。でも男に待っていたのは彼女の死だったんだよ。ホテルで殺されていた。知らない西洋人の男に。彼女は売春をやめていなかったんだ。……男はわけがわからなかった。彼女に隠れた借金があったわけでもなかった。売春などする必要はなかったんだ。なのに彼女は男に内緒で時々前のオーナーに連絡を取り、客を斡旋《あっせん》してもらっていた。なら彼女はそういう行為が好きだったのか？　それも違った。彼女は性行為が嫌いと言っていた。あなたは優しいからいいけど、本当はああいうことをするのは嫌だと。……実際、初めて彼女と出会った時、彼女はその行為に対してそんな風だった。彼女は田舎の実家に仕送りをしていた。確かに実家はかなり貧しく、父親もいなかったが、どうしても誰かが売春しなければ生活できないほどじゃない。……男は失意の中、彼女の金がどう使われたのか知りたくなり、彼女の実家に行ったらしい。彼女の人生の証というか、彼女の人生の何かの達成を、見たかったのかもしれない。……スラムのような村でね。彼女の実家もボロボロで、仕送りした金を受けている様子がなかった。だが男はその場で茫然としたらしい。彼女の兄弟達は貧しくてまだ学校に行っていない。でも部屋のテレビだけが不釣り合いに新しくて、兄弟の何人かがスマートフォンを持っていたんだ」

高井の声が虚ろになっていく。

「スマートフォンだ。一体彼女がどれだけの男性の下になったと思う？　男はそこで放心したみたいになって、どうやって帰って来たか記憶にないらしい。……彼女の母親が馬鹿なのか。いや、そうじゃないんだ。貧困ってのは、続くと判断力まで鈍らせる。……前に俺も見たことがあるよ。小学生だった頃、家が貧しくていじめられてたクラスメイトがいてさ、実際ランドセルも古くて服も古くて、爪に垢が溜まっていて家もボロかった。でもね、日曜日に彼と何人もいる彼の兄弟が、電気が止められてるのか電気を使うのを止められてるのか、古びた工場に忍び込んでいるのを見たことがあった。そこで彼らが何をやっていたと思う？　ゲームボーイだよ」

高井の酔いが深くなっていく。

「昔やっただろ？　携帯型のゲーム機。今のは知らんけど、当時は充電式とかじゃなくて、電池で動いた。アダプターも使えた。つまり電池を買う金はないのに、ゲームボーイは持っていた。……じゃあ彼らの家庭に余裕があったかというと、全くなかった。救済が必要だった。でも彼らはゲームボーイを持っていたんだ。……貧困は続くと、少しずつ判断力まで難しくなっていく。でも、その女性の場合、それとはまた違った気がすると男は言ってたな。……砂漠に呼ばれていたというかね」

広大な砂漠に、呼ばれていく一人の女性の姿が浮かんだ。全ての表情を消していくような場所に、歩いていく女性。そのとき無意識に活性化されていた緊張と終わった時の安堵の感覚が、彼女の中で動き、呼ばれていくとでもいうような。

「犯人は捕まってない。でも、界隈で危ない客がいると噂になってたらしい。売春婦が殺されそうになったとか、何とか逃げ出したとか、そういう噂。……マザコンをこじらせたような、飽和社会が生んだくだらない猟奇殺人鬼。いかにも現代という感じの、いわゆる先進国の〝心の闇〟。……驚いたろうな。そんな〝闇〟なんて、想像もつかなかったろうな。だってそうじゃないか。そんな〝闇〟と彼女の生活は全く関係がなかったはずだ。そんなものをこの国に持ち込むべきじゃない。驚いたはずだ。彼女は」

高井の声が揺れた。テーブルには、高井のスマートフォンがある。銀色の。

「……その女性の彼氏だった男は」

僕はそのスマートフォンの鈍い光沢を見ながら、気づくと口を開いていた。

「ん？」

「その後、どうなった？」

高井が僕を見、でも視線を逸らす流れで煙草のパックをつかむ。酔ってなかったら、僕はあんな質問はしなかっただろう。

「消えたよ。このバンコクにいるんじゃないか。何をして生活してるのか、何のために生きてるのか、迷ってしまった男の一人として。……この国によくいる奴の一人というか。昼の太陽が嫌になって、夜だけしか活動しなくなったというか」

高井が煙草をパックから取り出そうとし、やがてやめる。

「……なんか酔った。出るか」

日本より、排気ガスの臭いを濃く感じる。もう夜も深いが、まだ人が多い。

「俺達も学生の頃は貧乏だったけど、なんというか、そういうんじゃないんだよな」

高井の言葉に、記憶が疼《うず》いた。でも頷くことにした。僕は口を開く。子供の頃のとは全く違う、別の話をするために。

「……昔、ファーストフードのハンバーガーが、65円で買えたことあったろ」

僕が言うと、高井の表情が僅かに緩んだように見えた。

「懐かしい。あった。学生ん時」

「あれ見てふと思ったことがある。……あのハンバーガーのミートを抜き取って皿に載せてご飯と喰えば、65円でハンバーグ定食が食べられるんじゃないかって」

「お前馬鹿だろ」

「しかも残ったパンにバターを塗れば、トーストもどきまでついてくる。……やってみた」

「まじで？」

「でもな、全然合わないんだ。びっくりしたよ。パンと食べるとあのミートは旨いけど、ご飯とは合わない」

「……当たり前だよ」

路上に立つ露出の多い女性達が、僕達に微笑みかける。

「ところで、……お前が少し興味持ちそうなニュース、日本で出てたよ」

高井が言う。また煙草を吸いながら。

「なんか、トランペットが、どうとかって」

「ん？」

「フィリピンのマニラで、第二次大戦中の楽器が発見されたって。日本軍の軍楽隊の」

「……トランペットって言ったら」

「ん？　お前も知ってるか。妙な話あるよな。昔なにかで読んだよ。悪魔的な楽器だったとか、日本軍の作戦を成功に導いたとか。読んだ時、なんか嫌な感じもしたよ。……恐らくそれだそうだ」

　路上に立つ女性達の香水の匂いが、まとわりついてくる。

「ニュースの第一報が、政府寄りの新聞だったのが気になるよ。その一報の後、ほら、政府が間接的にやってるんじゃないかって噂されてるネットニュースサイトあるだろ？　真相はわからんけどな。そこがすぐ、もっと詳しい情報を出した。……何かに使おうって、考えてるんじゃないかな」

「でも」僕は言う。

「そんな昔のもの、今更だろ」

「……いや、そうかな」

高井が煙草を携帯灰皿に捨てる。こういうところが、まだ彼は日本人だ。

「日本に、優秀なトランペッターは何人もいるだろ。優秀な音楽家も。彼らの政治信条がどうか知らんけど、今の政府は、やたら著名人と仲良くしたがる。まあ、政権に近づかれてほいほい仲良くなる著名人なんて、馬鹿で見てられないけどさ。そんな風に彼らが近づかれたとしたら。……昔の古い軍歌を洗練されたメロディにアレンジして、その復活した楽器で演奏されたらなかなか圧倒的なんじゃないか」

「……どうだろう」

「音ってのは、時に人を狂わせるからね。女の声なんて特に！　あはは。戦争における、圧倒的な無法。相手を殺し制圧していく高揚。現地の女達を次々襲っていく快楽の高揚。しかも国家や宗教に跪《ひざまず》くことで、その全てが許され栄誉や名誉に変わるわけだ。そんな人間の高揚を渦のように淫らに激しく演奏されたら、ちょっと正気じゃいられないかもしれないぞ」

　僕は黙った。ゴミを漁《あさ》る二匹の犬がいる。辺りに人間達がいても、出会ったばかりで息を切らせ重なり始める。

「特に俺みたいな奴はね。もちろん、戦時中の日本政府や日本軍の中枢がいかに愚かだったかなんて当然知ってる。ナチスに刃向かったボンヘッファーやニーメラーの活動も、ユダヤ人達を助けた杉原千畝《ちうね》やシンドラーの功績も知ってる。日本政府に不当に弾圧された幸徳秋水の無念さとか、非暴力主義のガンジーとか、黒人解放に尽くしたマンデラとか、まあ色々知ってるよ。でも、そういうのを知った上でなお〝やっちまえ〟となる自棄《やけ》もこの世界にはありそうだ。……お前の文章は時々読んでる。わかるよ、お前のやろうとしてることは。今の言論界の惨状。右派政権を背後に出てきたような連中や、ネットから出てきた連中の無責任な言葉から言葉を守ろうとしてる。元編集者らしいと言えばそうだが、言葉の本当の力も恐ろしさもわかってるからやってるのも重々わかる。でも、疲れないか？　言葉を社会に出すってことはつまり、社会のためになる面があるってことだろ？　でもネットの連中だけじゃなくて、東京のあの満員電車に乗った上で、それでも人類を愛せるなんてなかなか言えないんじゃないか。寄りかかって来る酔っ払いや意味不明に足広げて座ってる奴を見て、彼らを救いたいなんて普通思えないだろ」

高井が自分で笑い、続ける。

「戦時中、戦争に反対して、民衆からも政府からも迫害されて投獄された社会主義者達がいただろ。その中に、瓦礫と化した日本を見て〝ザマーミロ〟と思わず感じてしまった奴も一人くらいいたんじゃないか。……俺はどちらかと言えばそっちかな。日本がどうなろうとどうでもいいね。むしろまた馬鹿みたいに戦争して滅んだらすっとしそうだ」

高井は酔っていた。同じように僕も。

「さて、……俺はこっち」

高井の行こうとしている暗がりの道の先に、小さな赤い光がある。何かの店。

「お前はどっちだ？　どこに行く？　それとも」

高井が言う。なぜか僕の目を見て。

「一緒に来るか？」

赤い光が、酔いのせいか掠れていく。

恐らくあそこには、複数の女性がいて、高井は誰かを買うのだろう。恋人が死んで、バンコクの街に消えた人間の行き先。女性を買うことで、死んだ恋人への復讐をしているのかもしれない。そう思い、打ち消す。

「やめとくよ」

そう言った時、自分の中の何かがため息を吐く。つまらない奴だという風に。

「でも、……煙草くれ」

「ん？　禁煙してんだろ」

「一本だけだ」僕が言うと高井はまた笑った。煙草をもらい、火をつける。

高井が手を挙げ、歩いていく。小さな赤い光の方に。その先は見ない。煙草の細い煙が、緩い風で砕けた。僕は自分のホテルへ歩く。

高井は少し傷ついたろうかと考えた。ただでさえ、しゃべり過ぎたと後悔しているはずだった。別にお前はそれほど変ではないと示すために、付き合えばよかっただろうか。人と会った後に僕がいつも感じるのは、漠然とした後悔だ。別に女性とその後ホテルに行くことになっても、何もしない選択肢もあった。
　でもそう気づいたのは、部屋に戻った後だった。酔いを覚ますため水を飲み、顔を洗った後だった。

〈トランペットの伝説〉

　眠気を感じ、ベッドに横になる。でも高井の言っていたトランペットのニュースが気になり、スマートフォンを開いていた。気になったと、感じただけかもしれない。人は習慣でスマホを見るから。その習慣の無意識の達成のために、ニュースのことを思い出したのかもしれない。
　あの時、遠くで犬が吠えていた。僕はさっき重なり合っていた犬に高井を連想し、意識して首を横に振った。あの犬のどちらかが、いま吠えているのだろうか。でも威嚇とか、通常犬の鳴き声から連想するものとは、少し違っていた。ここに何かあると、犬が誰かに知らせている感覚。

僕はベッドの上でスマホを開いていた。重なり合う犬に再び高井を連想し、酔った頭で短く拒否の声を出し、また首を振った。大手新聞社による一報は、短く簡素なものだった。

比で旧日本軍〝伝説の楽器〟発見か

『フィリピンのマニラ市当局は十六日、同市郊外で、旧日本軍のものと見られるトランペットが発見されたことを明らかにした。

これまでも旧日本兵の遺品は各地で多数見つかっているが、このトランペットは当時の軍楽隊の関係者などから〝伝説〟と称された名器〝ファナティシズム（通称）〟ではないかと期待されている。第二次大戦時、「鈴木」と呼ばれた旧陸軍軍楽隊の隊員によって巧みに演奏されたことが資料として残っており、特徴が一致するという。軍楽隊は戦地の兵士達への慰問活動などを行った。

当時を知り、旧陸軍の技術兵としてマニラに従軍した男性（92）は「もし本当なら驚くべきこと。あの楽器は他のものと異なり、独特な音色で戦地の私達を勇気づけてくれた」とコメントしている。』

そして保守系のネットニュースサイトでは、こう報じられていた。

【新着記事】　旧日本軍・軍楽隊の名器〝ファナティシズム〟遂に発見される

『みなさんは、〝ファナティシズム〟と呼ばれた伝説のトランペットをご存知だろうか。第二次大戦下、皇軍の軍楽隊に所属した〝鈴木〟と呼ばれる天才トランペッターが使用していた名器である。〝鈴木〟によるトランペットの独奏は、戦地を感動の渦に巻き込んだ。まず日本本土の流行歌を奏でるところから、〝鈴木〟の独奏は始まったという。懐かしい曲を聴き、兵士達は日本本土の家族を想い、涙した。続いて現在の、彼らの知らない日本の流行歌が奏でられると、兵士達は現在の家族に想いを馳せることになった。

何を犠牲にしても、絶対に守らなければならないものがあるということを、兵士達は演奏に浸りながら想い続けた。そこで軍歌が連続して奏でられることになる。強く激しくだ。

〝鈴木〟はまだ二十歳と若く、美青年と称されるほど、女性のような顔をしていたという。しかし女性のような「可憐《かれん》さ」はなく、凜《りん》とした美しさを持ち、切れ長の目に、官能的ともいえる赤い唇をしていた。〝鈴木〟の独奏に兵士達は酔いしれた。

内から沸き立つ高揚。聞き慣れていたはずの軍歌が、体内の血液となり巡るようで、演奏が終わると拍手と共に兵士達は立ち上がり称賛の叫び声を上げた。しかし拍手や叫びがまだ終わらないうちに、また次の軍歌の独奏が激しく始まる。

永遠に続くかの熱狂。今なら。多くの兵士達は思ったという。今なら、自分達は勝利できる。日本本土の家族を守るために、絶対に退いてはならない防衛線を守るために、いざ我が命ここに燃焼す。兵士達の歓喜の中、〝鈴木〟の演奏は大気を突き刺すほどその場を制圧した。

「横で見ていて、日本人が羨ましかった」

そう証言したマニラの現地人もいたほどだ。

「あの中に入りたい、と思いました。天皇様と、日本の家族を守るために、命を捨て、敵と戦う。演奏の中にいた兵隊さん達の、命がその場で燃えながら、何かに向かっていくかのようでした。全員で一つの炎となって、何かに……。毎日の人生、面白いですか？　人生とは、なかなか味気ない。でも、彼らは滾《たぎ》るほどの充実の中にいた。あんなに美しい瞬間にいることができて、彼らはみな幸福だったのではないでしょうか」

別のマニラの現地人は、こんなことも言っている。

「〝鈴木〟という兵隊さんは、奇麗な顔をしていた。それはそれは、とても奇麗な顔をしていた。女みたいでね、トランペットに口をつけている時は、官能的でもあって、男の私でも、クラッとくるというかね。……その翌年、私達の村では子供がたくさん生まれました。あの演奏にあてられて、村の男女も興奮したのでしょう。うちの四女も、その時に生まれました。女房から求められたことなんて、何年振りかでしたよ。ははは」

そしてあの〝奇跡の作戦〟が決行される。

マニラ山中で、追いつめられ死を決意した師団の兵士達。戦いに疲れ、飢えや病にも冒された彼らに、もう戦う力はない。無駄死には愚かであり、命は敵と玉砕するためになければならないというのに。

前方に米を中心とした連合軍が見え始め、背後には現地のゲリラも潜んでいる。体は動かない。しかしその刹那、〝鈴木〟のトランペットが高く鳴った。

血液のような赤い真っ直ぐな一本の太い線が、空から激しく振り落ち地面に激突した幻想を見た者もいたという。

玉砕。初めはそう思っていた。自軍の兵の数はもう五十足らずであり、しかし敵の連合軍の兵は数百とみられた。その時に流れた激しい旋律は、飢えや病で朦朧《もうろう》としていた兵士達の脳内に直接響いたという。

敵の砲撃が始まる。しかし兵士達は叫び声を上げ突撃した。

トランペットの音は砲撃音でかき消されたはずだが、兵士達の脳内には、以前からずっと聴いていた〝鈴木〟のトランペットの音色を思い出すように、それが再現されるように響き続けていた。

砲弾の中を、兵士達は駆け抜ける。突撃において、最も避けるべき敵軍の中央に、日本兵達は躍り込む。

玉砕とはならなかった。自軍も随分倒れたが、敵を殲滅《せんめつ》していた。木々を巧みに使い、銃や砲撃の間合いを越え中に突入してきた日本軍の苛烈な兵士達に、連合軍は驚き、為《な》す術《すべ》もなかった。勝利を確信し、命を惜しんだ連合軍は不意を突かれた。

兵士達の摑んでいた軍刀はどれも赤く染まっていたという。日本の精神を体現するような美しき刀達が、その白銀の刃が、敵の血でさらに美しく勝利に染められていた。

その後の〝鈴木〟の行方はわからないし、トランペットも失われたとされていた。だがこの度、なんとそのトランペットがフィリピン・マニラで見つかったのだ。

「あの音は独特だった」

多くの兵士達が言う。

「あのトランペットは神懸かっていた。私達の精神そのものだった」

音を聞いてみたい。そう思わないだろうか？

この楽器で、日本国国歌の「君が代」を、そして軍歌を聴いてみたい。そう思わないだろうか？

マニラ市当局は、当然返還の意思があるという。

平和ボケした日本国民の精神を、この楽器が覚醒させてくれることを望む。』

まるで物語のように書かれた保守系のネットニュースサイトの記事は、そこで終わっていた。

本当か？　とまず思った。でもこの楽器の存在は、以前から知っていた。

当時の軍楽隊のレパートリーで、西洋のものはほぼ同盟国だったドイツのものに限られていた。そのような軍がそのトランペットを〝ファナティシズム〟と英語表記で呼ぶことはない。

この呼び名は、米軍の元兵士の回想録からきている。抜粋するとこのようなものだった。商業用に出版されたものではなく、元々は、その元米兵が個人的に書いていたもの。

『……敗走していく奴らを追うなんて、得策じゃない。俺達は分隊で、本隊は大分離れていたから、本来なら合流して的確に追いつめるべきだった。俺達は不用意だった。でもハイになってたんだ。薬をやってたわけじゃない。そんなもの持ち込めるはずがないだろ？　でもハイだったんだ。逃げる連中を追う時、俺達はいつもハイになった。

「ジャップが逃げるぞ」

誰かが言った。もしかしたら〝片方のスニーカー〟が言ったのかもしれない。もちろんその時は、奴もちゃんと両足とも軍靴を履いてたよ。当然だろ？

忘れられない。前の仲間がボウリングのピンみたいに倒れて、銃声がした。奴らは離れていたはず。逃げながら撃った弾が偶然当たった？　違う。逃げていたジャップ達が、逆に向かってきていたんだ。

音がする。気づいた時は遅かった。急に彼らは反撃してきたんだ。俺達は夢中で撃ち返して、逆に逃げることになった。変だった。丘みたいなところに、一人の男がつっ立っていた。まさか、吹いてる？

俺はその時、〝ワニ野郎〟が言ってたことを思い出した。凄いトランペッターが、ジャップの気狂い達の中にいる。そう偵察の連中達が騒いでいたと、〝ワニ野郎〟が俺達に教えてくれていた。腕前が〝悪魔的〟で、あんな演奏は聴いたことがないと。しかも女みたいに美形で、その演奏にジャップ達が〝熱狂《ファナティシズム》〟の中にいたと。

怖くなった。偵察の連中はそう言ってたらしい。ジャップ達がイカレてるのは、皇帝ヒロヒトのせいじゃなくて、あいつのせいじゃないかと言う奴まで。あんな〝熱狂《ファナティシズム》〟の中にいる連中なんて相手にできない。いま戦ったら気持ち悪いと。司令官殿は、そんな腕前なら連れて帰りたいと言っていた。クラシックの愛好家って話だけど、司令官殿には「別の噂」があった。まあまさかとは思うけど。

しかもそのトランペットは、イカレた音を出すらしい。〝熱狂《ファナティシズム》〟がそのまんま楽器になったみたいだと。

「あれを撃て」誰が言ったんだったか、そんな声が聞こえて、すぐ気づいた。あの丘にいるのがその張本人だってことに。

俺は振り向きざまに撃った。他にも撃った奴がいただろう。当たったかわからない。確認する余裕なんてなかった。

でもあの細い、棒みたいな黒いシルエットは記憶に染み込んでる。砲撃が始まって誰も聴こえないはずなのに、ずっと吹いていた。いや、ジャップ達には聴こえていたのかもしれない。まさに悪魔だ。

本隊と合流してからも、そのトランペッターの話は度々聞いた。従軍していた連中の中には、ジャズをやる奴らもいた。持って帰りたいと言っていた。偵察か何かで、遠くから演奏を聴いたことがあるらしい。あのトランペッターを殺し〝熱狂《ファナティシズム》〟を持ち帰りたいと。あの音の仕組みを知りたいと。……』

元米兵達のものは他にもあり、帰還した元日本兵の回想録にも、『女性のような顔の美形の青年、その腕前尋常にあらず。我ら皆涙にくれ、神の楽器に心酔す』というものや、『一吹きすれば、火酒が五臓六腑に染み亘《わた》るごとく、カッと目が開く』などの記述がある。以前、元日本兵達の証言記録の収集を手伝った時にも、その話はごく稀に出てきた。

しかし彼らの回想のうち、捕虜になってからのものに〝鈴木〟の述懐はない。米軍の捕虜収容所で、捕虜達は歌や演劇などの「催し物」を余暇で行っていたが、そこに〝鈴木〟の姿は出てこない。

つまり彼は捕虜になっておらず、戦死したと思われた。

休日はまだ五日あった。昔出版社にいた頃、フィリピンの作家の翻訳小説を出したことがあった。本は売れなかったが、その作家とは時折メールでやり取りしていた。彼の本業は教師で、首都マニラにいる。義兄が大きめのコールセンター会社の役員であり、行政に多少顔が利くと言っていた。

楽器を取材できるかもしれない。何かの状況にある時は、進んだ方がいい。そう思っていた。高井と過ごす予定だったバンコクに、いづらくなったのも理由だった。僕はその作家にメールを打っていた。

彼からすぐ返事が来た。〝上手く橋渡しできるかもしれない。後一日待ってくれ〟。眠りにつき昼に目覚めた時、彼から可能を知らせる連絡が来ていた。

僕はマニラへ向かった。飛行機の中で、奇妙な感覚を覚えながら。

フィリピンの作家の彼からのメールを読んだ時も、起きたばかりでアルコールも残っていたため、一瞬なんのことかわからなかったことを思い出した。自分から取材の仲介を頼みOKされたのに、まるで向こうから打診された感覚だった。

酔った勢いでこの取材を、というわけではなかった。もしいま同じ状況でも、自分はフィリピンの作家にメールしただろう。そうであるのに、なぜか招かれる感覚が拭えなかった。

〈アイン〉

マニラ市役所前で待ち合わせた。西洋風の、でもどこかアジアを思わせる可愛げのある時計台。でもマニラは開発が進み、ビルが立ち並ぶ。急速に発展する街並みを見る時、僕はすぐシンガポールを思い浮かべる癖がある。アジアの経済区と観光のモデルケースとして、あの人工的な美しい街並みは参考になるのかもしれない。

だがどこもそうだが、地方は疲弊している。開発が行き届いているとはいえなかった。

出迎えたのは精悍《せいかん》な顔の青年だった。フィリピンの作家の義兄が役員をしている、コールセンターの従業員。その作家の本業は教師だから、授業があって来られない。授業が終わり次第、彼が迎えにくると。

僕は発見されたトランペットを想像する。吹き鳴らされても、対米追従を続ける日本は、反米にはならないだろう。でもただでさえ戦中の復古主義が盛んな現代の風潮が、助長される可能性は捨てきれなかった。その復古主義の狂気が向けられる先は、今度はアメリカではなく、東アジアと穏健も含めた国内左派になる。

でも市役所の一室でこのトランペットを実際に見た時、僕はそんな「面倒でややこしいこと」を完全に忘れていた。

美しかったのだ。圧倒的なまでに。

木製のケースの中に、その内部の凹凸に嵌まる形でトランペットが収められていた。トランペットと凹凸の間には白い絹状の厚い布が敷かれ、革製のバンドで留められるようになっている。ケースは手製と思われた。

トランペットは銀の光沢を維持していた。すぐ古いものであるとわかり、時代のあらゆる出来事を通過してきたと強く感じられるのに、奇妙な新しさを有していた。古い時代に属するものが、途中から空気による劣化を避け、神経質に真空の何かに入れられ続け、今この瞬った。

間に出現したかのように。気味が悪い。正直そう思った。でも視線を逸らすことができなか

その音色の美しさから、多くの命を奪ったもの。血の味を知るもの。悩み、惑う人間というものから、乖離《かいり》した金属。

美しい音を出現させるものは、その形状も美しいのかもしれない。形状が美しいからこそ、美しい音が出現するのかもしれない。息の吹き込み口から、光沢のある銀の管が意志を持ったように伸び、やがて幾何学的な複雑を体現するかのように整然と入り組み、そこから再び曲がりながら伸びていく先端の果ての音の出口は、柔らかなカーブの広がりとなっている。こんなにも優しく見えるカーブを、僕は他に知らない。

どのような悪徳も、その柔らかな広がりの先端から吹き出されることで、人の耳の中に抵抗を越え入り込んでいくかのように。この冷酷は美しさからきている。そう思った。

さらに、これは僕の知るトランペットの形状とは、どこか違うと感じた。

「こんな状態で……、これはどこに？」

「山中の、ある空き家の床下の地中です」

「そんなわけが」

「そうですね」楽器の脇に立つ、マニラ市の男性職員が微笑みながら英語で言っていた。で

も彼の表情はやや緊張している。気づくと僕を出迎えた青年は消えていて、この身体の細い職員と二人になっていた。

挨拶もしたはずなのに、彼が突然横に立ったと思えてならなかった。

「どこか別の場所に、丁寧に、慎重に保管されていたものと思われます。……それが恐らく、空き家の地中に運ばれた」

「どうしてですか」

「わかりません。奇妙ですよね」

市の職員が静かに続ける。

「私は楽器が好きで、少し詳しいんです。だからこの楽器のマスコミ対応をすることになったんですが、……古いものであるのは見ればわかります。でもどこのメーカーのものか、そもそもどこの国でつくられたものか、調べてもわからないんです。通常あるはずの刻印がない。日本語で『ミチ』のように刻まれているのが微かにわかりますが、後からつけられたものかもしれない。私は専門家でないから、どうも」

日本軍の軍楽隊はずっと西洋産の楽器を使用していたが、二十世紀初期、大正から国産も使われ始めたと言われている。その頃に流通した「製品」でなく、試作品の一つと思われた。演奏するのが難しいというか、まだ演奏者を選ぶもの。

「これは……？」

トランペットに見入る自分を誤魔化すため、僕は隣の革袋に視線を移した。

「わからないです。一緒に見つかったので同じ所有者のものと思われますが、……中身は入ってない」

「……楽譜？」

大きさから、そう感じた。

「実は私も、そう思います。中に入っていたものは」

楽譜とは当然、音符の記述となる。オリジナルの曲だったのではないか。そう思い、胸が騒いだ。人を狂わせる曲。人を狂わせる音符の配置。それが記されたもの。

「……鳴るのですか？」

「わかりません。試してみたいですよ。私がやっていたのはヴァイオリンとホルンですが、トランペットも少し吹いたことがあります。こんなものが目の前にあったら、吹いてみたい。でも、……密かに試そうとしても無理です。だって音が鳴ってしまう」

職員はそう言い笑った。僕も笑う。二人とも、奇妙な緊張の中にい続けていた。でもこれくらいの緩和では、持続した緊張はすぐ戻る。再び沈黙に覆われた。

「……これを見つけたのは？」

ようやく僕は言う。

「子供達です。その空き家を隠れ家に遊んでいた、近所の子供達。いい子達で良かった。ちゃんと届けてくれた」

本当に良かったのか。ネットニュースサイトの記事を思い出す。

「写真を？」

「ええ、もちろん」

僕はカメラを構える。画面越しに見ても、楽器やケースの威圧感が消えない。むしろシャッターを切れば、その画像がカメラ内で作成されることになり、この楽器の何かが僕のカメラの中に入っていくように思えた。鼓動が微かに速くなっていく。

でもシャッターを切る。一度。二度。

気づくと夢中でシャッターを切っていた。初めに感じた抵抗は、シャッターを切るたび薄れていた。

僕の思想と、この楽器は反する。そうであるのに、高揚している自分を感じた。自分を汚したかったのだろうか。善悪や思想を超え、ただ目の前の美に惹かれたのだろうか。

もっと。そう思っていた。この角度では、またトランペットは別の表情を見せる。だからこの角度の表情を収めなければならない。ではこの角度は。この角度は。

呼ばれている。そう思った。トランペットに、呼ばれている。だから僕はシャッターを切っている。でも徐々に寂しさを覚えた。何枚撮っても、僕はこの楽器に本当の意味で近づくことができない。カメラで撮る立場の僕は、いつまでもその立場から出ることができない。何枚撮っても、何も手に入れることができない。

視線を感じ、手を止めた。職員の男が僕を見つめている。

「……すみません」

なぜか謝っていた。

「いえ」

職員の男はしかし、怪訝な顔をしていない。同情する表情だった。僕は自分の孤独を見られていた。

「では、そろそろ」

「ええ、そうですね」僕は言う。

「……ありがとうございました」

部屋を出る。彼はそのまま僕に付き添い、別の職員が代わりに部屋に入った。

しばらく沈黙が続いた。

「昔、プロの作曲家になりたかったんです」

職員の男が、やがて言った。独り言のように。

「でも無理でした。才能がなかったと言えば簡単ですが、何というか、ある音の連続に、囚われたんです。……この三音です。こういう」

男は声で、三つの音を出した。

「歪《いびつ》な音階。今ならわかります。でもあの時は、頭からその三つの音が離れなかった」

そう言い、柔らかに微笑む。

「曲をつくろうとしても、その三音ばかりが頭に鳴ってしまう。これほど美しい音の連なりはない。そう思えて仕方なかった。……音楽は、人に聴かせるものです。私はこの三音を基礎にしてヴァイオリンの小品をつくりました。でも誰もが首を傾げる。全く美しくないと言う。前はそこそこいい曲をつくっていたのに、一体どうしたんだと。……私には理解できませんでした。なぜわからないのかと。この音楽の素晴らしさをわからないなんて、どうかしてると。……私はそれからヴァイオリンの小品をいくつもつくることになりました。この音階を使った曲を、いくつも。姉が私を病院に入れるまで」

男は微笑みを保ち、小さく息を吐いた。

「あの楽器を見た瞬間、なぜかその時のことを思い出しました。……なぜでしょうね。音楽は時に、人を狂わせる。あのトランペットであの音階を吹いてみたら、何かわかるんじゃないかと、そんなことを思いました」

エレベーターの前で、立ち止まる。

「でも私は、当然もうそんなことはしないのです。妻がいますし、もうそんなことは。……関わらない方がいいもの、というのがこの世界にはあります。普段なら関わらないで済んだことが、その時の精神の波長などのせいで、関わってしまうことがある。あの楽器は特別なものです。それはわかります。これ以上は関わらないと決めている自分を、心の中の、自分でもよくわからない部分が、つまらなく感じているようにも思います。何か嫌なことでもあって、精神の波長でもおかしくなっていれば、またあいうものに関われるのにって。……でもあなたはアーティストじゃない。ジャーナリストだ」

「ええ」

「なら記事を書いて忘れることです」

この職員は一体なんだろう。過去の自分を、僕に見たのだろうか。

このまま帰ることに、抵抗感があった。楽器を見つけた子供達を取材できるか聞くと、手配の電話をかけてくれた。

まだこの楽器に関わっていたいと思っていた。閉まっていく灰色のエレベーターのドアの向こうで、職員の男が軽く頭を下げた。

夕方にマニラ郊外に着いた。トランペットを見つけた子供達も学校が終わり、当事者の六人のうち五人が来てくれた。側に大人の女性が立っていた。白いノースリーブのシャツを着ている。

アインだった。見た瞬間に、美しいと感じるだけでなく、もっとその姿を見たいと思っていた。悟られないように、僕は子供達に視線を移した。

すぐ笑顔を向けると、安心したのか子供達も笑顔になった。日本人が珍しいのか、視線からこちらへの興味が溢れていた。

スラムではないが、細い川の側の、古びた集合住宅の前。明らかに、開発から外れた場所。楽器が見つかったのは山というより、小さな森の丘に見えた。

「アインさんも一緒にいたんです」

一番背の高い、十歳くらいの少年が言った。

「一緒ではないよ、あの、……アインです」

アインが言う。僕は見ることを許された機会に、一瞬だけ、名乗りながら再び彼女を見た。奇麗だ、と視線を逸らしながらまた思う。これ以上見ると、自分の表情に何か妙な感情が滲むと反射的に思った。

〝あなたは自分から人を好きになったことがないような気がする〟

恵美から言われた言葉だった。でも違う。二十歳頃までは、自分からちゃんと人を好きになった。好意を伝えられてからになったのは、その後だった。

何を考えているんだろう。呆れを帯びた笑いが浮かぶ。どうかしてる。彼女は二十五歳付近の年齢に見える。恐らく十歳以上離れている。

「アインさんも一緒に行こう」

十歳くらいの少年が言い、歩き出した。慕われているようだった。僕の横には、付き添ってくれたコールセンターの青年がいる。

「この子供達とは、どういう？」

青年がアインに話しかける。男性が女性に特別な好意を持って話しかける時、すぐわかる。なぜかわからないが、僕はそれを見るのがいつもあまり好きでなかった。

「この子と、あといま風邪で休んでる子に」

七歳くらいの女の子に、手を向けた。

「英語を教えてるんです。少しですが」

フィリピンでは、小学校から英語を習うと聞いたことがある。家庭教師のようなものだろうか。

「アインさんは日本に詳しいんだよ」

さっきの十歳くらいの少年が言った。名がジョマルとわかったのは、もっと後のことだった。

「詳しくないよ。……ただ、好きで」

僕は今なら彼女を見ても許されると思ったが、顔を見ようとして咄嗟に視線が迷った。

「そうなんですか？」

顔だけ向け、自分でもどこを見てるのかわからないまま言う。彼女の首元や、白い服。

「ポケモンとか、そういう……？」

「違います」

彼女の声に、微かな不満の響きがあった。

「あの、小説なんです。……安部公房、大江健三郎、遠藤周作」

「ええ？」

僕は普通に驚いたことでアインを見た。また奇麗だと思いながら。

「あと、……小津安二郎とか、黒澤明の映画とか」

「アインさんは頭いいんだ」ジョマルが言う。「本当は向こうの大学に行ってたはずなんだよ」

「いえ、そういうわけじゃ、漫画だって、……わたし、生まれはヴェトナムで、国籍もヴェトナムなんです。今は……」

「あれじゃないですか」

コールセンターの青年が言う。草木の向こうに、古びた小さな家がある。二人の少女が、ややずれたタイミングで頷いた。

僕は意識を取材に向ける。体裁を保つように。いくら奇麗とはいえ、これほど年齢差のある女性に動揺する自分に、また呆れた笑いが浮かぶ。何かの感情の加減だろう、と思う。日本で日常に戻れば終わることだった。毎日昼頃に起き、パヨクと呼ばれたり、売国奴と呼ばれたりしながら原稿を書き、夜にフラフラ散歩をし、時々一人でバーに飲みに行く日常。来年には、恐らく猫などを飼っている日常。

濡れた地面に足を取られながら、近づく。長い年月、雨や空気などに侵食され続けた木造の家。屋根の大半が朽ち、ドアも窓ガラスもない。だが朽ちやすい箇所が朽ち、これだけは残った印象を受けた。

速度の速い劣化はここまでで、後は長いというような。ここからは、また何かの時代にも耐えていくとでもいうような。床板が一カ所外れるようになっていて、その下の地面に穴が掘られている。穴の中は竹で舗装され、同じく竹を編んだ蓋で閉じられていた。

竹はフィリピンにも生えている。でもどうも奇妙だった。ビニールのような材質のもので、トランペットの入った木箱は包まれていたという。

いわゆるプラスチック製品の歴史は実は古い。でも当時、シートなどはあったのか。

「どこかに保管されていたものが、後から入れられたんじゃないかな。この穴自体は古そうだけど、そんな気がする」

僕が言うと、子供達は首を傾げた。

「この家、噂があって」ジョマルが言う。

「幽霊が出るって」

「幽霊？」

「うん。女の人が泣いている声が聞こえるって。だから、肝試しだったんだよ、最初は」

「その噂は、……実は最近のものじゃない？」

僕が言うと、ジョマルはしばらく考える表情をした。「そうかもしれない。前までは、ここに空き家があるのも知らなかったし」

「その噂は、誰から？」

「学校。クラスで」

あのトランペットをここに置き、誰かに発見させたかった人間がいるのではないか。なぜかそう思っていた。

「その幽霊の噂の元、辿れるかな。……最初に、誰が言い出したか」

「やってみるよ」

「本当に？　ありがとう。何かわかったら、えっと、どうしようかな」

僕は名刺を取り出す。

「最初に渡すべきだった。これ僕の名刺です」

子供達に配る。その流れでアインにも渡す。

名刺をアインに自然に渡すために、僕はジョマルに噂の元の確認を頼んだのかもしれない。でも渡したいなら最初に渡すすか、別に理由もなく渡せばいい。名刺などそういうものだ。

「じゃあ何かわかったら」ジョマルが言う。「アインさんに伝えるから」

「そうですね。この子達は携帯電話を持ってないので、私からメールします」

まるでこういう流れにするために、自分の無意識が、トランペットの発見への疑念を脳裏に浮かべたのではないだろうか。まだそんな気がしていた。

空き家から出る。アインが隣を歩いた。

「私の遠い先祖は、日本人だったんです」

「……え？」

「母に、そう聞かされました。私の母は、自分の母に聞かされてきて。……十七世紀、長崎にいたスペインの商人と、日本人の女性の間に生まれたのが、私の遠い遠い祖母だそうです。相手はオランダ人の説もあるのですが」

驚いていた。つまり、彼女は。

「そして、えっと、長崎は、昔から、日本からすると外国の方々との交流が、多かったですよね？……ご存知かどうかわからないですが、でもキリシタン追放と鎖国の煽《あお》りで、私の遠い祖母のような混血児まで、国外に追放されたことがありました」

「知っています。その十七世紀、神父達だけじゃなく、片親は日本人なのに混血児達までが、マカオやジャカルタやマニラなどに追放されている。……マニラには立派な教会もあって。……僕は」

続く言葉に、ためらいを感じた。自分の物語と、彼女の物語が接続することに。自分がこれを運命と感じ、そのことを、彼女にも押し付けることになるかもしれないことに。

運命というものがあるのか、僕にはわからない。もしないのなら、これまで多くの人間達が、偶然を運命と勘違いし、何かを決定していたことにもなるかもしれない。

あの時、自分がこの偶然を運命と考え始めることに、滑稽さと恐れを感じた。「そうですか」とこの話を終わらせることもできた。彼女に伝えないことで、物語の接続を切り、偶然を偶然のまま自分の中で処理することも。

でも僕は口を開いていた。このような偶然を前にした時、人は何も言わずにいるのは難しい。いや、本当にそれだけだろうか。僕のためらいはでも、一瞬だったのだ。ほとんど自動的にとでもいうような速度で、自分を何かから解放するように、口を開いていた。温かな快楽まで感じながら。

「実は僕は、生まれのルーツが長崎なんです。血の繋がりはないですが、僕を長く育ててくれた方が、弾圧を受け続けた潜伏キリシタンのある意味末裔で。僕はその物語を、小さい頃からずっと聞かされていて」

「え？　ではあなたもカトリック？」

「はい。その育ててくれた方はそうで、僕も気持ち的には。いや、昔はそうだった、と言った方が正確ですが」

「私は」アインが言った。

「ずっとカトリックの信者です」

アインが僕をまじまじと見ている。笑顔を浮かべながら。

「だから私は、ルーツ的にはスペイン、もしくはオランダと日本、そしてフィリピンです。随分前の先祖がヴェトナムの方と結婚して移住したので、ほとんどヴェトナムなんですが。

国籍も代々ヴェトナム」

「つまり、だから日本に？」

「はい。母から聞いた時から、興味が湧いて。スペインかオランダかはっきりしていたら、そちらにも興味が湧いたのかもしれないですが、……少しだけ、日本語も話せます。ほんの少し」

「たとえば？」

「おはようございます。こんにちは、こんばんは、ありがとうございます」

「発音、上手いです」

「いただきます、ご馳走様でした、あと、……物、落としましたよ」

「なんでその言葉を？」

僕は笑い、アインも笑った。でもなぜ彼女がその言葉を覚えようと思ったのか、わかったのは大分先のことだった。

「でも僕は、カトリックというか、ベースはそうだけど、プロテスタントでもあるというか、……洗礼は受けてないので、精神的なキリスト教徒みたいなものです。しかも昔はそうだった、という程度で」

神への不信は、言わないことにした。

「だから、何というか、『自分を愛するようにあなたの隣り人を愛せよ』と聖書にあるでしょう？　元々は旧約聖書の言葉だけど、新約聖書のイエスはこれが特に大切と言っている。あとイエスの『だれかがあなたの右の頰を打つなら、ほかの頰をも向けてやりなさい』『敵を愛し、迫害する者のために祈れ』という言葉。心の狭い僕にはちょっと無理です」

「そうですか？」アインが微笑む。

「はい」

「たとえば？」

「え？　そうだな……、僕は本を書いてて、色々と社会に対してコメントもしてるんですが……、『こんな浅い本は初めて読んだ。全く苦笑せざるをえない』みたいな感想を読んだことがあって。その人はほとんどの本に苦笑し続けていたんですが、でも美少女アニメはすごい褒めるんですよ」

「ふふ。それなら愛せますよ」

「そう？　ではこれならどうですか。『本屋でパラパラ途中まで立ち読みしたけど駄作と断言できる。恥を撒き散らしてるとしか思えない。山峰という著者は小学生レベルの文章も書けないらしい。星一つ。拡散希望』しかも、それ僕の本じゃなかったんです」

「ふふふ、愛せますって」

「ええ？　ならこれはどうですか。『パヨク脳全開ｗｗｗ　あいつ脳にウジ湧いてるわ』」

「うーん、愛しましょう」

「『政権批判パヨ。人格レベルでゴミ』」

「あはは、難問ですね！」

アインが笑い、僕も笑った。

「でも」笑い終わって、アインが少し真剣な表情をした。「それはあなたの、人生のテーマの一つかもしれないですよ」

「ん？」

「あなたが抱えている何か。世界との和解」

思いがけず、微かに胸が騒いだ。

「もちろん私も、攻撃する相手を愛するなんてすごく難しい。当たり前です。カトリックですけど、聖書をそのまま信じているというよりは、私の場合、イエス・キリスト、その人への憧れが強い感じで。……信仰というより、人生のアドバイスとも考えることができますよね。この難しい世界を生きるためというか」

「信仰じゃなくても？」

「はい。敵を愛せた方が、そういう内面の方が、生きるのは楽ですから。できるだけ、そう考えるようにするというか、……ほら、この花達もそう言ってます」

　辺りに白い花が咲いている。気づかなかった。

「奇麗ですね。何の花だろう」

「ふふ。どこの国も同じですね」アインがまた微笑む。

「男の人は、花の名前を知らな過ぎる」

　人差し指と中指で、白い花にふれた。

「昔々、領土問題を抱えていた二つのグループの男女が恋に落ちて、地域を分けるその柵の側で、密会するようになりました。でもグループ同士で戦争が起きて、男性が亡くなり、女性も悲しみから病で亡くなった。二人の亡骸は柵の近くに埋葬されたのですが、そこに咲いたのがこの花と言われています」

「……へえ」

「サンパギータ。フィリピンの国花です」

　少し前を、ジョマル達が歩いている。ジョマルが何か話し、子供達が笑っている。コールセンターの青年も。アインが口を開く。

「私、日本に行きたいと思っています」

「そうなのですか？」

あの時は、日本語学校を使った留学制度や、日本の技能実習制度に大きな問題があったことなど、知らなかった。

「そうしたら、連絡してもいいですか？」

「もちろん」

元の集合住宅の前まで戻り、僕達は別れた。でも僕の内面は落ち着いていた。

一時期のこと。何かのホルモンバランスの崩れじゃないか？　そう思っていた。本当に彼女が日本に来た時、彼氏ですと誰かを紹介され、大人の平静さを見せられるかが自分との勝負かもしれない。一体何の勝負だろう？　一人で小さく笑った。


日本に戻り、トランペットの記事を書いた。

〝鈴木〟という天才トランペッターが使用したことも含め経緯を書き、この楽器を何かに利用する動きへの懸念も記した。

『この楽器を見た時に僕が感じたのは、その形状がまとっている悲しみの疲労だった。』

僕は迷いながら最後にそう書いた。

『もう、いいのではないか。この楽器はこれほどまでに傷ついている。自分の音で多くの人間の命を奪うことになったこの楽器を、さらにもう一度吹き鳴らすという。必要ない。博物館などで優しく保管されることを望む。私達はこの楽器に罪を負っている。』

書きながら、違和感を覚え続けた。キーボードをタイプする指先が、他人のように動いていた。

僕は初めて、自分の仕事で嘘を書いたのかもしれない。あの楽器を見た時に僕が感じたのは〝熱狂〟の魅力だった。まだ足りないという〝熱狂〟。早く自分を吹けと、楽器から誘われる感覚。

あるWEBマガジンに掲載され、記事は広がった。海外からも問い合わせがあり、英訳の記事がアメリカのサイトに載った。

以前から誘われていたが、僕は非常勤で大学のクラスを持つことになった。立場的には客員准教授で、週一の授業。内容は戦争と経済。僕の著作『戦争で稼ぐ人々』をなぞったもの。

四ヵ月が過ぎた頃、教室にアインがいた。

驚く僕を、アインが微笑みながら見ている。

あれから彼女からメールが来て、僕は当たり障りない文章を、彼女の文章の長さに合わせ返信していた。やり取りは社交辞令の一度で途絶えていた。それでいいと思っていた。むしろその方がいいと。

授業が終わる。学生達が教室を出て行く中、アインに近づいた。講義中、彼女はずっと微笑んでいた。

「驚いたよ、本当に、日本に来たの？」

僕はそう言い、気づいて英語で言い直した。でも「ゆっくりなら、日本語、わかります」

とアインが日本語で言う。

「この大学に？」

「ん？」

「ああ、この大学に、入ったの？　入学……、学生に、ステューデントになったの？」

「違います。日本語学校」

彼女は留学ビザで日本に来ていた。大学ではなく、東京の日本語学校に留学する形で、入国していた。

「そこで、日本語を勉強してるの？」

「はい。アルバイト、してます。近くの、コンビニです」

「ええ？」

アインはそこから一瞬英語で言おうとし、練習と思ったのか、日本語で続けた。

「でも、コンビニ、週に一回です。学生でなくても、大学のクラス、受けられる。インターネットで、見ました。きん、禁止の、はずですが、『もぐり』です」

そういう学生は、何人かいた。僕がメディアに出ているからかもしれない。

「あ、次の授業が始まってしまう。……僕の立場は名ばかりで、大学に部屋をあてがわれてないから……、えっと、少し歩こう」

アインが微笑みながらついてくる。学食に向かいながら視線を感じたが、近くのカフェでも同じだった。辺りは学生街だ。

「いいですね」

キャンパスに出た時、アインが言った。緩く流れた風が、彼女の髪を柔らかく揺らしていた。学生達が、歩きながら談笑している。

「私も、大学生になりたい」

学食の建物に入る時、アインがこれからアルバイトだと告げた。出会ったあの時から既に、ある程度の日本語は話せたのではないか。そう思った。

「コンビニの？」

「はい」

「なら、ひとまずコンビニまで送ります。何時に終わるの？」

シフトは十一時から十六時という。送ったあと一度マンションに戻り、車で迎えに行った。

少し早かったが店内に入る。アインがコンビニの制服を着て、レジを打っている。

「いらっしゃいませー」

全く似合っていないユニフォームの彼女を、可愛らしく感じていた。老人が孫を見る気分は、こんな風だろうか。

「あ！」アインが微笑む。

「少しです。待って、ください」

「うん。では、煙草の101番を」

禁煙していた。だが吸わずにいられないと急に思った。

コンビニの脇の灰皿の前で、煙草を吸う。僕の煙草に不快な表情を見せた男性がバイクにまたがり、凄まじい排気ガスを出しながら遠ざかっていく。下校時間。狭い道を歩く小学生達に、通過する車の排気ガスが大量にかかる。臭いは慣れるとわからなくなる。

また禁煙するとすぐ決めたが、少し気持ちは落ち着いた。アインが出てくる。車まで案内しながら、洗車しておけば良かったと少し思う。

「びっくりしましたよ、でも」

「びっくりさせようと、したんです」

アインが笑う。

「煙草は、やめた方がいいです」

「うん。禁煙前の、最後の煙草にします」

「きんえん？」

「煙草をやめることです」

アインは空腹だと言った。日本食を色々提案すると、寿司を選んだ。

「くるくる、回ってない」店に着いた時、アインが不満そうに言う。

「ベルトコンベアーみたいに、回る店」

「いや、こっちのが高いよ」

「くるくる」

「え？　回転寿司がいいの？」

「それは、回るもの？」

「うん」

「それがいいです。くるくる」

格好つけて、少し高い寿司屋を選んでいた。

「でもね、回ってないお寿司屋の方が、一般的には高くて美味《おい》しいと言われていてね」

なぜあのとき自分が動揺したのか、今でもわからない。

「ほら、僕くらいの年齢の男性がさ、若い女性を最初に連れて行くのが回転寿司というのは、ちょっとどうかと思ったんだよ。いや、別に回転寿司が悪いわけじゃない。寿司であるだけで凄いのに、しかも回るわけだから。寿司だけだよ、食べ物で回るのは。何でだろう？　いやそんなことはどうでもいい。店によっては回転寿司の方が全然美味しかったりするしね。ただ何ていうのかな」

「くるくる」

「ん？　くるくるって言いたいだけなのもしかして？　いやわかった。回転寿司は今度にしましょう」

ワサビも大丈夫らしいので、普通に注文した。箸も使えている。

「あれから、山峰さん、調べました」

「あー」

「すごいです」

「すごくないよ」

「本、買いました。でも、読む大変」

「ええ？　言えばあげたのに」

「山峰さん、結婚、してますか」

いきなり言われ、動揺した。

「してないです」

「子供は？」

「いないです」

「彼女は？」

「……いないです」

アインさんは、と聞くのを我慢する。でも後から聞けば、あの時アインは、もう僕が自分に好意を持っていると気づいていたらしい。でも年齢というどうでもいいことを気にし、躊躇していたのだろうと。とんだナイーヴ野郎だと。でも自分から言うのは嫌だから、どうやって僕から言わせるかを考えていたと。

それを聞く度、僕はよく反論した。あの時はまだ、全然抑えられたのだ。


〈空気〉


政権に対し、各地でデモが起きていた。海外に比べ日本のデモの参加者は少ないが、学生を中心に盛り上がりを見せていた。

あるデモの賛同人になってくれと言われ、承諾した。承諾した手前、そのデモに参加することになった。

強硬な政治を続ける政府に対し行われている、半ば定期的なデモ。世論調査で反対が上回る法案も、与党は次々強引に可決していた。首相のスキャンダルなども重なり、参加者は増えていた。

全体主義に向かう流れには、これまでの歴史から、段階があるとされている。今の政治はそのステップを徐々に、時にジグザグになりながらも、しかし明確に進んでいるように思えた。

日本的な気味の悪い流れ。いつの間にかという感じで少しずつ進む、抑圧的な空気。ここでブレーキをかけないと、後戻りの利かない一線を越える、いや、もう少し越えてしまったかもしれない。そう考える人が、僅かだが増えていた。

国会議事堂前で行われたデモ。六〇年代、日本のデモが最も活発だった頃は人々が国会を取り囲んだが、当時の写真を見る限り、現在では道路の形が異なる。どちらがデモをやりやすかったかはわからない。今は国会議事堂の正面に、道路がT字の形で造られていた。上空から見ると、Tの横棒の上に国会議事堂がある形。

人々は道路を避け、左右の歩道に追いやられ、分かれて細い隊列をつくらなければならない。ごくまれにしか車の通らない、ほぼデモを妨害するためだけの道路に、危ないから出ないでくださいと警官達の声が響いている。マスコミが上空から撮影した時、人が集まっていないように見せるためと言われていた。

近くの地下鉄の出入口が時に封鎖され、ここに来るまでに遠回りさせられたり、欧米から見たら失笑な、どうでもいい妨害が多発していた。

デモに参加したのは、これが初めてでなかった。引っ込み思案なので、シュプレヒコールもせず、プラカードも持たず、ただ立っていた。

なぜ参加していたかというと、デモは民主主義の当然の行為と、書いたことがあったからだった。職業上、書いたのだからその場に行く。頭数になるだけだが、そんな感覚だった。

国会議事堂前のデモの即席ステージ——スペースが狭いため、木の箱のようなものに立つ——は、しかし参加者からほぼ見えなくなっている。

国会前のT字の道路を避けねばならず、列が左右で逆L字に沿って細く延びているため、Lの角の位置にある即席ステージは見え難いのだった。細長いから、後方だと物凄く遠くなる。

だから学生達は盛り上がりを維持するため、シュプレヒコールをラップ調にしたり、音楽をかけたり様々に工夫していた。テレビで初めに見た時はミスマッチに感じたが、実際に現場に行くとよくできていると感心した。

「疑惑は説明するって言いましたよね？　いつまで逃げ回っているんですか！　国民が忘れるとでも？　馬鹿にしないでください！」

「憲法違反はやめてください！　恥ずかしくないのですか！」

「言うこときかせる番だ俺達が！」

人々の声が響く中、恵美の姿を見た。ライターの彼女も、このデモの賛同人に名を連ねていた。僕は咄嗟に姿を隠した。

デモに参加する時、水分がかかせない。皆怒っているので熱気があり、空気も薄く喉が渇く。だから所々に水を飲める場所が用意されている。ボランティアによる医療班まで。

日本人は礼儀正しいと言われるが、恐らく日本のデモは世界一礼儀正しい。時々言葉は悪くなるが、行動は礼儀正しい。

「前へ、前へ」

既に封鎖され、出ても安全な道路への規制線が崩れる。背の低い柵のようなもの。人々は歩道から道路へなだれ込むが、むしろ場所が広くなり安全になっている。だがその規制線を崩した数人の人間が、警官に大袈裟に引きずられていく。

僕は道路に出ず、歩道からその様子を見ていた。遠くに恵美をまた見つける。恵美も道路に出ていない。

その数日後だったと思う。教室に行く時、佐藤に呼び止められた。同じ大学で、客員准教授をしている男。僕の少し上、確か四十歳。

「お疲れ様です。見ましたよ、デモの賛同人になっておられる」

「ええ」

「でもどうなんですかね、学生達をデモに参加させるのは」

「参加などさせてませんよ」

佐藤は、元々は経営コンサルタントという肩書の、ブロガーだったらしい。どこかの社長の紹介で、今は政権中枢とパイプがあるとされている。

徐々に右派系の雑誌で執筆するようになり、名誉毀損で何度か訴えられ、全て敗訴している。時々自身のツイッターで保守系のサイトのつくったデマを拡散させ、後に批判されれば「誤解を招いた」「認識の違い」と言うのが癖だった。自身の著作で虚偽を記し、無断引用も多く、高井が彼のことを「よくいる最近の馬鹿」と言っていたが、この大学にポストを得ていた。この大学内に政権を熱烈に支持する教授の小派閥があるようで、彼はそこの紹介だった。

「いや、直接呼びかけなくても、あなたのような有名な人が賛同してるとなれば、感化されデモに行く学生はいるでしょう？」

「別に有名ではないですが、……でもそれは学生の自由意志ではないですか。デモに参加するのは普通のことですし、海外では……」

「ここは日本です」

彼は女性差別的な発言も多いが、顔が整っており、女子学生からも人気があると聞く。女性差別的な男には、雑に言えば二パターンあると僕は思っていた。

小中高のクラス内において、男子は女子から人気があるかどうかでヒエラルキーが形成されることが多い。学生時代、女子も何かと大変だが、男子もそれなりに大変なのだった。

そのとき相手にされなかった遺恨が精神の奥に溜まり、大人になっても持ち越す者と、逆にモテたため、女性を馬鹿にするようになった者。彼はもしかしたら、後者かもしれないと思った。元々は企業の社長の息子と聞いた。

あとはマザコンが原因の男もいる。独占的な母親の他の女性への蔑視を、無意識に受け継ぐ。

「デモなどやっても無駄でしょう？　何も社会を変えることなどできない」

「欧米では変わります。韓国でも変わりましたね。キャンドルデモ」

彼は韓国が嫌いだ。わざとそう言ってみる。

「……ですから、ここは日本です」

彼の嫌韓ブログはネットでアクセス数が多いらしい。他集団を嫌うという、人間の社会的動物としての暗い本能欲望を煽ることで、支持を得るタイプの書き手。人が言い難いことをあえて言うことで、「よく言った」となる人間の快楽までも利用する者。その種の記事を読めば、誰だって少しは煽られる。そういうジャンク言論をわざと扱い商売するタイプの論客が、徐々に日本に増えていた。

佐藤が苦笑した表情で僕を見る。彼はよく、文章でも苦笑・閉口との言葉を使う。

「あなただって、六〇年代や七〇年代の、反米の安保闘争の茶番劇は知ってるでしょう？」

周囲を学生達が歩いていく。みなスマホを手にイヤホンをしている。僕は気だるく答える。

「でもあのデモで、米国は考えることになったのではないですか？……日本を戦争に巻き込むと、反発が増え今はマズイというように。若者の怒りをあれだけ目の当たりにして」

「いや、でもですね」

「あの、……何なのですか」

僕が言うと、佐藤が不意に微笑む。苦笑ではなく、なぜか急に優しげな笑み。

「あなたは、自分が正しいことをしてると思っている」

「いや、別に」

「そして私を軽蔑している。そうですね？」

「そんなことはないですよ」

そこは嘘だった。

「でも正しさが報われることは、この世界でほとんどない。あなたの『正しさ』に誰かが影響され、正義感のために不幸になった時、あなたはその責任をどう負うのですか？」

一瞬、思考が混乱した。だがここで何か言わないと、後で悔やむと咄嗟に思った。

「ではあなたは……、あなたの差別的な言動に誰かが煽られ何かが起きた時、その責任をどう負いますか」

「負いませんよ」

「え？」

「負うわけないでしょう。私は関係ない」

「そんな」

「でもあなたは負う」目を見られ言われた。

「い、い、い、……は？」

「そこが私とあなた達の違うところで、あなた達の弱いところです」

何を言っているのか、一瞬わからなかった。

「私は今から会食に行きます。某新聞社の役員と、某テレビ局の役員と、某大臣と一緒にね。

……どうです？　あなたの正義感は」

もうすぐ授業が始まる。アインがいる教室。

「ん？　興味がないようですね。正義感に溢れた、馬鹿みたいな顔を見られると思ったのに」

僕は微笑む。

「今のは暴言では？」

「はは、誤解を招きました。認識の違いですよ」

彼は笑顔のまま、わざとそう言った。

教室に行くとアインがいた。授業を終えコンビニまで送り、シフトが終わるのを待ち食事に行く。週に一度の習慣になっていた。

だが少しずつ、アインが疲れていくように見えた。大丈夫かと聞くと、近所で道路工事が始まり、よく眠れないのだと答えた。

「なぜあんな工事するのです」

アインが言う。

「日本の道路、そのままで綺麗です」

授業がない日に、学部長に呼ばれた。メールの雰囲気からいい話でないとわかっていたが、僕の思想信条は元々知っていたはず。解《げ》せなかった。

「山峰先生、……言い難いのですが」

学部長が言う。言葉を選びながら。

「特定の学生を贔屓《ひいき》にしている、と指摘が届いています。本当ですか」

思いがけなかった。でも考えてみれば誤解を生む行動だし、誤解でもなかった。

学生達の誰かが、学校側に伝えたのだろうか。でもアインは授業が始まる前、学生達と談笑していることが増えていた。まさか佐藤だろうか。そこまでするだろうか。

帰りに学食で食事を取るのを何となくやめ、駐車場に向かったとき呼び止められた。顔は見たことがあるが、名前が思い出せない。

「何か、変な噂立ってますよ」

「……やはりそうですか」

「キャバクラの女性を教室に入れてるって」

「キャバクラ？」

胸がざわついた。

「……滅茶苦茶ですよね、人の噂って。恐らく山峰先生に嫉妬する連中が」

「それはどこのキャバクラか、ご存知だったりしますか？」

「……え？　いや、そんな噂、気にする必要は……、えっと、何だったかな」

彼が口にしたのは、キャバクラなどなさそうな、小さな商店街だった。

キャバクラで働くのが、悪いわけでは当然ない。そんなことではなく、アインは僕に、お金に困ってないと言い続けていたのだった。日本語学校の授業料は全て両親が払い、仕送りもあるが、バイトはやりたいからしているのだと。慣れないから多少疲れるが、働いている方が落ち着くと。アインがキャバクラに興味があり、働いてるならいい。でも違うと思った。

電話をかけるが出ない。今日会えないかとメールを打つと、数時間後に、友達と会うので明日と返信が来た。

普通はただの噂と思う。でもあのとき僕は、間違いないと確信していた。なぜだろう。自分でも不思議だった。

噂になっていた商店街のキャバクラの有無を、スマートフォンで調べる。一軒も出てこない。あのような駅前の小さな商店街に、キャバクラなど通常ない。だがそこから都心に少し近づく、二つ先の駅なら二軒店名が出てきた。

店に行ったが、二軒ともアインの姿はない。さらに隣の駅なら、キャバクラの数は急に増える。とても探せない。

噂の元の商店街に行く。遠くにキャバクラの看板が出ていた。ガールズバーも二軒。

意外だった。以前に来た時と、町の様子が変わっていた。店の入口前で迷っていた時、気配を感じ振り返る。肌寒いのにキャミソール姿で、手にコンビニ袋を持っているアインがいた。恐らく店の買い出し。本来ならボーイの仕事。

アインは一瞬逃げようとし、でも無駄であるからどうすることもできないというように、その場で茫然と立っていた。僕が近づくと、アインが泣いた。赤やピンクのネオンが彼女の黒髪に反射し、僕の目に映り込む。

「見ないでください」

そのまま顔を覆った。痩せたとは思っていたが、キャミソール姿の彼女は、普段着の時よりさらにやつれて見えた。

「キャバクラが悪いとかじゃないよ」

「嫌です。見ないでください」

僕は彼女を抱き締めていた。強い香水の匂いがする。

「今、見られたら、平等じゃないです」

言っている意味がわからなかったが、僕は口を開いた。

「とにかく話そう。きみを連れ出す。一緒に店に行こう」

店に入り、黙っているアインの横でソフトドリンクを注文し、彼女を早退という形で店外に連れ出した。車に乗った時、彼女が全て話した。

　ヴェトナムなどのアジア諸国で、日本語学校への勧誘がしきりに行われていたこと。手数料と、最初の一年間の授業料で百万円以上借金することになるが、日本では稼げるからすぐ返済できると言われたこと。募集していた斡旋会社のHPに、目を奪われたこと。楽しげなヴェトナム人やフィリピン人が、日本で生活しているいくつもの画像。日本で学びながら働き、高度な日本語を身につけ、やがて日本で就職していく留学生達というように。

　でも現実は違った。日本の制度では、留学生は夏休みなどを除き週28時間しか働くことができない。あてがわれた寮は四人の相部屋だが家賃が高く、学校から斡旋されたアルバイト先は給料が安く、調べると法律の最低賃金以下で、いくら働いても借金が返せなかった。自分で探したコンビニは比較的楽しかったが、これでは生活できない。違法となるが、同部屋の留学生に誘われ、キャバクラで働くことにした。

　少子化で学校ビジネスも難しく、留学生を入れるしかない。でも日本語の壁があり進まない。だから日本語学校を使った留学生制度が広がっていた。日本語学校と、専門学校や私立大学との癒着を指摘するジャーナリストもいる。

　良心的な日本語学校は当然あるが、アインが通っていた悪徳とも言える学校も存在し、アジア諸国で留学生を募る斡旋業者も良心的なところだけでなかった。学生達はどこに相談すればいいかわからず、生活に困窮し、時に失踪した。そういう学生が大勢いた。

技能実習生という制度もあった。本当に技能を学べる所もあるが、中には単純労働や、原発の除染作業をさせられた外国人もいた。労働者を入れるわけではない、留学生や、技能を学ぶ外国人を入れているのだという建前。

全ては日本の労働者不足からきている問題だった。労働者不足なら、正式に移民を入れるしかない。でも日本は移民を認めない。

これらの問題が国内で認識されるのは、でも数年後のことだった。技能実習制度は後に特定技能一号二号などの呼び名になり、人手不足を補う労働者と国は事実上認めることになる。だが彼らを保護する政策は後回しにされ、実習生達の死亡例も隠蔽し、与党は外国人労働者受け入れ拡大の法案を、詳細も決めず強引に可決した。細かいことは後から決める、という信じ難い法案だった。データも嘘が飛び交い、日本の国会はもう事実上壊れていた。

あの時は、そんな問題があると知らなかった。聞き慣れない日本語学校も、やや特殊な専門学校と思っていた。

「キャバクラ、始めて、借金、減るようになりました。だから、あと、少しだったんです」

「……幾らある？」

「借金、返せる風になってから、会うつもりでした。最初は、良かったでした。でも疲れて、眠れなく、なって、元気に、なりたくて」

「ん？」

「元気に、なりたくて、山峰さんに、会いに行って、しまいました」

アインが泣く。

「大学、いいですね。大学、とても、みんな、楽しそう」

「借金は幾らあるの。僕が払う」

「駄目です」

「いいから！　とにかく金額だけでも」

「駄目です」

「俺はきみが好きなんだよ。好きな女性の役に立ちたい、当然だろ？」

「駄目です。私は山峰さんが好きです。好きな人、困らせたくない。これでは、平等じゃない。平等になって、付き合いたい」

「平等？　そんなの気にしなくていいよ」

「駄目です。絶対、駄目です」

「これならどう？　僕がお金を貸す。きみはいつか返す。平等だよ」

「違います。借りている、平等じゃない」

「ええ？　じゃあ利子をつけるよ。利子をつけて僕に返せばいい！」

「何言ってるんですか！」アインの声が大きくなる。「自分の彼女にお金貸して、利子もらう男なんて最低ですよ！」

　思わず笑う。

「本当だ、最悪だ」

「でしょう？」

　アインが泣きながら笑う。

「……今」アインが続ける。

「私のこと、好きって言いましたね」

「……言ったよ。きみも言ったけどね」

「でも」アインが小声で言う。

「全然、ロマンチックじゃない」

「……確かに、利子とか言ってたしね」

　沈黙する。車の外に人の気配はない。

「……山峰さん」

「……ん？」

「ロマンチックに、してください」

アインが僕を見て、目を閉じた。


朝、隣のアインを起こさないように、ベッドを出た。

掛布団の間から、彼女の片方の足が見えていた。昨夜、様々に動いていた、長く美しい足。アインは、思ったより積極的だった。長くなり、一度では終わらなかった。

ベッド脇の、ソファに座った。不思議な感覚に覆われていた。

こういう時、いつも不安を覚えた。これから一人の女性と、つまり他者と、向き合うことになる不安。その他者をいつか何かで、傷つけるのではという不安。

落ち着いている自分が不思議だった。不安という感情を、自分の中に見つけることができなかった。あるのは、自分でも信じることが難しいほどの、彼女への愛おしさだった。

この女性と一緒にいられることが、奇跡的なことのように思えた。この厄介な世界というか、人生というものを、このような女性と一緒に、過ごしていけるということ。それは人生という気だるいものを、信じがたいことに、幸福に変えることになる。

アインが目を覚まし、こちらを見た。目が合うと、すぐ顔を掛布団で隠した。

「……どうしたの？」

「だって」

「……昨日した色んなこと、思い出したの？」

「馬鹿！」

アインが布団から、目だけ出して言う。僕は近づき、もう一度ベッドに入る。

長いキスの後、彼女が何か小声で言う。聞き返すと、「きゅってして」と言った。

アインを抱き締める。もっと、と言われ、両腕に力を入れた。彼女の柔らかい髪を、顎の先で感じる。ちょっと締め過ぎじゃないか、と馬鹿なことを思った。アインは僕の顔を一瞬見上げ、照れたように視線を下げ、「幸せ」と小さく言った。

こんなことが、と僕は思っていた。こんなことが、自分の人生に。不意に鼓動が速くなっていく。彼女を失う可能性が、脳裏に浮かんだからだった。それはこれまで経験したことのない、人生の冷気を含んでいた。圧倒的ともいえる、この世界の無造作な冷気を含んでいた。

でも僕は、考えないようにした。考えるだけでも、耐えることはできそうになかった。

アインの現在の借金は、約五十二万円だった。百万円を超えていたのを考えると、驚異的な返済だった。

でもアインのような留学生では、キャバクラ就労は違法になる。辞めなければならなかった。アインは、この借金は絶対自分で返すと言い続けた。

労働問題に詳しい知り合いを頼り、弁護士を紹介してもらった。一緒に日本語学校に向かう。弁護士とジャーナリストと名乗ると、彼らは顔を歪めた。寮の四人の相部屋は元々八人住んでおり、失踪した者達の家賃まで、なぜか残った彼女達が払わされていた。

「外国人技能実習生の問題になると、さらにもう滅茶苦茶で」

同行した弁護士が言う。

「監理団体や監視団体などが、本来外国人労働者達が受け取る分を、ピンハネしている構図とか、その役員達が大物閣僚など政治家で、役人の天下り先にもなっているとか、そう指摘するジャーナリストもいるほどです。あまりに日本的な構図の恐れがあります」

働く先に、居酒屋を紹介された。留学生に理解があるオーナーが経営しており、時給が高かった。

これで今年はなんとかなる。でもまた来年の、日本語学校の授業料がある。週28時間しか働けない法律を守っていたら、暮らせない。「ひとまず今年は大丈夫だけど、来年はまた考えよう」僕がそう言うとアインはうつむいた。

何度目の夜だったか、枕元でアインが言ったことがあった。その頃僕の部屋は、アインに言われるまま花が増えていた。花瓶に挿すのではなく、プランターや鉢に植えられたもの。

「ヴェトナム語ならわかりますが、英語だと、どう言うのかな。The lotus comes out of the mud, but it's not stained with the mud. これ、日本語で何と言いますか」

「あー、えっと、〝蓮は泥より出でて泥に染まらず〟のことかな」

「泥より出でて？」

「うん。後で紙に書くよ。元は中国の詩だったと思う」

「はい。蓮は、ヴェトナムの国花です」

「そうなんだ」

アインが僕に身体を寄せ、ほとんどを英語で話し始めた。要約するとこのようなものだった。

アインの話　ヴェトナムの歴史

ヴェトナムの歴史は、抵抗の歴史です。抵抗というより、闘争の歴史と言った方が正しいかもしれません。常に、大国達の圧政と、戦い続けてきました。

何というか、私達は、絶対に屈しないのです。最初は中国。ヴェトナムは中国に貢物をする関係で、中国は宗主国だったのですが、でも私達は内面ではそれを認めていませんでした。千年に亘る中国の支配の中で、最初にヴェトナムの独立を成し遂げたのは、チュン姉妹、と呼ばれた二人の夫人だったと言われています。ヴェトナムでの中国人官僚達の横暴さに、彼女達は兵を挙げて立ち上がった。紀元四〇年のことです。

　色々伝説が混ざってはいるのですが、彼女達があの時、立ち上がったのは事実。たった三年ですが、ヴェトナムはこの時初めて独立を、一時的ですが成し遂げたとされています。すぐまた中国に支配されてしまうのですが……。

　中国が穏やかな政策を取れば大人しいですが、圧政を始めると必ず反抗した。必ずです。攻めて来る中国軍を撃退して、でももう戦争は嫌だから、勝利してもすぐ貢物を送ったりしました。要するに、舐めるな、ということなのかもしれません。二四八年には、チュウ・アウという若い夫人が中国に対して反乱を起こしたとされています。民衆を農奴の立場から解放する、侵略者の言いなりになんてならない、と宣言して。……胸が大きくて、一メートル近くある大きな乳房を自分の肩に載せて、自ら象に乗って兵を率いたとされています。何でおっぱいのことが強調されてるのかわからないですが、肩に載せるなんてちょっと格好いい。そう思いませんか？

　十三世紀、当時「宋」だった中国の侵略を何とか防いだと思ったら、その宋がモンゴルの

「元」に負けて、元はヴェトナムを侵略しました。首都も壊れて祖国は蹂躙されましたけど、ヴェトナム人は何度も何度も戦って、元を追い出しました。鎌倉時代で合ってましたっけ、日本も元を二回撃退してます。ヴェトナムも二回。でも実は、元はもう一度日本を攻めるつもりだったのです。だけどそれをヴェトナムに変えた。ですから、もしヴェトナムが元に抵抗してなくて、既に征服されていたら、彼らはまた日本を攻めていたんです。日本とヴェトナムはちょっと遠いけど、色々接点があります。そして三度目の元が日本ではなく、ヴェトナムに来た。

一二八七年です。三十万の元の軍隊が国境を越えてきました。つまり、元による三度目の侵略と、それに対するヴェトナムの抵抗です。もうその戦いは、死闘を通り越して、物凄いものでした。

ヴェトナムの通りの名前にもなっている英雄、軍指揮官のチャン・クォック・トアンは最後の決戦を迎える時、「敵を全滅させるまで首都には帰らない」という意味の言葉を兵士達に叫びました。川が干潮の時に杭を立て、満潮時に元の艦船を誘い出した。潮が引いて元の艦船が杭で動けなくなった時、ヴェトナム兵達が突っ込んでいく。もうそれは死闘を越えた死闘で、その果てに遂に元を撃退します。バクダン江での勝利と呼ばれていて、国は救われました。チャン・クォック・トアンは王が降伏を考えても、降伏するなら私を殺してからと言って戦ったとされています。

　当時の将軍で、チャン・ビン・チョンというヴェトナムで有名な将軍がいるのですが、彼の戦いが凄かったので、敵の元も捕虜にした彼を殺さず、ご馳走を出して、降伏を勧めました。それどころか、北国の王にならないかと誘いまでした。でもチャン・ビン・チョンは一切ご馳走に手をつけず、「北国の王になるより、私は南国の悪鬼になる」と言って殺されたそうです。何というか、この言葉が、とてもヴェトナムの将軍ぽいというか……。

　私達の歴史を見ると、驚くくらい、諦めないのです。征服されても、戦争に負けても、絶対に諦めずに、ゲリラ化して戦ったり、時機を見て兵を挙げてまた抵抗しようとする。その繰り返し。十九世紀と二十世紀、フランスを相手にしてもそうでした。ヴェトナムは今度はフランスに征服され、植民地になってしまうのですが、その時も諦めなかった。

　当時のフランスは酷かった。過度な税を取り、民衆は疲弊し、国は荒廃しました。フランスのあるお酒の大会社がヴェトナムでお酒を売ったのですが、信じられないことに、ヴェトナム人達は、お酒を飲むように強制され、各村で、これだけは飲むようにという消費量まで決められていました。アヘンも売られた。イギリスが中国の「清」に、日本が満州国にアヘンを売ったように。第一次世界大戦の時には、兵として、労働者として、十四万人のヴェトナム人がフランスによってヨーロッパに送られました。

当然、ヴェトナム人は抵抗します。各地で反乱が起こり、その度に制圧され、処刑され、でもまた反乱が起こりました。植民地時代、反乱軍にゴ・バクという女性がいました。ゴ・バクは、フランスの植民地支配に対するヴェトナム反乱軍の指導者、グエン・タイ・ホックの妻でした。捕まって法廷に連れ出された時、彼女は尋問に答えず、笑って叫んだそうです。

「フランスに帰れ。そしてジャンヌ・ダルクの銅像を引き倒してみせなさい。そうしたら話しましょう」

フランスで、救国のために立ち上がったジャンヌ・ダルクを信奉するのに、あなた達がヴェトナムでやっていることは何事だ、そう言いたかったのだと思います。彼女の夫のグエン・タイ・ホックは処刑される時、笑みを浮かべて周りを見渡し、ヴェトナム万歳と叫びギロチン台に横たわったそうです。まだ二十代でした。

それでも抵抗は続いた。ヴェトナムの出版物は検閲もされていた。今でこそ表現の自由を謳うフランスが、残念です。

ヴェトナムでこんな滅茶苦茶なことが行われているなんて、フランスに住む多くの善良なフランス人は知らなかったはずです。後にヴェトナムの指導者となるホ・チ・ミンはフランスに行き、自分達の悲劇を訴え、多くのフランス人の心を動かすことにもなります。でも植民地支配は終わらなかった。それが当時のヨーロッパでは主流だったのです。フランスが特別酷かったわけでもない。

少し時期を遡《さかのぼ》りますが、フランス植民地下のヴェトナムで、日本に憧れた人物もいます。ファン・ボイ・チャウという人物です。一九〇四年に始まった日露戦争で日本が勝利したことに感動し、日本に行ったのです。

彼は犬養毅など、日本の要人達に会ったとされています。日本の彼らはヴェトナムの現状に同情的でしたが、援助を求めると、それは国際関係だから今はまだ難しいとの返答でした。ヴェトナムの教育がまず必要だとファン・ボイ・チャウは思い、ヴェトナム人達を日本へ留学させることを決めました。日本へのヴェトナム人留学生は百人にも達したと言われています。

今、私も一応、日本に留学しています。当時は、中国の「清」の学生達も、日本に多く留学していました。でも、その学生達は後に、中国で日本に反対する勢力の指導者になってしまいます。日清戦争に勝ったことを日本人が自慢して、彼らを侮蔑的に扱ったことも原因と言われています。皮肉です。

フランスは日本との条約に基づいて、ヴェトナム人留学生を全員国外退去にするよう日本に求めました。日本のヴェトナム人留学生達はフランス側に逮捕されることを恐れて、中国やタイなどに逃げました。ファン・ボイ・チャウは日本政府に失望したといいます。

フランスによるヴェトナムの植民地支配の転機は、皮肉なことに、ナチス・ドイツがフランスを降伏させたことでした。

フランスの人達は、残酷なナチス・ドイツに国土を征服され、地下に潜り抵抗運動を組織しました。ヴェトナムがフランスに対してやっていたことを、今度はフランスがドイツに対してやることになるのです。

日本は以前からヴェトナムも狙っていて、絶好の機会でした。日本はヴェトナムに侵攻します。

ある宗教団体が、国を救うものが東から来る、みたいに言って日本軍を歓迎したそうです。でもさすがに、後に主席となるホ・チ・ミンなど独立の指導者達は、フランスが日本に代わるだけと見抜いていて、フランス、日本を両方とも敵としました。フランスと日本の二重統治のような複雑な状況の中で、あらゆる不幸も重なって飢饉が発生し、ヴェトナムで二百万人以上の餓死者が出ました。外国の資料では、約四十万人となっています。

ヴェトナムを管理下に置いたなら、日本軍にその責任はある。国の統治はママゴトではないのですから。でも日本も、その頃はもう余裕はなくなっていました。日本兵だって、アジア各地で大勢が餓死しています。

この頃、インドではベンガル飢饉が発生して、数百万とも言われる餓死者が出ています。これにはイギリスが大きく関わっています。元凶はチャーチルとの告発もあります。戦争の側面です。

そして日本がポツダム宣言を受け入れて敗戦し、指導者ホ・チ・ミンがヴェトナムの独立を宣言します。

世界の歴史はどうしても、強国側の動きに沿って語られる。強国を批判的に語ったとしても、視点が、つまり主人公が、強国になってしまう。

でも侵略する側からではなく、される側から世界を語れば、歴史はこうなるのです。歴史は、押し寄せる理不尽を排除しようとし続ける、抵抗の記録になるのです。

私がわからないのは、第二次世界大戦が終結した後、またフランスがヴェトナムを手中にしようとし続けたことです。

あれだけのことをして、自分達も戦争の悲劇を知って、なのにまた過去を続けようとする。ヴェトナムが屈しないとわかっているはずなのに。また双方に大勢の死者が出ました。フランスはヴェトナムに敗北します。

次はアメリカです。ヴェトナム戦争と呼ばれていますが、私達は米国戦争と呼びます。一九六〇年代、東西の冷戦がそのままヴェトナムに持ち込まれた戦争。ヴェトナムの南にアメリカの傀儡《かいらい》政権ができて、中ソの支援を受けてヴェトナムは南のアメリカ傀儡政権と戦います。

アメリカ側が資本主義・自由主義陣営、と呼ばれてますけど、フランスの植民地政策、あれが資本主義、自由主義なのでしょうか。ゴ・バクが生きていたら笑ったはず。偽善にもほどがあると。

フランスの「資本主義・自由主義」を経験したヴェトナムは、否応なく社会主義・共産主義を宣言して、自国を守る必要がありました。フランスのヴェトナムに対する関わり方が違ってたら、ヴェトナムは全く違う国になっていたはずです。

そのアメリカとのヴェトナム戦争では、有名な枯葉剤が米軍陣営の手で大量に撒かれました。森林にヴェトナムのゲリラが潜むために、森を枯らせ、壊滅させたかったから。……障《しょう》碍《がい》を抱える赤ちゃん達が、多数生まれることになりました。

下半身が繋がった状態で生まれた双生児は、ベトちゃんドクちゃんと呼ばれ日本でも広く紹介され、支援が行われましたよね。日本とヴェトナムの医師達による分離手術が行われて、手術は成功しました。ベト氏は二〇〇七年に亡くなってしまいますが、ドク氏は精力的に活動しています。

でもヴェトナム人だけでなく、そこにいた米兵達も枯葉剤の被害に遭いました。

前に山峰さんが言いましたよね。沖縄戦の記録で、米兵が火炎放射器で、沖縄の森林を執《しっ》拗《よう》に焼く映像が多数残ってるって。日本兵が潜んでいたから。ヴェトナム戦争が脳裏に浮かんだと山峰さんは言いました。もし当時枯葉剤があれば、アメリカは沖縄で散布してただろうって。膨大に沖縄の林を焼く米兵達の表情が、どこか面倒臭そうにも見えたって。

沖縄戦の時、実は枯葉剤はすでにあったという説もありますが、私にはわかりません。一つ言えることは、もし沖縄で枯葉剤が撒かれ、その非道さが世界に発信されていれば、ヴェトナムでアメリカはあれを散布できなかったかもしれないということです。

その逆も言えます。もし一九四五年八月、人類史上最低の兵器の原子爆弾が、完成していなかったら。当然広島にも長崎にも落とせないわけですから、完成したタイミングによって、最初に落とされる国が変わっていたことになります。

二十年ずれていたら、ヴェトナムだったかもしれない。

実際、ヴェトナム戦争の時、アメリカ側は核の使用を検討した形跡があります。でも落とせなかった。

広島と長崎に落としたことで、その影響と残酷さを世界が認識していたからです。

世界的に原爆が人々から最低の兵器とされ、事実上使用不可となっているのは、広島と長崎の人達が、世界に残酷さを訴え続けているからです。絶対に風化させず、知らせ続けているからです。

戦争兵器の完成のタイミングで、国の運命が、つまりそこで暮らす人々の人生が、変わってしまうということ。

ヴェトナムはアメリカに勝利し、アメリカは撤退します。アメリカ国内で発生した、アメリカの人達による反戦運動も大きかった。あのお蔭で膨大なヴェトナム人の命だけでなく、アメリカ兵や、参加していた様々な国の兵士の命を救うことができました。

でもその次は隣国カンボジアの、あの残酷な暴君ポル・ポトです。

ポル・ポト率いる政治勢力、クメール・ルージュによるバチュク村でのヴェトナム人無差別虐殺。一九七八年、ヴェトナムはカンボジアと戦争し、ポル・ポトを破ります。ポル・ポトのクメール・ルージュに弾圧され、強制労働をさせられていたカンボジアの人々を救うことにもなります。

クメール・ルージュは、知性と教養がなかったと言われています。教養のない者達が、博識の高僧達を「再教育する」と言って引きずっていく。クメール・ルージュは実際に幼稚でした。

知性の感じられないグループに、カンボジアの人々は苦しめられました。そのような者達に乗っ取られる時、国がどうなるかを示していたのかもしれません。

そして中国が、またヴェトナムに侵攻します。ヴェトナム戦争で援助したのに、なぜ中国が援助するカンボジアと戦争したのだ、ということです。

ヴェトナムは共産党による社会主義の国で、カンボジアも共産主義でした。でも関係ない。相手はあのポル・ポトです。カンボジアの共産主義の圧政によって苦しめられていた人々を、同じ共産圏のヴェトナムが救ったことになります。解放されたカンボジアの人達に、ヴェトナム兵達が「君達は自由だ」と叫んだと知人から実際に聞いたことがあります。そしてヴェトナムは信じられないことに、フランス、アメリカと続き中国も破ることになります。

問題は何々主義ではない。そうではないでしょうか。

でも中国は後にまたヴェトナムと戦争し、ヴェトナムはその時は事実上敗北することになります。でも支配下に入ることは決してなかった。

ヴェトナムが中国やアメリカと正常な国交をするようになるのは、九〇年代に入ってからです。

社会主義共和国ですが、今は自由経済も取り入れられています。中国との海の領有権など争いはありますが、基本的にはアメリカともフランスとも、中国とも仲良くしようとしています。大国達も、初めからそうすれば良かったのに。

ではヴェトナムの歴史が常に正義かというと、もちろんそんなことはありません。多少力を持っていて、百パーセント歴史的にクリーンである国など存在しない。隣国からすれば違った歴史が語られるでしょう。でも大国達と、戦い続けた歴史なのは間違いない。

　ヴェトナムの国花は蓮です。日本語で言うと、何でしたっけ？　さっきから英語をよく使ってごめんなさい。蓮は……、蓮は泥から……、蓮は泥から出でて、泥に染まらず。蓮は一見綺麗とは言えない池からでも、それに染まらず、美しい花を咲かせます。ヴェトナムは裕福とは言えないし、苦難の歴史の上に立った国です。でも、そのような状況であっても、凜として、美しく咲いていたい。あの蓮の姿が、多くのヴェトナム人にとって理想なんです。

　蓮は植物ですから、そこに咲くとき水質を浄化するはず。自ら美しく咲くだけでなく、たった一咲きだけであったとしても、少しでも世界を美しくしようとするんです。

　でも、私のカトリックという属性をヴェトナムの歴史に合わせる時、私はいつも苦しみを覚えます。

　キリスト教徒は、ヴェトナムの歴史において、圧政者側と共にあることが多かった。……外国勢力を恐れ、ヴェトナムは一時キリスト教を禁止しました。でもフランスに植民地にされてしまうと、その支配層は当然キリスト教徒になります。

　ヴェトナム戦争の時、アメリカの傀儡政権だった南ヴェトナムもキリスト教徒の国で、仏教を激しく弾圧しました。アメリカのジャーナリストが撮影した、有名な写真がありますよね。弾圧に抗議するため、高僧だったティック・クァン・ドック師が焼身自殺した写真。あれを見て「人間バーベキュー」と言った女性は、南ヴェトナムの大統領の弟、秘密警察長官の妻です。キリスト教徒でした。

神は一体何をしていたのだろう？　ヴェトナムの歴史を振り返る度に、私は考えます。

以前、私は日本の作家、遠藤周作が好きだと言いました。彼の小説『沈黙』で、潜伏キリシタン達が拷問を受け、殺害されます。その様子を見る主人公の司祭は、なぜこのような状況で、神が沈黙しているのかを思う。

あの小説で司祭はイエス様について「そしてあの人は沈黙していたのではなかった。たとえあの人は沈黙していたとしても、私の今日までの人生があの人について語っていた」と述べますが、あのラストに納得した読者はどれくらいいるでしょうか。

ラスト以外は物凄く好きなのですが……。読者の心に深く刺さるのは、なぜ神は沈黙しているのか、という一点の疑問そのものではないでしょうか。そこに読者は釘付けにされて立ち止まり、司祭の結論にはあまり納得できない。少なくとも、私はそうでした。

この描写には、でも先例があります。山峰さんも好きな、ドストエフスキーの『カラマーゾフの兄弟』。人々から尊敬を集めた聖職者、ゾシマ長老が亡くなる時、主人公の一人アリョーシャは、何か奇跡が起こると期待します。あのような聖人が亡くなったのだ、混迷の時代、神は何かの奇跡をお見せになるのではないかと。でもこの描写が強烈なのですが、ゾシマ長老の遺体から、不快な死臭がするのです。つまり、聖人であっても遺体は腐り、その死に対し何も奇跡は起こらない。アリョーシャはショックを受けます。

文学でまず神は聖人の死に沈黙し、迫害される信者達に沈黙します。そしてヴェトナムの歴史を見て私が思うのは、もう一つの沈黙です。

なぜ神は、自分の信者が行う蛮行にまで、沈黙なさっていたのか。被害だけでなく、信者が加害者になることまで沈黙するとは、どういうことなのでしょうか。

フランスのヴェトナム植民地支配。元々は、キリスト教圏のヨーロッパ諸国による、大航海時代に遡ります。彼らは海に出て大陸を発見し征服した。現地民達が信者達に殺害されていく様子に、神は沈黙し続けた。加害者側になってもなお、沈黙する神とは何か。

この世界に神は一切関与しない。そうなら納得するし実際そう思うのですが、でも私達は現世のことにおいてもなお、神に祈り続ける。神の御心はわからない、人間が量るべきではない。そういった綺麗な言葉は、でも植民地になった側の土地では通用しない。キリスト教徒はほとんどにおいて征服者でした。

もっと考え続けることが、私の課題かもしれません。そして私達の国の国花である、蓮の理想。何かここには、私個人にとってのテーマがあると思えてならないのです。人の人生には、それぞれのテーマがあるのではないかと。

〈空気2〉


フィリピンで発見されたトランペットは、日本に返還されていた。だが帰属を巡り争いが起きていた。

〝鈴木〟の遺族を名乗る者が現れ、所有権を主張していた。

遺族はいないとされていたが、当時の〝鈴木〟は何かの戦犯容疑を連合軍にかけられ、身分を偽り軍楽隊に所属したとされる。当時、そういう軍人は様々にいた。

日本軍は、敗戦時に膨大な記録を焼却している。〝鈴木〟が元々誰か、不明な点が多かった。

軍楽隊の楽器は軍の所有で、戦争を跨ぎ使用者を代える。だが遺族はトランペットは〝鈴木〟の私物と主張した。遺族と名乗る者は姿を見せず、直接の子孫でなく親類関係とされ、弁護士が会見を行った。

所有権は曖昧なまま、遺族に一旦の許可を得て試演奏が行われた。念入りな洗浄の後、あるトランペット奏者が吹く。音は鳴ったという。

　聞いたことがないほどに奇妙な、しかし素晴らしい音色で。


　佐藤が、僕への批判をネット記事に書いた。学生を扇動しているなど、つまり虚偽だった。あの頃、僕に殺害予告が来た。佐藤との関連はわからない。

　編集者だった頃、仕事をしたことのある作家からメールが来ていた。僕のトランペットに関する記事を英語で読んだという。東南アジア出身の彼に、返信のついでに殺害予告の件を伝えた。〝俺は3回受けてる。仲間だな！〟と返信が来て思わず笑ったが、そんな「仲間」は嫌だと思った。

　僕への批判は増えていた。僕は現政権を批判しているだけで、別にどこの党も支持していない。でも批判は続いた。

　ライター同士の飲み会があり、何気なく顔を出した。談笑して飲みながら、不意に奇妙な疎外感を覚える。この中で、強い批判を受けてまでの言論活動を、している人間は僕しかいない。

　年齢のせいか、家族を持つ者も増えていた。僕と関わらない方がいいのではないか？　と妙なことを思う。集まりに恵美がいた。僕達は知人程度の関係性を演じた。

「仕事一つ、やめようと思って」

「……どうしたの？」

夜が更け、必然と独身者が残っていく。恵美が僕の隣に来ていた。

「体調悪くて。病院行っても異常なくて、ストレスだって」

恵美は実際、疲れていた。以前のように、攻撃的なところがなくなっていた。

「自分でも驚いたんだけど、どうやら、テレビの番組評を雑誌で連載してから、こうなったみたい」

そう続け、力なく笑う。

「当たり前だけど、色んなテレビ番組を観なければいけないの。それで、今の芸能人の人って、いちいち家族とか、子供の話をするでしょう？　お笑い芸人まで。テレビＣＭも、そういうのばかり。……ずっと観てると、そんな馬鹿なって自分でも思ったんだけど、……苦しくなって」

彼女と会うのは避けていたのに、自然に話していた。僕は口を開く。

「やめた方がいいねそれは」

「……付き合ってる人、いるよね」

居酒屋の店員が来る。かなり不機嫌な。客はもう僕達のグループだけだ。帰らせようとしている。

——お食事のラストオーダーのお時間ですがよろしいですかー。

「あ、大丈夫です。……うん、いるよ」

「アジアの、ヴェトナムの人？」

なぜ知ってるのだろう。でも頷いた。

「やっぱり、……病んでるかな私」

——お済みのお皿お下げしてよろしいですか。

「……私あなたに今、彼女がヴェトナム人だから好きになったんじゃない？　と言おうとしたの。反日だからって」

——お皿お下げしまーす。

「そこで冗談っぽく笑おうとするとこまで頭に浮かんで、でも多分笑えないだろうと思ってやめた。……なのに言った。酔ってるね私」

「うん。水飲みなよ」

「冷たいなあ。……え？　何？　このお皿？」

——ドリンクのラストオーダーのお時間ですがよろしいですかー。

恵美が身体を寄せてくる。わざとでなく、彼女は寝てしまう。でもすぐ起きる。一瞬寝たことに気づいていない。本当に酔っている。

「あれだね、……あれ」

「え？　ドリンクは大丈夫です。え？　何？」

「本当に怒らないね。……もうあれだ、嫌だ私。……自己嫌悪」

テーブルに伏せ寝てしまう。タクシーで送る自分を想像する。人類が、古代から繰り広げてきた三角関係。

——お済みのお皿お下げしてよろ……。

まだこの場所に女性は残っていた。介抱を頼み一人で店を出る。


原稿を直されることが、少しずつ増えていた。表現を柔らかく、紙幅の都合ですみませんここを削ります、ここは論とずれているからいらないような。言い方は様々だが、言われるのは原発関連の時もあるが、大体は政権批判に関することだった。

長い編集者時代も含め、こんなことは聞いたことがなかった。ここ数年の特徴だった。

修正の要求は、納得できるものは、大抵受け入れた。媒体の都合もあるし、担当者を困らせたくもなかった。

自分の言論の真ん中、本の仕事なら妥協できないが、政権批判は僕の言論の真ん中になかった。掲載されなければ言葉はゼロになる。ゼロか八十か百があり、百が無理なら八十という感覚。担当者も本当の理由を言わず、修正に別の理由を探した。一つの国が独裁になる時の前夜は、いやその夕方の辺りは、このようになるのかとも考えた。

雑居ビルのカフェで窓から人々を見ていた時、奇妙な錯覚を覚えた。

人は歩くと空気が揺れる。でもその空気の揺れを過度に気にしながら、慎重に手足を動かし、でも遅過ぎると目立ち空気がざわめくため、何とか普通に歩く人間の姿を想像した。息は吐いても吸っても空気は揺れる。でも思考を停止させ目を閉じれば、恐らく人は窒息したまま生きることもできる。

コーヒーが不味《まず》かったのもあり、具合が悪くなりトイレで少し吐いた。疲れてもいた。

「うーん、僕には全然わからないので、上の方の意見も聞けますか？」修正の納得ができない時、空気を読めない振りをした。

「媒体というか、社全体の意見なら、僕も修正します。原稿を依頼されて、それが依頼者側の意に沿わないなら、掲載しないのも当然ですし。でも担当さんの意見だけでこうなると、ちょっと……」

そう言うと、原稿は大抵そのまま掲載された。そしてそういう原稿ほど評判が良かった。でも罪悪感が生まれる。苦しくなる。

僕に修正を要求したはずの編集者が、原稿が修正なく載った後、さりげなく、でも精力的にその誌面を紹介してもいた。担当者も、担当者なりのやり方で抵抗しているのだった。内面を動かされた。

当時思ったのは、どのような空気の中でも、従わない人が一定数いるということ。空気が漂う中、数えられるほどだが、逆に強い主張をする者も目立った。それに励まされて書いたこともあった。萎縮は伝播《でんぱ》する。その逆も言えた。五十嵐《いがらし》に会ったのはその頃だ。

政権のスキャンダルに深く食い込む、五十嵐はそういうタイプのフリージャーナリストだった。言葉は汚く攻撃的だが、独自の着眼点と取材力で注目されていた。政権のスキャンダルで、一度大きなスクープを出した。決定的な証拠とは言えなかったが、状況証拠から誰もが納得するものだった。

その数日後、当然のように彼自身の過去のスキャンダルが出た。女性に関することで、彼自身が認めた。内容は酷いもので、五十嵐は急速に消えていった。

アインが働く居酒屋で飲んでいた時、彼がいたのだった。留学生に理解のあるオーナーの店。応援も兼ねているのだろう、著名なジャーナリストを時々見かけた。

「山峰さん、会いたかった」

五十歳手前くらいで、なぜか髪の色を茶色に変えていた。

「あなたのトランペットの記事、読みましたよ。日本語で探せなかったから、英語で。訳はまああまあでした」

気持ち悪い、と思った。

「インテリがいなくなった。いま日本は馬鹿に支配《しはい》されてる。馬鹿だよどいつもこいつも」

彼は酔っていた。全ては酒が原因とも聞いた。素面《しらふ》の時はまともだが、酒が入るとろくなことがないと。

金のトラブルがあり、バーで知人と騒ぎを起こしたとも聞いた。金の返済を求められたわけではないのに、求められたとなぜか思った彼は酔いながら激高し、今から銀行に行くと叫び続けた。夜中だった。

銀行に行く、銀行に、金はあるよ、今すぐ返す、俺を馬鹿にするな、無実を証明する、銀行、銀行……。

「山峰君、あのトランペットの遺族だれか知ってる？」

いつの間にか彼は敬語をやめていた。関わりたくなかったが、興味が湧いた。

「知りません。……知ってるのですか？」

「うん、ちょっとね。はは」

そう言い、酒を飲んだ。言うつもりはないのか。僕は帰るタイミングを探す。一度店を出て、またアインを迎えにくればいい。

「言えないけどね、ほら、商売敵だから。……でも一つだけ教えてあげようかな。あの遺族は今、妙な連中に攻撃されてるんだよ。ちょっと気味悪い連中に。宗教団体で、名前がまた奇妙でね、……Q派の会というらしい」

Q派の会。僕への批判の手紙の送り手が、所属している宗教団体。

「Q派の会……？　気味悪い名前ですね」

知らない振りをし、聞き出そうとした。相手がサービス精神を発揮したくなる反応を心がける。

「サイトはない。でもネット上に彼らだと思われる発信者が複数いるね。地方議員との繋がりも」

「地方議員？」

「地方議員だけでなく……ははは！」

五十嵐が突然笑う。煙草に火をつけた。

「あー、なかなかいいね。聞き方のタイミング、言葉の抑揚と表情、わざとらしくなく自然だ！　取材のやり方を心得てる。Q派の会のことくらい、本当は知ってるだろう？」

思ったより甲高い声で、五十嵐が笑い続ける。

「君の仕事は好きだよ。優し過ぎるとは思うがね。でもあのトランペットの記事、あれは嘘だな」

「……え？」

「あんな優等生リベラル記事、いらないよ。殺害に加担してしまったあの楽器の〝疲労〟。表現はまあまあだけど、自分が思いついた表現で誤魔化して、本当の自分を文章の奥に隠した。そうだろう？　読めばわかるよ」

僕は黙った。

「君の〝政治的発言〟はさ、いわゆるリベラル側、知識人的な態度とはちょっと違うんだな。君が自覚してるかどうか知らんけど、君のは物凄く個人的な発言だよ。存在的発言と言ってもいい。私はね、君ほど人間が、いや社会が嫌いなリベラリストを見たことがない。君の文章からは小さい頃の君の姿が浮かぶね。小さい頃に君が大嫌いだった社会がある。そして今は発言する立場に来た。どういう思想を持ったどういう社会だったら小さかった頃の、まだ弱かった君は生きやすかったのか。君の言葉は実は全部それだよ」

彼の煙草の煙が揺れながらこちらに来る。

「……僕の過去を調べたのですか」

「気を悪くするな。私は君の文章から暗さを感じる。あまりに真っ当な、優等生的発言の時でさえ、いやそういう時こそ暗がりを感じるよ。君が嫌いなのは集団化した時の人間だ。その時の嫌悪。あっはは！　世界を嫌ったままの自分が存在することの矛盾に抵抗するには、世界が一応なにかしらの理想を目指している前提が必要で、だからあんな発言をせざるを得ない。そんなところか？　何てナイーヴなんだ！　まあ確かに今の政権の思想性は、君にとって許せないだろうよ」

　アインが厨房の奥から視線を向けている。最近は盛り付けを任されフロアに出てこない。

「……ところで、あのトランペット」

　言い過ぎたのを察したのだろう、五十嵐は切るように話題を変えた。元々せっかちなのかもしれない。話題がやや病的に飛ぶ。

「俺も現物を見たよ。日本で」

「……そうですか」

「あれは恐らく、壊した方がいい」

「え？」

「大袈裟か？　でも」

　五十嵐の厚い唇が、そこだけ意思を持ったように揺れながら動き続ける。

「ああいうものは、存在しない方がいい。……見た瞬間、そう思ったよ。今ああいうものが出現したことが、何ていうか、繰り返す時代というものの兆候のようにも思えてね。もし本当に壊すなら、それは俺みたいな奴の仕事なんじゃないかな。……あとこれも」

そう言い、今度は胸ポケットから四つ折りの紙を出した。

読みながら、気持ちがざわめいた。トランペットとは関係ないが、業界内で広く噂されている、政権のあるスキャンダルについて。

「でもこれは、……出処《でどころ》が妙でしょう？　確かに、これが出れば今の政権にとって決定的な打撃ですよ。でもこういうのを発表する時はかなり覚悟がいる。絶対的な証拠が必要です。これは出処が怪しい」

「俺を誰だと思ってるんだ？　確証をつかんだんだよ」

もしかしたら、彼は死にたいのかもしれない。ふとそう思った。

「俺は世間からするとゴミだ」

「……ですね」

「はは、否定しろよ」

僕に向き合おうと姿勢を変えた時、彼の肩や腰が不自然に揺れた。

「君は一度、帰ろうとしたな？　注意深く態度には出さなかったけど。……でも今はなぜか腰を落ち着けている」

カウンターにいた隣のカップル客が、いつの間にかテーブル席に移っている。

「興味のある話題ってのもあっただろうけど、どうもそれだけじゃなさそうだ。……なんでまだ俺と一緒にいる？　こんなところ、本当は誰にも見られたくないだろう？」

あの時は、僕も少し酔っていた。

「確かに、あなたに関する一連の記事が本当なら、あなたは最低だ。僕は絶対にあなたを許せないし、正直会いたくない」

「はっきり言うね」

「でも、何ていうんですかね、僕はあなたに声をかけられたわけだし、……ある存在が、ある存在に対して会話を望んだというか……、それなら……、あなたにも、話し相手がいるでしょう」

五十嵐が一瞬、僕の顔を見た。彼の口元に笑みが浮かんだが、次第に表情がなくなっていく。浮かんだ何かの皮肉の言葉を、口に出さずやり過ごしたのかもしれない。

「君はどうやら、俺が思ってたより変わってるね」

「……どうだろう」

「まあいいや。……俺はそろそろ、本格的に酒の中に入ってしまう。何ていうか、そういう時間でね。……こうなると、時々手がつけられない。だから」

五十嵐が挨拶のように、軽く手を挙げた。

「君はもう帰った方がいい」


〈アインの夢〉


アインの部屋には、一度だけ行ったことがある。２ＤＫの部屋に八人が住んでいたのは驚きだが、今の四人も驚きだった。

カーテンで、部屋を区切っている。アインのスペースは、小さな机とベッドしかない。

「ここは見たら駄目です！　下着とかだから！」あらゆるものを詰め込んだのだろう、押し入れのふすまが微かに膨らんでいる。

他の日本語学校の学生達は、皆バイトだという。アインが僕に微笑む。

「みんな、あと二時間、戻って来ないです」

「……ふうん」

「二時間、ありますよ？」

傾いていく日の光が、徐々に緑のカーテンごと部屋を明るくしていく。恐らくさっきまで、離れた高いビルに遮られていた光。

遠くのキッチンで一滴ずつ、水道の水がシンクに当たり続けている。

「……誕生日、何が欲しい？」

僕が言うと、シャツのボタンを留めながらアインが僕を見る。怒っている。

「山峰さん、本当にそういうの駄目ですね」

「ん？」

「そういうのは、彼女に黙って、いきなりプレゼント渡すんですよ。日本語でどう言うか知ってます。〝サプライズ〟。英語だけど！」

「だって、いらないのもらっても」

「現実的過ぎます。一応言っておきますけど、高いのはいりません。心がこもったものをください」

一番難しいことを言われた。

彼女にはまだ借金がある。封筒に全額入れ、真心と書いたら叩かれるかもしれない。不意に人のざわめく音が遠くから聞こえた。近づいてくる。

「テレビない？」

「……ないです」

「音楽は？　ん？　クラシックばかりじゃないか」

僕は慌てる。自分でも驚くほど。

「クラシックは大体最初音が小さいから。……ポップスやロックはないの？　初めから音が大きいやつ」

声が震えた。落ち着く演技ができない。

「ほら、恋愛の歌とか、夢の歌とか……」

声が、言葉が近づいてくる。わざわざ拡声器で増大された、ヘイトスピーチ。差別主義者ではないと言いながら、差別的な発言をする団体のデモ。

「耳を塞ごう。こっちにおいで」

「いいです」

アインが立ち上がり、静かにカーテンを開けた。

「そういう優しさはいらないです。これも現実。私はいつも見ることにしています」

聞こえてきた言葉は、思い出したくないほどに酷いものだった。

「ここを、……偶然だと思いますけど、彼らはよく通ります」

声が近づいてくる。

「この言葉は、今は別の人達に向けられてる。でも次は恐らく」

実際この一年後、ある団体の演説を聞いたことがあった。職業安定所に並ぶ日本人達を差し置いて、外国人達が働いているという内容だった。外国人労働者はいらない、私達は日本人のために立ち上がりましたと。そして低劣な言葉を何度も付け加えた。

「驚いたのは、雨が降っている時も、彼らがああやって叫んでいたことです。レインコートを着たり、傘を差したりして叫んでいた。雨に濡れてまで、そういうことが言いたいのだと。そう思った時、自分の身体が驚いて、固まる感覚を覚えました」

でも社会には、なぜ差別的な発言をしては駄目なのか、中々わかってくれない人もいる。答えは比較的簡単で、善悪の問題なのはもちろんだが、差別の禁止は社会的動物としての知恵なのだった。人間は社会的動物だから、群れる性質や、他集団と争う動物的性質がある。

差別は言うまでもなく、その人間個人の内面を見ない。たとえば○○人というだけで判断され、否定的に選別されてしまう。その個人の内面を見ず属性だけで否定するので、集団同士の争いに展開しやすくなる。

ルワンダにおける、フツ人によるツチ人の虐殺、関東大震災時における、日本人による朝鮮人虐殺、ナチスによる、ユダヤ人虐殺。歴史的に、集団が言葉で煽られた結果、起きてしまった事件は膨大にある。そういった人間の動物的欲望を防ぐために、差別的言動は注意が必要なのだった。虐殺だけでなく、リンチ事件なども後を絶たない。

表現の自由の領域にそもそもなく、信号では止まる、なぜならそれが人も車も安全だからを装う。

というレベルの話。ネット言論の世界から出てきた「知識人」の中には、ネット特有の無責任さが身体に染みついているのか、わかろうとしない者達が時々いる。そういう者ほど中立を装う。

僕もアインの隣で窓から外を見た。十数人という少ない規模のデモ隊を、警官達が警護するように囲んでいる。ゾウリムシのような形。その周囲を、ヘイトデモを止めようとする多くの人達が、取り囲みながら進んでいる。

「こういう映像は、海外の人からすると衝撃みたいですね」

アインが言う。とても静かに。

「まるで、ヘイト団体を、警察という国家機関が守り、差別を大声で発言させているみたいに見える。……この映像がネットで海外に流れるたび、私の大好きな日本の印象が悪くなっていく。私はそれが、とても悔しい。知ってるんです。警察は何も、彼らを守ってるわけじゃない。ただ争いが起きないように、こういう形になってるだけだって。日本の警察官は、海外と違って優しい人が多い。これでは警察も可哀想」

「僕の知人が、取材したことがあるよ。……ああいうヘイトデモに参加してヘイトを撒き散らした翌日、体調が良くなったりする連中もいるらしい」

アインへのプレゼントは、ブレスレットにした。彼女はブレスレットが好きだったから。蓮の花をデザインに使った、木製のもの。彼女は喜んだが、実は特注のためそこそこお金がかかっていた。

「日本の国花の一つは桜です。私は桜も大好きです」

アインが言う。

「でも見上げなければいけないから、ちょっと寂しい。奇麗なものを、見上げる感覚。……でも花びらが地面に散ると、私達は、見上げていたものを踏まなければいけないです」

そういう視点は、僕にはなかった。

「でも、美も回るというか、土に帰るというか、平等というか、……日本語で、何でしたっけ？　輪廻転生《りんねてんしょう》？　そんな感じもします」

アインはなぜあの話を、あの日にしたのだろう。そのことを、僕は後になって考え続けることになる。

「私の夢は、……小説家になることなんです」

ベッドの中で、二人で横になっていた。僕の部屋は、相変わらずアインによって花で埋められていた。

「小さい頃、不思議な経験をしました。……七歳の時」

アインが言う。この部屋には僕しかいないのに、小さな声で。

「父がシンガポールに出稼ぎに行って、帰って来なくなってから、……母が、隣の伯父さんと仲良くなりました。……子供ながら、安心したんです。私達は貧乏だけど、これで学校に行けるって。母が、彼の興味を繋ぎ留めている限り、学校に行けるって。……でも、母が伯父さんに愛情の表情を向けると、……私は寂しくなった。以前父が市場で買ってくれた、プラスチックの奇麗な十字架をよく握っていました。……そして近くの、小さな教会に行ったんです」

時々英語を混ぜながら、アインは続けた。真剣な話の時、彼女はいつもそうした。

「寂しくなると、よく……、小さな教会の、長椅子の列の後ろの隅に座って、正面の、十字架にかけられたイエス様を眺めていました。そうしていると、いつも、包まれる感覚がありました。でもその日はむしろ、突き放されるというか……、私は気がつくと、長椅子の上で横になって寝ていたんです」

彼女が僕に身体を寄せた。

「その時、夢だったのですが、ある映像を見ました。……一瞬、だったんです。あらゆる時代の、あらゆる映像が、同時に、物凄い勢いで、見えたんです。同時だから、時間通りでなかった。たとえば、私の曽祖父が、フランスの植民地支配に対する反乱軍の一人として、崩れた壁に負傷してもたれている場面、私の母が、まだ少女時代に、ヴェトナム戦争下で炎から逃げている場面、誰かわからない男性が、後ろから見ている、象の上に乗った三人の女性の背中。これは、もしかしたら、歴史には残っていない、また別の女性による独立の蜂起だったかもしれない。遠い祖母が、船から揺れる海を見ている場面。混血児として、長崎から追放された時の、船の上かもしれない。でも、私の、血筋と思われる人だけじゃなかったんです。いつも手に持っていた、プラスチックの十字架を、市場に売りに来た知らない少女の汚れた手、この十字架の、前の持ち主かもしれない。私の曽祖父が、負傷して壁にもたれていた時に、介抱して、励まし何かを言った男性。その男性にどこか顔が似ている男性が、恐らく中国か元との戦争と思いますが、何かを叫んで川に沈んだ時の、水に弱々しく広がった糸のような血の赤、……映像は、さらに広がろうとしました。際限なく、暴力的とも言える勢いで。そして、声や、思念が入り込んでくる予感がした時、私は目が覚めました。これ以上は、人間の脳では、耐えられないというか、処理しきれない。もちろんそんな表現を思ったわけじゃないですが、反射的に、そのようなことを感じました。私は息を切らして、涙を流していました。悲しいとは違う、感動とも違う、何かわからない、激しい涙でした。存在全体を、激しく揺さぶられる感覚。見上げると、イエス様の像があった。日の圧倒的な光が、ステンドグラスで色を変えながら私に降り注いでいた。反射的に感じたのは、それが、イエス様が私に見せたものではないのかもしれない、ということです。奇妙な言い方になりますが、もっと大きなもの。キリスト教は一つのチャンネルに過ぎなくて、その奥にある、何かが、何かの加減で、今、私にこれを見せたのだと。いや、私が、勝手に見たのだと。あそこで目が覚めてなければ、私の脳は、損なわれていたのかもしれないです。私はその時、人間は、いや、全ての存在は、本当は孤独にはなり得ないのではないかと感じました。全ては、繋がっているのだと。血縁だけでなく、全ての現象、全ての存在は、時間も越え否応なく繋がっているのだと」

アインが息を深く吸った。僕のすぐ側で。

「私は、表現したいと思いました。あれは、人間の脳では処理しきれない。だから、人間の脳で処理できる方法を使って、でもその精神性は何とか表す形で。……私は物語が好きでした。小説家に憧れていた。いつかこれを物語に、小説にと思ったんです。実話を元にするつもりだから、山峰さんの物語も必要で」

「……俺の？」

「私は恋愛小説が好きです。小さい頃から」

そう言い、照れたように顔を下げた。

「あらゆる繋がりを持った二つの存在が、出会う。……歴史も含めた、そんな壮大な物語。小説は英語で書くつもりです。私は今、日本語を勉強しています。日本語の文体は面白いです。ヴェトナム語と日本語の影響を受けた英語を駆使できれば、きっとオリジナルな文体ができる。あの映像の本当の意味は何か、私にはまだわからないですが、私にとって重要な何かがそこにあるように思うんです。……そして山峰さんはジャーナリストで、ライターです」

「うん」

「だから山峰さんにとって必要だと思う自分の物語を、選んで集めてくれませんか？　大きな物語にするために。日本語でどう言うのでしょう。物語の収集人？　収集者？　私は小説に書きたい。長崎にも、行きたいです。私達にとって、とても重要な場所」

「……その小説の最後は、どんな風に終わるの？　ラストシーンは」

僕が言うと、アインはさらに照れたように、でもはっきり言った。

「今です。この場面」

「今？」

「はい。様々な歴史の物語と、繋がっている二人が出会う。人が出会うとは、つまりそういうことだと表現するような。物語はハッピーエンドがいい。今のこの二人の瞬間が、その小説のラストです。この先どんなことがあっても、この瞬間は素晴らしいのだから」

あの時、僕はああ言うのがとても自然だと思ったのだ。

「ラストはもっと先にしよう。教会はどうだろう？」

「教会？」

「教会で夢を見た少女が、最後は別の形で教会に行くというか。……そういうラスト」

「山峰さん？」

「結婚しよう」

アインが死んだのは、その次の日だった。

〈空気3〉


ネットニュースだった。新宿のデモで混乱。一人が死亡、数人が怪我。見た瞬間、胸が騒いだ。アインのはずはないのに、なぜかあの時、微かに動揺していた。

アインの携帯電話にかけた。出ない。メールをしようとしてやめ、もう一度かけた時、知らない男が出た。これはグエン・ティ・アインさんの携帯電話だと彼は言った。

彼はアインの死を言い、丁寧な悔やみの言葉を言い、自分は警察の人間だと言い、病院名を言い、彼女について知ることを聞かせて欲しいと言った。

あの時僕は、そんなはずはないとか、誰かとあなたは間違えてるとか、それはアインの携帯電話じゃないと言ったように思う。上手く歩けなかった。

タクシーをどう拾ったか、よく覚えていない。病院の受付でアインの名を言った時、身体のバランスを崩した。廊下に座り、迎えに来た警察の人間に支えられた。アインはベッドで横になっていた。顔に長方形の布が、身体にはシーツがかけられていたが、裸の肩が出ていた。その知っている肩の生々しさが、面前に迫るようだった。僕が違うと呟いた時、誰かの長い手が、アインの顔の布を外そうとした。僕はその誰かの長い手にやめてくれと言ったが、その見知らぬ白い片腕は、長方形の布を摑み剝がしていた。アインの口が微かに開いていた。歯が見えていて、綺麗な顔ではなかった。拭き取り損ねていたのだろう、目の上に微かに血の筋ができていた。その光景は、この世界に絶対にあってはならないものだった。

後から知ったが、デモ隊同士が衝突したわけではなかった。新宿で差別団体によるデモがあり、その十数人のデモ隊を警察が囲み、ヘイトをやめさせようとする大勢の人間から守っていた。ヘイトをやめさせようとしていたグループも、プラカードを持ち、反対の声を上げ続けていたが、暴力的ではなかった。アインが死んだのは、そのデモからやや離れた路上だった。

アインはコンビニに行くため、小銭と携帯電話だけ持ち外に出ていた。ヘイトスピーチをする団体と、止めようとするグループが来るのを見て、止めようとするグループ側に行こうと、道路に出ようとした。でも規制線となっていたロープに足がかかり、近くの男性の肩に手を置いた時、なぜか身体を押された。通常なら、転倒だけで済む。でもアインは路肩の縁石に後頭部を激しくぶつけた。

身体を押したのは、ヘイト団体のデモに参加していたのではなく、それを見物に来ていた二十一歳の男だった。あのようにヘイトスピーチをする勇気はないが、遠くから見てみたかったのだと。自分の精神的な同士達を。

殺すつもりはなかったと男は供述する。なぜ彼がアインを押したのかわかったのは、しばらく後のことになる。

何日目のことだろう。涙が流れている状態でキッチンの側で蹲っていた時、このまま一人で部屋にいると自分は死ぬと思い、外に出た。目の前で直角に曲がる角に、その方向にしか行けないのだと思い、道路の片側だけに並ぶ電信柱の列から目を逸らした。なぜ自分が死んではならないのかは、わからなかった。

アインは天国にいる、その発想も湧かなかった。僕はキリスト教を信じた後、二十世紀のフランスの作家を真似るように、キリスト教を思想として捉えていた。死後の世界も否定していた。愚かにも。人間に最も必要なのは、せめて死後の世界を信じることだ。そうでなければ、この世界は耐えられない。

このような状況になってもなお、死後の世界を信じられない自分に愕然とした。あなたが正しいと、神に対して放心したように思っていた。

あなたの言う通りなのだと。人間は、あなたを信じていないと生きていけないのだと。でも自分にはそれが難しく、あなたの勝利なのかもしれないと。この思想や科学にかぶれた出来損ないを、本にかぶれた出来損ないを踏み潰してくれればいいと思った。神なら、多分足は大きいだろう。何度も踏んで潰してくれればいいと思った。

でも神はそれをしなかった。神は存在しないし、存在しない神は僕を踏んで潰す救いも与えることができなかった。神のいない僕はこの世界を無造作な暗闇として、極小の一個人として対峙しその結果精神を砕かれなければならない。

なぜアインの部屋に行ったのか。説明するのは難しい。アインの遺体が日本語学校の手配で葬儀もなく火葬され、遺骨がヴェトナムの家族に送られたと聞いたからかもしれない。日本語学校の連中が、さらにアインの部屋の荷物を整理しにくる。止めなければならないと思った。アインに手を出す人間は、誰であっても止めなければならない。

僕が覚えているのはそうだが、でもこの記憶は矛盾している。アインの遺体が火葬されたのは、もっと後のことだから。

部屋には他の日本語学校の学生がいた。彼女達は僕の顔を知っているようだった。片側に傾いて見えるドアを開け、部屋に入れてくれた。

カーテンで仕切られた、アインのスペース。やや膨らんでいた片方の襖を開けると、中からポケモンのぬいぐるみが落ちてきた。

僕はフィリピンでの、アインとの初めの会話を思い出していた。アインが日本を好きだと知り、なぜなのか僕が知ろうとした時。

〝「ポケモンとか、そういう……?」〟

〝「違います」アインの不満そうな声。〟

〝「小説なんです。安部公房、大江健三郎……」〟

ピカチュウや、あとは僕が知らない、でもポケットモンスターのキャラクターと思われる、たくさんのぬいぐるみが落ちてきた。

「アインは、ポケモンが大好きでした」

後ろにいた背の高い学生の一人が、泣きながら日本語で言った。

「小さい頃、色々と上手くいかなかった時、強くて綺麗なセーラームーンに憧れたと言っていました。ナルトやワンピースも、夢中で読んでいて」

他の声もする。

「クラシックも、背伸びして聞こうとしてたけど、Jポップの方が詳しかったです。……ドリカムやエックス、最近の人だと、米津玄師、あいみょん」

僕は膝から崩れ落ち、その場で蹲って泣いた。側には、古くなったセーラームーンのクリアファイルが落ちている。

「アインの最後の言葉は、……死にたくない、だったそうです」

僕は嗚咽《おえつ》していた。死にたくない。それはそうだろう。二十六歳で、日本で勉強し働いて、ヴェトナム語と日本語の影響を受けた英語を使い、小説家を目指していたのだから。死にたくないに決まっている。そうに決まっている。

学生達の一人が、僕の背中を撫でていた。本当なら、僕も泣いている彼女達の背中を、撫でなければいけなかったのに。

アインの借金を返済した流れで、同部屋だった学生達の借金も返済した。アインと違い、彼女達の額は大したものではなかったが、彼女達はそれは論理的でないと初め拒否した。でも僕からすると論理的な行為だった。僕の預金はアインと過ごすためのもので、もう意味はないのだから。

大学を辞めた。挨拶のため学部長に会った。その帰り、大学の左にしか曲がれない廊下で佐藤を見た。彼も僕に気づく。喜びが身体に湧くのを感じていた。自分でもわからない感覚だった。

「この度は、とても残念だった。とても」

佐藤の言葉に混乱した。ただでさえあらゆる認知と理解が遅れていた。聞き違いと思った。

「あなたとは考え方が違っていたが、それとこれとは関係ない。許せないよ、私も。……残念だ。どうか自愛してくれ」

そう言い、頭を下げ通り過ぎて行く。僕は放心しその場で立っていた。

僕が期待していたのは、彼から何かの侮蔑を言われることだったらしい。反応の鈍くなっていた僕の神経や感情が、活性化することを本能的に望んでいたのかもしれない。彼に怒りを感じ、暴発することを望んでいたのかもしれない。

〆切が迫っていた原稿に、現在の政権は馬鹿だと書いた。日常を豊かにする、家具がテーマのエッセイだった。現在の政権は馬鹿で熱烈に支持する連中も馬鹿だと書いた。連中が馬鹿だから国が馬鹿になると書いた。これを書いている僕も馬鹿だし誰かわからないがお前も馬鹿だと書いた。全員馬鹿なんだから人間は全員動物園の檻にでも入って宇宙人に観てもらえばいいと書いた。編集者の電話で載せられないと言われた時、言論弾圧だと言った。編集者は心配したのだろう。会えないかと言われたので、お前も馬鹿だと答えた。電話を切った後、不思議なことに、僕はどのような感情もないまま、一本の日常を豊かにする家具のエッセイを書いた。すぐ編集者から電話が来て、冗談だったのですねと彼は笑った。でも彼は僕の異常に気づいており怯えているとすぐわかった。僕は笑いを含む声で全部冗談と言い電話を切り、急な睡魔に覆われ眠り、目が覚めた時、布団にできた皺《しわ》が片方だけ立体的過ぎると感じた。放っておくと、こういう立体的なものはろくなことがないと思った。平らにすると安心した。布団に入るとどうしても立体的に布団が曲がるが、寝ている時は見なくて済むので考えないようにした。

恵美がマンションの部屋の前にいた。何度電話しても出ないと言われ、部屋に入れてくれと言われた。一人にしてくれないかと言うと、恵美は皆が心配していると言い、あなたには誰か第三者が側にいるべきだと言った。気づくと恵美は部屋に入っていた。その時の彼女の服はスカートがベージュか紺で、シャツが白か黒だった。彼女が何かの悔やみの言葉を言ったので、僕は帰ってくれと言った。

恵美は僕に様々なことを言い続けた。食事を取らなければならないこと、私が食事をつくること、今からこの無残な部屋を掃除することなどだった。彼女が飲みかけのコップをキッチンに持って行こうとした時、内面がざわついた。やめてくれと僕は言った。それはまだ飲むからやめてくれと言った。恵美はもう埃が浮いているから洗うと言い、そこで座っていてくれと言った。僕はまだそれは飲めると言った。僕はそれを絶対にまだ飲むし、埃が浮いているかどうかも僕が決めると言った。

恵美は泣いた。私があなたと別れたのがいけなかったと意味のわからないことを言った。僕は恵美をぼんやり見たが、自分は君に全く興味がないとは言わなかった。そんなに結婚したければその辺の男に足を開けばいいとも言わなかった。君はいつも自分本位で自分の分析がいつも正しいと思っていて正直うっとうしい人間だとも言わなかった。男の批判ばかり書く癖にお前はいつも男が喜びそうな服ばかり着ているとも言わなかった。胸の開いた服を着て屈むたびにいちいちそれを隠す姿がうっとうしくて仕方なかったとも言わなかった。顔も見たくないが一番はその声を聞きたくないとも言わなかったが、帰ってくれと言った。

恵美は僕を真っ直ぐ見たが、あなたは他人と自分の間に壁を置き過ぎるとは言わなかった。あなたは自分が正しいと思っているけど他者からすればそうではないとも言わなかった。みんなが社会問題に目を向けられるわけではないしみんなも忙しいし社会のことに目を向けるより自分の生活で精一杯の人もいるとも言わなかった。それに世の中には絶対に社会問題について考えたくないと思う人間が一定数いることくらい知っておけこの馬鹿がとも言わなかった。というかあなたも全ての問題に通じているわけではないのだから偉そうなことを言うなとも言わなかった。あなたのようにうっとうしい倫理を説く者を説教臭いと感じる人もいるからそういう人達に対してても届く言葉をもっともっと考えろとも言わなかった。あなたの独善的でわかってます的な感じが嫌いで嫌いで仕方なかったとも言わなかった。

あなたは女性というか女性という存在をリスペクトし過ぎていて女性に甘いとも言わなかった。あなたは誰かの上司ではないがもしあなたのような上司がいた場合ほかの男性は面白いと思わないから逆に女性差別が生まれるからマジで本当に気をつけろとも言わなかった。

何でも自分で背負おうとすることは美徳ではないし、あなたの孤独を表しているだけで周囲からすると信頼されていないと感じ苛々するしかなり不愉快だとも言わなかった。あなたは時々性を賛美することを書くけど性に奥手の人からするとその人間の性格次第で苛々するからやめておけとも言わなかった。

あなたがあのヴェトナム人女性をあそこまで好きになったのは彼女がヴェトナム人だったからとも言わなかった。あなたの特殊な同情癖がそこにはあって実はそれはあなたが日本という経済大国に住んでいる優越感から来ているわけだから、それはつまり差別なんじゃないかとも言わなかった。恋愛に陥るきっかけなどそんなものではあるし、確かに彼女の容姿や人格に惹かれたのだろうけど、あなたの同情癖から好きになったその彼女が死んだいま同情は永遠になりあなたはいつまでも死んだ彼女からこれでもう離れられないお前の人生はだからつまりもう終わりだとも言わなかった。

愚かなあなたと出会っていなければ、彼女は死んでなかったとも言わなかった。ついでに言うとあなたは自分が凄いと勝手に思ってるしそれを隠そうとしてるけど滲み出てるから余計苛々するとも言わなかった。何なんだお前は一体何なんだとも言わなかった。総合的に判断して、やっぱり私はあなたがとてもとてもとても嫌いだとも言わなかった。

恵美は涙をぬぐい、部屋を出て行った。出て行く前に僕をもう一度見たが、僕は恵美の顔をまともに見ることができないまま、ごめんと呟いた。なぜか恵美も同じ言葉を呟いた。これでもう、彼女とは生涯会わないのだろうと思った。僕達の最後の言葉は、お互いへの謝罪だった。

〈ちょっとした手の力〉

アインを押した男は拘置所に入り、裁判を待つ状態になっていた。初めは押したことも否定し、偶発的に身体が当たったと供述したが、防犯カメラにその状況がはっきり映っていた。男はアインを押していた。明確に。

どれくらい経った頃だろう、アインを押した、その二十一歳の男の手紙が雑誌に載った。死刑囚の手記を載せたりもする著名な雑誌で、ライターとの手紙のやり取りだった。

男の年齢を考慮しても、文章は幼かった。

男は、元々政治に興味はなかったと書いていた。日本の教科書は、第二次世界大戦での日本の悪事ばかり書かれた自虐史観で、日本の名誉のため是正すべき、という意見くらいは知っていて、その意見に気持ちよさは感じたが、その程度だった。実際そうだったか、自分が受けた授業はよく覚えていなかった。現代史は受験に多く出ないので、授業も流すように終わった記憶があった程度だった。

希望した大学に入れなかったが、大学生にはなることができ、深刻に悩んでもなかった。大学生活は想像と違い、バイトも長続きしなかったが、ゲームをしてると気が晴れた。といっても、ゲームばかりしてるわけでもなく、単位も取り普通の学生生活を送っていた。

きっかけは、ユーチューブの動画だった。ユーチューブのトップページにアクセスが「急上昇」している動画が自動的に上がっており、何気なく見たのだった。日本の歴史は自虐史観であり、マスコミは都合の悪い事実を隠しており、私達は本当の歴史を勇気を持って語るとコメンテーターが言っていた。観ていると、気持ちよさがあった。彼らの発言が全部真実とはさすがに思わなかったが、一理あるのではと漠然と感じた。

いつもではないが、時々そのユーチューブ番組を観るようになり、インテリを揶揄《やゆ》する発言に一緒になって笑った。左翼インテリは本当に馬鹿だと思った。笑えば笑うほど、番組の彼らと距離が縮まる感覚があった。時々「それは言ったらさすがにマズイだろ」と笑いながら思ったものもあったが、タブーの秘密の笑いを密かに共有している感覚があった。番組の彼らを「歴史修正主義者」と嘘つき呼ばわりする意見をどこかで見ると、いい気がしなかった。事実など、受け取る側で変わるのではと思った。何より、自分が観ているものを批判されるのが、普通に気に喰わなかった。

番組の彼らは首相と個人的に親しく、そのことを公言していた。野党がいかに無能であるかの言及も痛快だった。反日の中国や韓国は前から不愉快に思っていたし、彼らのスパイが日本のマスコミ中枢に入り込んでいると聞いた時は、さすがにどうかとは思ったが、陰謀論のような面白さはあった。

コメンテーターの一人が首相のためなら死ねると発言した時、そこまで一人の人間を想えるのかと心を少し動かされた。普段使うツイッターのアカウント以外に、別アカウントを作成した。興味分野に政治と入れると、保守と自称する者達のアカウントのフォローを勧められた。彼らをフォローし、ツイートをリツイートした。フォロワーの数はそこまで伸びなかったが、本アカウントより多くなった。

「その別アカウントを、授業がすんでから、見ていた時、ある女が後ろにいたんです」

男はそう書いている。

「その女を、好きだったんではないんだが、まあ美人で、人気のある女ではありました。見られたか、どうかが、気になってしまった。ネトウヨと、言いふらされたら、たまらない。ネトウヨではないからだ。僕は」

その女性を構内で見かける度、笑われてないか、自分を話題にしてないか、気になったという。苛々し、番組や自分がフォローしている「論客達」を真似、韓国や野党の悪口をツイートした。僅かだが、自分のツイートをリツイートしてくれるアカウントが出現し、嬉しさだけでなく、ありがたさのようなものを感じた。日本を少しでも悪く書いたものを見ると、怒りの感情を刺激された。面倒で選挙に行かなかったが、与党への応援ツイート、野党罵倒ツイートを見ればリツイートした。

「弱者目線の人間に、苛々することがあります」とも彼は書いている。彼がフォローしている人間は、政治系以外は会社の元社長などで、上からものを語る者が多かった。そういう人間と、自分の考えはよく似ているとも書いている。自らも、少し強くなったように感じていたのかもしれない。

番組のコメンテーターの政治演説の告知があり、近くなので「様子を見に」行った。だが彼らのツイッターのフォロワー数やユーチューブの再生回数に比べ、聴衆は異常に少なかった。失望と同時に、やはり彼らは虐げられていると思った。カウンターと呼ばれる、反差別のグループが「邪魔をしに」きた。言論の自由を謳うのに、差別と決めつけ禁止させる。彼らを欺瞞と思い、見ながら怒りが湧いた。場が、徐々に険悪になっていく。数の多いカウンターに対し身体を張る彼らを見ながら、その場を静かに去った。罪悪感があった。

就職活動は内定をもらったが、希望した会社は落とされた。正社員だが給料が安く、希望の業種でもなく、景気がいいとの報道に疑問を感じた。でも「疑問を持てば負け」であり、現在は好景気で正社員になれたと思う方がよかった。酔った時など、就職活動に悩む人間を、ツイッターで少し馬鹿にした。そういう言葉は、書く度に慣れた。派遣社員にしかなれないのは、自己責任というように。

事件当日、彼は「理由はよくわからない」が「苛々して」いた。デモをする「仲間」達は怯えてるように見え、警察がいてよかったと感じていた。彼らは○○人出て行けと叫び、虫に喩《たと》え、死ねと叫んだ。言葉は悪いが、参加人数が少ないのだから、これくらい言わないと釣り合わないと思っていた。その言葉に、デモをやめさせようとする「正義ヅラの」グループが激高した。見物する人間達で路上は溢れていた。

「野次馬が、多くなった。うっとうしかった」と彼は書いている。

「誰かに体を押されて、苛々してた時、すぐ前の一人の女が、ロープを越えようとした。デモをやめさせようとする、カウンター側に入るのだ。その女がロープにつまずいて、僕の体に当たった」

男は続けて書いている。

「顔ははっきり見えませんでしたが、その一瞬、外国人だ、と。アジア系の、外国人です。体を当てられて、腹が立った瞬間、僕は誰かと、会話してる気分になっていました。何で外国人に、体を押されなければならない？　おかしいよな？　アジアの外国人のくせに、日本の問題に介入していいのか？　日本に来たくせに、反日はおかしくないか？　何だこいつは？　自分が正義とか？　体の中から、力が出て、誰も見てないことが、今しかないというか、本当に、一瞬だったんですが、わーっと、そんなことが、湧いた感じになって、僕は、ぶつかった女の肩を押し返しました。

　これまで僕は、暴力と無縁だった。信じてください。誰かを殴ったのも、殴られたのも、ない。こんな風に、誰かを押したのも、ない。やった瞬間、驚きと、怖さと、色々でした。でも、それは、ちょっとした手の力だったんです。少し力が、強くなっただけです。

　死ぬなんて思ってない。何であんなことで、あの外国人は死んだのだと、僕の母は怒っていました。あれは事故です。人が密集してれば普通にある。押し返すことだって、ある。

　言っておきますが、この手紙は、絶対に、公表しないでください。もし公表した場合、法的手段を取ります」


　記事はそこで終わった。

　この雑誌の反響は大きかった。男を糾弾するものが多かったが、勝手に掲載した雑誌への非難もあった。そしてある保守系の掲示板に、アインがキャバクラで不法就労していたと情報が流れた。

それ以後、インターネットに様々な言葉が溢れた。

〝亡くなったのは気の毒。でもそれと不法就労は別。犯罪は犯罪。逮捕され強制送還されていれば、この事故はなかった〟

〝不法就労で反日……〟

〝馬鹿な男と不注意で気の毒な女。以上では？　差別関係ないし、番組側も迷惑だろ〟

〝誰にでも股開いたって本当？〟

僕はぼんやりその言葉達を見ていた。

〝こういう事件の度、デモは危険だと思う。デモは全て禁止すべきだろう〟

〝非難を承知で言います。暴力的な場所に自ら行ったわけでしょ？　押されるくらいわかっていたはずでは？　私なら最初から近づかない。しかも不法就労〟

見ながら、時々奇妙な睡魔に襲われた。

〝全部カウンターの責任。あいつらどう説明するつもりだｗｗｗ〟

〝だーかーらー、これと外国人問題は別だろ！　パヨク発狂し過ぎｗｗ　差別とかじゃねーからｗｗｗ〟


「どうでもいい」僕は呟いていた。

「もういいから滅べ」

〈一年前　誘う声〉

僕は日本を出ようと思っていた。日本が好きとか嫌いとか、そういうことでもなかった。どのような希望もないというより、どのような希望も持ちたくない中で、自殺を試みない自分が不思議でもあった。だが自分の精神が徐々に死に、擦り切れていく手ごたえはあり、そのうち死にたくなるとも感じていた。

海外にいれば、さらに「孤独」を感じられるはず。ノイローゼにでもなれば、いいかもしれない。

まずドイツに行こうとした。昔好きだった絵がミュンヘンにあり、見てみようと思った。

ゴッホの酷く憂鬱なひまわりのうち、最も構図が完璧なもの。つまりそれは、完璧な憂鬱と言えた。ずっと通い見続けていれば、もしかしたら狂えるかもしれない。自分が誰かも、わからなくなれるかもしれない。ぼんやりそう思った。

人で溢れた羽田空港に着く。

カウンターに向かった時、五十嵐がいた。

彼のその頃の噂は、時々入ってきていた。金や女性トラブルをさらに次々暴かれ、彼に原稿を依頼する版元はもうないという。

彼は痩せていた。目も片方だけ落ちくぼんでいる。

「偶然じゃないよ。……君を待っていた」

立ったまま見合っている僕達を、人々がさりげなく、でも注意深く迂回していく。

「……残念だったよ。あの女性のことは」

五十嵐の、分厚い唇が動いている。

「居酒屋で、会ったろ？　俺は彼女を気に入ってしまってね、通ってたんだ。……彼女がフロアから厨房に移った原因は、俺だったみたいだよ。彼女が気味悪がったみたいでね。……まいったよ。まさか君の彼女だったとは」

五十嵐は笑みも浮かべず、そう言った。

「君はあのネットの反応を読んだろ？　酷い言葉が溢れていた。でもあれを世論と思わない方がいい。業者がやってることくらい、知ってるだろ？　ネット世論誘導を請け負う業者は色々ある。今、マスコミが本当にやらなければならないのは、そいつらの正体を暴くことだ。そしてどこから金が出てるのか突き止めること。……まあ、あんなものに影響を受ける人間がいるのも事実だし、あれで実際世論が歪んでるのも事実だが、……ん？」

笑い合っていたカップルが、なぜか笑いをやめ僕達の横を通り過ぎる。

「……なるほど、君にとっては、もうどうでもいいんだな」

僕はさっきのカップルの、後をつける自分を想像していた。なぜ笑いをやめたのか、僕達には、何か君達の笑いを止める要素があったのか、斜め背後から執拗に聞き続ける自分を想像した。

「君はもう、世の中を見ていない。……いい表情だよ」

あなたもいい表情だ、とは言わなかった。

「そして君は、もう長くない。何とか生きても、あと一年だろう」

五十嵐はあと半年に見えた。でも言わなかった。

「いいものを見せよう」

五十嵐が、持っていた紙袋を僕の前に置いた。無造作に。

僕は視線を向けた。中に木箱が入っている。

「あのトランペットだ」

「……え？」

「やっとしゃべったな。……僅かな反応ではあるが、……まだ自分の外の世界に、反応はするということか」

微かに内面が揺れた。久し振りのことだった。

「これを、……なぜ？」

「盗んだ」

「は？」

「まだ誰にも知られていない」

誰も僕達に視線は向けないが、辺りには大勢の客達がいる。

「ククク」

五十嵐が笑う。擬音語ではなく、彼は本当にクククと言った。

「すごいだろ？　俺は今年で五十歳になる。五十歳の嵐。まさに五十嵐」

五十嵐が再び笑う。咳のような笑いが、僕の喉からも漏れた。その時初めて、僕は彼が狂っていることに気がついた。

「この楽器が、修理に出てたのは知ってたか？　バルブに不具合があってね。慎重な修理だから、時間がかかった。そして一旦確認のため楽器が遺族のもとに行った時、……盗んだ」

「誰が？」

「は？　だから俺がだよ」

何気なく視線を外すと、知らない男と目が合った。彼はすぐ視線を逸らし、僕に半身を見せ隣の女性に向き合った。今度は僕が彼を見てやろうと見続けたが、彼はもうこちらを見ることがなかった。

「君はあのネットの反応を読んだだろうけど、あんなものは——」

「……さっき聞きましたよ」

「ん？　そうか？」

五十嵐が爪を噛《か》んだ。親指の。前にはなかった癖だ。

「……それで」

「ん？」

「なぜ盗んだのですか」

僕が言うと、五十嵐が驚いたように僕を見た。爪を噛むのをやめた。

「何言ってるんだ？」五十嵐の声が、この場にそぐわない大きなものになる。

「鳴ったらどうするんだ」

「え？」

「これが、現代で吹き鳴らされたら。そりゃあ、これに誘導されるなんてことは、現代ではないだろうよ。でもだ、でも、万が一だぞ？　万が一、何かが起こったらどうするんだ？日本人の中にある、いや、人間の中にある何かが、これと反応したら？」

そういう面はあるかもしれないが、でも盗むのは常軌を逸していた。考えられなかった。

「失われた楽譜もある。当時の軍人達を熱狂させた曲だよ。その楽譜まで発見されて、しかもカリスマ的な演奏者によってそれがこのトランペットで激しく吹かれたらどうなる？　え？　一定数の人間の中で、何かが覚醒するぞ？　しないと言いきれるか？　そこから社会はどうなっていくと思う？」

何を言っても、無理だと思った。五十嵐は自分の声の大きさに驚き、床のどこかを不機嫌に眺め始めた。警備員がこちらを見ている。五十嵐が不意に薄ら笑いを浮かべる。

「でも壊せなかった」

「……そう、ですか」

「思った通りだ。今ほっとした。そうだな？」

五十嵐が近づき、僕の左側にトランペットの紙袋を置いた。そしてまた離れた。

「君に渡す」

「……なぜ？」

「俺では壊せなかったからだ。見ればわかる。無理だ。あまりの美しさが、崩壊することを拒絶している。……参ったね。金属というやつは、時々こんな風になるんだよ」

僕は足元の紙袋を見る。右端が少し破れている。

「君は海外に行く。まだこれが盗まれたことは、誰にも知られていない。日本にない方がいい。……あと」

「あと？」

「君はもう人生をどうでもいいと思ってる。その流れでこれを破壊してくれ。俺にはできなかったが、君ならできるかもしれない。そうでないと、……君は妙な連中に狙われることになる」

言っている意味が、わからなかった。

「妙な連中だよ。確かに、盗まれたことは誰にも知られていない。でもそれは公にはという意味だ。俺は不可解な連中から追われることになった。もう限界だ。逃げるのは」

「誰です？」

「わからない。でもこれだけはわかる。関わらない方がいい人間達だ。……わかるか？　そういう連中が、この世界にはいるんだよ。普通に生きてりゃ絶対出会わないような連中が。……俺も相当色んな世界を見てきたつもりだったが、……もう俺には、そのエネルギーはない。……転職するんだ」

「……転職？」

「転職というか、……オカルト系の雑誌にね、別ネームで書かせてもらえることになった」

五十嵐が言う。また薄ら笑いを浮かべながら。

「前から、そういうのは好きでね。……ＵＦＯやビッグフットなどの未確認動物《UMA》、そして地底人。……色々だよ。どこかを定年退職した後にそういう雑誌に関わるんなら、それは悠々自適な趣味だよ。でも俺は五十歳だ。働き盛りなんだよ」

世界が嫌いな人間ほど、オカルトに走る傾向があるかもしれない。なぜなら、僕も宇宙人の話が非常に好きだから。これまでの世界の常識が、崩れるようなもの。それを求めるということは、この世界の常態を否定したいのかもしれない。

宇宙人でもいなければ、この世界は味気なくつまらない。この世界が、全く別のものとして自分達の前に出現する瞬間を、求めたいのかもしれない。

「俺の取材力は知ってるな？　俺はＵＦＯより地底人に興味があってね。地底人に対する大スクープを出してみせるよ。地底人だよ、知ってるだろ？　あれは古代エジプトが関係している」

　彼がこうなる前に、どこかで話せればよかったのだろうか。互いに、そうだったのかもしれない。

「ああいう業界は、保守連中が多かったりもするんだよ。案外、俺は彼らと和解するかもしれないな！　ハ！　ハ！」

　彼はオカルトの世界に行き、僕はゴッホの憂鬱な絵を見に行く。

「俺は、……ただ」

　五十嵐が急に無表情で言う。

「平和で、格差が少なくて……」

　辺りの人間は、やはり注意深く僕達を避けていく。

「差別のない多様な、自由に生きられる社会を、……求めただけなんだけどな」

　その無表情のまま、再び親指の爪を噛み始めた。真剣に。自分の爪を噛むこと以外、大事なことなどもうこの世界にはないというように。

　僕はトランペットの入った紙袋を手に持っていた。五十嵐は挨拶もなく、背を向け遠くを歩いていた。紙袋は重く、僕は彼をぼんやり眺めた。痩せた後ろ姿が、やや左に傾きながら遠ざかっていく。

本物だろうか。ゆっくりトイレの個室に入った。紙袋の中の木箱は、フィリピンで僕が見たのと同じだった。古びた蓋を開けた。

鼓動が微かに速くなっていく。このような身体の反応は、やはり久し振りのことだった。トランペットは本物で、不快な懐かしさが徐々に込み上げる。中身がなくなり倒れた紙袋が、水分に少しずつ侵食され歪んでいく、無関係な想像がちらついた。

光を反射させる、銀の金属の曲線。やはり美しく、僕はなぜか涙ぐんだ。もういい、と呟いていた。木箱を閉じる。こういう面倒なものは、もういらない。

トイレを出、遠くの視界に警備員が映る。トイレに落ちていたと伝えればいい。

警備員に近づきながら、紙袋を持った左の指先から肩までが、微かに緊張していた。これがあれば。そう思いながら、鼓動が痛いほど速くなった。これがあれば、自分は変われるのではないだろうか。アインから、過去から、面倒な内面から、遊離することができるのではないだろうか。見続けていたら、自分は何かに取り込まれていくのではないか。初めに見、カメラを向けた時、夢中になった自分を思い出していた。あのまま、このトランペットの世界に、入り込んでいたとしたら。

――私といれば。

幻聴などの、声が聞こえたわけではなかった。トランペットが話せるなら、今そう言うのではというか、そんな感覚を受けていた。なぜか灰色の薄い線が視界にかかっていた。

——君は決定的に、根底から変われる。

目の前に警備員がいた。若く善良な顔が不審に歪むのを見、自分の酷い汗に気づく。その彼の表情の善良さが、僕が彼らの側に行くのを、通常の社会の側に行くのを拒絶した。

「すみません」僕の声は他人のようだ。

「ANAのカウンターはどこですか」

まるで風景に馴染む客のように、僕は親しげに言い終えた。僕の汗に狼狽《ろうばい》する男はリスに似ていた。自分の口元に、善良な彼を軽蔑する微笑みが浮かぶ。方向を指さす親切な彼に応えるため、目を細め遠くを見る演技までしながら。


飛行機に乗り、ドイツのミュンヘンに着いた。安宿のベッド下にトランペットを隠し、美術館、ノイエ・ピナコテークへ行く。ゴッホのひまわりの前に立った。

このひまわりはプリントされ、クリアファイルや絵葉書など様々に商品化されている。でもそれらは色調がやや明るく鮮やかで、親しみやすさの社会化が僅かにされていたのに気づく。実物は暗く、地味で無残なまでの生々しさ、異物さがあった。

画集やネット画像は平面でよくわからないが、実物はゴッホの肉厚なタッチのせいで、あまりに立体的だった。僕は笑みを浮かべていた。

ひまわり。存在しない神が、人間に美しく見せようとしたものを、このようにしか見ることができなくなったとしたら。美しく咲く時でなく、枯れていく過程の継続を、その深淵をしかもこのように見たのだとしたら。その人間はもう長くないかもしれない。アインが死んだ後、僕の部屋に残された花達が、次第に朽ちていったのを思い出していた。

部屋に戻るとトランペットを磨いた。冷たい金属にふれるたび、全ての物事が遠くなった。トランペットがひまわりのように腐敗し、僕の肌に溶け、僕も柔らかく砕けていくところを想像した。アインの花達と違い、僕達は不快な匂いを迷惑に立てるかもしれない。

〈半年前　ジョマルのメール〉

登録された全てのアドレスを着信拒否にしていた中で、登録していない、知らないアドレスからメールが届いていた。送信者はジョマルだった。

アインと初めて会った時、側にいた十歳くらいに見えた少年。実際の彼は当時十二歳の後半で、今は十四歳になっていた。メールは英語で書かれていた。アインが彼に教えた英語。

『ディア　山峰健次
初めてメールします。アインさんとあなたが会った時、近くにいた子供を覚えていることを願います。僕の名はジョマルです。アインさんの隣で、あなたとトランペットの噂についてて話した。

アインさんの死を僕が認められないように、あなたもそうかもしれません。初めてあなたと話してから、僕はあなたの名を時々、学校のパソコンで検索していました。日本語の記事は読めませんが、翻訳ソフトで、あなたが活躍している人だとわかりました。

あなたの本「戦争で稼ぐ人々」は今年、ヴェトナム語に訳されました。知っていましたか。僕は英語で読んでまだ難しかったですが、あなたの考えはわかったつもりです。

でもアインさんが亡くなってから、あなたの原稿は減り、もう半年以上、名前を日本語で検索しても、新しい原稿が出てきません。生きているのでしょうか。あなたは今、何をしていますか。

知っていると思いますが、アインさんはロマンチックなところがありました。日本のアニメや音楽、特に少女漫画が好きでした。「日本の人と出会うのもいいな」とずっと言っていた。日本の少女漫画では、電車のホームで、物を落とすところから恋愛が始まるのだと笑っていた。笑っていましたが、そういうのが好きだったんです。「物、落としましたよ」という日本語を、覚えようとしたくらいですから。でも僕は、どうかなと考えていました。知り合いの姉が、悪い日本人に騙されたから。結婚すると言ったくせに、フィリピンでの仕事が終わると、その人は日本に帰ってしまった。

トランペットを取材したい日本人が来ると聞いて、しかも有名で、平和に関する本を書く人と聞いて、アインさんは少しソワソワしていた。私が合図したら、気に入った意味だから、私を褒めてと言われました。でも僕は、あなたを見た時、アインさんの合図を見る前に、アインさんを褒めました。

あなたが、信頼できる人だと、なぜでしょうか、感じたからです。知り合いの姉の相手のような奴と出会う前に、あなたとくっつけばいい。そう思ったんです。

アインさんの夢を知っていますよね？　小説家です。ロマンチックな人だから、それぞれの男女の歴史が、出会う物語にしたいと言っていた。あなたは小説家じゃないけど、代わりに書くつもりはないですか。

アインさんとは、時々ですが手紙や電話のやり取りをしていました。アインさんはあのトランペットに、とても興味を持っていた。調べて、書いてみたいとも言っていた。でもそのことは、多分あなたに言っていない。あなたが殺害予告を受けていると、アインさんが知ったからです。あなたの部屋で、脅迫状を見つけたそうです。

あなたの書いたトランペットの記事を、当然アインさんは読んでましたが、そのことを、あなたに話したことはないはずです。

あなたが様々に日本で攻撃されていることも、知っていましたが、アインさんはそのことも、あなたに言わなかったはずです。日本のナショナリストが喜ぶトランペットを、あなたが肯定的に書くはずがない。アインさんが調べてと言わなかったのは、あなたがさらにああいうことに関わり、批判的に書き、また攻撃されるのを、避けたかったからです。実際アインさんはそう言っていた。

あなたのルーツを教えてくれ。アインさんは多分、それだけ言ったのではないですか？トランペットについては、アインさんは自分で調べようとしていた。なぜかというと、自分の書く物語が、トランペットの物語に勝たなければいけないと思っていたからです。

こういうところが、僕とも似ている。アインさんは素直ですが少し頑固なところがあった。僕には難しくて長くて読めなかったドストエフスキーの「カラマーゾフの兄弟」をアインさんは読んでいて、その中に出て来るアリョーシャ（合ってますか？）が「神さまはきっと勝つ！」と思う場面があるそうです。僕の年でこう言うと生意気ですが、名作と言われるわりに、このセリフは子供っぽいと僕は感じます。でもアインさんはこのセリフが好きでした。

戦いに兵士達を誘導した悪魔の楽器の物語は、でも恋愛の物語に負けるはずだと言っていた。あなたの前でどうだったかわからないけど、アインさんはスポーツ観戦で熱くなった。他国を尊重し争わない、と普段から言ってるのに、スポーツになると「絶対負けるな！　絶対よ！」と叫んでいた。ナショナリストは危ないと言うのに、サッカーでキャーキャー騒ぎながら「ヴェトナムの誇りを見せなさい！　情けない！」とテレビの前で叫んでいた。今なら落ち着いて書けると思ってたのに、涙が止まらないです。もう気づいてるかもしれないですが、僕はアインさんが好きでした。

アインさんがトランペットについてあなたに言わなかった理由には、もう一つあって、覚えてますか？　あなたが僕に頼んだこと。あの楽器が見つかった空き家に幽霊が出る噂の、その元を調べて欲しいと。時間がかかったけど、僕はそのことについてアインさんに伝えていたんです。

クラスメイトにその噂を誰から聞いたか、さりげなく訊ね続けました。AはBにBはCに、でもCはAから聞いたという感じの、曖昧なものでした。

だけど色々辿っていくと、違うクラスから流れていて、さらにもっと下の学年から流れていたこともわかりました。そして、三学年下の男児のグループと、四学年下の女児のグループが始まりとわかりました。

外で男児達が遊んでいた時、薄いグレーのスーツに帽子という出で立ちの、中華系に見えた老人が近づいてきたそうです。それで、向こうの丘の空き家には近づかないように、と言いました。女の幽霊が出ると。

男児達はその空き家の場所がわからなかったそうです。老人は丁寧に場所まで教えていた。女児達のグループも同じでした。

戦争で恋人を失った幽霊が泣いていると。そう言ったそうです。でも噂は広がるうちに変わっていったみたいで、兵士に襲われた女性の幽霊とか、女兵士の幽霊とか、様々に言われるようになっていました。

大人達に広がるにつれて、幽霊はエッチなものになっていきました。喘ぐ声で男を惹き寄せて、入ってきた男とエッチなことをする。男はそのことを空き家を出ると忘れるけど、それから妻や恋人に辛く当たるようになるとか。そして妻や恋人と別れるとまた空き家に行って、でもそこにはもう誰もいないとか。

恐らく、噂がわざと流されたのは間違いないようです。僕達のように床まで開けた子供達がいなかっただけで、もっと早く発見されてもおかしくなかった。

その中華系の老人が誰かはわからないです。でも何だか不吉だから、アインさんはあなたに言わなかったのだと思う。アインさんは、僕もそうだけど、ちょっと迷信深いところがある。

あなたは今、何をしてますか。生きて、いるのですか。アインさんの遺志を継ぐ気はないですか。僕は学校であなたの名を検索して、新しい記事のないのを知るたび、怒りを覚えています。何をしているのですか？　他の女性と付き合っているのですか？　返事をください。

僕はあなたに憧れていたんです。』

僕は十四歳のジョマルの善良なメールに対し、今の僕はエネルギーがないのだとは書かなかった。

生きるのはそれだけでエネルギーがいるのだとも書かなかった。アインが死んだ今、自分も日本も世界もどうでもいいのだとも書かなかった。アインが亡くなってしまった哀しみは当然として、自分の根底にあるのが罪悪感であるのも致命的とも書かなかった。アインの死は確かに不運な事故に近く、直接的な責任は自分にないのかもしれないが、間接的な責任は大ありだったとも書かなかった。

社会に対し文章を書いている以上、アインを押した男のような人間があいう思想言論に誘導されたことは、ある意味こちら側の敗北を意味するのだとも書かなかった。自分はろ過した綺麗事の水を砂漠に撒き続けているつもりでいたようだが、実はそうですらなく、他のことで賑わう楽しげで無関心な街に水を引っかけ続けていたのではないか、いやそうに違いないと思えてくるとも書かなかった。そして何より、自分が平和だの人権だの多様性だのとかいうタイプでなければ、アインもあのデモの中に入ろうとはせず、眉をひそめ外から見ている程度だったのではないかと思えて仕方ないとも書かなかった。

もちろんそれは自分のせいでアインの内面が少し助長されたという僕の思い上がりではあるけれど、でもそう思えて仕方ない自分を止めることができないとも書かなかった。

根底にあるのが罪悪感である以上、仮に前に進んで生きようとする自分が内面のどこかに潜んでいるとしても、それを自分が止めるのだとも書かなかった。内面に罪悪感を抱えている人間は時に、自分が幸福になると気分が沈むのだとも書かなかった。そして自分は恐らく、このように罪悪感の中にいて自分を責め続けるこの状態が気持ちいいのだとも書かなかった。それは今の君の年齢ではわからないだろうけど、人生というものの中で挫折を何度か味わっていくうち、このような精神の泥濘《ぬかるみ》が君の内面にもいつか発生するだろうとも書かなかった。

君は恐らくこれから何度も自分にも人生にも世界にも失望するだろうとも書かなかったが、自分が今悲しみの中にいることを書いた。他に女性がいるわけでなく、何かを始めるには時間がかかると書いた。そしていつか会って話したいと嘘を書いた。

でもジョマルのメールにあったように、アインの遺志を継ぐ形で小説を書くことは、これまで何度も頭に浮かんでいた。でもできなかった。

文章を書く行為には、慰安作用がある。アインの遺志を継ぐ文章を書けば、僕の中にエネルギーのようなものが生まれるかもしれない。実際、試みたことがある。でもキーボードを前に、僕の指は動かなかった。

キーボードに記された、アルファベットの羅列。ＰＣの画面に現れる光る白色。それらが自分を拒絶していた。

アインについて。自分について。事象や実体は歪に重く固まり、言葉になるのを拒絶した。言葉で解析され、解かれるのを拒絶していた。

一行目が出ない。無理やり書いたこともあった。でも書くほど実体から遠ざかった。

ミュンヘン郊外には、ダッハウ強制収容所がある。ナチスによる最初期の収容所で、後のアウシュヴィッツなどのモデルになった。行こうと思ったのは、ジョマルのメールを読んだからだった。この世界には書くべきことがあるという当然を確認するために、昔の自分を呼ぶように向かったのかもしれない。

まず広場の大きさに圧倒された。このような広大な土地を使ってまで、収容所を作った執念。

劣悪を通り越した苛烈な環境に置かれた収容者達の中には、互いに些細なことで争うようになっていく者もいた。当然だった。収容された者達の多くは、もう耐えられる精神の限界を遥かに越えていた。それを見たナチスの管理者達は、しかしそんな彼らを軽蔑したという。そして収容者に残酷を与えていく。この非道なサイクル。

茫然としたのは、ガス室に入った時の天井の低さだった。一度に多く収容し、しかしガスを素早く充満させるため、横のスペースはあるが縦のスペースが圧倒的に低い。真っ直ぐ立つことに強い躊躇を感じる。収容所はそもそも人間を人間として扱っていないが、明確にそれを感じさせられた。人を入れる天井の高さではない。意思を持つ存在として扱っていない。この施設の建設時、どこかで犬が吠えたかを考えた。

帰る時、バスを降りてもついてくる存在を感じた。妙に新しいスーツの男だった。気のせいかもしれないと思いながら、マリエン広場を通り抜けタクシーを拾った。

ノートPCを起動させ、真っ白な画面を見る。ダッハウ強制収容所について書こうとキーボードに手を置いた。でも指が動かない。

無理やり書いた。〝ダッハウ収容所に行った。〟そこまで書き、動きのない駄文と思い、呼吸が不意に乱れた。言葉が詰まり、流れ出ない感覚。書いた言葉が次の言葉を連れてくる、あの感覚が湧かない。

鼓動まで、徐々に速くなっていく。もう君は、世の中に対し何も言うべきでないというように。電源を切る。そのために動く指だけは抵抗がなかった。

トランペットを取り出し、クロスで磨いた。アインがいたらどう思うか。でも僕は、日本のナショナリストの手に渡した方が、むしろいいのではないかと時々思った。大勢の日本人の前でこの楽器を吹き鳴らし、攻撃的な愛国心でも養えばいい。

一九三〇年代の世界恐慌下、日本は中国の地で南満州鉄道の線路を自ら爆破し中国の仕業とし、侵攻し中国東北部に満州国という傀儡政権まで建国する。この流れで日本に束の間の好景気が訪れた。他国を侵略した結果の短い好景気の中で、はしゃいだ後にすぐ破滅したあの時代。またそうなればいいとぼんやり思った。

〝歴史は繰り返す。一度目は悲劇として、二度目は喜劇として〟。ヘーゲルの言葉を元にした、マルクスのものとされる言葉。マルクスに興味はないが、確かに人間は一度では変わらない。あのトランペットを吹き鳴らし、一部の人を熱狂させればいいのではないだろうか。彼らが日本をまた滅ぼしても別にいいのではないだろうか。

そういえば地震による原発事故も一度だった。二度起これば政府も原発をやめるだろうか。いや、やめないかもしれない。二度、三度起こってもやめず、何度起こってもやめず、住める土地がなくなり原発を作る場所もなくなり、東京に原発を作り、東京で事故が起きない限りやめないかもしれない。

戦争の熱狂の果てに見る瓦礫の町。立ち揺れる細い煙にふれた時、身体のどこかが温められる自分を想像した。


ホテル近くの食堂の席についた時、目の前に突然イスラム教徒風の男が座った。

「あなたは山峰健次、そうですね？」男は英語で言った。

「取引の相手を教えて欲しい。……あなたがトランペットを、売る相手」

肩や背中が強張った。なぜ僕がこれを持っていると知っているのか。イスラム教徒の知り合いは何人かいたが、彼らに共通する、大らかさや寛容さが男からは感じられない。

「私達が横から手を出していい相手か、手を出していけない相手か、私達は知る必要がある。取引の相手を教えて欲しい」

取引の相手などいない。彼は勘違いしている。

「何のことかわかりません。……用事があるので」

僕が席を立つと、男が一枚の名刺を出す。

「……ここに連絡を」

アラビア語と見られる名刺を受け取る。そのままにはできなかった。僕が受け取ると、男は静かに頷いた。

男も席を立つ。僕に置き去りにされるのではなく、自分がそうするという仕草で。

「元々日本人は嫌いじゃなかったが、今の君達はアメリカの犬だ」


ミュンヘンはナチス発祥の地ともされているが、同時に反ナチスの学生運動、白バラ抵抗運動が起きた土地でもあった。リーダー達は処刑された。

その場所を見るつもりだったが、ミュンヘンにはいられないと感じた。僕は同じドイツのケルンを目指した。ケルン大聖堂がある。

存在しない神にすがろうとしたのだろうか。ケルンには、リヒターのステンドグラスがある。従来のキリスト教にはない何かを、感じることができると思ったのだろうか。


ケルンではホテルでなく、部屋を借りた。大聖堂に行き、ステンドグラスを眺める。だが何も書けなかった。

トランペットを磨いた。せめて君を彼らに渡してないのだから。僕はそうトランペットに語りかけた。一人でいることが長くなると、頭の中で出す声と、呟く声の境が曖昧になる。あの時はもう、僕は声を出していただろう。

持ってるだけでも、いいはず。僕は呟いていた。君をナショナリストに渡してないんだから。それだけでも貢献じゃないか。壊すのは無理だと思う。君は美し過ぎる。

美しいと言った時、僕は照れた。照れた自分に肩や背中の温度が下がっていく。でもそのままにした。

それとも誰かに吹かれたいか？　夜になると対話することが多かった。誰かにキスされ、身体に息を吹き込まれたい？　美男子だった〝鈴木〟に、君がずっとそうされ続けていたように。吹いてみたい。でも君にがっかりされたくない。

文章は何も書けなかった。書こうとするだけで苦しくなった。

何度目かにケルン大聖堂に行った時、視線を感じた。僕は人混みに紛れながら、何度も背後を振り返った。不快な緊張と温度を感じていた。


――現在――


タクシーの運転手が、僕に「どこへ？」と聞き続けている。

撃たれた〝B〟はどうなっただろう。追ってくる気配はないが、わからない。

リュックの中のあらゆるものが、バラバラとシートへ落ちていた。ドイツ語の地図の読めない地名達が、片側から霞みながら歪んでいく。

〝アインさんの遺志を継ぐ気はないですか〟

〝僕はあなたに憧れていたんです〟

タクシーの中で、ジョマルのメールの言葉が浮かぶ。アインの声も。

〝だから山峰さんにとって必要だと思う自分の物語を、選んで集めてくれませんか？　大きな物語にするために〟

アインの夢。壮大でロマンチックな小説。僕が協力するはずだった物語。

〝日本語でどう言うのでしょう。物語の収集人？　収集者？　私は小説に書きたい〟

僕は泣いているようだった。僕になれたのは逃亡者だ。

第二部

〈建物〉


砂の霧の中に、建物の影がある。

音もなく、何かが建てられようとしている。どのような者達が作業を続けているのか、ここからは見えない。

「これは不吉な建物です」側にいた背の高い男が言う。

「周辺は乾いてますが、基礎部分や柱はもう濡れ始めている。待ちきれないのかもしれない」

僕には意味がわからない。霧となっている砂埃の中、僕も男もマスクをしていない。

「あなたは？」

「交通誘導員」

交通誘導員と名乗った男の顔は、帽子の陰で見えない。工事現場の作業員風の服を着ているが、その色は黒だった。夢かもしれない。

「辺りに車はないですが」

「でも私は交通誘導員としてここにいる」

一匹の犬がいる。灰色の犬。吠え始める。

「この犬は何かを呼んでいる」男が言う。

「ここに不吉な建物が、建てられようとしていると吠えている」

「……誰を？」

「あなたが想像したように、神や悪魔を呼んでいるのではない。止められないから。かといって、誰か特定の人を呼んでいるわけでもない。……それでもただ呼んでいるんです。何かを」

遠くから音楽が聞こえている。

モーツァルトの、ヴァイオリン・ソナタ第28番第二楽章。建物とは違う方向の砂の霧の奥に、ぼんやり楽団の影が揺らいで見える。

「このヴァイオリンの音色は、恐らくアルマ・ロゼによるものです。アウシュヴィッツ＝ビルケナウ強制収容所には、囚人達による女性楽団があった。そこでこの曲が演奏された記録は恐らくないし影の動きともずれている。……今、一九四一年夏のアウシュヴィッツ＝ビルケナウ強制収容所で、一人の痩せた神父が一人の痩せた男を助けるため、自ら身代わりとなり特殊な餓死の処刑部屋に入ろうとしている。神父の名はコルベ。コルベ神父は一九三〇年四月二十四日、日本の長崎に来ている。長崎で修道院をつくり冊子をつくり、神の言葉を人々に伝えている。つまり君の人生に遠く関係がある。そしていま彼は『餓死監房』と呼ばれる出られない部屋に入った」

ソナタの音色の中で、犬が吠え続けている。

「今、ここで新しく何かが建てられようとしている。これは収容所のようなものではない。もっと別のもの。何かはわからない。でも不吉なものが建てられようとしている」

男が続ける。抑揚のない声で。

「ここに時々、自動車が来る。迷ってしまった自動車が来る。そういう自動車に、私は声をかける仕事をしている」

「……どんな言葉を」

「ここは危ない。遠くへ行きなさい」

男の声が遠くなっていく。

「そうすると、人々は嬉しそうに私に礼を言うのです。〝教えてくれてありがとう〟。人々はそう、快活に言う。そして遠くへ行く。とても、とても遠くへ、離れていく。しかしここでは、不吉な建物が建てられようとしている」

　頭痛がする。

「何が建つのかはわからない。でもこれはとても不吉なものです」


　目が覚める。何か夢を見ていた気がするが、思い出すことができなかった。

つけたままになっていたホテルのテレビに、白黒の映像が流れている。ナチスの強制収容所の映像。ドイツ語で聞き取れないが、杉原千畝の写真が映った。

リトアニアの在カウナス日本領事館領事代理だった杉原は、ポーランドから逃れてきたユダヤ人達に、日本の外務省に背く形でヴィザを発行し続け、多くの命を救っている。

　僕が高校生の時、映画館で初めて泣いた映画が『シンドラーのリスト』だった。自分が何かを観たり読んだりして泣くと思わなかったので――ひねくれていた――当時の僕は困惑した。何を観ても泣かないことを、思春期のせいか、なぜか誇りにしていた。多くのユダヤ人を救ったシンドラーは映画の中で、もっと助けることができたと自らを責めた。僕はそこで泣いていた。

テレビをつけたまま、コーヒーを飲んだ。〝B〟から逃れ、四日が過ぎていた。あの時、「どこへ？」と聞き続けるケルンのタクシー運転手に、とにかく遠くへ行ってくれと僕は言った。

運転手は困惑しながら、ただ遠くまでタクシーを走らせた。僕はあなたの勘でいいから、どこかのホテルの前で降ろしてくれと無茶を言った。

自分で宿泊先を決めるより、そうした方がいいとなぜか僕は思っていた。どこかわからない街の、読めないドイツ語のホテルでタクシーは停まった。

だからいま僕は、自分がどこにいるか知らない。スマートフォンも〝B〟といた場所に捨てていた。このホテルに来てから、身体のだるさが続いていた。

日本に戻る。そのことは度々脳裏に浮かんだ。昨日、ホテルの共用パソコンで、ジョマルから何かメールが来てないか何気なく確認した時、五十嵐からメールが届いていた。

〝生きていたら、渡したいものがある。帝国ホテル14日14時〟

文はそれだけだった。僕は返信を迷う。アインと行くはずだった長崎。長崎に行けば何か書けると思ってなかったが、東京に行き五十嵐に会い、その後長崎に行く。そんなことを考えた。

日本に行けばアインを思い出す。でもそれはどこも同じだった。少なくとも、もうケルンに帰ることはできない。ホテルに籠もりながら、考え続けた。

ケルンで借りた部屋を解約しなければならないが、オーナーの連絡先がわからない。スマホがない。

ひとまずホテルをチェックアウトし、僕はケルンの自分の部屋に向かった。誰かいるかもしれないが、仕方なかった。もう手元に銃もない。あのタクシー内で落とした記憶はないから、恐らくあの時〝B〟に奪われている。

部屋は荒らされていた。僕は散らばっていた資料を、一つ一つ拾う。アインの小説に必要だと思われる資料を、書けないとわかっていながら、僕が集めていたもの。僕はそれらをスーツケースにしまい、部屋を解約し料金を払い、そうすることが自然であるような感覚の中で、日本への航空チケットを電話で予約していた。身体に熱を感じ、風邪を引いたのだと思った。デュッセルドルフ空港に比較的近いホテルで一泊し、空港へ向かった時も、でもまだ日本に帰る覚悟はなかった。

タクシーを降り、料金を払う。空港の自動ドアが開く。まだ自分が、日本に帰る実感は全くなかった。待合の椅子に座った時、〝B〟の姿に気づいた。

座った時というより、座る寸前に、僕は気づいていたようにも思った。

一つ空けた隣の椅子に〝B〟がいる。座らず逃げるべきだった。でも身体が動かなかった。

「……新しいグリム童話を思いついた」

〝B〟が言う。ややうつむき、顔を上げないまま。なぜか彼の右肩が濡れている。

「ある裕福な村に、三つ子の子供がいた。一人は右目がなく、一人は左目がなく、一人は左側の歯の全てがなかった」

辺りには、大勢の客達が動いていた。〝B〟がいることの、現実感がなかった。〝B〟の右足がやや膨らんでいた。包帯を巻いていた。

「彼らはずっと言葉を発しなかったが、ある日、三人が同時に口を開いた。三人の口は少しずつ、少しずつ開いていた。村人達が皆集まり始める。この三つ子が何を言うつもりなのか、固唾《かたず》を飲んで聞こうとした。人々の足元を、とても細い蛇が通過していった。食中毒だった。三つ子は血を吐いて死んだ。……この話をどう思う」

僕は答えなかった。身体に疲れを感じながら、なぜ〝B〟がここにいるのか、わからないと思い続けていた。

初めに〝B〟が部屋に来てから、今日で一週間の気がする。あの時、〝B〟は一週間後に僕が生きている確率は４％と言った。偶然に決まっていたが、ではなぜ彼がここにいるのだろう。チケットの予約がばれているとしか考えられないが、ではなぜばれているのだろう。

「耳が聞こえなくなったか。目はまだ見えるか。これをどう思う」

一枚の英語の紙を渡された。

「私の知人に、世論誘導も請け負う会社を所有する男がいるんだが、君のことを話したら興味を持ってね。編集者としての意見が聞きたいそうだ」

――渡された紙　公正世界仮説――

【公正世界仮説】　心理学用語。人々の習性を指す。
人々は基本的に、この世界は公正で、安全であって欲しいと願う。理不尽に、危険が存在する社会ではない方がいい。正義は勝ち、努力は報われ、悪をすればすっきり罰せられる社会の方がいい。広く広がる物語は、ほぼこの公正世界仮説に沿うよう作られている。

ある童話。

若く美しく、貧しく優しいメイドがいた。メイドは貴族の醜い妻から虐げられていた。貴族の妻は食卓の銀のフォークをつかみ、メイドの腕に突き刺す。貴族の妻は悲鳴を上げ叫ぶ。

「なんてことだ、あなたの血でフォークが汚れもう使えない。深く刺したくらいで血なんて出すなんて」

貴族の醜い妻はメイドを追い出す。だが気の優しい貴族の夫が、メイドにそのフォークを手渡す。もう使えないとあの妻が言ったから、君のものだ、純銀で売れば役に立つ。メイドは貴族の夫に礼を言う。

メイドはフォークをすぐ売らず、唯一の持ち物であるから、何かできないか思案する。道端に上手く描けないと悩む絵描きがいた。メイドは彼のキャンバスに、フォークに絵の具をつけ描き始める。元々手先が器用で、フォークの三筋のタッチは評判を呼び、メイドは道で絵を売り生活し、金が貯まり夢だった仕立て屋を開業する。

貴族の醜い妻は発狂し邸宅に火をつける。自分で火をつけたのになぜ燃えるのだと叫び死んだ。誰かいれば火を消すことはできたが、メイドを追い出したので一人でいた。夫の貴族は家がなくなり、服も燃え貧しくなる。だが事情を聞いた王が同情し、家と領地を再び与えた。新しく貴族として出発するには立派な服がいる。評判の仕立て屋に行くとあのメイドがいる。二人は結ばれる。

でもそれは当時広まった物語で、実際にあった出来事は大きく異なる。

実際にあった話。

貴族の妻はたまたま夫からの小言で気持ちが沈んでいる時、貧しいメイドがテーブルからフォークを落とした。普段温厚な妻は思わず怒鳴ってしまう。ショックを受けたメイドは発作的に邸宅を出、暗がりの森で山賊に襲われ、着衣のない状態で死ぬ。

責任を感じた妻は塞ぎ込み、寝室でランプを落とし邸宅が燃え夫と共に焼け死んだ。


公正世界仮説により、実話は前述の物語に変化している。

実際の実話は人々にはきつい。貴族の妻に欠点はない。夫が妻に小言を言ったのも、当時地域の社会政策が乱れ、自分達のような零細貴族や領民が苦しんでおり、機嫌が悪かっただけだった。メイドを叱った妻も、少し気持ちが乱れていただけだった。

でもそんな気持ちの乱れは誰にもある。誰にでもあることで悲劇になるなど耐えられない。だから物語では、人々に広まるうち、貴族の妻は醜い極悪人になった。

何かの犯罪者が現れた時、その犯罪者にも過去など同情すべきことがあると、社会や人間の本質本能という、存在全体に関わる話になってしまう。公正世界仮説の人々にとって「善悪の境界」は揺らいではならず、人間の中に、つまりは自分の中にもそんなものがあると思いたくなく拒否する。だから、犯罪者は生誕時からやや特殊で、犯罪者的資質を持つ悪魔と考えたくなる。そういう犯罪者が罰せられると人々は安堵し、その安堵は時に快楽を連れて来る。悪人はすっきりした悪人で罰せられる方がすっきりする。罰した時に同情すべきことがあると、モヤモヤが残りストレスとなってしまう。

メイドの最期は理不尽で人々は耐えられない。彼女は努力し幸福を摑んでいればいいのにと思う。メイドは物語では自らの努力と才能でのし上がる。人々は安心する。貧しい人間でも、努力と才覚でのし上がれる良きメッセージは逆に、貧しい人間でも、自分の努力次第でどうにでもなるから大丈夫という心理を裕福な者達に引き起こす。

公正世界仮説の危険は、この考えが人々の中で強くなり過ぎると、弱者批判に転じるところにある。世界や社会は公正で大丈夫で安全であると思いたい。だから何かの被害者が発生すると、社会にではなく、君に落ち度があったのでは、と人は問うようになる。当時、事件のあった地域では、貧しいメイドの解雇が多発していた。人々は実話を物語に改変し安心した。自分達が追い出したメイドもきっと上手くやってると。むしろその後上手くいかないのは、メイド達の努力が足りないからだと。

夫の貴族。実際は妻に小言を言い妻と焼け死ぬが、物語では多少善良になっている。

男性優先社会で、悪いのは妻になる。男達の自分の妻への無意識の不満、妻の取り替え願望（浮気）の深層心理も働いている。

物語での妻は自分で火をつけ、メイドを追い出したから消火できず死ぬ。死にゆく人間に公正世界仮説では「過失」を要求する。あんな失敗をしたから君は死んだと。社会背景も消え、悪を成した人間は問答無用に悪人で、貧しかったメイドは自らの能力で幸福になる。公正世界仮説は社会の問題を個人の問題に還元する。公正世界仮説的な物語が世の中に広がると、その分だけ、世界や社会を改善しようと思う人間が減る。

〈関わらない方がいい人間〉

「その知人が言うには」

〝B〟は話し続けていた。

「君達の国で、歴史的動員数を記録したアニメーションがあるらしい。……身体が入れ替わり過去に戻り、大災害の悲劇がなくなる物語。あれには、君達の国で起きたあの大震災をなかったことにしたいという、人々の無意識の願望を慰撫するものがあったと知人は言う。興味深い現象だと。……強固で完璧な公正世界仮説。その物語に慰撫された結果、あの震災関連の面倒について、考えようとする人間は少し増えたか減ったか。その精神はどちらに多少なりとも動いたか。……知人は気味の悪いことを言うのだよ。果たして、人々が求める物語を与えることが、本当に人々にとって相応《ふさわ》しいことなのかどうかと」

僕は黙った。どう逃げればいいか考え続けていた。

「私は物語が好きでね。君達の国の、あれは見たことがある。万引きする家族の物語。疑似家族は結局敗北し、女は泣き少女は返され、血縁という強固な家族主義には挑戦しない、ある種の公正世界仮説を肯定する配慮があった。君は編集者だった。君が選び担当した翻訳小説の内容を部下が見ると、濃淡はあるが、全て公正世界仮説から外れているらしい。君のあの戦争と経済の本も、見事に外れている。意図的か、君の本質か。その割に君の本は今のところ広がってるそうじゃないか。稀有《けう》な例だ」

僕は額や背に気だるい熱を感じながら、座り続けていた。

「……何も言わないのか。まあここからが本題なのだがね、私は、メイドの無意識が、わざとフォークを落としたと思ってるんだ。メイドの無意識は、全てを暴発させたかったと。それでまず試しに、そっとフォークを落としてみた。……無責任な無意識だな。覚えてるか。私が以前、君が一週間後に生きている確率が4%と言ったのを。今日がその一週間後になる」

ようやく〝B〟が僕に顔を向けた。僕は動くことができない。

「追いつめていた犯人を警察が一時野放しにすると、落ち着かなくなり、逆にふらふら姿を見せる者がいるそうだ。ああ、知っている。君が今ここにいるのは五十嵐からメールが来たからだ」

「……え？」

「やっとしゃべったか。あのメールは私の部下が打った。日本語は合ってたか」

身体が強張っていくのに、足の力だけが抜けていく。

「でもね、私の一週間後と言った言葉が、君の脳裏の奥の奥に刻まれていた可能性もあるんじゃないか？　一週間後が近づいたことで、隠れていた君がまたふらふら動き出した。……でも私はここに他の用事がある。あれだ」

〝B〟が向いた方向を見ると、中年のスーツの男が立っていた。金髪の、肌の白い男。誰かを待っている。

「んん、だがまだだ。あの男が待っている人間が来てから。予定より彼らは遅かった。……

ん？　でもおかしいな。私が待っているはずの一人だったあの男が、今どこかへ行こうとしている。でも私は動かない。なぜだろう？　いま君は疑問に思っている。私は本当に彼らの方に用事があったのか。私の言うことを信用しない方がいいのか、した方がいいのか。賢い君は予感している。私の本当の目的は、やっぱり君なんじゃないか？　実は搭乗便を知られてるんじゃないか？　公正世界仮説の話をしたのにも、やっぱり意味があるんじゃないか？……今この辺りには大勢の人間がいるな。防犯カメラもある。こういう時、我々のような者がどのように人間を殺し、物を奪うか君は知っているか？」

〝B〟がまた正面を向く。他人のように。

「私は君も知ってるように足を怪我している。歩けるが走れない。でも私は動く必要がない。つまりもう君は死んでいるということだ」

〝B〟が静かに言う。

「君のリュックの中には、放射性物質が入っている。最近君は体調が悪かったはずだ。リュックの中だけではない。宿泊していたあのホテルの部屋にも、それは別に置かれていた。暗殺で時々使われる手だ。強力なもの」

鼓動が速くなっていく。彼は何を言っているのだろう。

「……君が倒れるタイミングはいつになるだろう。私と別れ、君はこれからチェックインの手続きを終え、セキュリティーチェックの列に並ぶ。中々進まない列に君は苛々するだろう。ビジネスクラスのラウンジに行き、エコノミークラスを見下しながらコーヒーを飲む。でも味がしない。疲れているからだと思い、君は苦笑する。飛行機に乗り、最初の食事が出された頃だろうか。君は突然大量の血を吐くかもしれない。あるいは日本の空港に着いた頃、君は過度の倦怠を感じ通路で蹲《うずくま》るかもしれない。どこかのホテルに泊まり、何気なくテレビをつけた頃に倒れるかもしれない」

彼は何を言っているのだろう。汗が全身から噴き出していく。

「まあ何というか」〝B〟が言う。無表情で。

「残念だ」

〝B〟が立ち上がる。辺りでは多くの乗客が行き交っている。

「……待て」

だが〝B〟はやや足を引きずりながら遠ざかっていく。僕のことなど忘れたように。

僕は椅子に座ったまま、動くことができなかった。首の辺りが揺れ、頭が前に傾いていく。

僕が今するべきことは何だろう。医務室はどこだろう。思考が混乱していく。死ぬのか？　今？　だがまだ僕が放射性物質を持っているなら、ここから遠く離れなければならない。でも身体が動かない。身体が――。

真後ろから声が聞こえる。〃B〃だった。

「あーあー、震えてるじゃないか。冗談だよ。可哀想に。君が女だったら、頭を優しく撫でてやるところだ。首でも絞めながら」

でも僕は、彼が何を言ってるのかよくわからない。ここからすぐ離れなければならない。

「もう一つの殺し方は、通行人によるもの。北朝鮮の指導者の兄が、死んだ時の方法」

医務室はどこだろう。視界が狭まっていく。

「知らない楽しげな女が突然、液体を染み込ませた布を顔に載せにくる。何かの遊びのように。今の君のように、動揺してる最中なら容易《たやす》い」

僕は周囲を見渡している。なぜそうしてるのかわからない。

「後で防犯カメラを見た時、私はただの風景の一つに過ぎない。君の後ろに座っている客の一人に過ぎない。何なら少し驚いた表情でもしてみるかね」

僕は大きく息を吸った。

「……さっき私は五十嵐の名前を出した」

「……五十嵐？」

「ある程度正気に戻ったか。覚えてるか。私が君に提示した三つの選択。Ⅰは死、Ⅱは呪い、Ⅲは生まれ変わり。Ⅰは生まれて来たことを後悔するほどの拷問の果ての死。Ⅱは君がこの人生で何かを達成した時に殺害する呪い。Ⅲは君がこの人生において最もなりたくない人間になることで生き、幸福になること。……彼に与えたのはⅢだ」

「本当に……？」

「変わり果てた彼に会っただろ？　彼はどうなっていた？　ははは。まあ部下がやったから中途半端なものになったがね」

「何を」

「決まってるだろ？　差別主義者になってもらった。……君の恋人の死に対し、無残な言葉をいくつかネットに書かせた」

呼吸が難しくなっていく。

「当然、その頃の私の部下は、その女が君の恋人だったなんて知らない。君のこともまだ知らない。ただ丁度そういう有名なトピックがあり、彼が好きだった女だから使わせてもらっただけだ。見ものだったらしいぞ。その瞬間は」

〝B〟が気だるく言う。

「まず彼は、それだけはやめてくれと叫んだらしい。涙を浮かべ抵抗したようだ。潜伏キリシタンが棄教に抵抗したように、私の部下によって大怪我を負った状態の彼も、殺せと叫んだ。……だが彼には、まだ君の知らないⅠによる拷問の方法を伝えてしまってね、彼は聞くと顔が蒼白のままPCの前に力尽きて座った。そして私の部下の見守る前でキーボードの上に手を置いた。まだ覚悟ができていない。だが私の部下がずっと横にいる。そして震えながらこう書いた。〝外国人は嫌いだ〟あの男はまずそう書いて、ゆっくりマウスを動かしカーソルを送信ボタンに合わせ、微かに震える人差し指でマウスの左ボタンを押した。大手ニュースサイトのコメント欄に送信されたが、私の部下は当然納得しない。〝不法就労は出て行け〟〝何でも差別の問題にするな〟当然そんな言葉でも私の部下は納得しない。やがて彼は脱力したように〝あれは事故だ〟〝押されたあの女も悪いのでは？〟と書いた。つまり被害者批判。この辺りから涙を浮かべたらしい。だが部下は納得しない。そして

僕の椅子が後ろから押された。恐らく男の左足。

「〝不法就労のキャバ嬢だった事実は無視か〟〝日本に稼ぎに来てたなら、当然大人しくしてるべき〟ニュースサイトや掲示板以外に、部下のつくったツイッターアカウントで、あらゆる識者の返信欄にも登場させた。〝デモの死者まで政権批判に結びつけるのですか？〟〝番組への誹謗中傷だろ。彼らは真っ当な保守。名誉毀損案件〟〝そんなことより野党のこの前の……〟フェイクも混ぜた。〝一万円で誰とでも寝てた件の詳細まだー？〟〝性病検査に行く途中だった件〟〝画像添付。キャバ嬢にしても露出すご過ぎ。この体で誘惑か〟〝普通押されるでしょ。ミニスカートとハイヒールでデモとかｗｗｗ〟茫然と送り続けていたが、何度目か

に送信をクリックした時、彼の身体に何かが走ったように見えたそうだ。ささやかな快楽。そう部下は判断した。内容が性的な領域になったからだろう。つまりそれは、自分が差別や被害者批判を試みる時、自然と女性という属性を取り入れたことも意味する。そんな自分に愕然としながらも、快楽が走った。差別に性を混ぜた結果、精神的な性欲の一部が解放されたのだ。彼は動かなくなった。差別と冷笑に快楽を覚えた自分を知覚した。しかも相手は好きだった女だ。動かなくなった。彼の改造はまだこれからだったんだが」

男の足が僕の椅子から離れる。

「ただ気の毒だったのはね、彼は知ることを教えてくれたんだよ。なのにやらされた」

五十嵐はどこまで話したのだろう。それでもせめて盗んだということだろうか。

「……何で」僕は言う。

「何であなた達はそんなことを」

「んん、いい質問だ」

だが男はしばらく黙った。

「んん……」

僕は空港で会った五十嵐の様子を思い出していた。

「何でだろうな」やがて男が続ける。

「……わからんよ」

〝関わらない方がいい人間達〟。五十嵐はあの時、確かにそう言った。

「あなたは」僕は言う。自分でも何を言おうとしているのかわからないまま。

「……存在してるのか」

「ふはは」

背後で立ち上がる気配がし、また僕の一つ空けた隣の椅子に男は座った。

「いい質問だ。確かにそうだ。そう思うのが普通。その質問をされたのは、実はこれまでで三回目だ。……どうだろうな。存在していないのかもしれないぞ。まあこう言えるかもしれない。私達は現実に存在しているが、記号的には存在していないように見える」

僕には意味がわからない。

「お前に一ヵ月やる」

これまでの会話がなかったかのように、男が呟いた。

「あるものが必要になった。お前は存在を知っているかな。あのトランペットの演奏者が作成した楽譜。……ある連中が所有している。F・N・Uインターナショナルという、世界的なカルト」

頭痛がする。これまで経験したことがないほどに。

「日本にも小さな支部がある。……五十嵐の話では、名は〝Qの光輪〟」

Q派の会のことか？　僕は思わず男を見る。遠くで人々がなぜかざわつき始める。

「……ああいう戦時中のものに、いま保守系の連中が色々群がっている。その価値が、実際の価値を超えインフレを起こしている。まさに現代だよ。……楽譜を手に入れたら、お前を普通に殺すことにする。つまり変則的なⅡ。手に入れてなかったらⅢの後にⅠかな。まだ決めてないが酷い死だ。……変更はない。私は命を助けるなどの希望を与えるタイプじゃない。君はどのみち死ぬ。なぜそうなるかというと、私がそう決めたからだ」

さっきの人々のざわつきが遠くから広がっていた。二人の痩せた警備員がフロアを駆けていく。

「一ヵ月後、トランペットと楽譜を揃え、私の部下を迎えるといい。君の知らない背後で、事情が日々変化している。ちょっと今は、そのトランペットを持っていない方がいいらしい。まあ、君は持ってるんだがな。最悪なタイミングの時に」

人々のざわめきが大きくなる。人が載った担架が運ばれてくる。

「楽譜は手に入らないだろう。日本にあるわけじゃない。あるとしたら中国だ。……さて」

〝B〟がゆっくり立ち上がる。担架が硬い音を立てて運ばれてくる。さっきの金髪の、肌の白い男が死んだように載っている。〝B〟が用事の目的と言っていた男。さらに担架がもう一つ。〝B〟が気だるく僕を見る。それらの担架が、〝B〟の真後ろを通過していく。

「では一ヵ月後」


担架が外へ出ると、人々のざわめきが徐々に治まっていった。新しくフロアに入り騒ぎ自体を知らない者、騒ぎは見たけれど、時間と共に重要じゃなくなり、今やるべきことに意識を向け直した者などが増え、発生した乱れが消えていく。集団の中で。

人々が歩いていく。それぞれの方向に。

〝B〟の言ったことを考えているうちに、セキュリティーチェックも過ぎていた。彼は本当にいたのだろうか、と妙なことを思う。時間がそれほどない。出発ゲートに向かった。

大勢の日本人。同じ飛行機に乗る者達。デュッセルドルフには日本企業がまだ多い。これほど多くの日本語に囲まれるのは、久し振りのことだった。

懐かしさや嬉しさより、憂鬱が増す。海外で出会う非日本語圏の人間は、母語が違うため生々しさを感じないのかもしれない。周囲に溢れる、生々しい日本語。絡みつく日本語。人々の生活。湿気。

あと一ヵ月。〝B〟はそう言った。彼が言うなら、そうなのかもしれない。でも楽譜を探しにいくつもりはなかった。

「あの、すみません。……山峰さんですか」

若い日本人の青年がいる。見たことがある。彼は、確か……。

「サイン会にも行ったことがあります。……こんなところでお会いできるなんて。矢田優弥と言います。こちらで留学してまして、学生です」

あの男の部下だろうか。そんなはずはない。彼を確かに、サイン会で見たことがある。サイン会で彼は僕の本を褒めた後、将来は、ジャーナリズムの道に進みたいと言っていたのを思い出す。

「でも留学とは凄いね」僕はしゃべっていた。

「いえ。もう毎日バイトで死にそうです。いいインターン先を探してるんですが」

時々、こういう存在がいる。時に日本からも出て、自分の時間と能力とエネルギーの全てで、将来を見据えている若者。彼は人権や平和や貧困という言葉を使った。

このようなキラキラした存在を、面白くないと思う人々の前で、彼はいつまでその人生の姿勢を保っていられるだろう。君がジャーナリズムの世界に入る頃は、日本はもっと息苦しくなっていると僕は言わなかった。僕達の世代が、君のような青年が気持ちよく存分に働き、見合った収入も得られるようにしておくことができなかったとも言わなかった。

ただ求められ、握手をした。もう何も書いていないのに、まるで良き先輩であるかのように。


目が覚める。暗い機内だった。消灯され、他の乗客も寝ている。

すぐ隣に、ＣＡの女性が立っていた。

「……おしぼりを」ＣＡが僕の顔に布を載せる。濡れている。刺激臭がする。

「あなたの周りの乗客は全て、いま寝た振りをしています。後で一人が証言するでしょう。彼がカプセルのようなものを一人で飲んでいたと」

ＣＡがこんなことをするはずがない。これは夢だ。

「これは夢です。でもあなたがこうされることで、あなたの無意識が損なわれていきます。あなたは自らそれをしている」

息ができない。

「あなたは毎晩、自分の無意識を滅茶苦茶にしている。回復は難しい」

目が覚める。夢を見ていた気がするが、思い出すことができない。機内は暗い。僕は汗をかいている。

トイレに立つ。トイレ脇に女性が立っている。アインがいる。

「……差別主義者」アインが言う。

「あなたは同情で私を好きになった」

「違う」僕はそう言っている。

「確かに同情してた部分はあったと思う。でも当然それだけじゃない。理由のごく一部に過ぎない。人に恋愛感情を覚えるきっかけは色々じゃないか。同じ学校とか会社とか、出会いだってそういうものだろう？　重要なのはその後だよ」

「……へえ」アインが言う。軽蔑したように。

「普通なこと言い始めた。まさか、ちょっと生きようとしてるの？」

僕は黙る。

「図々しい。自分だけ。……図々しい」


目が覚める。何か夢を見た気がするが、思い出すことができなかった。機内はやや明るく、着陸態勢に入るという。空腹のままシートを戻した。

成田空港に着く。バゲージ・クレームエリアに近づくにつれ、日本語のざわめきが湿気と共に広がってくる。日本語そのものが湿気を含んでいるかのように。

「よく眠れましたか？」

荷物を待っていると矢田が隣にいた。彼がここにいるのは当然なのに、僕は驚いた。

「いや、……何だか体調悪くて」

会話を終わらせるためやや大袈裟に言った。だが彼は心配し始め、側を離れなかった。あの男の部下だろうか。そんなはずはない。僕は機内持ち込みにしたリュックを意識する。重くて下に置いていた。

疑い過ぎている。短く息を吐く。僕はさっきまで、妙な世界にい過ぎていた。

「……お腹空いてる？」

「え？　はい！　ご一緒していいのですか？」

相手の期待に、反射的に沿おうとする僕の悪い癖だった。スーツケースが来る。矢田はカートを持ってきていた。

「載せましょう」矢田が僕のトランペットの入ったリュックをカートに載せた。自分のスーツケースの上に。

「いや、ちょっと待って」

「え？　だって凄く重いですよこれ。あ、そのスーツケースも載せますか？」

「いや、自分で持つ。えっと、それも」

矢田が先へ行く。僕は後を追う。どういうことだ？　考えがまとまらない。

到着ロビーに着いてしまう。多くの人々が、誰かを出迎えるため集まっている。

「山峰さんですね」スーツの男が二人いた。
「警察なんですが」

〈警察〉

二人の男は、あまり綺麗でない指で警察手帳を開いて見せた。五十代と三十代に見えるが、なぜか若い方の顔だけぼやけていく。

予期してなかった。矢田が僕のリュックをカートに載せたまま、人の群れの中を足早に離れていく。

二人を振り払い、逃げていく矢田を追っても無理だった。矢田からリュックを奪えても、この二人の刑事から逃げることなどできない。これだけ防犯カメラの充実した国で、全ての通信記録を見られながら逃亡することもできない。先回りする意識にあらゆる可能性が否定されていく。身体を動かすことができない。

「……何の用ですか」

「ちょっと話を」

僕はただ立っていることしかできない。矢田が離れていく。喉がつかえ、息をするのが苦しくなっていく。まさか矢田が、こんな近づき方をすると思わなかった。争わず、日常的なやり方で、タイミングを見計らい自然に何かを取っていく。そういうやり方があると聞いたことがあった。トランペットが離れていく。

可能性がないまま、動こうとする自分を感じた。何をどうするのかもわからなかった。二人の刑事は互いにやや離れ、僕の左右の進路を防いでいる。でも真ん中を行けば、振りほどく相手も二人になる。その後は、どうなるだろう。矢田にも仲間がいるはず。上手くいくと思えない。

「実はあるものが盗まれた情報がありまして。山峰さん」

僕は僅かに幅のある右を抜けようとしている。彼らの隙をつくるため、何か言おうとしている。動いたら終わりだった。でも僕にはそうすることしかできない。

だが矢田が立ち止まり、辺りを見渡した。何だろう。彼はトランペットと関係ないのか。ただ親切から僕の荷物を持ち、人混みで見失い焦ったのか。

「盗まれた？　何が？」

言いながら声が震えた。判断を迷う。矢田が遠くの僕に気づき、戻り始めた。矢田が近づいてくる。僕は気づく。駄目だ。彼がもし関係ないなら、彼がトランペットのリュックごとここに来るのはまずい。

「それは言えないのです。ですが」

どちらかの刑事が言う。若い方の顔がさらにぼやけていく。辺りには大勢の人間が行き交っている。矢田が近づいている。

「ご協力ください。……そのかなり大きいスーツケースを確認しても？」

矢田が僕の様子に眉をひそめた。駄目だ。彼がここに来てはいけない。だが矢田はもう右の五十代の刑事の真後ろまで来ている。歩幅が大きい。考える時間がない。

「警察とか、そんな」

僕は咄嗟に大きな声を出していた。声を出した瞬間、自分がしようとしていることに気づく。もっと声を大きくする。

「こんなの、誰にも聞かれたくないですよ」

矢田に聞こえるように言っていた。立ち止まった矢田と目が合う。

鼓動が速くなっていく。矢田は困惑している。だが僕は二人の刑事の視線の中、何かの表情で合図することもできない。表情を固めていることしかできない。辺りを人々が交差する。僕と関係ないアナウンスが場内に流れる。矢田が僕から目を逸らし、カートと共に再び離れた。そうだ。僕は思う。しばらく、そこに。

不意の大声に刑事達が驚いている。取り繕わなければならない。

「すみません」声が上ずる。

「なんかびっくりしてしまって。……この中身を？」

動揺を隠しながら、空いていた椅子の側に移動する。スーツケースを置き、不満の表情を意識しながら鍵を開けた。本と資料と着替え。多少の洗面具。

「……少しさわっても？」

刑事が免罪符のように、片側だけの手袋を見せる。その手袋が清潔である保証などないが、僕は頷く。

当然何もない。立ち上がる流れの中で、視線を動かし矢田の位置を確認する。少し近い。でも離れてはいる。刑事達が軽く息を吐いた。彼らも安堵しているように見える。

「……申し訳ございませんでした」五十代に見えた刑事が言う。

「いや、念のためだったんです。それに、私達も別の件でいま忙しいというか、実は詳しくも知らんというか」

はっきりし始めた三十代の顔が、五十代を見ている。そんなことは言うべきではないという風に。

「そういうこと、あるんでしょうね。よくわからない指示だけ来て、現場は詳しく教えられないとか。……薬系？」

「はは。ジャーナリストですね。でも言えんのです。本当に申し訳ない」

彼らは軽く頭を下げ去っていった。人に面倒なことをさせたのに、自分達の方こそ面倒だったとでもいうように。でもまだわからない。様子を窺うつもりかもしれない。

椅子に座る。矢田が再び近づいてくる。僕は両肘を膝に載せ、考え事をするように両手で口を覆い、声を出す。

「前向いて素通りしてくれないか。十五分後その先のカフェで」

矢田は戸惑いを浮かべ素通りする。僕は何気なく辺りを見渡し、見つけたようにカフェに入った。

煙草が吸いたい。久しぶりに思っていた。でも駄目だ。禁煙はアインとの約束だから。笑みが浮かんでいく。もうすぐ死ぬのに禁煙なんて。

カフェの奥の席に座る。これなら外から覗けない。だがすぐ矢田が来た。早過ぎると思ったが、時計を見るとちょうど十五分だった。

念のため、向かい合う形で隣のテーブルに座ってもらう。事情は後で話すと告げ、別々のタクシーに乗り〝Ｕｎｃｏｎｓｃｉｏｕｓ〟という喫茶店に来てくれないかと告げた。それまでリュックを持っていて欲しいと。ここから近い。

矢田はスマホを操作し始める。恐らく喫茶店を調べている。彼のスマホカバーの右半分に、店の照明が当たり立体の影をつくっていた。その影が動くのではと思う。持ち方を変えてくれ。そう言おうとし、目を逸らした。

タクシーに乗り、何度も振り返るが追ってくる車はない。ここまでする必要はなかったかもしれないが、念のためだった。

矢田のタクシーが見える。僕は店の駐車場で待ち、彼のタクシー料金を払った。取材資料が入ってると嘘を言ったが、信じたかわからない。リュックの中身を見たかもしれないが、彼は口にしなかった。人としては見ない方が正しいが、ジャーナリストなら見た方が正しい。

店内で聞かれるまま業界について答える。でもこの程度で彼に応えられるかわからない。

矢田と店で別れた。受け取ったリュックにはトランペットがなかった。

胸が強く圧迫される。トランペットはちゃんとある。重さも感じていた。どうかしている。僕は疲れている。

＊

ＰＣの画面から離れた。指が震えていた。

何か書ける気が、ずっとしていた。ダッハウ収容所について書き始め、終えていた。

長崎に来たからだろうか。でもその前から、書ける気がしていた。〝B〟のせいかもしれない。あと一ヵ月と言われたから。

空港で待ち伏せされた瞬間から、逃げるのはもう難しいと思っていた。明確に死ぬと認識したことで、罪悪感のようなものが、一時的に薄れたのだろうか。

ホテルの窓を見る。湾に入り、穏やかになったように見える海。あの巨大過ぎるタンカーは、なぜあのように浮いていられるのだろう。この窓は開かない。海の香りはしない。

手元のスマートフォンが震える。緊張して見たが、また迷惑メールだった。違法のスマホにも迷惑メールは届くらしい。

東京では失ったスマートフォンを新たに購入した。だが今持っているのは別の機種。念のため、僕と繋がらないものも必要だった。

昔一度取材した元暴力団の構成員に、スマートフォンが欲しいとメールした。他人名義で、調べても僕に繋がらないもの。一ヵ月と期間を告げると、当然だが、予測される使用料を大きく超える料金を指定された。期間が過ぎれば、返却しなければならない。

料金を振り込み、指定された駐車場に行った。スモークの貼られた車の窓が開き、出てきた片方の腕に直接渡された。相手の顔は見ていない。法を踏み越えた、と思う。でも今さらだった。僕は盗品のトランペットを持っている。

東京の自分のマンションには一度戻った。荒らされた形跡はなく、出た時と同じ状態の部屋がそこにあった。ずれた布団の柔らかな形まで、長い間このままだったのをなぜか不思議に思った。正規に購入した方のスマートフォンを、電源を入れたまま玄関近くの廊下に置く。落としたように見せたかった。

机のPCで、富士の樹海までの経路と、富士山がある静岡県内の性風俗店について調べた。スマートフォンの位置情報を辿り東京の部屋に来た者は、あの検索履歴から自殺と判断してくれるかもしれない。もうほとんどない預金は既に全額下ろしていた。

長崎は時間がゆっくり流れている。山を切り崩し平地にするのではなく、山の段にそのまま住宅が広がっていく。

僕は再びPCの前に座った。アインが書くはずだった物語。アインから細かく話は聞いていた。資料を出し、僕は書き始める。長崎を追放されたアインの祖先、その「混血の少女」の名はトネといった。

〈一六三六年　トネの短い物語〉

海に揺られる船上で、幼く細い二本の足も揺れている。

トネはふらつき、倒れる。本来なら、倒れる前に誰かが支えなければならない。でもトネの母は近くで蹲り、トネを見ていない。トネだけでなく、霧を帯びながら遠ざかる、長崎の港も見ていない。

トネは今、自分がどこの時代に属しているか知らない。後の子孫が語り継ぐように、彼女の父はスペイン人で、その船の行き先はマニラだったかもしれない。でも状況の細部や残されている記録から判断すると、彼女の父は恐らくポルトガル人で、この船の行き先はマカオと思われた。行先がマカオなら、恐らく西暦は一六三六年の可能性が高い。江戸時代、徳川家光の治世。でも当然、トネはそんなことを知らない。

ただトネがその時思い出していたのは、自分を抱き締めた、見知らぬ若い女性の胸の柔らかさだったかもしれない。

その町で最も大きかった杉の木の近くで、文字通り子供達から投げられた石が、トネの左目の横を掠めた。その時の小さな傷は、近くで見ないとわからないほどだったが、生涯残ったと言われている。

トネの髪の毛はオレンジがかっていた。目の色も青みがかっていた。子供達は、彼女が「混血児」であると知っていた。彼女の母親が、異人と「はしたないこと」をして生まれたのがトネであると、それぞれの親から聞いて知っていた。でも「はしたないこと」が何かは恐らくわからなかったし、なぜトネを自分達がいじめているのかも、恐らくわからなかった。でも石を投げた。なるべく近づくなと、親達から言われていたのは確かだった。

トネの左目の横から血が流れた時、子供達は怯《ひる》んだと言われている。ある者は怯んだままその場を去り、ある者は怯んだ自分を隠すように何か中傷を言い、その場を去った。トネには、その時何を言われたか記憶はない。キリシタンを差別的に表す「クロ」だったかもしれない。でもいなくなったトネの父はキリスト教徒だったが、トネの母は違ったし、トネも違った。

この傷と血は隠さなければならない。トネは思った。自分がこういう目に遭っていると、母には言えない。ただでさえ、母は慢性的な悲しみの中にいる。でも転んだと言ってもばれるだろう。その時、見知らぬ女性が駆けて来た。

見知らぬ女性はトネの傷に動揺し、まず洗わなければいけないと言い、自分の家にトネを連れていった。玄関にあたる引き戸が、カタカタ音を立て中々開かない、貧しい家だったとトネは記憶している。処置は不明だが、血は止まった。

この女性は優しい。トネは思った。この女性になら、普段言えないことも、言っていいのではないか。石に皮膚を破られた直後で、抑えていた言葉が、胸の辺りからせり上がるようだった。トネは口を開いた。私の居場所はどこなのだろうと。

その瞬間、身体が引かれる感覚があり、気がつくと、その見知らぬ女性に抱き締められていた。見知らぬ女性はその時、「ＫＯＴＯＲＡＩ」と言ったと伝えられている。

ＫＯＴＯＲＡＩ。そのような日本語はない。でもその意味は〝Ｈｅｒｅ〟（ここ）だったとされている。ならその言葉は、長崎弁で「ＫＯＫＯＴＡＩ」だった可能性が高い。日本語で「ＫＯＫＯＤＡＹＯ」という意味。Ｈｅｒｅ。つまり日本。

「Ｈｅｒｅ！」見知らぬ女性は、トネを抱き締めそう言ったのだ。トネの母は貿易商だった異人と恋に落ち、トネを日本で生んだ。トネの居場所はここだった。

トネは自分の言葉が、普段言わないように課していた「甘えた言葉」だったのを自覚していた。目の前の優しそうな女性なら、自分の「甘えた言葉」に対し、期待している通りの反応をしてくれるだろうとも思っていた。でもその期待通りに自分という存在を認めてくれたことが、思ってもみなかったほどトネの身体の中に温かな安堵の温度を生み、トネという存在の全身を浸した。そして期待よりやや強かった女性の腕の力と胸の柔らかさに、トネは思わず泣いたという。女性が抱き締めながらトネの頭を撫で続ける。その時の温度も、左目の脇の傷と同様、トネの生涯にわたり残り続けたと言われている。

だが今トネは船上にいて、足元の甲板はずっと揺れている。自分の居場所だった長崎が、日本が遠ざかっていく。

この時のトネも、日本に住んでいた人々も、いわゆる日本列島に住む日本人と呼ばれる者達の全員が、先祖を辿れば大陸か半島、または南のオセアニアなどから来ていることを知らない。ニホンザルから日本人が進化したわけでもなく、既に様々に入り交ざりながら日本人という存在が、形成されていることも知らない。元を辿れば世界の人間の全てが、そもそもアフリカから来ていることも知らない。

トネは当然、遥か未来、二〇一七年の日本のある自然動物園で、「ニホンザル」の「純血」を守るため、アカゲザルとの交雑種であると発覚した一部の「ニホンザル」が、大量に殺処分させられたことを知らない。自分の遠い子孫の名がアインと言い、ナショナリストからの影響を受けた男性に身体を押され、亡くなってしまうことも知らない。

港には、トネに石を投げた子供達の姿もあったという。皆と姿が多少違い、親達からも関わるなと言われていたから石は投げ、暴言は言ったが、なぜトネが日本から出て行かなければならなかったのか、恐らく子供達は知らない。この仕打ちが第四次鎖国令と呼ばれていることも、鎖国への賛否は置くとして、なぜこのような小さな子供とその母親までもが、日本から追放されなければならなかったのか、恐らく子供達はわからなかったし、それを決めた当時の幕府の人間達も、なぜ自分達がそこまでしたのか、もしかしたらわからなかったのかもしれない。

トネは船上で、不意に悪寒を感じる。海風が吹いたからかもしれないが、それにしては、その風はあまりに冷たかった。身体が、剝ぎ取られていく感覚。地面から剝ぎ取られ、無造作な巨大な手に身体を摑まれ、何だこれはと呟かれ、宙に放り投げられるような感覚。

トネの母が、トネの様子に気づく。自分の悲劇に嘆くだけでなく、この子の保護者にならなければという当然を思い出す。だがトネの母には荷が重過ぎる。これから知人のいない国で、言葉も文化も違う地で生きなければならない。だがトネの母は、スペイン人かポルトガル人かわからない男との夜を、少しも後悔していない。それだけは、身体がはっきりわかっていた。男の方もそうだろう。

神様に、守ってもらわないとね。トネの母は、そういう意味の言葉を言ったという。行き先は修道院と関係があるとされていた。長崎にいた神父のような者達が、当面の彼女達の面倒を見るとされていた。トネの母親は、必要性から、拝む対象を仏から神に代えなければならなかった。罰が当たるだろうか。トネの母は思ったかもしれない。でも、では一体どうすればいいのか。

神？　トネにはわからなかった。それはあの、自分を抱き締めた知らない女性のようなものだろうか。だがトネは、その後再び、この長崎の地でキリシタン達への凄惨な弾圧が始まることを知らないし、その時、ずっと神が沈黙し続けていたことも知らない。

〈大浦天主堂〉

ＰＣの光る画面から顔を上げる。

僕の書いた文は、トネの曽孫と思われる者が書いた記録を元にしている。アインが、自分の曽祖母から譲り受けていた。

曽祖母は、その記録を読んだことで、初めて遠い先祖のことを具体的に知ったという。日本にルーツがあるとは先祖から聞いて知っていた。トネの母親のものと思われる日本製の遺品も、様々に残されていた。

記録はトネに関するものだけでなく、筆者の近況や日記も含まれ、トネのところだけアインが書き写していた。記録はトネが異国の地に着いたところで終わっている。だがその町の描写はマニラでなくマカオと思われた。そうであるなら、日本の記録と突き合わせると、やはりこの出来事は一六三六年と思われる。アインの祖先は恐らく、どこかの世代でフィリピンに移住した。当時マカオは東南アジアとの貿易が盛んだった。そこからさらにヴェトナムに渡ったことになる。書いている時、遠ざかる船を見送る港で、犬がどこかに向かい力なく吠え続ける姿が頭にちらついた。

ホテルの部屋を出て、僕はゆっくり歩く。道を曲がり坂を上ると、大浦天主堂が中央に見える。

あの時、あの人はこの同じ坂で、握りしめた指の第二関節の角を、僕の頭に載せグリグリと押した。僕の母の亡くなった妹の夫で、僕と血の繋がりはない。僕をしばらく育てていた。

あの時あの人は、とても怒っていた。見たこともないほどに。本当は僕を殴りたいのに、あの人は、人を殴る習慣がなかったから、握りしめた指の角で、僕の頭をグリグリとやったのだ。それは「暴力」に違いないが、その殴らない／殴れない躊躇の感覚は、あの時の僕に確かに何かを与えたと思う。僕は十歳だった。僕も人が殴れない。

「どこに行くんですか」

「うるせえ」

あの時あの人は少し酔っていた。

「お前は見て、知らないかんことがある」

あの頃、僕は近所の子供達との、危険を試す遊びに積極的だった。たとえば川で、向こうの石までジャンプして届くかどうか。公園の遊具で、本来登るべきでないところに登り、綱渡りのように歩けるかどうか。川の石の黙した立体や、高い位置にある横向きの円柱の丸みと直線が、自分を優しく誘うように思えた。

自分の存在が脅かされる感覚と、実行した先にあると予感された、安らぎのようなものに惹かれていた。無事だった安堵からくる安らぎだったが、もし失敗し激しい痛みに包まれ命を失っても、その後に同じ安らぎがあるのではないかとも感じていた。

流れの速い深い川。荒れる水の飛沫《しぶき》を頬や手足に浴びながら、突き出た石へ、飛ぶことで身体を向かわせる。恐れてはいるのに、惹かれる引力を感じた。離れているから恐れるわけであり、そこに近づき自分の意志を預け、その構図の中に入ってしまえば温度に包まれるように思えた。丸みを帯びた石の硬さの残酷が、親密な立体に見える。僕は止める周囲の声を聞かずに飛び、その石の立体に着地する。身体に安堵の熱が広がっていく。でも石に激突し血を流し倒れたもう一人の自分にも、川にどこまでも流され沈んでいくさらにもう一人の自分にも、同じように温度が広がるのだと思えたのだった。

近所の子供達と虫を捕まえ殺した。子供は残酷に虫を殺すが、周囲は僕によく、お前は真剣過ぎると笑った。

虫の羽や足を損ない、命が尽きていく過程、その時間そのものをいつも見ていた。身体を損なわれた虫が、命が激しく抵抗した後、徐々に諦念の中で動きが鈍くなっていく。足が力なくもがく。触角が困惑したように揺れる。その過程をじっと見ていた。

虫は醜い。そう思っていた。なぜこのような醜い者達が存在し、命を損なわれてもなお、生へと執着しようとするのか。その彼らの命そのものの震えとそれが消える瞬間を見たいと思っていたのかもしれない。僕は自分を虫と同様、醜いと思っていた。虫の虫らしい足や触角を取り除き、その特徴、複雑を失わせていく度に、美しさに近づいていくように思えた。虫を損なっているのは自分なのに、同情の温度が内面に広がっていた。ちなみに今は、僕は蚊も殺せない。

自分は醜いという意識は、外見もそうだが、内面に時折浮かぶ情景もあった。夜、どこかの山林で、大人の女性を見下ろしている情景。どうやら僕はその女性を殺害しているのだが、女性の衣服には乱れがあった。当時十歳の僕が、そのようなことをできるわけがない。波の穏やかな早朝の海辺で、動かない女性を抱えている情景も浮かんだ。なぜそのようなものが浮かぶのか、僕にはわからなかった。

父親がいなくなり、母親に若い男性ができた時期に、一時の施設を経て、僕は母の亡くなった妹の夫である、あの人に預けられた。父の部屋はいなくなったまま放置されていて、そこで僕が男性の裸の写真を見たことも、何かしら影響があったかもしれない。

それが女性のものでも、同じように混乱しただろう。そのまま僕が同性愛の方へ向かわなかったのは、その資質が少なかったからだろうか。でもその辺りから、女性への興味が過度に強くなった。性というものがかき混ぜられ、活性化されていた。十歳はやや早い。外部の影響がそうさせたのか、元々の脳細胞のその辺りの神経がやや複雑だったのか、そういう傾向に元々あったものが、外部の影響でやや助長されたのかはわからない。

理性の発達より性の発達がやや先行し、その僅かなバランスのずれが、着衣の乱れた死んだ女性を見下ろす苦しい情景を、繰り返し生んでいたのかもしれない。なぜ女性が死んでいたのかは、僕を不在にし男性といた母親への反発かもしれない。あるいは罪悪感だろうか。生きている女性にしてはならないことも、死んだ女性になら可能なのではないかという歪みを帯びた罪悪感。この複雑は醜いと思った。

一つの出来事がある。友人だったSの小学校の黄色い学帽が沼に落ち、一緒に長い棒を使い沼の岸へ引き寄せようとした。だが僕がその棒を行為の途中で沼に落とした。

「ああ、どうしよう」とSは言った。「どうするんだよ」だったかもしれない。でも僕は、自分の手が勝手に沼に棒を落としたような、いま振り返れば、自分の無意識がわざと棒を沼に落としたような、そんな気がしていた。

「でもここなら取れるよ」

そう言い、Sは自分の左手を僕に預け、沼の岸から身体を伸ばした。

沼は深かった。子供達の間で、底無しと噂されていた。故障し不法投棄されていた自転車を、以前大勢の子供達と共にこの沼に落としたことがある。皆興奮した。自転車はまるでもがいているかのように細いハンドルが左右に揺れ、それに伴い弾力のあるタイヤの前輪も力なく揺れ、全身が沈み浮かんでこなかった。僕は自転車に女性を感じた。

Sの左手を両手で持ちながら、僕は頭がぼんやりとして困った。疲労と面倒さに身体がだるさを感じた時、何て愚かなのだろう、とSに対し思っていた。

こんな風にやっても、学帽に届くはずがない。何よりなぜ彼は、他人である僕に自分の生死を任せているのだろう。

「君は馬鹿だ」僕はそう、Sに言った。

「無防備だ」

思えばそれが、その頃の僕が唯一、本心を他人に言った言葉だったかもしれない。それまで僕は、内面に浮かんでくる静かな本心を他人に話したことがなかった。僕の言葉はどれも、他者との時間をスムーズにするためだけに吐かれていた。本当は、自分も含めた動くもの全てが不快だったのに。

「僕が手を離したら、どうする？」

Sは初め、僕の言葉の全てを冗談と思い込もうとし、茶化した返事を吐いた。でも僕の声のトーンが、それを不可能にさせていく。

「もし君がこの沼に沈めば、君も少しは美しくなるんじゃないだろうか」

複雑さを消してくれる沼。

「君は帽子で死ぬ」

殺人者の中に、自覚もないまま、自殺の代わりに他者を殺す者がいると知ったのは、随分先のことだった。

つかんでいたSの細い左手が、汗で滲み始めた。Sは肘関節の可動域が広く、腕が反対側にやや反れていた。見ながら、こんなにもろそうなものは、久し振りに見たと思った。鼓動が痛いほど速くなっていく。その腕の逆の角度に、なぜか女性を連想した。

大人の女性が沈んでいく。僕を不安にさせるものが沼に消える安堵のようでもあり、着衣が乱れながら沈んでいくその姿に、僕は温度や動悸や快楽を感じていくようでもあったのだった。

でも僕の脳裏には、その後の別の情景が浮かんでいた。退屈な情景。虫を殺しても警察は動かないが、人を殺せば動く。

捕まった僕が、押し黙るクラスメイト達に見られながら、大人の警官達に連れられていく。そこにも安堵があるような気がしたが、僕は躊躇した。

Sの腕を強く岸側に引き、Sの身体ごと地面に倒れた。取り繕わなければならない。咄嗟に思っていた。またつまらない日常の演技をしなければならない。

「はは！　驚いた？」僕は陽気に言う。

「帽子は諦めよう。死んだらどうするんだ？」

　Sは一瞬、安堵の表情を浮かべたが、でも次第にその笑顔は引きつっていった。

　その後もしばらくSは僕と遊んでくれたが、徐々に距離を取るようになった。当然だった。もし今、Sがどこかで僕の記事を読めば、眉をひそめるだろう。僕が偉そうにリベラル風の意見を述べていることに、気味の悪さと失笑を感じるかもしれない。

　自分は醜い。特に内面の複雑は、人に隠さなければならない。言葉と表情で自分を覆った。それは鎧《よろい》ほどの強度はなくレインコートのようだった。でもその分、応用が利いた。


　僕が公園で一人でいるのを見つけたあの人は、煙草を吸いながら様子をぼんやり見ていた。でも登ってはならない場所へ登っていく姿を見て、あの人は僕の襟首をつかみ引き倒した。

　これまでも薄々、僕の様子に気づいていたのかもしれない。それがあの人の中で、確信に変わった。

「来い」そう言い、僕を坂へ連れていったのだった。坂の先に大浦天主堂がある。

「酔った人間は、教会に行ったら駄目だけどな」あの人は、そう独り言のように言った。

「でも神父様も葡萄酒《ぶどうしゅ》をお飲みになる。俺が飲んだのもワイン。だからいい」

あの人の口からは、ビールと枝豆の匂いがした。

「……ちょっと待ってろ」

あの人は途中の売店でコカ・コーラを買い、うがいして溝《みぞ》に吐いた。あの人はむせた。炭酸だからだ。四十代の半ばほどだったと思う。亡くなった妻、つまり僕の母の亡くなった妹との間に子供はなかった。母からあの人へ僕が引き渡されるまで時間差があり、僕は長崎の施設に一時身を置いた。

施設では「宿がある」と思っていた。タイミング的に誰の言葉も聞きたくなかった僕の内面を読んだのか、施設の人々はそっとしておいてくれた。その布団に入った時、温かいとふと思った。自分が何かを受け入れる気がし、その温度を拒否しようとしながら、でも僕は布団の中にい続けていた。あの人が迎えに来るまで。

施設でも僕は一度高所から飛び降りたので、そのことも聞いていたかもしれない。

「……よし。行くぞ」

何が「よし」なのか、僕にはわからなかった。あの人は僕の背中をやや押すように、教会の中に入れた。

あの時と同じように、現在の僕も再び教会の中に入る。来るのは久し振りだったが、やはり視界に美しさが広がる。

西洋の大聖堂のような豪華さはないが、シンプルで凜とした、形そのものの美を追求する圧倒がある。たとえば曲線が繫がり交差していくリブ・ヴォールト天井——日本名はコウモリ天井——は、曲線という形状そのものが含む美を、その連続で見事に体現していた。

当時、西洋の教会を日本の技術で造ることは難題と思われた。だが日本の大工達の技術にフランスから来た神父達は驚嘆したという。

和と洋の技術が駆使された大浦天主堂は、一八六四年に完成する。後に国宝となり、ユネスコの世界文化遺産に含まれることになる。

「よく見ておけ」

あの人が言ったのは、この目の前の聖母像だった。あの時は、それがややうつむいた古いマリア像であるとはわかっていたが、それ以上の意味は知らなかった。

教会から出ると、あの人の怒りも、酔いも少し治まっているように見えた。そして、僕に向かって長い話を始めた。

「昔な、スペインから来た神父様と、フランスから来た神父様が……」

いま思えば、あの人は基礎的なことを間違えていた。ルイ・フューレ、ベルナール・プティジャン、二人共フランス人だ。僕はその物語を書く必要がある。

〈一五九六～一八六五年　長崎〉

大浦天主堂に掲げられた「天主堂」という日本語の漢字を、フランス人神父・プティジャンはぼんやり眺める。後にこの教会が増築されるとき縦書きに変わるが、当時は向かって右から読む昔の横書き文字だった。

やはり日本には、もう信徒は残っていない。プティジャンは思う。この教会の建設に尽力し、帰国したフューレ神父の言う通りだった。

鎖国政策を取っていた幕府の威光も衰え、今、あらゆる国との通商や外交が始まっている。だが今でも、キリスト教は禁止され続けている。この教会も、日本に通商面、外交面で居留する外国人向けに建設を許可されたものだった。

長崎弁はまだ難しいが、既に日本語をマスターしているプティジャンも、この国がキリスト教徒に対し行った無残な迫害の歴史を知っている。そもそもこの大浦天主堂自体が、日本で殉教した二十六人の聖人に捧げられていた。

プティジャン神父が生きているこの時代より、さらに遥か昔のこと。キリスト教を積極的に受け入れた織田信長の後、この国を統一した豊臣秀吉も、初めはキリスト教に寛容だった。

だがその拡大に不安を覚え、博多で伴天連《バテレン》（宣教師）追放令を出す。

秀吉は貿易の続行は望み、次第に追放令そのものは形骸化していくが、長崎の教会などが取り壊される事態となっていく。

さらに決定的とも言える契機として、一五九六年、サン・フェリペ号事件がある。フィリピンからメキシコに向かっていたスペイン船が、台風で土佐に漂着した。その船員が、「スペインは世界の強国で、宣教師を派遣し現地人を改宗させ、占領する」と話す。秀吉は激怒し、宣教師らの処刑を命じた。

神の言葉を広めたい宣教師達にそのつもりがなくても、キリスト教は時に、侵略と共にやってくる。日本に来た宣教師の中には、しかし寺の焼き討ちを示唆した者までごく一部いたとも言われている。だが大半の神父や信者達は純粋な想いで病院などを開設し、日々忙しく貧民の救護などにあたっていた。

最初に日本に来た宣教師達は、ラテン語の神の「愛」を日本語にどう訳すか苦心したという。日本語の「ＡＩ（Ｌｏｖｅ）」は性愛の要素が強く、適さなかった。だから彼らは、神の愛を「御大切」と訳した。

人は全て、大切なものであるということ。戦乱の時代、弱者は切り捨てられ、身分意識の強い日本社会に、そもそもこの「御大切」はそぐわない。そのことを、恐らく秀吉や、後の江戸幕府の支配者層は、敏感に感じ取ったのではないかと思われる。その彼らの「危惧」は、後の島原・天草の乱で明らかになる。

秀吉の命によりまず宣教師、修道士、信者達二十四名が捕まり、京都や堺で引き回され、長崎まで真冬の道を歩かされた。途中二名が自発的に加わり、一五九七年、二十六名が長崎で十字架にかけられた。

その中には、伊勢生まれで、病人のための活動をしていた十四歳のトマス小崎(カタカナは洗礼名)、長崎生まれで、中国人父と日本人母を持ち、京都でキリスト教を学んでいた十三歳のアントニオ、尾張生まれで、修道院で働き、神父が捕まると自らも捕まえるように願い出た、十二歳のルドビコ茨木も含まれる。神父を手伝っていた伊勢生まれのガブリエルも十九歳。三十三歳だったパウロ三木は、十字架の上で、私は秀吉と、この私の死刑に関わった全ての人々を許しますと言い亡くなったとされている。

それからおよそ二六八年後に完成したこの大浦天主堂は、その二十六人の彼らに捧げられている。

死を前にした言葉として、一六二二年、五十五人が処刑された元和《げんな》の大殉教で、スピノラ神父のものも残っているとされている。

数学や天文学に詳しく、それらも日本に伝えたイタリア人神父スピノラの最後の言葉は、大勢と共に木に結ばれ今から火を放たれようとしている時、「我々の中、誰が苦しがっても、驚かないでいただきたい。一寸の苦痛でもこたえるような、弱く柔らかい肉体しか持たぬのだ。しかし私は、我が創造主の全能を信頼し奉る」だったとされている。彼が尽力した貧民を救う病院も破壊された。

当時、キリシタンは死んでも蘇るとされ、再生防止のため首を刎《は》ね、死体は塩漬けにしたとされている。殺害する側の罪悪感も、投影されていたかもしれない。

キリスト教が禁止される中、迫害も凄まじいものになっていく。信者の棄教を迫るものに「駿河問《するがど》い」というものがあった。手足を背中に回して縛り、海老反りの形で宙に吊り、その縄を四本の柱と繋ぎ、空中で縄に強く「より」をかける。そこで拷問者が手を放せば信者の身体は空中で回転し続けることになり、信者は気を失った。その状態での棒による殴打もあった。

長崎から追放令を受けた信者が出て行かない時は、家の外から釘を打ち飢え死にさせた。

まだキリスト教が禁止されていなかった時代、長崎を出発した天正遣欧少年使節の一団は、約二年半をかけヨーロッパに到着した。遥々極東から来た信心深い日本人の少年達は各地で歓迎され、ローマ教皇に謁見する。その様子は現地に深い感動を与え、彼らに関する書物が七十八種も刊行されたという。そのメンバーの一人で、博識でラテン語も堪能だった中浦ジュリアンの最後は、長崎で蓑《みの》にくるまれた状態で逆さにされ、穴の中に吊るされ、こめかみに鬱血を防ぐ小さな血の通り穴がわざと空けられていたためすぐには死ねず、苦しみながらの絶命だった。

そして一六三六年、鎖国政策の中で、混血児までが日本を追放されたことを、一八六五年に生きるプティジャン神父は歴史を学び知っていたはずだが、その中にトネという少女がいたことは知らないし、その遥か先の子孫の名がアインといい、再び日本に来たことも当然知らない。

一六三七年の島原・天草の乱のことは、当然プティジャン神父も知っている。

キリスト教の弾圧により、キリシタン達が起こした一揆のイメージがあるが、実際は異なるとされている。

確かに、その地でもキリシタンの迫害は凄まじかった。

目鼻耳から血が流れるほどの殴打、腹に大きな石をくくりつけられ逆さにされ木に吊るされる、手足の指を束にし、親指から順に切断していく、額に十字架の烙印を押す、火炙《ひあぶ》り、中浦ジュリアンもされた穴吊り、雲仙地獄での熱湯責め。熱湯はかけるのではなく、人の首に縄をかけ、硫黄が滾る源泉に投げ入れ引き上げるというもの。神父や信者達が次々死んでいく。

パウロ内堀作右衛門は三人の子供を目の前で殺され、指も切られたが信仰を捨てず、最後はこの雲仙地獄の熱湯で殉教している。

しかし人々が決起したのは、その地で行われた圧政の極みに対してだった。無駄に巨大な城を建てた費用、フィリピン遠征費用などを賄うため、領主が人々に重税をかけた。凶作で餓死者が出る状況であっても、納税が遅れると捕らえられ「蓑踊り」にされた。納税できない者の身体を蓑でくるみ、火をつけ殺害した。

戸口税、窓税、棚税、家にあるだけで、あらゆるものに税がかけられた。納税できなかった庄屋の美しい一人娘は裸にされ柱に縛られ、タイマツの火で身体を焼かれ死んだ。年貢の延期を願い出た口之津《くちのつ》村の百姓の妻は臨月だったが人質に取られ、冬の極寒の水牢に六日間入れられ水中で死産、本人も死んでしまう。

人々が次々死んでいく。我慢の限界はとうに越え、キリシタンの中でカリスマ的人気を誇った十六歳の天草四郎を首領に掲げ、農民や浪人など、あらゆる人々が決起する。

総勢三万七千人にまで膨れ上がったこの一揆は、幾つかの戦いで勝利し、一時は指揮官まで討ち取ることに成功するが、立て籠もった廃城の原城を十二万の幕府軍に囲まれ、兵糧攻めにされる。

十二万の幕府軍の中には、日本の有名な剣豪・宮本武蔵もいた。だが武蔵は一揆勢からの投石で足を負傷、戦線を離脱したとされている。武蔵を贔屓目に見るなら、気が進まず、言い訳をし戦線を離れたのかもしれない。

死を決し、廃城の原城に立て籠もった一揆勢から、一本の矢文が幕府側に向かって飛ぶ。矢に結ばれた紙にはこう書かれていた。

天地同根　万物一体
一切衆生　不撰貴賤

天も地も全て一体。

全ての人間存在に上下などない。

この思想は、身分制度が当然だった幕府とも、後に天皇を頂点に、疑似家族国家を創ろうとした明治政府とも相容れない。

つまり、「お上」には逆らうなという、日本社会の根底風土と相容れない。

最初に日本に来た宣教師達は、ラテン語の神の愛を「御大切」と訳した。全ての人間は大切であるということ。一五四九年、フランシスコ・ザビエルが日本に到着し布教が始まってから約百年、全ての人間は大切なのだというシンプルな思想がここまで昇華されていたことになる。全てが大切である人間存在に、そもそも身分や貴賤などあるはずがないと。

　この「芽」は摘まなければならない。幕府側は、そう思ったのではないだろうか。この国の支配層の思想を根底から否定するこの芽は、絶対に摘まなければならないと。ちなみにこの乱は、プティジャンの祖国で起きた市民革命、封建的特権や身分制を廃し、自由や平等を掲げたあのフランス革命より百五十年以上も早い。

　兵糧攻めにされた約三ヵ月後、既に一揆勢が死を決し戦う力も尽きていた時、十二万の幕府軍が一斉に襲いかかる。一揆勢は皆殺しにされ、廃城だった原城は徹底的に破壊された。その様子は凄惨を極めたとされている。

　首領とされた十六歳の天草四郎の首は出島の前に曝され、島原半島にいたキリシタン農民は、子供も含め全滅したと言われている。

　幕府はこの乱を、さらなるキリスト教弾圧の口実にする。既に始まっていた絵踏み――キリストやマリアの像が彫られた銅板などを、毎年人々に踏ませ信者かどうか見極める――も徹底され、見つかれば過酷な取り締まりを行った。無数の信者、神父達が棄教を迫られ、拒否すれば殺害されていく。

大浦天主堂に「天主堂」と日本語の漢字を掲げたのはプティジャンだった。万が一、日本に信者がいた時、この字を読めば気づいてくれるのではないかという願い。

島原・天草の乱などを経て、潜伏していた最後の神父が日本で殉教したのは、一六四三年頃とされている。

プティジャンの生きる今は、一八六五年。既に二百年以上の年月が経っている。

もう信者はいるわけがない。プティジャンは思う。失望し、フランスに帰国したフューレ神父の言う通りだ。新しく来たローケーニュ神父は、どう思っているだろう。

日本人達の間で、この完成した外国人用の教会がフランス寺と呼ばれていることを、プティジャンは知っている。多くの人々にとって、もうキリスト教の認識すらないのかもしれない。

徹底的に弾圧した、国家の勝利。プティジャンは正面を向いたまま、長い瞬きをした。確かに今は、幕府は弱くなっている。新しい時代が始まるという情報も錯綜《さくそう》している。新政府となったなら、彼らはどういう政策を取るだろう。

真新しい門の前に、十数人ほどの日本人がいる。日傘で、なぜか門を押したり、つついたりしている。

何をしているのだろう？　プティジャンはその様子を見つめる。入ろうとしているのか？

少なくとも、彼らはこの教会に興味を持っている。そう見えた。

　プティジャンは急いで近づき、門を開けた。

　彼ら日本人は、姿の違う私達異人を恐れる。あまり刺激しない方がいい。プティジャンは声はかけずそっと教会内に入る。彼らも門内までは来たが、教会の入口で様子を窺っている。中に入ろうとしない。

　この者達に、神の言葉を伝えられないだろうか。彼らから、また始められないだろうか。日本での、キリスト教の新しい時代を。

　プティジャンはその場で跪き、神に祈った。私の唇に、今、彼らが感動するような言葉をお与えください。彼らの中から、新しい時代の信仰を――。

　何か、自分の唇に気配の熱を感じた。言葉が生まれようとしている。神よ。私に言葉を。彼らが感動するような言葉を。彼らの魂を救う言葉を。

　不意に肩を叩かれ、驚いて振り返る。四、五十代と思われる、一人の婦人がすぐ側にいた。いつの間にか、さっきの彼らが中に入って来ていたのだった。目の前の婦人が口を開いた。

「私の胸、あなたと同じ」

「……え？」

　私の胸？　心ということか？　私と同じ心？　まさか、そんな。

「あなた達は」プティジャンは震える声で言う。「どこから……？」

「私らは、浦上の者です」

「……浦上？」

同じ婦人が続けて口を開く。切実な目で。

「サンタマリア御像はどこ？」

プティジャンは茫然と彼女達を見る。身体を動かすことができない。この国に、信者が。最後の神父が迫害で殉教してから、既に二百年以上が経過している。長い年月の間、彼らはどうやって信仰を？　神父もいない中で？　プティジャンの目に涙が込み上げる。全ての住民に毎年課せられる絵踏みは？　キリシタンかどうか、隣人同士で見張らせる五人組の監視制度は？　キリシタンを見つければ報奨金が出る時代に？　彼らはどうやって？

「浦上では、ほとんど皆、今でも私達と同じ心を持っております」

こんなことは、世界史を見渡しても聞いたことがない。プティジャンは震える足で彼らをマリア像の前に導く。彼らは一斉に跪き祈ろうとしたが、喜びを抑えきれない様子で、口々に声を漏らした。涙を流す者も。

「本当に、マリア様ばい……」

「御腕に御子様ば、お抱きに……」

プティジャンも気づくと座り込んでいた。自分も神に祈ろうとしたのかもしれない。プティジャンも何か言葉を発したいが、涙で喉が震え言葉が出ない。

この時の様子を、プティジャンは横浜にいた神父に手紙で緊急に報告している。彼は婦人が言った日本語を、フランス語の手紙の中で「Ｓａｎｔａ Ｍａｒｉａ ｇｏｚｏ ｗａ ｄｏｋｏ」と興奮のままローマ字で記している。

物音がする。彼らは一斉にマリア像から離れ、何気ない素振りで散り散りになった。その素早さにプティジャンは驚くが、入口から別の者達が入って来ていたことに気づく。

彼らは再び、安堵したように集まり始めた。「彼らも、私達と同じ者です」

日本での信徒発見のニュースは、後に世界中に伝えられることになる。でも潜伏キリシタンが残っていたのは、浦上だけではなかった。幕府の目を逃れ長崎だけで数万人がいた。さらにそれだけにとどまらず、福岡や熊本など各地に存在していたことを、後にプティジャンは驚きと共に知ることになる。

＊

ＰＣの画面から顔を上げ、目を休めた。

作っていた冷めたコーヒーを飲む。大浦天主堂から戻り、ここまで一気に書いていた。

このホテルに戻るまで、後をつけられていたように思う。気のせいかもしれないが、途中でタクシーを拾い、無作為に移動した。追って来る車はなかったはずだが、ホテルに入る時、また視線を感じた。

時間が、ないかもしれない。〝B〟はあと一ヵ月と言ったが、信用するわけにもいかない。警察の動向も気になっていた。


あの時あの人は、歴史のここで話をやめなかった。あの時はまだ、信者でもない僕に、なぜ信徒発見の物語を語ったのかわからなかった。

〈一八六八年～　長崎　浦上四番崩れ〉

大浦天主堂を訪れたこの十二～十五人とされる浦上の村人達も、決死の思いだった。

「フランス寺」にマリア像があると噂を聞いた彼らは、悩みに悩んだ。

本当なら、再びパードレ（ポルトガル語で父／神父の意味）が来たことになる。デウス様（デウスはラテン語で神。当時彼らは、キリストの神をそう呼んだ）の教えを告げる者が来たことになる。だが自分達の素性を明かし違っていたら、奉行所に知られ処刑される危険が大きい。村の男性達がためらう中、女性達が押し切り確認に行ったと言われている。

大浦天主堂を実際に見ても、教会とわからなかった。初めにプティジャンに声をかけたとされる杉本ゆり（当時五十三歳）も、いちかばちかの震える想いでプティジャンの肩を叩いていた。

彼らはどのようにして信仰を守ってきたのか。毎年の踏み絵は踏んでいた。それしか方法がなかった。足の裏を油で清める、そっと足をつける、端を踏む、ギリギリの行為だった。絵踏みをした後は、コンチリサンの祈り（完全な痛悔の祈り）をすればいいということにした。しかし当然、絵踏みは悲痛だった。

村民同士で密かに組織をつくり、キリスト教の教理や暦、祈りを受け継いだ。

マリア像の代わりに、主に中国産だった仏教の観音菩薩像を拝んだ。救いを求める人々の声を聞き、救うとされた観音菩薩は、聖母マリアと相性が良かったのかもしれない。子供を抱き、どこかマリア像を思わせる「やや奇妙な」観音菩薩像も残されている。

寺請制度で村人は管理されていたため、死者が出ると各地域の寺に届け、僧侶による葬儀をしなければならなかった。葬儀の後、仏教の経の効果を消すとされた「経消し」を唱える地域もあった。

彼らの密かな信仰を勇気づけたものの一つに、長崎の外海《そとめ》地域に伝わる、バスチャン伝道士の予言がある。

伝説的な日本人伝道士・バスチャンは、皆を七代までわが子とする、その後はコンヘソール（罪の告白を聞く神父）が黒船で来る、と予言を残している。

一六五七年、密告により捕らえられたバスチャンは、三年三ヵ月に及ぶ拷問後に処刑された。大浦天主堂で起きた「信徒発見」は、予言通りおよそ七代目に起きている。

「信徒発見」の後、あらゆる地域に潜んでいた潜伏キリシタン達が、大浦天主堂に密かに訪れるようになる。神父達も慎重に行動しなければならなかった。

村に行く時は深夜まで待ち、神父達は日本の着物に着替え、時にちょんまげのカツラを被り、手拭いで頬かむりし日本人に変装した。

深夜に村でミサを行い、教理を教え、告白の秘跡などを授けた。信者達はキリスト教の教理を驚くほど覚えていたが、長い年月のため変容していた箇所を神父達が教え直した。

そして村人達が僧侶を呼ばず葬儀を済ませ、自分達はキリシタンなので、寺とは縁を切りたいと主張することになる。

浦上が、公然と信仰を宣言した。江戸幕府は混乱の最中にあり、外国との交流はより深くなり、キリスト教の禁令廃止は時間の問題と思われた。だが現実はそうでなかった。

長崎奉行所は隠密を浦上に潜入させ、村を徹底的に調べ上げた。そして一八六七年七月十五日午前三時頃、大雨のなか一気に村内に押し入った。

「役人だ、逃げてくだされ」

その叫びを聞き、そのとき村にいたローケーニュ神父は驚く。何が起こったのか、わからなかった。

信者達に促されるまま、ローケーニュ神父は森の中を逃走する。プティジャン達と共に、活動していた神父だった。彼は逃げ切るが、秘密聖堂は荒らされ、村の信者達が次々捕らえられていく。

この時は六十八人が捕らえられたが、その後も、葬儀で僧侶を呼ばなかった者達が次々捕らえられた。

大浦天主堂の神父達はフランス公使にこの事件を知らせ、フランス公使は将軍徳川慶喜と会見、拷問せずの釈放を認めさせたが、実際には激しい拷問が加えられ、高木仙右衛門という村人以外の全員が改宗してしまう。しかし改宗させられ戻って来た者達に、残っていた村人達は嘆き悲しんだ。信仰を捨てたなら家に入るなと夫を追い出した婦人までもいた。「そげんこと言うならお前も拷問ばされてみろ！」「私なら耐えられるたい！　情けなか！」のようなやり取りが各家であったとされている。

そこに仙右衛門が帰って来る。信仰を捨てなかったので、見張りの番人をつけられた。改宗した者達は皆で集まり、やはりキリスト教徒のままでいると決め、庄屋に届け出る。庄屋は大変驚くが、説得しても聞かないため、代官に報告しなければならなくなった。

約一月後、幕府は倒れ日本は明治に入ろうとしていた。新政府はしかし、再びキリスト教を禁止した。長崎に着任した総督は、浦上のキリシタン指導者二十六名を呼び出し、棄教を厳命。だが信者達の意志は固かった。もうどんな目に遭っても信仰は捨てぬと言う。

事態は新政府の決裁を仰ぐことになる。総督は「中心人物は斬首、その他は流配《るはい》」を新政府に進言。ちなみにイギリス公使らの抗議に対応した後の総理大臣の大隈重信は、「混乱状態の日本では外国思想の一時禁止はやむを得ない、西洋諸国でも宗派の違いで兄弟喧嘩をしている」などと論陣を張り、外国の要求を受け入れなかった。

大阪に来ていた明治天皇の前で「御前会議」が開かれ、木戸孝允の発言を採用決定することになる。内容は、中心人物を長崎で処刑、信者達は名古屋以西十万石以上の大名に預け、生死含め処遇を任せる、というものだった。

しかしそれはあまりに酷過ぎると小松帯刀《たてわき》（清廉《きよかど》）が進言、死刑はなしとなり全員流罪が決まった。小松のような人物が政府にいたことがせめてもの救いだったが、一村総流罪という凄まじい事態となっていく。

一八六八年、長崎・浦上の村人達のまず一一四名が、続いて一八七〇年、三三〇〇名が、それぞれグループに分けられ二十一の地域に流配された。浦上の長いキリシタン史で四回目の迫害となり、浦上四番崩れと呼ばれている。

信者達への対応は、地域で違った。

棄教を説得するのみの穏やかな地域もあれば、激しい拷問を加える地域もあった。総じて、無残な対応が多かった。

極小の牢に大人数が詰め込まれ、飢えた。本来支給されるはずの食料が、役人達にピンハネされていた。役人達の食料になる面もあったが、飢えさせ棄教させる方策が多かった。あまりの喉の渇きに、小便をくれと頼んだ村人もいた。飢えと喉の渇きに加え、狭い牢内で病も蔓延していく。

岡山に流されていた、当時二十歳をやや過ぎたばかりの岩永マキ――あの人は、この人の名をよく覚えておけと何度も僕に言った――は、一度に支給される分を少しずつひもじく食べるより、我慢して三度分を溜め、一気に食べた方がいいと言い、そうした。

「……マキさん、そげんことして、さすがに今は腹ば空いたとでしょう」

「空いとらん」

「……空いたとでしょう？」

信者達は棄教・改宗を迫られ続けた。この時の様子は全て記録されている。

「日本におって、外国の宗旨を奉ずる様な奴は日本人じゃない。外国に出て失せろ。しかし日本の土を踏むことは相成らぬ。宙を飛んで行け」

など無数の言葉も記録されている。

頭髪を括って吊り下げる、鉄の棒による殴打、裸にしうつぶせにし「宙を飛べ」と愚弄しながら臀部《でんぶ》を竹で打つなど、方法は様々だった。女性の中にも上半身を裸にされ、雪の降る外で石に座らされ、身体が雪に埋もれ見えなくなるまで放置された者もいた。役人が近づき、膝の上に石を積むなどと脅すと、彼女は「構わん。どうなりしろ」と言い返した。この時の石は現存している。裸で柱に縛られ、長時間打たれた女性達もいる。

十七歳の少女が病になり、牢番に茶を頼んだが飲むなら改心しろと言われ拒否し、間もなく死んだ時は、その死体は莚《むしろ》に巻かれ、信者達に見せしめとして曝された。

その少女の死体は、後に樽に逆さに入れられ運び出され、狐や狸などが食べるに任せられた。彼らの暴力は、時に死体にも及んだことになる。

信仰を捨てる者、あくまで守る者、それぞれだった。信者達が次々死んでいく。

その頃大浦天主堂の神父達は、悲痛の底にいた。

開国し、これから諸外国と同等にわたり合おうとしているこの国の政府が、まさか、その諸外国の根幹にある宗教の信者達に対し、このようなことをするとは思ってもみなかった。全く合理的でなく、愚かさを通り越している。少なくとも、西洋から来た神父達にはそう思えた。

プティジャンも、これから日本での布教が本格化すると考え、応援を呼ぶため一時フランスに帰国していたほどだった。再び日本の地に戻ったプティジャンは、状況に愕然とすることになる。

この時フランスからプティジャンと共に新しく来た若い神父も、同様に日本の状況に愕然としていた。彼の名はド・ロ。後に日本の聖者となる。

神父達は、浦上の彼らがどの地域に飛ばされ、どのような処遇を受けているか探り続けた。各国の公使達が何度も新政府に抗議しているが、聞き入れられない。そうであるのに、新政府は対等の外交を始めるため、欧米へ向かう使節団を組織しているという。正気と思えなかった。

プティジャンは跪き、彼らの無事を祈る。だがこの無力感はどうだろう。これまで、自分の人生に降りかかったあらゆる困難も、神のご加護の下に乗り切ってきたつもりだった。でも今度ばかりは、自分には手段がない。

教会の門が開く音がした。振り返ると、よく見知った男がいる。

以前、頼まれフランス語を教えていた奉行所の人間。確か今は、新政府で出世したと聞いた。

しかしプティジャンは、その隣の五十歳ほどの紳士の姿が気になった。

誰だ？　プティジャンは思う。まだこの国では珍しい背広を、見事に着こなしている。日本人だが、外国に滞在していた者特有の、落ち着きと自信が感じられた。

「プティジャン殿、お元気ですか」

見知った男がフランス語で言う。続けて日本語に戻り、脇にいた紳士を紹介しようとした時、

「私は、――という者です。造船業を営んでおります」

と紳士が自ら言った。

名前が聞き取れない。そこだけ早口だった。見知った男の顔に、一瞬動揺が走る。恐らく偽名を言った。プティジャンはそう思った。

誰だろう？　新政府の要人ではないだろうか。

「教会を、見物させて頂きたくて参りました。いやあ、見事な教会ですな。少しの間、よろしいですか？」

「ええ、もちろん」

プティジャンは笑顔をつくる。この紳士が政府の要人なら、当然追い出すわけにいかない。浦上の者達の命が握られている。彼から、状況を聞き出すこともできるかもしれない。

紳士が軽く手を挙げると、見知った男は頭を下げ出て行った。彼らの間の、圧倒的な力の差を感じる。この背広は非常に高価なものだ。恐らくイギリス製とプティジャンは見当をつけた。

「フランスから戻られたばかりと聞きました。どうですか、長旅だったでしょう。少しは休まれましたか」

「いえ、そうも参りません」

「……日本の食事は合いますか？」

「なかなか口に合わないものもありますが、ありがたく頂いております」

「今朝は何を？」

この紳士は何だ？　何が目的だ？

「ええ、米とお魚を。長崎の港では、新鮮な魚が取れますね」

「米と魚……。他には？」

「……煮物を。まだ慣れませぬが」

「ほう！　それはまた、何とも」

紳士が笑う。彼の笑い声が、美しい教会の天井に当たり、反響していく。

「浦上の連中が今食べておるのは」紳士が突然言う。

「粥《かゆ》じゃ。知っておられるか？」

紳士がプティジャンを真っ直ぐ見る。

「薄い薄い、……腐米《ふまい》の粥じゃ」

プティジャンの顔に熱が帯びる。恥か怒りか、わからなかった。両方に思えた。

「彼らの様子を、ご存知で……？」

「ん？　いやなに、少し聞いた話です」

紳士の細い目が、ずっとプティジャンを捉えていた。彼は、私の信仰を試そうとしている。

プティジャンは思う。この国に来て、何度もこういうことはあった。脳裏にすぐ、聖書に描かれた、山頂でイエスの内面を惑わそうとした悪魔の姿が浮かぶ。神よ。プティジャンは口内でラテン語を呟いた。神よ。私をお守りください。

「この国では、多くの外国人宣教師達が殉教しておられる」

「……ええ」

「どうです？　もしあなただったら」

「え？」

「あなただったらどうかと聞いている。パードレ」

紳士が一歩、プティジャンに近づく。人間と人間の間で、適切と思われる距離を越えていた。

「大勢の信者達と共に、柱に括りつけられる自分を想像して欲しい。パードレ。足元には大量の藁《わら》が置かれ、今、タイマツで火がつけられようとしている。日本で死んでいった多くの外国人宣教師達と同じように、あなたは炎に包まれ立派に死ねるだろうか？　それとも棄教するだろうか？　信仰を捨て、日本人の名を与えられ、その後幕府のキリシタン調査に協力した一部の外国人宣教師達のように。あなたならどうだろう、パードレ」

そのことは、プティジャンも何度も考えたことがある。自分は立派に死ぬ。そう思っている。だが実際にされたら。同じ目に遭っていないのに、できると思うのは過信とも思われた。

「……信仰を守って、天に召されるつもりでいます。ですが、……もちろん、私はまだそうなってはいない。ですから、今はそんなことは言えません」

「ほう」紳士が言う。表面だけ感心したように。

「あなたは善良のようだ。パードレ。では……試してみられるか？」

「……え？」

「私は政府に顔が利く。パードレ。今からあなたを、浦上信者達の牢屋に連れていこうか。

……そして言うのだ。私にも同じことをしてくださいと。そして彼らと同じく殉教するのだ。あなたは殉教は華やかで厳《おごそ》かだと思っておられる。そうだろう？　パードレ。天使が喇叭《らっぱ》でも吹きながら迎えに来ると思っている。だが実際はどうだろうか。彼らと同じように、時に糞尿にまみれながら病と飢えで苦しむのだ。尻だけ出され、うつぶせにされ、『宙を飛べ』と言われながらその尻を竹で叩かれるのだ。パードレ。あなたは尻だけ出しうつぶせで死ぬ。それが本当の愛だ。パードレ。そうじゃないか？　私が手配してさしあげよう」

悪魔の囁きだ。だがそうだろうか。違う気がする。信仰ともまた違う、人間の存在を問われているように思う。だが信仰から外れた人間の存在などないはずだ。いや、しかし、彼が言っていることは、悪魔の囁きと思えない。

「では」プティジャンは自分でもわからないまま、そう言っていた。

「連れていってくだされ。彼らのもとに」

「ははは！　無理せずとも良い。足が震えていますぞ！」

プティジャンははっとして足元を見る。震えてはいない。

「あなたは神の前だからそう仰っている。……同じ質問を、神から隠れた場所でそっと囁いてさしあげようか」

「神は全てお見通しになる」

「はは、典型的ですな。でもご安心なさい。あなたは守られている」

「私が？」

「ええ、あなた達は守られている。神にじゃない。フランス政府に！　あなた達神父だけが守られている。あなたがそんなことをしたところで、すぐフランスの連中が来てあなたを牢から引きずり出してくれる。あなたは体裁を保ちながら、信者達と涙の別れをすることができる。今の政府は外国人宣教師など殺せぬ。あなた達はフランスに守られている。だが浦上の者達が属するのは」紳士が小さく息を吸う。

「残念ながらこの国じゃ」

プティジャンの顔にまた熱が帯びる。動揺してはいけない。でも無理だった。彼が言っていることは本当だった。自分は、自分達だけは、フランス政府に守られている。

「ところで」紳士が言う。プティジャンの動揺を確認する様子で。

「あなた達のこの教会は、日本での二十六人の殉教者に捧げられておる」

「……はい」

「ルドビコ茨木……当時十二歳の少年までが、信仰を捨てず、十字架で処刑されておりますな。今から三百年近く前、……どう思われる」

「勇敢な聖者です。神の特別な思し召しが、あったのだと思います」

「まあそう言うんじゃろう。彼らのことは外国にも伝わってしまい、正式に聖人となっておるからな。ところでパードレ、もしおぬしの目の前に十二歳の少年がいて、仏教、またはイスラームの信仰を捨てないため殺されようとしていたら、どうする？」

イスラーム教を知っている？　しかも正確な英語の発音。

「それは……」

「自分の神の下に導き、改宗させ命を救おうとする。そうじゃないかね？……わしらがやっておるのは、それと同じじゃパードレ」

プティジャンは冷静になろうとしたが、できなかった。

「もっとも間違っておられるのは」声が大きくなる。神の前なのに。

「あなた方ではないですか？　なぜ信仰を捨てないだけで、人を殺《あや》めるのです？」

「話を逸らすなパードレ」紳士がまた一歩近づく。

「私が神父なら、パードレ、十二歳の少年にそっと耳打ちするじゃろう。信仰を今だけ捨てなさいと。役人の前では、棄教すると言いなさいと。驚く少年には、一時的な背信の罪は、私が引き受けるから心配するなと言うだろう。そういうシステムになっていると言うだろう。何度棄教しても、コンチリサンの祈りを唱えれば大丈夫と嘘をつくだろう」

「十二歳の少年とはいえ、信者を騙すなど許されません。信者は赤子でありませぬ」

「だからその悪は神父が引き受けると言ったじゃろ？　パードレ。騙された十二歳の少年に罪はない。つまり神父は信者の命を救うのと引き換えに、教理を破り自らは地獄に落ちる。それが本当の愛じゃ。違うか？」

プティジャンは、また口内でラテン語の祈りを唱えようとする。

「おぬしが恐れておるのは神ではない。おぬし達の組織じゃ。おぬしらはカトリック教会から、あの神父は殉教前の信者に背教を勧めていると糾弾されたくないだけじゃ。おぬしらはどこを見ている、パードレ。おぬし達が日本に来たせいで、十二歳の少年まで殉教し、今も浦上の者達が苦しんでいる。既に死者も出ておるぞ。そもそもこの教会は立派じゃ。だが幾らかかった？　幾らの金がこの教会にかかった？　それだけの金があればどれだけの貧民が助かったか。おぬし達が見ているのは神ではない。人々でもない。おぬしらの組織だ。そして自分達の体裁と死後の名声だ。パードレ。いい迷惑じゃ。おぬしはテルツリアヌスが好きか？　〝殉教者の血はキリスト教徒の種なり〟。十二歳の少年の死を種にして、今おぬしは煮物を喰っとるらしい」

紳士はゆっくり十字架を見上げ、またプティジャンを見た。

「お前達は馬鹿じゃ」

プティジャンの声が大きくなる。

「神を愚弄するなど」

「神じゃない。わしの今の目の動きすら見えんかったか、パードレ。わしはお前達のことを言っている」

プティジャンの内面が乱れていく。聞き流せばいい。でもここで言葉を出さなければ、自分の信仰にとって、人生にとって、取り返しのつかない痣が残ると思った。

「しかし、あなた達がそもそも」

「あっはっは！」不意に紳士が笑う。

「当然、わしらも馬鹿じゃ！　チョンマゲ時代を終え、国を開き、ようやく近代国家になろうとしている時に、キリスト教の信者達を流罪にし、各地で信仰を捨てよと拷問しておる！　馬鹿の極みじゃや。我が日本は、国家として最低なスタートを切ったことになるな。今、岩倉殿を筆頭に、欧米への使節団が組織されておる。見ておれ、岩倉殿はこれから世界で大恥をかくことになる」

紳士は笑顔を顔に残したまま、また一歩プティジャンに近づいた。

「そもそもじゃ、秀吉公も愚かだったとわしは思うよ。外国人宣教師を殺し信者も殺す。やり方が間違っておる。わしならまず、彼らの信仰をズタズタに引き裂く」

「……信仰を？」

「おぬしはカトリック神父。童貞じゃろ？　パードレ」

彼が言おうとしていることに、プティジャンは気づく。

「わしなら、火でなく女を用意するぞ！　はっはっは！　火より女じゃ。わしなら宣教師の檻に女を入れる。おぬしらを滅ぼすのに、火も刀も十字架もいらぬ。宣教師が遊女に誘惑されるのを、大勢の信者達に見せてやるわ。信者達はお前達の言うことなど聞かなくなるじゃろ。女が嫌いな宣教師なら美青年。わしが外遊していた頃、あらぬ噂も聞いたがね。そなた達の中には少年少女を好む者がおるらしい。その場合は無理じゃ。子供はやれぬ。斬るまでじゃ」

プティジャンは怒りで何も考えられなくなる。紳士が奇妙な形に指を動かした。その動きの意味が、プティジャンにはわからない。

「この国の性技はおぬしら欧州の想像を超えるぞ？　パードレ。なに、どの国も一枚皮を剝がせば性の国じゃ。マリア殿は処女のまま妊娠したという。とんだ偽善じゃ。おぬしらはそんなに処女が好きか。そんなに処女でなければならんのか」

紳士がプティジャンから離れる。ひとまず用は済んだというように。

「……あと百年もせんうち、この国は一度滅びるじゃろう」

紳士は教会の美しい天井を見上げながら、感嘆した表情で言う。紳士の内面の感情と出てくる言葉が、徐々に遊離していく。

「深刻な顔の自分達に酔った、政府の連中の幼稚さを見ながらね、そう思うようになった。……だがそれはおぬしの国も同じじゃ、パードレ。フランスも一度、百年もせんうち荒野になるじゃろう」

さらにマリア像を見上げる。その細工の見事さに、心から驚いている表情で。

見物させてくれ、と彼は初めに言っていた。今の様子は形だけと思えなかった。彼はようやく本当に見物を始め、美に魅入りながらもこのような言葉を出し続けている。

「フランスだけじゃない。欧州全土も荒野になるじゃろう。……残るのはイギリスとアメリカじゃろうな。それも彼らが他国と比べ優秀であるとか、そういうわけではない。ただ海を挟んだ地理的な理由じゃ」

今度は教会の柱を見る。天井との接続の仕組みを確かめるように。

「愚かさを放置した結果、やがて世界に黒色《こくしょく》の暴風が吹き荒れる。パードレ。人々の内面から噴き出し巨大化する暴風じゃ。やがて来るその人類史の暴発に対し、わしらの神も、おぬしらの神も、また無力じゃろう」

見納めのように、再び天井に目を向けた。

「わしらも、おぬしらも、間違っておる。無罪なのは、今の浦上の者達だけじゃ。……今起こっているのは、国家が、個人の内面を無造作に変えようとしているということじゃ。歴史が、個人の内面を変えようとしている、と言い換えてもよい」

紳士がプティジャンに背を向ける。もう見物も終わったというように。

「自分が存在を懸け信じているものを、命の危機に遭ってもなお、守る者。それを悲痛の中で捨てる者。凄まじい場だと思わんか。温かい米と魚と煮物を食べるおぬしに断罪などできぬ。キリスト教の教理を、きちんと理解しとる者ならいい。だが中には、ぼんやりした知識のみで、棄教すれば地獄に落ちる一点のみで、恐怖から殉教する者もいることを忘れるなパードレ。周囲の目が気になり、棄教できず殉教する者もいることを忘れるなパードレ」

礼儀上、プティジャンは出口まで付き添うべきだが、できなかった。

「おぬしらは、最も神の近くにいると自任しながら、最も神を知らんのじゃないかね」

紳士が去った後、プティジャンはその場に座り込みそうになり、何とか耐え、自らの意志で、祭壇の前に跪いた。神よ。プティジャンはラテン語で呟く。

心を乱した私をお赦《ゆる》しください。あのような者を、語るがままにしていた自分を……。だがそこで、内面にせり上がるものに、意識が乱される。そのせり上がるものはこう思っている。神よ、あなたが今、あの浦上の者達の上に、奇蹟を起こしてくだされば。そうすれば、私達の苦しみも全て消えるのです。いや、そうなのだろうか。プティジャンの祈りは自問に変わっていく。そもそも、神を試してはならないが、しかし神を試してならぬなら、彼らの無事を神に祈ることもできないことになる。神がこの地上に何かしらの奇蹟をお授けにならないのだとしたら……、いや、お授けになる、そうに決まっている、ではなぜいま神は沈黙を？　今だけではない。なぜ世界中で、幾世紀にもわたり沈黙を？　沈黙ではない。神はよそ見を……？　プティジャンは首を振る。そもそも神の沈黙とは、黙過と等しい。黙ってやり過ごすに等しい。沈黙を黙過と言い換えれば、この世界はどれほど恐ろしいだろう。

百年もしないうちに、人類史に黒色の暴風が吹き荒れる。紳士はそう言った。どういうことだろう。プティジャンは苦しみのなか思いを巡らす。日本が一度滅び、我がフランスも欧州もそうなると……。世界は既にこのような悲劇の中にある。そうであるのに、まだこれから何かが起こるというのだろうか。

神よ。跪くプティジャンの姿勢が、前方に苦しげに傾いていく。私の迷いをお赦しください。私の未熟さをお赦しください。しかし、私は、私は……、プティジャンは涙を流している。善良な彼は、その姿勢のまま動くことができない。

私は今、身体の全ての臓腑が引き裂かれていきそうです。

この時代の村人は政府に従順のイメージがあるが、実際は違った。彼らは棄教を迫られ拷問を受けながらも、役人達と議論した。

議論の時に役人の言葉を誘導し、矛盾を生じさせ、相手が撤回すれば、武士に二言はないから切腹しなさいと言った者もいた。

信者達を棄教させるため、役人達は仏教の僧侶や神道の神官を使い、説得にあたらせた。彼らの多くは村人達との議論で打ち負かされ、時に激怒したと言われている。

だが村人達の話を聞き、立派な信仰と言い説得しなかった僧侶や、村人達に優しく接した僧侶もいた。つまり、国家が個人の内面を変えようとしたこの事態において、その歴史下に生きた人々の行動は、それぞれだったことになる。

信仰を守る者も捨てる者もそれぞれだったように、たとえば村人達を極力助けようとした医師もあった。病人であるとして、苦役から守ろうとした。病人は海浜に出てもいい、として遊ばせたが、役人が来て、そこにいた十一人が梅の木に縛りつけられたことがあった。

聞きつけた岩永マキ達が「この人らは病人で、医師の許可を得て遊んでいたものです」と丁寧に解放を願ったが、聞き入れられない。縛りつけられた者達も当然反省する態度はなく、冗談を言い笑ったりしている。それに怒りを覚えた役人が、彼らを足が届くかどうかの位置まで高く吊り上げてしまった。マキ達は丁寧に解放を懇願するが、受け入れられない。役人が改心（改宗）すれば許してやると言った時、とうとうマキがキレた。

マキが叫ぶ。

「ヨシ、改心せねば許さっさんそうじゃ。飽くまで辛抱しなさい。身体が切れるか、梅の木が枯れるか、精比べだ！」

木に吊るされた者達もそのつもりだったが、十一人いた彼らの中には、もしかしたら、こう思った者もいたかもしれない。

「いや、マキ殿、身体が切れるか梅の木が枯れるかの精比べ、と言っても、実際に吊るされとるのは、わしらなんじゃが……」

この時信者達を括った梅の木は、その年から青葉を出さなくなり、やがて枯れてしまった。信者達を頻繁に括り、揺すったりした結果、損なわれてしまったと言われている。

新約聖書でイエスがイチジクの木を呪い枯らすシーンがあるが、まるで岩永マキが呪ったかに見える形で、これは奇蹟ではないが、外観としては同じことが起こっている。まるで奇妙な反復のように。

マキ達とは別の地域にいた高木仙右衛門――以前、浦上の者達が最初に捕らえられた時、一人だけ改宗を拒んだ人物――は、牢内で病に臥《ふ》せっていた。だが甚三郎という村人と共に、大雪のなか裸にされ、池に沈められた。仙右衛門は病に加え老体だった。

凍えながら泳ぎ、何とか顔の出る地点を見つける。だがそこに水を浴びせられた。仙右衛門達の頭が沈み、何とか顔を上げると、また水をかけられた。役人達が嘲《あざけ》る。

「仙右衛門、甚三郎。デウスは見えるか」

仙右衛門は溺れながら、うわ言のように言う。全身が凍るようで、もう動かない。

「世界が、ギリギリ廻《まわ》る……」


なぜ役人達は、これほどのことができるのだろう。岩永マキとも、仙右衛門達とともまた別の地域にいた卜吉という若者は、飢えながら牢内で茫然としていた。

「……残酷な者もおろうが、手柄ば、欲しがっとるんじゃなかろうか」

暗闇の牢の中で、誰かが言う。

「もしかして、真面目過ぎる者も、おるんじゃなかろうか。ほれ、昨日坊さん達から説得されとる時、脇におったろ？　若い奴が。……あれなんぞ、わしらに何も暴力ば振るわんたい。気の毒そうに、わしらを見ておる。だけんども、何も助けようとはせぬ。これも命令ば思うて、じっとしとる」

政府の方針が、「なるべく説得して改心せしめよ」というもので、拷問の推奨などしていなかったことは、キリシタンの彼らも薄々知っていた。しかし「なるべく」のような暗黙とも言える曖昧さが、悲劇を生んだとも思われる。

新政府が発足し、各地方の役人達は、自分達の今後の処遇に不安と期待を抱いていた。あの藩は信者達を見事に改宗させた、と中央に思わせたいのはありがちな心理だった。しかし信者達が改宗しない。だから拷問をした。

中央から見回りが来た時、彼らは自分達の拷問を隠した。中央政府も、日々強くなる外国からの圧力で、自分達の行為が徐々に不安になっていた。見回りの使者を各地に回らせたことで、待遇が改善した地域もあった。政府は初め、指導者達は斬首と言っていたのだが。

仙右衛門達を裸に剝き池に入れる時、役人の一人が「天皇様のご命令じゃ」と言っている。だが明治天皇は、当然そんなことは命じていない。後の第二次世界大戦で似たことが起こる。

一八八二年に出現した「下級のものは上官の命を承ること実は直に朕《ちん》（天皇）が命を承る義なりと心得よ」などと書かれた『軍人勅諭』は、一九四五年の日本の敗戦まで軍の精神的支柱とされた。各地の無謀な上官の横暴において、時に些細な事例でさえも天皇の名が語られることになった萌芽が、反復のように既にここに現れている。

でも当然、牢の中で飢えているト吉は、そんなことは知らない。

「このままでは、……死ぬたい」

飢えと喉の渇きで衰弱したト吉達は、牢からの一時脱出を試みる。既に棄教した者達には、寺などで衣食住が与えられている。牢を密かに出、その者達から食料を分けてもらおうとした。

彼らは穴を掘り外に通じさせ、夜に牢を抜けた。この地では、まだ二十代で、俊敏な卜吉がその役に選ばれた。卜吉は夜の闇にまぎれ、森を抜ける。

自由。飢えで朦朧としながらも、一瞬、卜吉の脳裏にそんな感覚が湧いた。でも限定の自由だった。朝日が上れば当然、牢に戻らねばならない。ふらつく足取りで、しかし卜吉は走った。

寺院に潜り込み、既に改宗した者達がいる部屋の前で身を隠す。小石を戸の窓に投げ、小声で彼らを呼び出す。

各地で行われたこの事例も、改宗者達の行動はそれぞれだった。

自分達は改宗したが、彼らを不憫に思い、食料を分け与え続けた者。改宗した後ろめたさから、また、彼らが改宗しないせいで、自分達まで――待遇は随分いいが――村に帰れないことに苛立ち、まだ改宗しない者達を憎む者。それぞれだった。

荒れ狂う歴史の暴虐の下で、そこに生きた人々の内面と行動は、やはりそれぞれだった。

卜吉の声を聞いた者達の場合は、不運なことに、卜吉達を恨んでいた。

静かに窓の戸が開き、暗がりのなか老人が顔を出す。代表で彼が言うと、決まったようだった。

「こっちに来んでくれ。役人ば見つかれば事じゃ」

「……みな飢《はよ》えとる。どうか食料を」

「お前達も早う棄教せい。わしらは村に帰りたい。田も心配じゃ。お前も農民ならわかるじゃろ？」

「病人もいる！　老人も子供も！　お願いじゃ。食料を」

「そげんことならすぐ棄教しろ！……棄教さえすれば全員助かる。……お前らは愚かじゃ。彼らの命ば思うなら棄教してくれ。……お願いじゃ」

静かに窓の戸が閉まる。卜吉は茫然としたまま、しばらくその場で動くことができなかった。自分でも奇妙だったのは、老人の言葉が正論に響いたことだった。

足音がする。まさか役人を呼んだのか？　卜吉はふらつく足で走る。草木で顔や足を切りながら森に入る。視界が揺れる。無数の直線の木々が左右に分裂していく。意識が朦朧とし、卜吉は地面に倒れた。

仙右衛門達がいた地域に、懲罰用の三尺牢があった。縦横高さ、全てが約一メートルのキューブ型の牢屋で、入れば立つことも、足を伸ばすこともできない。

真冬に、安太郎という男性が病のまま入れられた。信仰が篤《あつ》く、人の嫌う仕事を引き受け、自分の食料も他者に与える人物だったという。彼は牢の中で聖母マリアを見た。

三尺牢の中で、酷く痩せ一人で命を終えようとしていた安太郎のところに、仙右衛門が密かに励ましに行った。最期の間際に寂しいでしょうという仙右衛門の言葉に対し、彼はこう言っている。

「いや、少しも寂しくありません。毎夜、四ツ時（十時）から夜明けまで、奇麗な奇麗な十七、八歳くらいの、丁度聖マリア様の御絵に見るような御婦人が、頭の上に御現れくださいます。定めし聖マリア様であろうと私は信じています。そして優しい女の声で、非常によい勧告をして慰めてくださるのです。しかし、このことは私の生きている間は誰にも話してくださるなよ」

可能性としては、A本当に聖マリアが現れた、Bマリアは「存在」するが、彼が見たものは幻想、Cそもそも神もマリアも「存在」せず、もしくは千数百年にわたり「よそ見」をしており、これも彼の幻想、の三つがあると思われる。しかし三つとも、恐ろしいかもしれない。

Aなら神はこの拷問を了承したことにもなる。Bなら聖マリアは、自分ではないマリアと話す痩せた信者を、黙って見ていたことになる。五日後に安太郎は死んだ。

仰向けに倒れた卜吉の周囲には、直立した木々が立ち並んでいる。朦朧とする意識で、それらが再び左右に分裂し、すぐ自分を囲う牢の格子のように見えた。牢から出たのに、自分はまだそこにいるようだ、と卜吉は思う。人生というものを厳密に考えるなら、誰でも牢に囲まれているのではないか。そんなことを思った。

自分の頭のすぐ側に、草が生えている。この草は喰えるだろうか、と飢えた卜吉は思う。故郷の山なら、どの草が喰え、どの草が腹を下すか大体わかる。でもこの土地の草はわからない。自分は故郷から、生まれた場所から剝ぎ取られ、この地に投げ出されている。見知らぬ草。見知らぬ木々。見知らぬ土の感触。

直立する他人のような木々の先、そこに見える雲よりもさらに先の空に月が見えた。満月より、少し足りない月。そのなぜか赤く見える月を見ながら、卜吉は泣いた。

私は鳥目だ。闇でものが見え難い。その光では足りない。もっと光をくれないだろうか。そうでないと、この目の前の草が、喰えるかどうかわからない。

そもそも、私に自由などというものが、あったのだろうか？　卜吉は泣きながら、神の代わりに月を眺めた。私達の生活は苦しい。田を耕し、年貢を納め、天気に遊ばれながら年月が過ぎていく。生活とは楽しむものではなく耐えるものだった。そのような時、イエス様とマリア様の教えを知ったのだ。隣村の者達がキリシタンだと知り、私達の集落も興味を持ち、闇夜に紛れ話を聞きに行った。

衝撃だったのだ。私達を見守って下さる、神様がおられる。人は皆、大切だと言う。教えを守れば、天国へ行けると言う。生きがい、そう思ったのだ。神の愛を実践し人を助ける時、自分の中に、温かな温度が広がるのを感じた。あのような生活をしている時に、神の教えを聞けば私達は信じる。そうだろう？　でもなぜだ。今度はそれを捨てろと言う。捨てないと殺すと言う。無理だ。これほど一度体内に入ったものを、今さら捨てるなんてことは。殉教すれば天国に行けると言う。でも私は、私の身体は、まだ生きたいと思っている。

なぜだろう？　神を捨てれば、また私達には生きがいのない耐えるだけの日々が始まる。それなのに、身体が、生きることを求めている。

神よ。卜吉は月に向かい叫ぶように祈る。私は、まだ嫁をもらっておらぬ。女子《おなご》の肌を知らぬ。神様は、そんなことは不浄と仰るかもしれん。殉教することが、真の神への道と仰るかもしれん。でも私は、私の心は、醜いのです。私は、女子の肌も知らず死にたくない。不浄とは思うが、でも、でもですじゃ、そう思う私は、そんなに悪か者ですか？　私は、間違っているのですか？　人間とは、他者を求める存在ではないのですか？　人間の本質を曲げることが宗教なのですか？　なぜですか。なぜ、私は、ただ生きたいと思っているだけなのに、こんな罪悪感を持たなければならない？

卜吉は近くの草を引き抜き、口に入れた。苦い味がする。だが同時に、乾いていた喉から唾液が溢れた。草を引き抜き、さらに噛んだ。身体に僅かに力が入る。身体はこう言っているように思えた。生きろと。神など捨てろと。この世界を生きろと。

この世界は、人間のためにあるのだと。

卜吉は気がつくと走っていた。自分達の牢ではなく、どこか別の場所に行くために。自由。卜吉は再び思う。私は従わぬ。だが走れば走るほど、自分が何かから悲痛に剝ぎ取られていく。


迫害は浦上の者達だけでなかった。各地域のキリシタン達にも凄まじい拷問が行われ、次々人が死んでいた。

その全ては外圧で終わった。

欧米へ出向いていた政府の使節団の代表、岩倉具視《ともみ》は、日本でのキリシタン迫害について、アメリカ、イギリス、フランス、オランダ、ベルギーなど、各国政府からの凄まじい非難に曝されていた。これでは到底、同等の関係など結べない。何かの交渉すら不可能だった。

岩倉は電報で、キリシタン迫害禁止の申し入れを政府に打電。一八七三年（明治六年）、迫害が終わった。最初に浦上の者達が流配され拷問を受け始めてから、既に約五年が過ぎていた。

流配された三四一四名（各地で出生もあり、総数は三五八九名）のうち、六六四名が既に亡くなっていた。約五人に一人が命を落としたことになる。

そして彼らの信仰を自由にしたことで日本国内で何か問題が起きたかというと、当然のことながら、何も問題など起こらなかった。

老人であった仙右衛門も、あのような拷問を耐え抜き、帰郷している。岩永マキも、父と妹は亡くなってしまったが、帰郷している。だが彼らが故郷・浦上で見たのは荒野だった。田は潰れ、農具を含め家財道具はほとんど盗まれ、屋根の瓦すら奪われていた。家そのものも、多数が破壊されていた。

だが彼らは荒野となった大地の上で、割れた陶器の欠片《かけら》を手につかんだ。

そして大地の上に屈み、陶器の欠片で田を耕し始めた。彼らはそのようにして、土に挑んだ。世界そのものに、挑んだのかもしれない。村が少しずつ再生していく。

だが長崎全域に赤痢が発生し、記録的な暴風も重なり各地も荒野と化した。プティジャンと共にフランスから来ていたド・ロ神父は、ロカイン司教、ポワリエ神父と共に赤痢の病人達の救助活動を開始する。彼は薬学や医療に深い知識があった。馬込の伝道婦・おエンなど女性達が献身的に働いた。浦上からは岩永マキ、守山マツ、片岡ワイ、深堀ワサの女性四人がド・ロ神父の助手となり病人達を助けて回った。村の青年達も参加した。

自分達も貧しかったが、つまり彼女達は、そういう人間達だった。

蔭ノ尾島《かげのおじま》で天然痘が発生した時も、彼らのチームは救助に向かった。病人達の看護にあけくれる中、岩永マキは路上で幼女を見つける。

病が蔓延し両親も死んだ土地で、幼女が路上で茫然と、その存在を悲劇の中に曝し続けていた。この時代、このような孤児は珍しくなかった。

生年から判断するに、岩永マキは当時二十五歳頃。痩せた幼女の名はタケといった。

タケには死んだ両親以外の身寄りもない。素性を聞き、マキはタケを抱き締めた。

「腹ば空いとるやろ？　一緒に来なさい」

まるでそうするのが当然とでもいうように、マキの腕の力は強かった。タケは不思議そうにしている。

何だろうこれは？　タケは思う。自分の親でもない女性が、なぜか自分を抱き締めている。

その自分を抱く大人の女性からは、あらゆる苦難を乗り越えてきたような、圧倒的ともいえる芯のようなものを感じていた。温かい。そう思うと涙が出た。何だろうこれは？　父も母も苦しみながら死んだ。私の側には誰もいない。ずっと怖かった。でもこれは何だろう？

私はまだ、生きていていいのだろうか？　そんなことがあるのだろうか？　親でもない女性が？　このような私を？　あとは死ぬだけの私を？　自分を抱き締める女性に、私は頭まで撫でられている。

マキに迷いはなかった。何事もすぐ、決断する女性だったと言われている。

皆でこの子を育てる。私らの生活もひもじいが、おのおのが食事を減らせば何とかなる。握り飯ば、確かまだ残っとる。早く与えないかん。この子の寂しさを、早く取り除いてやらなければ。

大丈夫たい。マキは呟く。タケは泣いている。タケに言い聞かせるように、マキは「大丈夫」と言葉をかけ続ける。その小さな身体に、染みわたらせるかのように。タケの細い手が、震えながらマキにしがみついている。

蔭ノ尾島で天然痘が終息した時、マキはタケを連れ浦上に戻った。

年月が流れ、卜吉は再び浦上の地を踏んだ。

流配された土地から逃亡した自分に、もうこの地を踏む資格はない。神の前で跪く資格もない。でもだからこそ、卜吉はここに来ていた。

卜吉は出自を偽り、各地であらゆる働き口を転々としていた。

　福岡に流れ遊郭で下働きをしていた時、遊女だったマエを連れ逃亡した。マエはまだ十六歳。あまりに不憫に思えたのだった。

　大阪に、自分達を匿《かくま》ってくれる働き口を見つけていた。でもその前に、やらなければならないことがあった。

　自分の中に、もう神はいない。飢えた時など祈ろうとする自分に気づいたが、もう資格もない。でも給金をもらった時など、自分よりさらに貧しい者に食料を与えていた。なぜかは、自分でもわからなかった。

　逃げたことの罪悪感かもしれない。しかし卜吉は同時に、どのような存在になりたいのかを、時々考えるようになっていた。どういう世の中が、自分にとって安堵をまとえるものであるのかと。もし自分が飢えた時、食料を与えられたら幸福に思う。そういう世界になればというシンプルで個人的な願いが、卜吉の中にあったのかもしれない。

　卜吉には、神はもうわからないものになっていた。平時には愛を与えるが、あのような状況になると、殉教という死を望む神。それがわからなかった。

　ここへ来たのは、信仰ではなく謝罪だった。マエとの新しい生活――隠れるような、慎ましいものになるに違いないが――を始める前に、故郷に謝罪しなければならないと思った。神を信じるかではなく、つまりは人間として。

怯えるマエと共に村に着いた時、田を耕す女達が見えた。何をしているのだ？　卜吉は思う。あれは岩永のところのマキではないか？　子供？　結婚したのか？　いやそれにしても、数が多過ぎる。

「マキ殿……」

「卜吉か？」

「……結婚を？」思わずそう聞くと、マキは一瞬驚いた顔をし、声を上げて笑った。

「独身たい。これは、身寄りのない子達じゃ」

「……え？」

「孤児達ば、育てとる」

孤児達を育てる？　確かに各地で捨て子が多い。でも孤児達を、村人達が育てている？　そんな話は他所《よそ》でも聞いたことがない。しかも数が多過ぎる。

だが卜吉はすぐ、自分のやるべきことを思い出す。

「……わしは、逃げた。ここに戻って来たのは謝るためじゃ。……またすぐ去る」

何とかそう言った自分を、マキがじっと見ている。表情に非難がないことに、卜吉は戸惑う。マキが口を開く。世間話でも始めるように。

「〝旅──浦上の者達は流配をそう呼ぶ──〟から戻ってな、改宗した者達も、多くがまた、イエス様ば信じるように戻ったたい」

「……そうか」

「それぞれたい。あんたも」

マキが自分を、じっと見続けている。

「あんたも、苦労した顔しとる」

卜吉は不意に涙ぐみそうになる。

「もうキリシタンには、戻らんとね？」

「……ああ」

「それもそれぞれでよか。みな精一杯ということ。みな御大切」

卜吉は涙を我慢しているはずだったが、泣いていた。近くで大勢の子供達が駆けている。

御大切。そうか、マキは。

「プティジャン様は、いま別のところばおる。ド・ロ様がおられるから、あんたは知らんか？　立派な方じゃ。話したいことを、話すとよかたい。村の衆の家ば訪ねるのも難儀じゃろ。仙右衛門さんがおられる。話せばよかたい」

「ああ」卜吉は泣き続けている。

「俺も、……頑張るよ」

マキ達はここで孤児院を開設していた。ド・ロ神父やポワリエ神父が私財をはたき購入した田畑を、他の女達と共に懸命に耕し、自給自足で慎ましく生活していた。捨て子の多かった時代、噂が広まりやってくる孤児達も増えていった。

素性不明の子供には、名前を与えるためマキは自分の戸籍に入れ養子とした。後の地元紙のインタビューで、マキはその数――つまり自分の子の数――を、五、六百人と大ざっぱに答えている。多過ぎて、自分の子の数を数えていなかった。後に見つかった資料によると、マキが養子に入れた子の数は九百五十人を超え、マキの戸籍は異常に分厚いものになっていた。少なくとも三千人以上の孤児がここから巣立ったとされている。宗教も別に自由だった。日本人による最初の社会福祉活動とも言われている。

孤児が社会問題になっていた当時、明治政府は後に、マキ達の孤児院に給付金を出すようになる。マキは生涯独身を通し、七十二歳で亡くなるまで孤児達を育て続けた。葬儀には人が溢れその数は二千五百人を超え、墓地まで長い葬列ができたと言われている。

その話を終え、あの人は僕の目を真っ直ぐ見て続けた。

「お前が長崎に来て、最初にお世話になった場所があっただろ？　俺が外国にいて戻るまでの間、お前の面倒を少し見てくれた場所。ひねくれたお前をそっとしておいてくれ、でも静かに見守ってくれた場所。そこがマキさん達の残した養護施設だ。ずっと続いているんだ」

自分の身体に震えを感じた。確かに僕はそこにいた。

「そして俺はその施設の出身だ」

酔ったあの人はそう言い、大浦天主堂が見える坂にしゃがみ込み、両手で地面を叩いた。

「いいか？　お前の命は今、そういう大地の上にある。あらゆる者達の苦難や優しさ、悲劇や美しさが堆積したこの大地の上にある。人間の歴史はそういった地層の堆積だ。何も長崎だけじゃない。世界中、どんな大地にもあらゆる歴史が堆積している。全ての物語はお前と無関係じゃない、極論すれば今のお前はその全てと繫がっている。だからいいか」

あの人の声が大きくなる。

「その命は必死に使え。お前もその命でお前の物語を行け」

僕はそのつもりもないのに、泣いていた。

「僕は」泣いているせいか、しゃっくりで言葉が詰まる。

「僕は、汚れてる」

「ああ？　なんじゃや？　女か？　変態か？　それがどうした」

あの人は酔っていた。

「俺も変態だ！　Who cares！（誰が気にするか！）」

そう言い、僕を抱き締めた。マキがタケを抱き締めたように。思えば僕はそれまで、一度も人に抱き締められたことがなかった。彼は僕の頭を撫でた。

「汚れてても生きろ。歪んでも生きろ。この世界の全ては〝御大切〟に帰結する」

その後僕は初恋をした。マキという名前だった。同じ名前だな、と思ったことから気になり始め、好きになっていた。

その時の僕の内面に浮かんだのは、暴力的なものではなく、ただ彼女を大切にしたいという感情だった。まるで女性という存在そのものを、崇めるかのように。


これがアインに伝えられなかった、アインが求めた僕側の歴史の話ということになる。でもまだ続きがあるのだった。

僕の父に関してのもの。父は自分の父から抱き締められたことがなかったという。愛情の薄い家系と思っただけだったが、実際はそうとも言い切れなかった。今からの物語で、僕と歴史の話は本当の意味で完結する。

〈長崎　一九四五年　八月九日〉

高台にいたトミの視界の空に、一機の飛行機が浮いている。

トミに霊感などない。勘の鋭い方でもない。でもトミはその一機の飛行機が、何かよくないことをしにきたのだと、瞬間的に思う。

噂で聞いていた。広島に「新型爆弾」が落とされたという噂。

トミは茫然と飛行機を見ている。やめてくれ。トミは思う。

あの方向は、浦上。


浦上四番崩れから戻った村人達は、教会建設の夢を抱いた。自分達の食料を一回分我慢し、レンガを買う。そのようにして、少しずつ教会を建設していた。

着工から三十年後の一九二五年、浦上天主堂が完成する。東洋一の大聖堂と謳われた。マキ達から始まっていた孤児院の活動は、既に各地に広がっていた。

アメリカ殿。トミは茫然としたまま思う。それは、いけない。

長崎がこのような土地であったことを、アメリカの指導者達は知っていたが、大半がキリスト教徒である、多くのアメリカ国民は知らない。

トミの目から涙が流れていく。

皆を逃がさなくては。六年後、原爆症で死ぬことになるトミは思う。自分も逃げなければ。でも身体が動かない。

なぜこんなことを？　もうこの国は、事実上敗北しているのに。

やめてくれ……、お願いだ。

その瞬間にトミが見た強烈な光の白色は、トミの予想を遥かに超えた光度と大きさを有し、この地上には本来、存在してはならない巨大な色だった。

気を失ったトミは、この瞬間により七三八八四人が亡くなり、七四九〇九人が負傷したことを、一九四五年十二月の時点で知ることになる。

一旦無事であっても、数日後、数年後に被爆による影響で人々は次々亡くなっていった。その時は無事でも、常に死の恐怖と共にいなければならない。原爆と他の兵器の異なる点は、威力に加えそこにもあった。生涯に何度も手術した被爆者も大勢いることを、その時のトミはまだ知らない。

トミはまだ、路上に遺体が溢れることを知らない。

焼かれて目鼻耳が塞がれ、小さく開いた口で水が飲みたいと言い続け亡くなった遺体も、黒く焦げてしまい、女性か男性か、後ろか前かもわからなくなった遺体も、二つの目が沸騰したり、飛び出してしまい、焼かれた皮膚を長い布のように垂れ下げ、彷徨《さまよ》い力尽きた遺体も、全身を焼かれ、水を求め川に顔を埋めた無数の遺体も、被爆の衝撃で胎児が外に飛び出したのか、臍《へそ》の緒で繋がった状態だった母子の黒焦げの遺体も知らない。あらゆる人間を、その人生を物語を、原爆は無造作に焼いた。

空を覆い続ける黒煙の向こうで、太陽の輪郭だけが、日食の輪のように赤くなったことも知らない。投下時刻は午前11時02分だが、辺りが夜となったことも知らない。

浦上の被害は大きく、一万二千人のキリスト教徒のうち、八千五百人が亡くなった。完成した浦上天主堂は全壊する。

瓦礫から、あるものが奇跡的に見つかっていた。浦上天主堂のマリア像だった。

マリア像は被爆して焼け、両目を失い、首だけになっていた。だがこの像は木製なのだった。ガラスの目は――多くの被爆者達と同じように――失っていたが、頭部が木製であるのに焼け残っていた。まるでマリアが原爆投下の瞬間、自ら憑依《ひょうい》し被爆したかのように。

この「被爆のマリア像」は、再建された浦上天主堂で現在も見ることができる。

恐らく人類は、この無残な姿となったマリア像からもう一度始めなければならなかった。だが長崎の原爆を語ることを、日本を統治下に置いたＧＨＱは特に禁止しようとした。当時のアメリカ政府からすれば、このようなキリスト教徒達の受難を世界に知られるわけにいかなかったし、被爆したマリア像など、米国民にも世界にも見せるわけにいかなかった。

その被爆したマリア像の頭部は生々しく、まるで人間のようでもあったのだった。

原爆投下予定地点は実際とずれており、浦上を狙ったわけではないが、当初の投下予定地のすぐ側には、今度は大浦天主堂がある。

広島の原爆ドームのように、全壊した浦上天主堂の建物――壁などが残っていた――を保存する動きは、何か奇妙な大きな力で妨害されている。だが何とか壁の一部は、平和公園に移され保存された。浦上天主堂は新しく再建されることになる。

当時のアメリカ政府が後に世界に巧妙に宣伝したのとは違い、日本の降伏は、原爆によるものとは言い難い。

ソ連が満州に侵攻してきたことの方が大きいのが、当時の日本政府の動きを見るとわかる。日本は実は、日本本土を焦土にしてでも、天皇を満州に移し戦う計画があったと言われる。当時の日本は、それほどの狂気を有していた。

広島の原爆を仮に無理やり脇に置いたとしても、広島への投下わずか三日後に、長崎にも原爆を落とした理由を探すのは難しい。広島はウラン型、長崎はプルトニウム型で、実験の意味合いが強かったとする歴史学者が大勢いる。長崎の原爆は、ファットマン（太った男）という深刻さの欠けた名前だった。

僕の父の父、つまり祖父は、当時長崎の軍需工場で働いていた。爆心地から離れていたため、恐らく被爆は免れている。被爆者が定期的に受ける検診でも、死ぬまで異常は見られなかった。だが原爆の爆風で工場の窓の一部が割れ、揺れて倒れた機械の下敷きになり、腰の神経を損傷した。生涯寝たきりだった。

佐賀県で父（僕の祖父）の帰りを待っていた僕の父は、長崎から寝たきりで運ばれてきた自分の父の姿に愕然とした。僕の父は当時五歳だった。父が生まれてすぐ父の父は徴兵され、負傷して除隊。帰国後すぐ長崎の工場で働くことになり、そこで原爆に遭った。僕の父はほとんど会えていない。会えた時は寝たきりの姿になっていた。

僕の父は、自分の父に抱かれたことがない。それはつまり、愛情の欠如ではなく、物理的に不可能だった意味なのかもしれない。

寝たきりの父を近所の人々が囲んだ時、その内の一人が「名誉の負傷」と言ったとされている。脇にいた僕の父は怒りを示さなかったが、その言葉を聞き茫然としていたという。

父の母は一人で息子を育てなければならず、ほとんど家にいなかった。生活は貧しく、家には常に寝たきりの父がいた。

その時の寂しさのようなものが、幼い頃の父にあり、大人になった後の内面にも残っていたのではないか。高校生の頃その話を遠い親類から聞き、僕はその可能性を考えた。僕が生まれた時、父は最初は喜んだが、徐々に当惑するようになったという。どう接すればいいか、わからない様子だったとも聞いたことがある。

これが。書き終わり、僕はＰＣの前で独り言のように呟いていた。これが僕側の、歴史の話の全部になる。

〈平和祈念像〉

僕は長崎市の平和公園を歩く。

一連の潜伏キリシタンの関連遺産は世界文化遺産になったが、被爆のマリア像はなっていない。この公園に保存されている、浦上天主堂の被爆した壁もなっていない。本当は、その全ての物語は繋がっているはずだった。

長崎の原爆への態度はそれぞれだが、その中の大きな一つに、非難より、ただ核兵器の根絶を望む、というものがある。

キリスト教の影響かもしれない。礼儀正しい被害者、という言葉が浮かぶ。被害者が礼儀正しくあらねばならない世界とは、何だろうかと考えたこともある。爆発の下は商店街だった。当然戦争とは無関係の、膨大な数の子供や赤ん坊が死んだ。広島でどれだけの被害があったのかをわかった上で、長崎の一般人にも原爆を落としたことになる。そこには連合軍側の捕虜もいた。

遠くに平和祈念像が見える。あの像はいつも、ここを歩く時、まず遠くにその雄大な姿が見えるのだった。僕は一瞬涙ぐんでいた。いつもそうだ。僕はこの像を見ると反射的に涙ぐむ。

　巨大な祈念像を見上げる。悲劇がそこから来たことを示すように空を指した右腕は、原爆の脅威を表しているとされている。水平に伸ばした左手は、大地や感情を一旦鎮め、平和を勧める仕草に見える。柔らかな顔は「神の愛」または「仏の慈悲」とされ、閉じた目は戦争犠牲者の冥福を祈っているとされている。折り曲げた右足は、思索するような瞑想の「静」であり、立った左足は、救済に動く「動」を表している。その巨大な姿は、空を背景に圧倒的な存在感に満ちる。この像が力強いことに、いつも感動した。このような祈念像において、力強さを表すものは非常に珍しいのではないだろうか。

　人類史にあってはならないことが発生してしまったため、その悲劇が限界点を越えたため、この神が地上に出現しなければならなかった。そんな印象を受ける。この世界に生じた裂け目の空間を埋めるため、その修復のため、この神自らがその存在をもって埋める必要があったというように。

　この像は神だが、人間の姿を表してもいるはずだった。誇りを持った我々という姿。とても強き存在である我々はただ平和を望むという強さ。そしてこの像は、そうは思えない人達に対しても、開かれているのだった。この像の姿勢が様々な意味を表しているのがその証左だった。

当時の日本政府の中に立派な人間も当然いたが、全体的に極めて愚かだった。アメリカの多くの人は原爆に反対しているけど、中には肯定する人達もいる。〝B〟がふれた公正世界仮説で言えば、僕も含め人々は、基本的に、そうであって欲しい物語を信じたいと思う。さらに人間の脳は二元論にいきやすい。どちらかが悪いというように。そして歴史は繰り返される。

第二次世界大戦は、力のある国は全て何らかの形で間違っていたとあの人は僕によく言った。僕も大学の時に細かく調べ、そう思うようになった。日本は酷過ぎたと思ってしまったのも、確かなのだけど。現在の核兵器には、劣化ウラン弾などもある。

歴史上、一点の曇りもない大国など当然存在しない。あの人は僕に、自国を愛するのはいいが、国とは抽象概念で、国の決定は結局政治家によるし、政治家は人間であるからむやみに信じない方がいいともよく言った。拍子抜けするほど普通の意見だが、確かに僕達は時々それを忘れることがある。

小学校での記憶がある。Sを沼に落とそうとしたことは、自然と広まったようだった。親でない人間と暮らしていることも。軽いいじめがあった。

僕は飼育委員だったが、冬の飼育場掃除は二日に一度のみだった。水道しかなくお湯がなかったから。飼育委員は四人いたが、僕だけがやるようになっていた。そしてホームルームで議題が挙がり、それは飼育委員は冬でも毎日、さらに朝と夕に掃除すべきというものだった。飼育委員個人の意見は尊重されなかった。動物は皆のものだから。

教室で多数決が採られる。多数決が好きな教師だった。皆が机の上に顔を伏せ、見えない形で挙手が行われた。その時密かに見た光景は今でもごく稀によぎる。

真っ直ぐに挙がる、無数の直線の手の群れ。中には挙げていないクラスメイトもいたが――女子が数人――その手の群れは何かの真実のように僕に迫った。手を挙げていない数人の意思も、手の群れの中に消えていく。似たことが多く起こった。これでもかというほどに。

集団が苦手だった。集団の過度の意思は個人を損なうように思えたからだった。子供なりのシンプルな考えだった。

編集者時代、僕が選んだ小説には、確かに僕個人の経験や歴史が影響している。

ではアインを押した男はどうか。平和祈念像を見上げながら考えようとする。

動悸の予感がし実際に鼓動が速くなったが、恨む感情より嫌悪に近い。確かに事故の要素が強く、だから僕が否定するべきものは、その行為の元となった彼が受けた影響だった。

僕の理性はそう思う。でもこの世界などもうどうでもいい感情が常にあり、それが時折不意に強い情念となり湧くのもまた事実だった。

だけどアインが望んだ本は完成させなければならない。僕の方の物語は書き終わったが、アイン側の物語がなければ本が完成しない。片側の物語になってしまう。でもアインの書いた何かが残っている可能性がある。探すべきだったのに、あの時の僕は存在が周囲から断絶したまま、何も考えられなかった。

アインの遺品は全てアインの実家に送られている。僕自身がアインの母親――父親は行方不明で兄弟姉妹もいない――に会う勇気がないのが本当の理由かもしれないが、〝B〟や警察を考えると、パスポートを使い海外に行くのは避けた方がいいのもまた事実だった。ジョマルに頼んでいた。快諾のメールを受けたが、間に合うだろうか。

アインはトランペットの物語も望んでいた。結果的に、僕達を繋いだもの。トランペットの破壊の物語は、愛の物語に負けるはずだとアインは言っていた。

少女漫画の好きなアインらしい発想だが、どういう構成だろう？　僕の物語とアインの物語を書き、二人が出会う。そこまではわかるが、トランペットの物語をどう挟むつもりだったのだろう。アインのノートや、データファイルなどが届けばわかるだろうか。

平和祈念像をもう一度見上げる。原爆の時、犬は吠えただろうかと僕は思う。存在しない神を、ただひたすら呼ぼうとした犬がいただろうか。それとも被爆のマリア像を奇蹟と捉えるなら、神は存在するのだろうか。大浦天主堂のすぐ側に寺院と神社があり、その三つを同時に見られる祈りの三角地帯と呼ばれる場所がある。それらは側に立ち共存している。

敗戦の年のクリスマス・イヴ、原爆で落下していた浦上天主堂の鐘が、市民達により鳴らされた。大勢の人間が泣いたと言われている。ドイツが降伏し欧州での戦争が終わった時、ケルン大聖堂の鐘が鳴り響いたように。


〈往生際〉


ホテルに戻ると、荷物が届いていた。フロントで受け取ったが、その荷物の大きさに、恐らくオーナーと思われる高齢の女性が僕に暗い視線を向けた。

こぢんまりとした、古いホテル。不審がられたろうか。そろそろホテルを変えた方がいいかもしれない。僕は偽名で宿泊している。

荷物を抱え、目の前の狭いエレベーターに乗る。乗った人間の体重を、明らかに負担に感じている上がり方だった。内側に貼られた壁の布が、片側だけめくれ垂れ下がっている。その裏地の無数のドットの余計な染みが互いに相談し、何かを形作ろうとしているようで、目を逸らした。

部屋に入り、鍵をかけまず上の段ボールを開ける。

画像より新しかった。ネットで購入した、アンティークのトランペット。

戦時下、陸軍はニッカン、海軍はタナベと呼ばれた楽器制作会社を御用達にしていたとされている。〝鈴木〟が所有したトランペットはメーカーの刻印がなく、恐らく試作品と思われた。本人の私物説もあり、どちらのメーカーかわからないが、形が似たものをニッカンから選んだ。

比べると、似てはいるがやはり全然違う。でもこの指をかける目立つトリガーを何とか切断すれば、それらしくなるかもしれない。僕は光沢を合わせるため、購入した方のトランペットを薬剤で磨く。今はメッキでも使える、研磨剤なしのツヤ出しフォームなども市販されている。

トランペットの写真は新聞に出たが、ケース全体も写していたため、それほどアップではない。僕が書いた記事の写真も同じだった。実物を見たか別の写真を持つ者でなければ、ひとまずなら騙せるかもしれない。

〝B〟はトランペットを渡しても僕を殺すと言っていた。なら本物を渡すつもりもない。当然バレるだろうが、往生際の悪さを見せようとなぜか思った。改めて潜伏キリシタン達の物語を思い返したからだろうか。本物はまた僕がどこかに埋める。

アインの小説が完成したら、僕はどうするだろう。どうすることもできない。もう逃げられないのは明らかだった。僕は死を前にしているから、アインの小説を書けているとしか思えなかった。

購入したトランペットを磨くのに飽き、本物の方を乾いた布で磨き始める。やはり全然違う。僕の指が、トランペットの身体のあらゆる箇所を這っていく。演奏者は、こんなところまで触らなかっただろう？　僕は呟いている。僕の精神がおかしいのか、死を前にしているからなのか、このトランペットは昔の僕のよくない部分をなぜか刺激する。

空腹を感じ、ホテルを出る。この小さなホテルはレストランがなく、大衆食堂に入る。このカツカレーを、僕は密かに愛していた。一体誰が、カレーにカツを載せるなんて思いついたのだろう？　人間とは貪欲に違いない。カレーにカツを載せるのだ。

食堂が混み、相席を頼まれる。人が密集するのは好きではない。むせる香水の匂いがする。

テレビに僕が映っていた。

『山峰健次容疑者は昨年十一月頃、先物取引による投資詐欺に関わった疑いで任意の事情聴取を受けた後、行方がわからなくなっています。警視庁は昨夜逮捕状を取り、公開捜査に踏み切りました。山峰容疑者は「戦争で稼ぐ人々」がベストセラーになるなど人権問題の論客として知られ、テレビのコメンテーターや執筆活動をしていましたが、二年前から目立った活動を――』

脈が抜ける感じがし、続けて強く鼓動が鳴る。投資詐欺？　先物取引？　何のことだ？

僕は株すらやったことがない。

咄嗟に下を向く。どういうことだ？

「……どうかしました？」

目の前の女性の声に、顔を上げる。この声。ケルン大聖堂で、僕に声をかけた女性。ホテルを調べ電話をかけてきた女性。

「……酷いですよね。私、ドイツのグロス通りのヨックカフェで、ずっと待ってたんですよ？　しかもあそこのコーヒー不味《まず》くって」

僕は考えをまとめることができない。

「ようやく気づきました？　今逃げてももう無理です。入口にいる彼ら、全部私のお仲間なんで。それにテレビであんな感じで報道されて、騒ぎも起こせないでしょう？　気づくの遅過ぎますよ。この香水を嗅いだ時」

女性が微笑む。

「すぐ逃げないと」

僕は茫然と女性を見る。女性が名刺を出す。宗教法人〝Q派の会〟。

「変な名前ですよね……。今はF・N・Uインターナショナルの傘下に入ってるので、正式にはその日本支部なんですけど、……名前も変わって、今は〝Rの光輪〟です。最近はコロコロ名前が変わってしまって、昔の天皇が頻繁に元号を変えたみたいに、〝リーダー〟、あ、私達の教祖なんですが、その〝リーダー〟の気紛れで変わるようになってしまって」

彼女の名は西倉沙織《にしくらさおり》と名刺にある。美しい女性だった。やや奇妙に感じるほど。

「……望みは」

「決まってるでしょう？　トランペットです」

「なんで宗教団体がトランペットを」

僕が言うと、彼女は軽く顔を左右に振った。

「それはこっちのセリフです。本来、あのトランペットは〝リーダー〟と関わりがあるものなんです。私達の物語に、勝手にあなたが入ってきた。そういうことです。……それにしても」

彼女が僕を見る。歪な美術品でも眺める様子で。

「あなたはもう、どうすることもできない。……私が今、大声であなたの名前を言うだけで終わりです。驚いた演技でもしましょうか？　そういうの得意ですし。まさかさっき報道された男がここにいるなんて、お客さん達はびっくりするでしょうね。そんな深刻な状況で、

「……あなたは今、カレーにカツまで載せて食べてる！」

彼女が笑う。心底おかしいという風に。

「注文したのはこうなる前だよ」

「あっははは！　もう何も言わないで！」

彼女が一通り笑うのを待ち、僕は口を開く。

「……トランペットを手に入れたら、あなた達は」

「え？　決まってるでしょう？　国家にお返しします」

彼女はまだ顔に笑みが残っている。

「でも、私達が見つけてお返しした、というのが重要なんです。そうすれば、私達はとても強くこの〝イベント〟に参加できますから。……第二次大戦中、兵士達を鼓舞し、数で優る米軍達を打ち倒した伝説の楽器。守るべきものを守る愛情、敵に立ち向かう高揚と〝熱狂〟。失われた日本人の魂が、歴史と国家と一体となって震え出すのではないでしょうか？……私達から返すことができれば、私達の演奏家を推薦することもできます。聞けばとても驚くミュージシャンが、私達の信者だったりしますから。……要は、選挙が近いのですよ。知ってるでしょう？　日本に限って言えば、ですけど、ひとまずこの選挙に合わせて動いていたのですから。ひとまずですけど。ほら、三代目のお坊ちゃんの我が首相は、何でも利用しようとしますからね」

　周囲の客が減っていく。

「でも私達は、無理矢理あなたからトランペットを奪うつもりはありません。私達は〝善〟を尊ぶグループですし、そんなことをしたら私達の波動が乱れてしまう。私達を構成する水の組成にも影響してしまいます。……ですから、あなたにも見返りを」

「……どんな」

「また聞きたいのですか？　お金と私の身体です」

　動揺する自分を笑おうとしたが、できなかった。

「何も私は、むやみにこんなことを言ってるんじゃないんです。全ては〝リーダー〟の義眼の霊視です。あなたが隠している、この世界で最も望んでいることは何か。綺麗事ではない、世間体も無視した形での、時には幼少期にまでも遡ったりもする、本当の欲望は何か。お金は後からあなたが騒いだ時、売買契約を示すアリバイに過ぎません。……しかも、それは特別な夜になるのではないですか？」

　彼女が笑みのまま僕をずっと見続ける。

「人生の最後に、自分を無残に解放する。……素敵じゃない？　平和とか人権とか馬鹿みたいに言っていたあなたが、全体主義的な復古主義、差別主義にまみれたイベントに使われるトランペットを、女の身体のために手放すんです。当然あんな風に死んだあなたの恋人のことも、その精神ごと否定することになる。……あなたはこの世界も自分の人生も、その最後に徹底的に侮蔑して一つの快楽に集約させることになります。あなたに相応しい。私もそう思います。女性を崇めてるように見えるあなたが、本当はどんな暗がりを抱いているか」

彼女が僕の手を握る。

「あなたは、私が昔振ってしまった恋人に少し似てます。あなたが本当はどれだけ人生というものを軽蔑しているのか、希望を失った男性というものが、一体最後どうなるのか……、私も興味がある」

彼女の体温が、握られた手から皮膚を越え伝わっていた。動揺する自分に気づき、さらに動揺していく。

当然のことながら、断るべきだった。でもそれは、この人生に何かしらの希望を抱いている人間のすることで、僕のすることではなかった。どうせ僕は――まだ不思議とそこまで切迫感はないが――死ぬのだろうし、あのような報道をされれば、どのみち未来は困難だった。アインもいない。このトランペットが日本中に吹き鳴らされ、幼稚で愚かな連中が感動すればいいんじゃないか？　そう思う自分がいた。それでまた何か戦争にでも突き進めば丁度いい。

でも僕は、自分が彼女の誘いに乗らないことを知っていた。善などではなく、奇妙な言い方だが習慣のせいで。これまで僕が生きてきた習慣がまだ僕の中に残っていて、このような形での最後を否定するのだった。

あるいは、僕は自分が可愛いだけなのかもしれない。正義の顔をしてアインの望みを少しでも叶えようとする健気な自分が、可愛くて仕方ないのかもしれない。

「それはいい夜だろうけど」僕は、自分が言いそうなことを言う。

「見返りは、他のものを」

「……え？　何？」

「あなた達は〝鈴木〟の書いた楽譜を持ってる。それと交換ならどうだろう」

迷う自分を置き去りにし、僕は言葉を出していた。〝B〟が楽譜についてそう言っていた。五十嵐だったろうか。彼女が考える表情をする。僕に断られたことなど、どうでもいいというように。

「無理に決まってるでしょ？」

「コピーでいい」

コピーでも、僕が手書きで真似れば本物に見えるかもしれない。〝B〟はどのみち僕を殺すと言い、ただその殺され方が変わるだけだが、可能性は持っていた方がいい。

「うーん。ちょっと待ってて」

彼女がスマートフォンを取り出し席を立つ。アインの小説にとっても、楽譜があれば役立つのではとも思った。どう構成するかわからないが、何もないよりあった方がいい。

彼女が戻って来る。

「いいって。コピーだけど。誰にも見せないって約束できる？」

僕は頷く。


〈二次元／三次元〉


受け渡しは三日後と決まった。

僕は偽のトランペットの準備をする必要があり、彼らは〝鈴木〟の楽譜のコピーが必要だった。ＦＡＸで可能だが、彼らの言う〝リーダー〟が政治家との面会で福岡におり、受け渡し日に長崎まで来るという。僕に興味がある、ということだった。

彼らが食堂を去った後、身体の力が嫌になるほど抜けた。マスクをし、会計を済ます。無表情の店員達は僕に興味を示さなかった。

逃亡しても難しい。防犯カメラに囲まれた国で、個人が逃げ切るのは不可能に近い。身を寄せる場所があれば別だが、今の僕にそんな存在はいない。

あの人が亡くなったのは、僕が東北地方の大学に、奨学金で通っていた三年目の五月だった。母ではなく、見知らぬ女性からの手紙で知った。世界に対し気を遣い続けるような、控えめで奇麗な字の手紙だった。まだ六十歳の手前だったはずなのに、心筋梗塞だった。

故人の遺志で葬儀はしないこと、そして僕に遺《のこ》すものとして、数冊の洋書が梱包されていた。あの人はずっと長崎だったが、その女性は東京にいて、僕は会いに行った。

六十歳の手前ほどの、美しい女性だった。薬指の指輪に目を留めていた僕に、「夫がいます」と彼女は言った。

あの人と親密な関係にあったのだろうと思ったが、詮索はしなかった。ただ彼女は僕を見て、寂しげに、でもなぜか満足そうに少しだけ微笑んだ。

「急に亡くなったのに、まるで準備でもしていたみたいで」彼女はそう続けた。

「負債が少しだけあったのだけど、彼は生命保険を自分にかけてて。……その額が、ほとんどその負債と、彼の持ち物の処分費用と、お墓の額だったんです。偶然でしょうけど。……自分に何かあったら、あの本をあなたにとも、なぜか一月前に突然連絡が来て」

彼女は小さい革の赤いバッグから、茶色い新しい封筒を差し出した。

「でも二千百円、余りました。……どうしましょうか」

そう言い、微笑んだ。僕も微笑んだが、涙が出た。あの人らしいと思ったのだった。この世を去る時、何も残さず霧のように消える。

場所は喫茶店だったが、僕は飲んでいたコーヒーをそのままに、メニューを見た。

「何かお酒を注文するのはどうでしょうか。このお金で」

でもコーヒーと紅茶に加えお酒も頼むと、どう組み合わせても、わずかに二千百円を超えてしまう。次第に僕も女性も笑い始めた。

「彼はいつも、おしいんです」

お酒は夕方の五時からだったが、マスターは注文を受けてくれた。献杯をした。

「彼の部屋に久し振りに行って」

久し振り、という言葉に、反応しないように気をつけた。

「ほら、あの部屋には、本が幾つもあるでしょう？……この本達は、自分がこの世界に存在するために必要なものなんだ、と彼が言っていたのを思い出したんです。……図書館や本屋に行けばあるんだろうけど、こうやってここにあることを実感できるのがいい、と言ってよく本をさわってた。……あの本達は、それぞれ物語でしょう？　あの人との記憶も物語で」

そう言い一瞬言葉を詰まらせ、軽く鼻をすすり、人差し指で目頭を軽く押さえた。

「本は凄いな、と思ったの。情報なのに、実体としてあるから。……あの人の実体はなくなったけど、でも記憶はあって、いつでも思い出せるデータみたいというか」

涙の感覚が過ぎたように、微笑んだ。

「私やあなたがいなくなると、彼との記憶を持っている存在は、いなくなるかもしれない。……だけど、どこかに残っているような、気がするんです。人には知られなくても」

「どこかにですか」

「はい。彼が好きだったリヒターという人の、モザイクアートのようなものを見た時に、そう思ったこともあって。……私達の記憶というか、物語というか、それはデータみたいな感じで、どこかに保存されているというか。……もちろん、リヒターの意図は違うと思うんですが」

リヒターに興味を持ったのは、その時だった。彼がケルン大聖堂のステンドグラスを手掛けるのは、もっと先のことになる。

「難しい物理学のことはわからないけど、……なんか、あるのでしょう？　立方体と平面でしたっけ、……この世界では、ある空間の領域に詰め込める情報の最大量は、不思議なことに、その空間の体積ではなくて、表面積と同じになる、とかいう……、つまり、三次元の情報なのに、実は二次元で収まる世界になっている……、難しくてよくわからないけど、リヒターの作品を思い出した時に、そのことも思い出しました。私達の物語も、データのようにというか」

彼女が視線を窓に向ける。あのとき雨が降っていた。

「彼との思い出は、いつでも思い出せる。……たとえその結末が寂しいものであったとしても、よかった部分は、何度でも。……この年齢になると、記憶をそんな風に使えるようになります。結末は脇に置いておいて、楽しかったことだけをリピートさせられる……、恐らく人生というものは、そうやって振り返って、味わうものなのかもしれない。皆は結末をすぐ意識してしまうけど、……でも」

そう言い、僕の顔を見た。微笑んでいた。

「やっぱり実体がないと、寂しい」

会計は二千三百十円だったが、僕達の会話を聞いていたのか、マスターは二千百円しか受け取らなかった。そのレシートを、彼女は大切に二つに折り、財布にそっとしまった。

「彼はキリスト教徒だったから火葬はしなくて、……お棺に、私の片方のイヤリングを入れました」

片側の耳を見せた。棒状の金のイヤリングだった。

「喪中の間は、こうしてようかなと」

彼女はバッグを椅子に残したままだったので、一緒に戻ると、奇麗な煙草ケースから煙草を一つ取り出した。我慢していたのですか、僕も吸うのにと言おうとした時、彼女は椅子に座った。

「このお店は雰囲気がいいです。……あと五分だけ、これを吸ってここで過ごします」

そう言い、やや高価そうな青のライターを口元に近づけた。オレンジの火が灯《とも》って揺れる。彼女の脳裏には、僕の知らないあの人の記憶がいま浮かび上がっている。僕は彼女を残し店を出て、駅前の喫煙所で煙草を吸った。

僕は主に翻訳書を出す小さな出版社に就職し、譲られた洋書の幾つかを出版した。最適な翻訳者を選んだつもりだったが、どの原作もほぼ無名で売れなかった。

猫を擬人化したファンタジーものは、設定のわりに物寂しかった。男がひたすら散歩をし続けるもの、ある犯罪者の内面の遍歴など、テーマは様々だった。〝B〟ではないけれど、どれも「公正世界仮説」から見事に外れていた。

それらの本達で、彼が僕に何を伝えたかったのか。答えは一つで、生きろということだった。

あの人の墓参りは何度もしていたが、今回はもう難しい。僕はとうとう、指名手配になっている。

ホテルの前で、マスクを外す。突然マスクをし始めたら、怪しく映る。既に報道されている。気づかれただろうか。いずれにしろ、もうここにもいられない。

ホテルの決まりで、外出時は必ずフロントに鍵を預けなければならなかった。カードではなく、部屋番号のキーホルダーつきの、重いリアルな鍵。フロントの高齢の女性がまた僕に暗い視線を向けた。彼女の背後のＦＡＸ台に、僕の写真がある。

警察から、ホテルなどに送られる連絡の手配書。無理だ、と咄嗟に浮かぶ。逃げられない。部屋にはトランペットと未完の原稿がある。

もう通報しただろうか。でも僕がやれることは限られている。

「チェックアウトを」

声が震えた。いま手続きを済ませ、急いで荷物をまとめここから出る。いや違う。鍵をもらわないと、そもそも部屋に戻れない。

「……もう少し、長いご予定だったのでは」

フロントの高齢の女性が、僕を見続けている。

「そのつもりだったのですが」喉が詰まる。平静な演技ができない。

「……用事が」

彼女が表情を変えないまま、フロントの奥に消える。彼女は今、あのＦＡＸ台を見ただろうか。いや、既に見てるに違いなかった。

いざとなれば、このまま逃げるしかない。でもトランペットは。

彼女が戻る。細い手に重い鍵を持っている。

「この歳になると、目が悪いんです」

彼女が無表情で言う。僕に鍵を渡した。

「だからお客さんの顔も、あまりよく見えない」

僕は彼女を茫然と見る。

「記憶力も悪い。それに、初期の認知症でしょうかね、……たとえば」

そう言い、ＦＡＸ台の手配書をつかむ。

「こういうのも、間違えて捨ててしまう」

片手で紙を丸め、側のゴミ入れに捨てた。

彼女が少し笑みを浮かべたことで、自分が驚いた表情で彼女を見続けていたことに気づく。

「あなたはテレビで見たことがある。可哀想に。私は元々警察がとても嫌いだし、最近の検察ももう本当におかしいので」

そう言い、世間話のように息を吐いた。

「国がおかしくなるタイミングなのよ、今は。……何だか知らないけど、必要なだけ、いればいいです。偽名でお泊まりになってるから、気づかなかったと言えばいいだけ。私は簡単。……そっちの方が、宿泊費も頂けるし。こんなな小さなホテルには死活問題」

「……あなたは」

「昔、……いえ、いずれにしても、掃除のスタッフと、他のお客さんには見られない方がいいですね。食事は出前があります」

僕が礼を言おうとすると、彼女は奥へ戻ってしまった。

エレベーターの中で、安堵も重なり目に涙が滲んでいた。親切、だけではないように感じる。あの女性からもっと話を聞きたかったが、恐らく何も言ってくれない気もする。

どこかで、彼女を見たことがあるかもしれない。長崎の平和祈念式典だったか、何かのデモの写真だったか。

もう昔に亡くなった、長崎の詩人に似てる気もする。その娘だろうか。わからない。

〈〝リーダー〟〉

僕を迎えに来た西倉沙織の横に、見たことのない青年がいた。トランペットの演奏家で、所沢と名乗った。ＣＤも出しているという。

「それ、いま見るわけにいかないですか」

僕の膨らんだリュックを見ながら、所沢が言う。西倉が遮った。

「〝リーダー〟が見てから。慌てないで」

黒いワゴンに乗せられ、高速道路に入った。西倉は前の座席に座り、隣には所沢が座った。

「山峰さんの文章、読んだことあります」所沢が言った。

「通訳についてのエッセイでしたっけ。あれとか面白かったです。でも本は、ほら、『戦争で稼ぐ人々』……、途中までしか読めなくて」

途中まで読まれたことに、著者は礼を言うべきかどうか。

「つまらないわけじゃないんですが、何か、途中で苛々してしまって。……知りたくないことって、あるじゃないですか？　言われたくないこともあって、何か反発してしまうんですよね。しんどくなって、もっと軽いものがいいなと」

どう反応するべきか、わからなかった。

「二〇一一年の震災で、親友を亡くしてしまって」所沢が不意に続けた。

「その時、ちゃんと悲しみたかったのに、できなくて。……ほら、原発が、危なかったでしょう？　日本に住む人間達が全員、テレビ画面を注視してました。世界の人々ももちろん注視していた。でも当然ですが、日本に住む人達にとって、深刻さはより壮絶だった。……原発内部の、あのフラスコみたいなのがパネルの絵になって、ずっとテレビに映ってたでしょう？　ニュース番組で、今の推定される状況が、毎日図解で説明されていた。注水して冷やさないと、爆発する。それをどうするか、どうやればいいのか……。あんなに国民が、一つの物事の推移に集中したことって、ないんじゃないですか？　僕は社会問題とか、あんまり考えたくない人間なんですが、……気にせざるを得ない。そうでしょう？　あれから、些細な問題でさえ、考えるのがもう億劫になったというか。何が起きても、大丈夫と思いたくなった感じがあります。考えたくないんですよ。そっちの方が楽なんです。そういう僕みたいな姿勢を、山峰さんは批判的に書いたことがあるでしょう？　読んでます。でも疲れるんですよ。しんどいんです」

「つまり」僕は言葉を選びながら、所沢に視線を向けた。

「あなたがこのトランペットを吹いたことで、社会がどうなっても、どうでもいいと」

「いいえ、……いや、そうかもしれません」

所沢は真剣な顔でうつむいた。軽薄な答えではない、と僕は思った。

「極端に言えば、そういうことですね。……もし僕が吹かなくても、誰かが吹く。だから同じ。そう思っています。……僕はQ……じゃなくて〝Rの光輪〟の信者です。信者って言っても、ただ個人的に〝リーダー〟を尊敬していて、お世話になっているだけで。だからというか、〝Rの光輪〟の右派的な要素とかに、実は興味はないんです。日本人を目覚めさせるとか、〝熱狂〟させるとかにも興味はない。〝リーダー〟への恩と、演奏家としての望みだけです。伝説のトランペット、それを吹ける機会なんてない。名前ももっと売れるし、演奏機会を辞退する選択肢はなかったので。それで世の中が仮に悪くなったとしても、……自分のせいとは思わないというか」

「所沢君、そんなに無防備に話すべきじゃないんじゃない？」

西倉が、前の座席で振り向かず声を出した。

「あなた本当に純粋というか、言葉ってもっと、バリヤー張って使うべきじゃないかな」

「……そう、……ですか？」

「あなたは」僕は西倉に声を向ける。

「興味あるのですか？　〝Rの光輪〟の、何というか、右派的な部分に」

「ないです」答えが速かった。

「ただ、私もある意味で所沢君と同じ。〝リーダー〟を慕ってるだけ。〝リーダー〟がいなかったら、私はもう死んでいましたし」

前を向いたまま、言い続けた。

「〝リーダー〟は、ただ優しいんです。もしかしたら、それだけなのかもしれない」

「優しい？」

「はい。……会えばわかります」

ワゴンがホテルの前に着く。外資系の高級ホテル。フロントを素通りし、クリーム色なのに、冷たい印象を受ける片側開きのエレベーターに乗った。西倉が白いカードキーを出し、センサーに当てる。僕は目を逸らしていた。何も変ではない。それは普通のカードキーで、ただ表面のプラスチックがやや滑らか過ぎるように思い、意味ありげに迫ってきたように見えただけだ。西倉が階ボタンを押す。

「そう言えば、あなたが泊まってる長崎の小さなホテル、Ｌｉｂｅｒｔａｔｅｍだけど名前で選んだの？　ラテン語で自由の意味」

「そうですか？　知らなかった」

降りると廊下の先に二人の男がいる。それぞれグレーと青のスーツで、背の高さも随分違い、不安定な感覚を覚えた。彼らは無言で僕に近づき、身体に黒い棒を当てた。

「あなた達は、金属探知機まで？」

僕の大きな声が、廊下の深く赤い絨毯に吸収され、響かず消えた。

「何驚いてるの？」西倉が言う。

「当たり前でしょう？　〝リーダー〟に会わせるんだから」

金属探知機は、僕のリュックとベルトにしか反応しない。リュックを開けられる。

「トランペットのケースも確認したいけど、でも〝リーダー〟が最初に見たがってたし」

西倉が考える素振りをする。

「〝リーダー〟を説得して、まず私達が見ることにしましょうか。大丈夫だと思うけど。まさか自爆なんてしないでしょう？」

西倉がチャイムを押すと、中からくぐもった声がする。〝リーダー〟の声だろうか。西倉が再び白いカードキーを出し、僕は目を逸らした。息を深く吸った。

押しつけがましいほどの光を散らす、巨大なシャンデリアのスイートルーム。六人掛けの木のテーブルの脇に、白い法衣をまとった小柄な老人がいる。

老人は何か声を上げ、僕に速足で近づいた。

「おお、君が」

そう言い、僕にしがみついた。

驚きで初めの言葉を見失い、声が出ない。僕は抱き締められている。蓮の匂いがし、さらに言葉が詰まる。偶然か？　彼はアインを知っているのか？　いや違うはずだと思い直す。

元々蓮は仏教で重要な花とされている。

「大変だったろう？……うん、うん、もう大丈夫だ」

老人が言う。八十歳は超えているように見えるが、張りのある高い声だった。

「会いたかった。もう安心すればいい。君はもう大丈夫だ。後は我々に任せればいい」

「大丈夫とは……？」

僕はようやく声を出していた。

「手配だよ。あんなものはやめさせる。そしてよからぬ連中に狙われておるだろう？　この楽器に関わると、妙な連中に狙われることになる。でもそれも何とかできる」

蓮の香り。何かが込み上げている。アインのことだろうか？　いや、自分は動揺している。冷静にならなければならない。でもなぜ冷静になる必要があるのかと、不意に浮かぶ。混乱していく。蓮の香りが体内に入り続ける。

「……〝リーダー〟」部屋には背の高い男がいる。スーツを着た、ボディーガード風の。

「勘弁してください。もし彼に刺されたらどうするんですか」

「え？　刺すの？」

〝リーダー〟が僕を見上げるように言う。

「……いえ、刺さないです」

「刺さないようだ。大丈夫だよ」

そう言い、僕をもう一度強く抱き締め、離れた。この男は。僕は呼吸を整えながら、冷静になろうとする。この男は、何だろう。

　カルトの教祖というものに、僕は初めて会った。背の高い男が続けて口を開いた。

「それに、ほら彼は……、私達の思想に、相容れないんじゃないですか？」

「え？　そうなの？」

「多分そうですよ。彼はたとえば、第二次大戦の日本の蛮行も、誤魔化さず、事実と受け入れて見るタイプです」

「偉いじゃないか」

「え？　まあ、偉いですけどね」背の高い男が困惑した様子で言う。

「つまり、……〝この戦争の上に立ち、生きてみせよ〟。恐らく、彼はそんな立派なことを言うタイプです」

「ほう。君も博識だね」

〝リーダー〟が笑みを浮かべる。

「それは、シェイクスピアかな？……確か『マクベス』」

「いえ、漫画の『ＯＮＥ ＰＩＥＣＥ』です」

　部屋が静かになる。〝リーダー〟が驚いた顔で背の高い男を見る。

「何それ、恥ずかしいじゃないか！」

顔に赤みが差している。

「私、山峰君と初対面なんだよ！　なあ、恥ずかしいじゃないか！」

「〝リーダー〟」僕の背後で西倉が声を出す。所沢もこの部屋にいる。

「血圧に障ります。落ち着いてください」

「あ、そうだ血圧ね！　それは大変だ。血圧と尿酸値」

僕は呆然と彼らを見ていた。何だろうこれは。だが不意に、〝リーダー〟の左の義眼と目が合った。〝リーダー〟は恐らく、僕を信頼している。だがその動かない灰色の義眼だけが、僕を冷静に見ているように思えた。

この義眼にも承認を。不意に浮かび、自分に微かな恐怖を感じる。あの義眼は何だろう。彼の顔から浮き出して見えるほど、奇妙な存在感に満ちている。生命の温度はないはずなのに。

「あなた達は」僕は無理に声を出す。自分のペースを戻そうとした。

「このトランペットを鳴らせば、どうなるか。……そういうことも、計算しているのですか？」

「計算？」

「つまり、あなた達の思想を、広めるために」

「思想?」

「右派とか、そういう……」

「右派、うん、よく言われるけど、……右派なの?」

〝リーダー〟が背の高い男に聞く。男が頷く。

「右派というか、保守主義です」

「うん、私はよくわからないんだけどね」

〝リーダー〟が笑みを浮かべて言う。改めて見ると、整った顔をしている。

「私は」笑みのまま続けた。

「皆が喜ぶ顔が見たいんだよ」

心臓が強く脈打つ。〝リーダー〟は笑っているが、動かない義眼が僕をずっと見ている。

「人々を幸福にするのは難しい。……うん、とても難しいんだよ。たとえば私がこの会を始めた頃、一人の女性信者がいてね、私は彼女に人生の意味や、より楽になる生き方を伝えようとした。でも結局彼女が望んだのは、男性としての私と一緒になって、他の信者達より特別に扱われることだったんだよ。……難しい。人々を幸福にするのは。バブルが弾けて不景気になったよね。日本の経済は衰退していった。人々を幸福にするのは年々難しくなる。でもある時、頼まれて某政治家をセミナーに呼んだんだよ。彼が言った。私達はいつまで韓国に謝らなければならないのかと」

義眼が僕を見続けている。

「その頃ちょうど、韓国の大統領が日本に何か文句を言っていた。……日本は韓国を占領したよね？　戦争中のことを、韓国はやたら日本に言ってくる。そのことを、政治家は語尾を強め批判したんだよ。あの国にはもう心底うんざりだと。その時、聴いていた信者達の間に、ふっと熱が湧いたのを私は今でも覚えてる」

〝リーダー〟はずっと身振りを交え笑顔だったが、義眼は動かない。

「活力のようなもの。意欲のようなもの。そんなエネルギーが、ふわっと、少しだけど、彼らの中に湧いた瞬間を私は感じ取った。……その政治家にはまた来てもらった。在日韓国人達は、なぜ本名を名乗らず通名で我々を騙しているのか。北朝鮮、韓国、中国のスパイが、少しずつ巧妙に日本に入り込んでいるらしい。マスコミは彼らに気を遣うあまり、本当の歴史を語っていない……。そんなテンプレートを繰り返しただけだけど、彼は話が上手かった。聴いていた信者達は、どこか嬉しそうだったんだよ。それを見た私も嬉しくなった。皆は外国を少し憎みながら、怒りを少し覚えながら、どこか少し幸福そうだった」

「でも」僕は義眼を避け、〝リーダー〟の右目に話していた。

「それだと、外国人は幸福になれない。そうでしょう？……在日コリアンの人達の通名にも、ちゃんと意味がある。彼らもそうせざるを得ない理由が」

「もちろん、相談を受けたよ！」

無邪気ともいえる声の高さだった。

「私はアドバイスしたよ。君は貴重だと。今すぐ帰化して日本人になりなさいと。そして皆の前で言うのだと。私は韓国は幼稚だと思うと。そんな祖国は捨て日本人になると。私は日本人になれて幸せだと。……彼女は皆の前でそう言った。その時の、信者達の感動と言ったら！　皆で彼女を囲み、抱き合って泣いたよ！　君にも見せたかった。あの感動的な場面を」

「でも、それで」

「ん？」

「仮にどこかと戦争にでもなったらどうします」

「何を言ってるの？　戦争をしてる時が、人間は一番幸福そうじゃないか」

蓮の匂いが強くなる。

「それに戦争なんて起こらないよ。どこかで偶発的な小競り合いはあるかもしれないけど、本格的なのは起こらない。起こったとしても、自衛隊がアメリカさんの戦争に付き合って、どこか戦地に行く程度だよ。その時も、人々は興奮するだろう？　自分の住んでいるところが戦場になればたまらない。でも場所さえ離れていれば、ほどよい恐怖や心配と共に、内面が活性化されていく。その時の彼らを冷静に見てみるといいよ。君は彼らの顔に倦怠から遠く離れた幸福を見る」

「死者は」

「死者は私が天国へ送ってあげられる。もちろん敵もね」

匂いのせいか、軽い眩暈がした。

「ほら、聖書にあるだろう？　悪霊達に取り憑かれた男が、キリストに出会う」

〝リーダー〟が近づいている。

「悪霊達は自分達を男から追い出すなら、あの豚達の中に入ることを許してくれと請う。キリストが許可すると、悪霊達は男から出て、豚の集団の中に入る。すると男は快復し、大量の豚達は崖から落ちて溺れ死ぬんだ。ほら、君の好きなドストウイスキー」

「〝リーダー〟」背の高い男が口を挟む。

「ドストエフスキーです。ドストウイスキーなんて飲めばきっと悪酔いしますし、飲み終わるまで時間もかかりそうです」

「そうか、ドストエフスキーだったね！　彼が『悪霊』という小説でその聖書のシーンに言及してる。『悪霊』の登場人物、ステパン氏が言うじゃないか。その溺れ死ぬ豚達こそが、我々のような無神論や革命にかぶれた者達で、我々みたいな者が溺れ死んだ後に、悪霊から解放された我がロシアは快復するというように。でもね、それでは悪霊達も豚達も可哀想だ。そうだろう？」

　部屋中に、〝リーダー〟を中央になぜか種類のわからない花が出現してくる錯覚を覚えた。歪に光る花。蜜が垂れ流れ匂いを発するいくつもの花。眩暈が続いていた。

「私からすれば、その悪霊達も豚達も可哀想でならない。差別主義者、排外主義者、弱者批判主義者、君達は何でも名前をつけるけど、彼らだって幸福になりたいだけなんだよ。だからね、私はその悪霊の入った豚達を抱き締めるよ！　抱き締めて喜ばせエサを与え続ける！　幸福に太らせ続け、絶対に溺れ死になんてさせない！」

「そんな、では差別を受ける側は」

「だから言ったよね？　彼らは日本人を褒めればいいんだ。ひたすらありがたがり、恐縮し、感謝し続ければいい。そうすれば大抵受け入れられる。女性もそうだよ。男性と戦うより、幸福の定義をまた見直せばいいんだ。いいかい？　ポイントは幸福の定義だ」

「でもそれだと、恐縮される側も馬鹿みたいじゃないですか」

「馬鹿みたい？　馬鹿みたいじゃない人間なんているのかね？」

〝リーダー〟がさらに近づいてくる。

「君は、私達の仲間になるんだよね？」

「……え？」

「仲間になれば、君はもう大丈夫だよ。手配もうやむやになる。気味の悪い連中からも解放される。それに私が意味もなく、西倉さんの身体を君に提供しようなんてするはずがない。それには意味がある。彼女は内面に深い傷を負っている。君には想像もできないほどの深い傷を抱えている。でも私は感じるんだよ。君なら彼女を救うことができる」

花の匂いが強くなる。何か焚いているのか？　花々が狂喜するように、ぼんやり乱れながら歪に咲き始めているような気がする。色がわからない。色がついてるとわかるのに、その色が何かわからない。

「そして彼女も君を救うことができる。君は見た目ほどそんなにクリーンな人間じゃない。内面に様々に屈折したものを抱えている。でも世界に気を遣い過ぎてそれを解放していない。……解放するといい、君の全てを。彼女ならその全てを受け止めることができる」

何か焚いているのだろうか。これ以上息を吸ったらまずいだろうか。

「君の外国人の恋人、グエン・ティ・アインのことは残念だった。でもあれは事故だったし、そもそもデモに興味を示さなければ良かったじゃないか。彼女のことは安心すればいい。私が天国に連れていく。この世界は、あの世の存在を肯定しないと生きていけないことくらいもう君もわかってるだろう？　君は新しい人生を手に入れることができる」

〝リーダー〟の義眼と、元々の彼の目が同じ方向を向く。

「新しい人生だ」

二つの目が僕を見た。視界が霞んでいく。

「私達の仲間になって、時々文章を書いてくれればいい。みんなを喜ばせるんだ。日本人であることとの優越を与え、熱を与え、ちょっと脅かした後に安心を与えればいい。世界同時多発的なテンプレートを君も量産すればいい。このホテルに部屋を取ろう。できるだけ狭い部屋がいい。そこで君は西倉さんと籠もりなさい。一週間でも一ヵ月でも。狭い部屋で、ほとんどベッドから出ない生活をするといい。君は変われる。そんな長い時間が少しずつ君を変えてくれる。人々が喜びそうな文章だけを書き幸福に暮らせ」

くるくる。突然アインの言葉が脳裏をよぎった。

何だったろう？　初めてアインと二人で食事を、寿司屋に行った時だ。回転寿司じゃなかったことに、彼女はやや不満そうだった。くるくる。その言葉が気に入ったのか、彼女はいつまでもそう言っていた。

サプライズ、という日本語独特の英語使いも彼女は知っていた。誕生日などには、恋愛にはサプライズが必要なのだと。不意に涙が出た。僕は本当に、アインが好きだった。

「……できないです」

〝リーダー〟の動きが止まる。

「ええ？」

「……何ででしょうね」

「だって」〝リーダー〟が言う。

「君のこれからは最悪だよ？　もう何もいいこともない」

「かもしれない、……そうですね。でも、自分でもよくわからないんですが」

涙が出ていた。わからないまま。

「僕は、自分の人生を、これからも不器用に生きると決めているんです」

視界が遠くなり、また戻る。〝リーダー〟の背後の背の高い男も、西倉も所沢もぼんやりしている。やはり何か焚いている。はっきり思う。

「……そうか。残念だよ」

〝リーダー〟が僕から離れ、エアコンのスイッチを押す。頭が痛かった。僕が咳き込むと、つられたように背後で咳がした。恐らく所沢。

「うーん。私も歳かな。どうも説得力が弱くなった」

エアコンの音が、震えたようにカタカタと鳴る。

「じゃあ。……トランペットを見せて」

〝リーダー〟の声に反応し、背の高い男が動く。男は軽くこめかみを押さえながら、机にあったアタッシェケースを開けた。僕はリュックから木箱を出し、テーブルに載せる。

「〝リーダー〟、離れてください。……我々が、開けます」

西倉も表情がやや虚ろだった。

「ええ？　大丈夫だよ」

「お願いします」

西倉がケースを開ける。喉や胸の辺りが強張り、口を小さく開け息をし、それに耐えた。

「……おお」

やや離れていた〝リーダー〟が近づき、声を上げた。

「すごいね。……圧倒的だ」

上手くいった。僕は思う。だが背の高い男が、トランペットを見下ろしている。アタッシェケースから、複数の写真を取り出した。

「ええ。……同じではあるけど、……何だろう。ちょっといいですか」

そう言い、トランペットを木箱のベルトから外し、手に取った。所沢も近づいてくる。背の高い男が再び口を開く。

「ミチっていう日本語の妙な刻みもちゃんとある。でも……、ちょっと古くないか」

「知りませんよ」僕は興味のない声をつくる。

「僕が一年以上持ってましたし。……状態が悪いなら、謝るしかないですが」

「僕は現物を見たことがあります」

所沢の声に、喉が圧迫される。僕は彼らに気づかれないように、また口を小さく開け深く息を吸おうとする。

「でも、あの時の議員会館の会議室は暗かったし、ここは照明が、……一年振りだしはっきりしないけど、……何か変だな。こんなに重かったかな」

僕は立ったまま、ただ自分の心臓の鼓動を聞くことしかできなかった。

「吹けばすぐわかりますよ。いいですか？」

背の高い男がスマートフォンを見ている。目を離し、笑みを浮かべた。

「その必要はないらしい」

そう言い、僕を見た。

「これは偽物だ」

エアコンのせいか、部屋の温度が下がっていくようだった。背の高い男が、スマートフォンをゆっくりテーブルの上に置く。その音が、やけに大きく聞こえた。

「こんなことも、あるかと思ってね、……実は部下を二人、君のホテルの部屋に行かせてたんだよ」

僕は立ったまま、視線を動かすことができなかった。重いテーブルの脚が絨毯を無残に押し続けている様子を、その絨毯の不運な箇所をただ見ていた。

「君の部屋には何もなかった。……一見ね。でも清潔と言えない古いユニットバスの換気口が、どうも不自然だったらしい。金属探知機を近づけると激しく反応した。部下が顔を近づけると何か妙な影がある。蓋状のものを外してみると、ビニールに厳重に包まれたトランペットが出てきたそうだ。どうやって入れたのかわからないけど。……潜伏キリシタンの末裔。水気が多く適さない場所に、そして不潔なところにわざと楽器を隠した。でも」

背の高い男が僕に近づくのが、気配でわかった。

「現代には金属探知機などがあるんだよ。その他センサーとかも。なるほどね、だから君は廊下で金属探知機を気にしたわけだ」

僕は顔を上げる。〝リーダー〟が目を見開いている。

「つまり、私は騙されたのか？」

「そのようです」

「酷いじゃないか。そんな……」

〝リーダー〟が僕に近づこうとし、やがて止まる。頭を振る。心底軽蔑する様子で。

「君には呆れたよ。勧誘した私が馬鹿みたいじゃないか。……もう君の顔は見たくないよ。でも私達は喜捨をしなければいけない」

そう言い、楽譜のコピーと、ファイルのようなものを投げた。

「君のような存在だからこそ、私達は善行をしなければいけない。そういう相手に善行をすれば、私達の徳も上がるからだ」

「……このファイルは」

言いながら、僕は声が掠れた。

「〝鈴木〟が書いたものだよ。もちろんコピーだけど、特別にあげるつもりだった。君が気に入る内容だと思ったから。でももういい。君の役割は終わった。勝手に持って行け。出て行け」

足の力が抜けていく。

「それは渡さない方がいいです」

背の高い男が驚いた様子で言う。

「いくら徳のためといっても、時と場合が。だってそれは」

「いいんだよ。結果的にトランペットは手に入ったんだから」

「でも」

〝リーダー〟はもう誰も見ていない。西倉沙織が床に散らばった楽譜とファイルを拾い、僕の胸に近づける。軽蔑するように。

「では、……行きましょう」

西倉が僕の背中を押す。部屋を出る。僕は身体に力が入らない。

「……〝リーダー〟は、〝鈴木〟のことを知ってるんです。……とてもよく」

「……そうですか」

「遠い昔の話。彼らは年齢は離れてるけど知り合いなの。……初めに言ったでしょう？　あなたが私達の物語の中に、勝手に入ってきた。そういうことなの」

廊下で待機していた不揃いのスーツの二人が、気だるく別々に道を空ける。音もなくエレベーターが開き、中に入る。彼らと僕を隔てる厚い扉が、目の前で閉まった。

足の力がさらに抜け、その場に座り込みそうになるのを何とか耐えた。鼓動がずっと速い。上手くいった。部屋のトランペットも偽物だ。

「私はあなたを見くびってたと思う」

西倉が突然言う。小さな声で。

「……上手くやったんでしょう？」

思わず彼女を見ようとし、寸前で止めた。無表情をつくり続ける。

「あのトランペットを、本物と私達が思えばそれでいい。でも見破られたら、私達と一緒に自分の部屋に行くつもりだった。そこでそんな場所に隠してあったトランペットを出されたら、……私達もさすがに信用する。そういうことでしょう？　人は隠されているものを本物と思う」

「……そんなわけないでしょう」

「嘘。あなたはそれほど悔しがってない。あなたがどんなにあのトランペットに固執してたか、私は知ってるから」

「……もしそうなら」僕は西倉を見る。彼女は無表情だった。

「なぜ見逃すんですか」

「……わからない」

エレベーターが開く。事情を知らないフロントの女性が、僕達に硬い笑みを向けた。

「何でだろう。……私にもわからない」

彼女の歩く速度は変わらない。

「これまで、色んなことがあったの」

彼女が緩く回るすぐ近くの回転ドアに、視線を向ける。仕切られたガラス板が入れ代わり、なぜか出口が複数あるように錯覚した。

「何て言うか、……男性に求められる頻度がある一線を越えると、生きるのがとても難しくなることがある。人を信じられなくもなる。……だから、ちょっと新鮮だったのかもしれない。……〝リーダー〟に、私にはそういう因が憑いていると言われたことがある。モテるとかモテないとかの表層の何かじゃなくて、もっと深刻というか。……人生を損なうくらいの現象にまで、そういった人達に人生の邪魔をされる。当然愚かな人間達までたくさん近づいてくる。……しんどいの。中には言葉だけ巧みな人もいるから。……そしてあなたには、家に恵まれない因が憑いてるって言ってた。家には恵まれないけど、〝仮の家〟には恵まれる因だって。どういう意味かな」

　僕は黙った。

「でも、あなたに善行を与えた彼らが、その時じゃない、もっと最悪な結末へあなたを乗せていくための、その行為者達かもしれない。……〝リーダー〟はそうも言ってた。もちろん、彼らにそんなつもりはないんだけど、あなたを結果的により最悪な場所に運んでるのかもしれないって。そう考えると、今の私もそうかもしれない」

　僕はその言葉を、考えないことにした。

「あなたは、……これからもあの連中と？」

「当然でしょう？」答えが早かった。

「〝リーダー〟はもう長くないの。……血圧や尿酸値とかじゃない。もっと深刻な数値。気づいたかもしれないけど、認知機能や判断能力にも深刻な問題が出てきてる。……あれが昔の〝リーダー〟だったら、あなたは自分のままでいることに、もっと困難を感じたはず。恐らく騙すこともできなかった。こんな風に楽譜や手記も手に入らない。私達の喜捨は、それと関係するものと引き換えの場合に行う、というルールがあるのも確かだけど。今の〝リーダー〟はもう」

回転ドアが僕達を入れ、押し出す。ワゴンはなく、不揃いのタクシーが一定に並んでいる。

「〝リーダー〟は私を救ってくれた。だから最後まで面倒を見ないと。〝リーダー〟が亡くなれば、組織は崩壊か分裂する。そういった混乱を軟着陸させるために、できるだけのこともしないといけない。それが今の、私の人生にある責任なの。不自然なものに、関わった者の責任。〝リーダー〟をどれだけの人が慕ってるか、どれだけ不幸や不運で苦しんでいる人がこの国にいるか、きっとあなたにも想像できないほどなの。あなた達みたいな言葉では、救えない人がどれだけいるか。……でもその後は、……わからない。それまでは、私も水の組成とか、波動とか言いながら、本当は効果もないピカピカしたものとかを拝んだりして生きていくんだと思う。……あなたも」

そう言い、ぎこちない笑みを向けた。

「これからも不器用に生きるといいよ」

「ちょっと待って」

足音と同時に、所沢の声がした。彼の背後で回転ドアが回っている。身構えそうになるが、様子が違う。

「間に合った。……あの、その楽譜、見せてくれないですか？」

「……今？」

「はい。そしてできれば、コピーさせてくれないですか。……僕、それ見たことないんですよ。〝リーダー〟も、僕の分のコピーくらいしてくれてもいいのに」

僕は楽譜を読めない。確かに、どのような旋律なのか、彼から聞いてみたいとも思った。人を狂わせる、その音の配置。

でもここを離れたい。ホテルのフロントに頼まず、コンビニのコピー機でいいかと聞くと、彼は頷いた。所沢が、西倉と共にタクシーに乗る。西倉は前に座り、隣に所沢が座った。

「では……」

所沢が言うので、車内で一度渡す。Ａ４の紙四枚に収まる、短い曲だった。

僕にはわからない音符の連続。癖のある字に、奇妙な感覚を覚えていた。音符が徐々に、見られたことで喜びながら歪んでいくような。

この旋律を繰り返したことになる。戦地で、死を前にした大勢の兵士達の前で。

所沢が、僕の隣で緊張したように楽譜を読み始める。僕は手元のファイルが気になった。開こうとした時、所沢が呟いた。

「何だこれ……。そんな」

彼がもう一度初めから、楽譜を読み始める。所沢の肩が震えていた。

僕は驚く。西倉も振り返る。

「どうしたの？　大丈夫？」

「これは」

所沢が僕を見る。彼は泣いている。

「これはラブソングです」

第三部

〈一九四一年〜トランペッター〝鈴木〟の手記〉

ファイルに綴じられていた〝鈴木〟の手記のような手紙のコピーは、スペルや文法をほとんど間違えている、記号のようなフランス語で全体が記されていた。

まれにフィリピンの言語の一つ、タガログ語も複雑に混ぜられていた。時折日本語が出てくる箇所もあるが、漢字やひらがなではなく、そういった箇所は全てカタカナで書かれていた。そのカタカナは一部表記を直しそのまま残したが、当然僕は訳すのに苦労することになった。

このように書かざるを得なかった〝鈴木〟の言葉を、つまり〝鈴木〟の内面を、混沌から復元するような翻訳作業。しかし意味が通らない箇所は、そのまま残すことにもなった。

彼の本来の言語である日本語に復元しながら、彼の姿が浮かび上がる瞬間もあれば、つかみきれない瞬間もあった。破壊された彼の意識／記憶のデータを、ある程度の形まで復元しているような気分にも襲われた。別の人間が復元すれば、また異なる雰囲気になるとも感じた。でも概要、骨格は表出できたのではと思うしかなかった。

一重線で消された箇所がまれにあり、それもインクの染みの隙間から解読するようにして、そのまま消された形で記すことになった。原文に一切改行はないが、所々改行もした。会話文と地の文の区別もなかったが、ヤマカッコで区別した。

――〝鈴木〟の手記（手紙）――

自分のことを、他人と思えればどんなにいいか。

……あのような出来事と共にいる私から、私は剝がれていきたい。剝がれて、私は、ベツノモノになりたい。……このままでは、私は、グシャリグシャリとしたものになる。音が聞こえる。美しいモオツァルトの音色も、ベイトオベンの音色も、邪魔をされて最後までいかない。鳴ろうとすると、意識が、グシャリグシャリと、潰れていくようだ……。

私は今、正常かどうか。このような廃墟で、私はもうすぐ、自分の人生を終える。死ぬのではない。カッテニオワル。私が私でなくなるまで、どれくらいだろう。

このようになっても、想うのはあなたのことだ。あのような出来事のせいか、あなたの顔は、もうぼんやりしてしまっているのだけど、あなたという存在が、ウカブ。私は、どこで、誤ったのだろう（そんな岐路があればだが）。カンタを、覚えているだろうか。あの左の眼球が濁っていた男児。私の、トオイ、トオイ、シンセキ。

……私は、十九歳の時、あの左の眼球が濁った子供に、言われたことがあるんだ。人の死の時期を当てる、フキツな子供だった。トランペットを、やめた方がいいと。

〈どうして？〉

〈ソノホウガ、シニカタガイイ〉

やめれば長く生きられるとは、あのフキツな子は言わなかった。でもそう言われたとしても、……私はやめなかっただろう。アノコハトキドキ、ハズスコトガアル。それに、私は取り憑かれていたから。名誉というものに。

君と出会ったのは、まだ真珠湾の前、アメリカと開戦する前だったから、一九四〇年のことだ。

ダンスホウルでの演奏を終え、私は川辺にいた。私は十九歳で、あなたは十五歳だった。修練していたんだ、川辺で。当時、私は、ジブンのことを、よくわかっているつもりだった。人だかりができた、私が吹くと。私は、感じ取ることがデキタ。人が望んでいることを。……演奏していると、人の頭の中身が、見えることがある。私の音で、彼らの脳が、どんな風になっているか、見えることがアッタ。……だから、ミュウトをして、ただ、小さく、音の確認をしていた。人を意識せず。ダンスホウルの演奏で生まれたフレイズを、自分にキチント親しみのあるものにしたかったから。ソコにあなたが現れた。

〈ワスレチャイヤヨ、吹ける？〉

あなたは、ソウ言った。少し前に流行して、娼婦の媚態を思わせると、軍部を怒らせた曲。あの歌手のワタナベハマコは気に入っていたけど、その曲は、はっきり覚えてなかった。

でも私は吹いた。

あの曲の、印象的な部分。ネエ、ワスレチャイヤヨ、の、ネエ、と、媚態を込めてワタナベハマコが歌うところを、私はおどけて強調した。あなたは照れた素振りで、でも笑った。あなたは、喜んでくれた。そのことは覚えてるのに、ナゼダロウ、あなたの顔が、ぼんやりしている。

〈シナノヨル、吹ける？〉

〈蓄音機じゃないんだぜ〉

でも私は吹いた。あなたは喜んでくれた。

ああやって、私は、あなたのためだけに、吹けばよかったのだろうか。そうかもしれない。でも、それは、矛盾している。私は、その名誉と野心のため、ダンスホウルで演奏していたのだし、そうであるからこそ、あなたに会ったのだから。……そこでやめればよかったのか。いや違う。なぜなら、カンタが、あのフキツな子が……。

〈二つとも、ワタナベハマコだね。好きなの〉

〈うん〉

シナノヨル、は、初め、ヒットしないと、言われていたようだ。敵地を歌ったものなんて、流行《はや》るはずがないと。でも、あの時の日本人の中に、一方的に攻められるシナに、密かに同情している者達がいた。だから予想外のヒットになった。そうだ、あの時はまだ、アノクニニモ、スコシハユトリガアッタ。

〈兄ちゃん、上手いな。アイコクコウシンキョク、吹いてくれ〉

川辺に、いつの間にか、数人が集まってきていた。二人の時間を邪魔されたくない。そう思った自分に、顔が赤くなった。

私は、軍歌は好きでなかった。クラシックやジャズに比べ、メロディは単調に思えた。軍歌が明る過ぎるのも、落ち着かなかった。……戦死の報は続くのに、軍歌はなぜか、空虚に明るい。アイコクコウシンキョクは内閣情報部が企画して、ロエイノウタやソラノユウシなどは、新聞が歌詞を大々的に公募し、盛り上げたもの。公募作を、シマザキトウソンやら、キタハラハクシュウなどが選考したりした。レコード会社も乗った。新聞はウレニウレ、レコードもウレニウレタ。そんな曲の中で好きだったのは、後に国民歌になったウミユカバ。万葉集から採った歌詞は意図が見え過ぎていたが、曲は唯一、美しいと思えるものだった。……でも私は吹いた。皆にヨロコンデモライタイ。そう思ったのだった。

思えばそれは、私が愛情に飢えていたからかもしれない。母から得られなかった愛情を、聴衆からの拍手で得ようとするイシキ。聴衆から喝采を得ることで、父に、お前の人生は失敗だったと、知らしめるイシキ。~~音がする……。ミミヲスマスガ、オトハナイ。~~

聴衆から拍手が起こった。また人が増えてくる。十九歳だった私は得意になって、……もしかしたら、その時あなたは、私を不安に見たろうか。
だけど、通りかかった酔っ払いが、ミヨ、トウジョウノハゲアタマ、と声を上げた。

少し前に、密かに流行った替え歌。アイコクコウシンキョクの、ミヨ、トウカイノ、ソラアケテ、という出だしを、当時の日本の陸軍大臣で、後の首相のトウジョウヒデキの名を使い、そう密かに揶揄するのが流行った。……聴衆は酔っ払いをちらりと見、中には思わず笑ってしまった者もいたが、すぐ手を口にあて、離れていった。笑いというものが、封じ込まれたようだった。

でも、あなたは笑っていたのだ。素直に。受けた感情をアリノママニ。

その笑いには、何かを、吹き飛ばす爽やかさがあった。……その時の笑顔を、私は思い出せないけれど、……あの時だったのかもしれない。アナタノウツクシサが、私の中に、決定的なものとして、入ってきた瞬間は。

同年と思っていた私は、あなたの十五歳という歳に驚いた。

虫がいる。長い足を持つ虫。……私の様子を窺っている。

私と、成り代わろうと、あの虫は私を狙っている。……どのようにやるのだろう？　お手並み拝見じゃないか？

私は、あなたと明日も、ここで会うと約束した。でも川辺ではまた人が来てしまうから、私達はもっと、遠い場所に行った。世間から離れ、モットトオクニ。たとえば人のいない寂れた寺院。たとえば林を抜けた丘。私はあなたに、トランペットは独学と言ったけど、ウソダッタ。十九歳だった私は、少し世間から逸れた人間に憧れた。格好つけたかったのだ。ジツハ、父の知り合いのフランス人に、長くレッスンをしてもらっていた。

私の父は、子供の頃、ミツコシ少年音楽隊に入っていた。あなたは知っているだろうか？　もう今はないけど、ミツコシ呉服店がつくった楽団で、当時は色んなデパアトメントストアが、文化事業に取り組んだ。楽しく買い物ができるよう、音楽は重要とされたんだ。管絃楽を聞くと三越の商品が泉のごとく無限にわき出るように感じる、なんてミツコシのお偉いさんが書いていた文章を、読んだことがあるよ。

でも父は挫折した。何があったか知らないけど、すぐやめてしまった。部屋にあったトランペットを、私は自我の目覚めより前に、さわっていたらしい。出て行った母の、代わりだったのかもしれない。トランペットには、スイツクトコロガアルカラネ。

そんな様子を見た近所の人が、玩具のラッパを買ってくれた。ワタシハそれをフイタ。

やがて父は、私がトランペットを吹くのを、嫌がるようになった。……私が吹いてると、驚愕したような、憎しみの目で見るようになった。……出て行った母に、息子の私がソックリだったからかもしれない。……オカシナハナシダ。息子の能力を、羨む父親がいるなんて。……父の知り合いのフランス人が、トランペットを吹いている私を、同じように驚愕した目で見た。でも彼の場合、憎しみはなかった。

〈私が、君にレッスンしよう〉

元指揮者だったフランス人は、父に私をトウキョウ音楽学校に入学させるよう説いたが、父は頑固に反対した。私も父の世話になりたくないと言う。フランス人の彼は、私達親子を困惑しながら見た。

彼は、家族もなく、陰気な感じのフシギな男だった。

〈私達欧州は〉彼が一度、言ったことがある。アレハ一九三三年のことだったのではないか。日本の新聞を、日本語も達者な彼は読んでいた。ヒトラー政権が、ドイツで誕生した記事だったと思う。

〈一九一四年の戦争で、私達欧州は一度瓦礫と化した。……それなのに、私達はまだ足りないようだ〉彼は新聞のヒトラーの写真をずっと見ていた。

〈彼の誕生は、ドイツ国民だけが原因じゃない。私達全部にその責任が〉

彼は私に、クライ目を向けた。ソウ、カレノメハ、イツモクラカッタ。

〈君のトランペットの力は、異常だよ。まるで君の力ですらないほどにまで。……君はなぜ、私に対し、官能的に吹くのだね？　マルデ私を、タキツケルヨウニ〉

彼が遊郭に通い、日本の女性に異常に執着していることを、私は知っていた。それが彼の本質で、表の彼の人生を損なった原因。私はそう思っていた。そして彼の理性は苦痛を感じているのに、彼の内面が、私のそのタキツケル音色に狂喜していることを、私は感じ取っていた。彼はタキツケラレタイノダ。私のトランペットのレッスンが終わると、彼はカナラズ、ユウカクヘイッタ。

〈君は、……本当なら欧州に留学すべきだが、欧州はもう一度戦争になる。……でもアメリカには、私はツテはない。マダキミハコドモダガ、君はやがて、世界に巻き込まれていくだ

ろう。本当の才能とは、そういうものだから。……良くも悪くも〉

彼は寂しそうに言った。トテモ、サビシソウニ。あれは私が、何歳の時だったろう。

〈君は大きくなればきっと、歴史と無関係ではいられない〉

彼は後に、日本が日独伊三国同盟を締結した時、東京を離れた。消息はわからない。彼はフランス人でユダヤ人だった。

〈覚えておくといい〉

最後の別れの時、彼の背をもう追い越していた私を、彼はやや見上げた。

〈こんな時代だが、私達は、音になることができる。演奏している時、聴いている時、どちらでも……、私達は自分達の厳しい人生を、一時忘れることができる。音そのものに、なることができる。音を追っていると、無我になることがあるだろう？……つまり私達は、自らの存在を、一時だけ、美しい音符に変えることができるんだ。ワタシタチガ、ドレダケ、ミニクテモ。……これは苦しい世界の中の、神の贈物だ。私はそう思う〉

でも彼は、こうも言った。

〈君は、本当は、まだその力を人に知られるべきでなかった〉

その翌年、私は陸軍戸山学校の軍楽生徒になる。ソウダ、私が、アソコに入るきっかけになったのは、また別の人間だ。

しかし、どの顔も、ぼんやりしているのは、ナゼダロウ。

あなたと会った年と同じ、一九四〇年ダッタ。7・7禁令と連動し、八月からの三ヵ月の猶予期間が過ぎてしまい、十月の終わりに、とうとうダンスホウルが閉鎖された。贅沢品の、製造も販売も禁止された。バンドマン達は、故郷に帰る者も多かった。途方に暮れていた私に、一人のスウツの男が近づいた。

常連客の一人だった。どこかの会社の重役と思っていたが、軍の幹部だった。

〈恐らく我々は、間もなくアメリカと戦争をすることになる〉彼はイッタ。

〈君が召集されるのは惜しい〉

どうやって調べたのか、彼は私の下宿先に来たのだった。

私が父から離れ、人のよい老夫婦の家の二階に借りていた部屋。私の汚いタタミの床に、彼は高級なスウツのまま直に座った。

ダンスホウルで演奏していた時の私は、ホウルのハナガタだった。皆が、私の演奏に、魅了されていた。特にシング・シング・シングの時は、客は熱狂し、昂《たかぶ》って総立ちになった。ルイ・プリマがつくった、当時最先端の、アメリカの音楽。重苦しい時代を吹き飛ばす、有無を言わせない、圧倒的な勢い。Heebie Jeebiesの時は、みな陽気に踊った。

ルイ・アアムストロング。うちの歌手が、出鱈目な日本語の歌詞をつけ歌ったりして、それも受けた。私の、即興の独奏の時間も設けられていた。ピアノやベイスが、ついてこられないことがあったから。泣く者もいた。泣きながら笑う者も。

でもそんなダンスホウルも閉鎖された。私は行き場がなかった。

〈君が召集されるのは惜しい〉

彼は確か、ニドソウイッタ。でも私は、アメリカとの戦争という言葉に、動揺した。

〈中国だけでなく、アメリカと？　そんなはずは〉

〈いや、遠くない未来、そうなる。軍部が中国利権を、満州を諦めない限り。……君は政治に詳しいか〉

私は首を横に振った。私は政治や、世界の情勢に疎《うと》かった。

戦争は、本音を言えば、終わればいいと思っていた。イキグルシイシ、町に溢れる軍歌の不気味な明るさも、落ち着かなかった。でも、日本のいい戦況を伝える新聞やラジオのニュウスには、素直に喜んだ。テンノウヘイカのことも、皆と同じく畏怖していた。

私が当時抱えていたのは、国の行方でなく、モットコジンテキナコト。罪悪感だった。

召集されていく同世代が大勢いるのに、自分はこのままでいいのかということ。戦死の報を聞く度、ダンスホウルで喝采を浴びるジブンが、悪徳的な存在のように思えたのだった。

目。低い日本の家屋の群れから、覗くような人々の目。なぜお前は戦地に行かないのかという目。二本の足でこの国の上に立っているのに、お前の場所はここじゃない、戦地だと思われている空気。足がうわずるのだった。

〈日本とアメリカは、中国利権で対立している。……いずれ石油が止まるだろう〉

〈石油？〉

〈日本の石油はほとんどアメリカからきている。凄いだろう？　なのにアメリカと対立してるんだ。そして何よりいけないのは〉

男の抑えてはいるがはっきりした声を聞きながら、私は壁の薄さが気になった。

〈アメリカも日本と戦争したがってることだ。それくらい邪魔なのだよ。今の我が国は〉

〈そんなことになったら、この国は〉

〈壊滅するだろう。全ては満州だよ。あんな国を中国の地に建国し、上手くいくわけがない。でもどうでもいいのだ、この国のことは〉

自分の耳が、正常か疑った。カレハ、グンノコウカンナノダ。しかも、戦争に積極的な陸軍の。

〈この国など、滅びればいい。……でも私は、この国の若き才能達が、愚かな戦争で死ぬのが耐えられない。この国の、優秀な音楽の芸術家達が〉

〈オンガク？〉

〈音楽より素晴らしいものがこの世にあるかね〉

男の目はクラカッタ。アノ、フランスジントオナジヨウニ。後から知ったが男は独身で、ほぼ休日の全てを、音楽を聴くことに費やしていた。男の過去に何があったのかまでは、わからない。

〈目を閉じ、陰惨なものを排除し、美しい旋律だけを聴くことより素晴らしいことがこの世にあるかね？……耳の不自由な人間は彫刻や絵画、目も耳も不自由な人間は点字の書物、他にも色々あるだろう。でも私の場合は音楽なのだよ。たとえば今、新聞やラジオが企画し続けている軍歌の数々。あの幼稚さに君は耐えられるか？　たとえば君達の十八番、シング・シング・シングと比べてみればいい。国のレベルがわかるというものだ〉

シソウチョウサ？　そう思った。わざと言っているのか？　でも筋が通らない。私のような人間の思想を、調査する意味などどこにもない。

〈でも、ウミユカバは、よくできていると思います〉

私は、念のため言った。でも男は、暗い目の辺りのヒフを歪ませた。

〈ああ、確かにあの曲調は悪くない。でも歌詞はどうだね。死に酔う歌詞は？　言葉が音符を殺してしまっている〉

価値観によるのでは、とも思った。戦死にウツクシサを感じる者であれば、あの曲は厳粛さで、そういった存在を鼓舞してくれる。

でも私は黙った。私にその価値観はなかったから。

〈君のシング・シング・シングは素晴らしい。もっと他のメンバーにも頑張ってもらいたいがね。まあ、あのドラマーだけはせっかく筋が随分いいが、でも惜しいことに基礎ができていない。……だが君の演奏は、アメリカの本家を超えていると感じる時がある。驚嘆すべき才能だ。それに君の演奏はスウィングに留まらない。君はジャズで通常使われる音階以上を付け加えているだろう？　逸脱していくのに美しい。……君はこんな戦争で召集されるべきじゃない。戸山の陸軍学校に入学するんだ。そこで軍楽の生徒になれ〉

軍楽隊？　その選択肢は、考えたことがなかった。

〈それなら二年、生徒でいられる。それまでに日本はアメリカに敗北し、新しい時代がやってくる。……もし学生期間が短くなったとしても、キミノウデマエナラ、学校で教える側になれる。戦地に行かなくて済む。倍率は五十倍を超えるが、君なら合格するし、私が口添えすれば間違いない。……陛下の近くで演奏することもあるから家系調査もされるが、恐らく君は問題ないだろう〉

願ってもないことだ。でも自分が戦争を避けているようで、やはり落ち着かなかった。

私の様子を察したか、男が急に優しい笑みを見せた。マルデワタシノ、チチオヤデアルカノヨウニ。

〈気の毒にな。今この国にある、戦地に行けという空気。町や村の人間達の、私達の息子は行ったのに、なぜあそこの息子は行かないのだという空気。……でもそれは全く逆だ。楽器は兵器、と言われていると知っているか。戦地で軍楽隊は、非常に重要な存在だ。そこら中の駐屯地に、ほぼ休みなく呼ばれている。疲れ切った兵士達の精神の、大変な癒やしになるのだよ。戦地での軍楽隊の生演奏に、涙しない兵士はほとんどいない。……占領した現地の住民達に対しても、演奏会を何度も開く。そして感動させる。日本に対する好印象を与えておかないと、彼らは容易に裏切り敵と通じるからだ。戦地だけではない。国内での任務も重要だし、そもそも軍楽生徒も練習だけではない。戦意高揚のため、記念日における市中での演奏行進、陛下が乗馬され、兵を見にこられる観兵式での演奏、その他各場所で訪問演奏もある。……卒業すれば階級は上等兵。立派な軍人だよ。もし君が国家のために尽くしたいなら、むしろ自分の稀有な能力で貢献すべきだろう〉

最後の言葉は決定的だった。私を安心させるための言葉。男も私も、信じていない言葉。自分を誤魔化すためのコトバ。

〈恐らくアメリカとの開戦は来年だろう。ルウズベルトは、先に我が国に攻撃させようとするだろうがね。……東南アジアなどで、船で挑発してくるのではないか。戦争を始める時は、相手に先にやらせ大義をつくる。これがテッソク。……それを無視することができたとしたら、恐らく日本はグアムを奇襲するだろう〉

ワタシハ、トテモオドロイタ。

〈そんなことが〉

〈愚かだよ。だがアメリカに勝利するための方法で、最もその可能性に近い作戦を考えると奇襲しかないのだよ。本当は真珠湾をやり、かつ成功するのが理想だがね。……悲劇的なのは、それでも勝利できないことだ。最も勝利に近づく作戦を取りながら、でも敗北する戦争を我々は始めようとしている。始めれば後に引けなくなる。……地獄だ。しかしサイパンかイオウトウなどあういう島を取られた時、日本は降伏することになる。あれらを取られれば、アメリカは、我が国に航空機による往復爆撃が可能になる。日本列島は火の海になる。まさかそんな事態になってまで、降伏しないほど我が国は愚かではない。その瞬間に降伏するはずだ。だから、君が軍楽生徒でいるうち戦争は終わる。終わらなくても君は教える側になれる〉

私は壁の薄さが気になって仕方なかった。

〈日本がアメリカに勝利する可能性は、一つだけあるかもしれない。……他力本願だが。もし同盟国のドイツがソ連と開戦し、勝利すれば状況は変わる。欧州は全てヒトラーのものになり、日本もいい条件でアメリカと休戦協定を結べるかもしれない。ヒトラーとスターリンが戦う地獄絵図だが、どうだろうね。……あのナポレオンでも侵略できなかったソ連の凍土、あの雪の極寒にドイツ兵が耐えられるかどうか。ソコガスベテノ鍵ダロウ〉

私は、予言者めいた彼にたじろいだ。カンタを連想したからだ。人の死を当てる、あの左目が濁ったフキツナコドモ。私の様子を見てか、彼は一息ついて笑った。

〈私の発言がヒヤクし過ぎているか？　何も私は、ミライヲミトオセルワケデハナイ。このような状況なら、こうなるだろう、そしてこうなれば、こうなるしかないだろうと、理詰めで思考しているだけだ。君は物理学に詳しいか〉

私は詳しくない。

〈ふむ。たとえば〉

カレハ、ギンノ、シガレットケイスヲモッタ。

シカシ、虫が騒がしい。そんなに私に取り憑きたいか？　トリツキタイノカ？　デモコノムシハフウン。~~私と成り代わったら、コウカイスルダロウ~~。

〈私がこのシガレットケイスを、この部屋の窓ガラスに投げたらどうなる？〉

何を言ってるか、わからなかった。

〈私の力の入れ具合次第で、ヒビが入るか、ワレル。つまり私がシガレットケイスを投げた瞬間には、モウ、ブツカルマエニ、マドガラスノ、ウンメイハ、キマッテイル〉

彼の目が、また暗くなる。

〈私は究極的に、人間もブッタイと同じと思っている。だから、ワレワレノ、ジンルイノ、ウンメイモ、キマッテイルノデハナイカ。……誰々はこう動く、だからこうなりこうなるというように、レキシモ、キマッテイルノデハナイカ。私はそれを予測しようとしているだけだ。でもね、今の外国の物理学者達は、別のことを唱えている。物体の細部の細部、小さな粒子の領域ではランダムだそうだ〉

私は彼が言っている意味が、あの時もやはりわからなかった。

〈でも私はこう思う。細部はランダムだが、結局は、全体がしかるべき方向に動くように決まっていると。……なぜなら、ランダムは小さ過ぎ、全体に影響を与えられない。……私のこの君への誘いも、ランダムの一つかもしれない。日本の運命はもう変えられないかもしれないが、君の運命は、この大きな歴史の中にあっても、変えられるのではないかと〉

私はこのことを、もっと深く考えるべきだった。でも、何ができただろう。

しかし、カンタのことを考えると、私の思考は行き詰まる。カンタの感性が正しければ、歴史だけでなく、私という個人の運命さえ、ランダムではない。

カンタハデモ、ハズスコトガアル。時々当たるという程度。

私はこのことを、どう考えればいいだろう。

〈どうだ、戸山の学校に入るかね〉

〈お願いします〉

私は反射的に言っていた。ソウダ、ワタシハ、カンガエサセテクレトモ、イワナカッタ。

男は満足していた。シガレットケイスを出した流れか、煙草をノンダ。

〈我が国のスイソウガクの始まりは、カイコクの時期、エド時代の喇叭隊に遡る。少しずつレクチャアしようか。サコクからカイコクに揺れる時期に、他の様々なものと同様、西洋音楽も本格的に入ってきた。そして有名な話だが、十九世紀の中頃だったか、薩摩藩で軍楽隊が編制されて、これが我が国初めての西洋式スイソウガクダンになる。……いずれも全て、外国人音楽家によって指導されてきたもの。でも先人達は元来器用でのみ込みが早い。日本の音楽は目覚ましい進歩を遂げてね、今から三十年ほど前には陸軍軍楽隊、海軍軍楽隊、共にロンドンで演奏し大喝采を浴びている。しかし一つ、君に秘密事項を教えよう〉

男がいたずらっぽく笑った。まるで血の通った人間とでもいうように。

〈問題の満州だがね、思想が幼稚だと音楽も幼稚になる。ラジオでドイツと交換放送をしているんだが、少し前、満州の軍楽隊による満州国国歌の録音が、ドイツに送られてきた。それがあまりに貧弱でかつドウドウとしてるものだから、ドイツの局長は思わず、わ、こりゃ気狂い沙汰だ、と口走ったらしい。そしてあまりの出来の悪さに怒りまで示したようだよ。……結果はドイツでの放送中止。満州国内では交換放送が大々的に宣伝されていたが、この恥は厳重にフセラレタ。代わりにドイツからの放送も故障を理由に中止にしたらしいがね。……せっかく先人達が築き上げてきた日本の音楽の世界からの称賛を、あの幼稚な連中がぶち壊したことになる。まるで、今の我が国の状態でも象徴してるようでね。……長話過ぎたか。私のもう一つの目的を〉

彼は私の目の前に、紫のフロシキヅツミを出した。

それまでなぜ彼の持つそれをイシキしなかったか、私はフシギだった。この空間に、そのフロシキヅツミが突如出現したかのように。

男がフロシキを解く。その指が不釣り合いに美しかったことに、奇怪さを覚えた。

メンゼンニ、茶色の革のケースがアラワレタ。男の美しい指が、中のものを引き出す。トランペットだった。

美しい銀の、真新しいトランペット。私はムネガ、ドキリドキリトシタ。

〈ニッカンを辞めた男が作ったもの。……名器だ〉

輸入のトランペットより、美しく見えた。

〈この曲線はもしかしたら、顕微鏡で見ても、ほとんど歪みも凹凸もないのではと思うよ。細部が完璧に仕上げられる時、全体に神が宿る。まあ私は無神論者だが、……これを君に預けよう〉

トリハダガタッタ。

〈いいのですか？〉

〈これを作った男は、……クルッタ〉

男がナンデモナイフウニイッタ。

〈楽器制作会社は今、増産に次ぐ増産だ。バンドノトモ、なんかの雑誌も功を奏しているんだろう。でもこの制作者は、そんな中で狂った。一つ一つに、こだわり過ぎた。……楽器は音だろう？　でもこの制作者は、形にまで魅入られた。完璧な曲線、と呟くようになった。もう完成している、早く納品をしろと言う周囲に対し、彼はこのトランペットをイツマデモ放さず、あれやこれやと手を加え続けた。……でも、その彼の言う完璧な曲線とやらを有したこのトランペットは、紛れもない名器だ。形の美と音の美は、曲線と音はやはり比例するのかもしれない。私はね、彼が作っている途中で、このトランペットがトランペットの平均を大きく超えてしまい、魔力じみたものを有し、逆に制作者を放さなくなったのではないかとすら思うんだよ。……モットワタシヲ、ホンライアルベキスガタニ、カンペキニシロト。

……これは君に相応しい〉
促され、ユビデフレタ。トリハダガタッタ。フタタビ。
〈その楽器に慣れてくれ。一週間後、私の別荘に来てくれないか。演奏して欲しい〉

男が去った後、私はすぐ吹きたい衝動にかられたが、時刻は深夜だった。

吹いたのは翌日の朝だ。あなたとよく行った林で。

吹いた瞬間、カラダガフルエタ。私の中には、いつも、ツッカエタモノガアッタ。自分が望む音に、届かない感覚。それがどのような音かわからなかったが、スクナクトモ、コレデハナイ、という感覚。ジブンの力量が原因と内省していたが、吹いた瞬間、これだと思った。ソラニ、ツキヌケテイクヨウダッタ。ワタシノタマシイガ、ドコマデモ、トオクニ。自分が思っている通りの、いや、それ以上の、オトガデタ。私は両目に涙を浮かべ、興奮し、あなたの家に走った。驚くあなたの手を握り、林へ戻った。あの時、私は興奮していたけど、頭の片隅で、興奮してる今なら、そしてこの後、トランペットにあなたは驚くことになるから、私があなたの手を握ったフシゼンさも許される、と思っていた。私は、手を握られて驚くあなたにキヅカナイフリヲシテ、興奮しながら、興奮する自分を演じた。林に着き、音を出すとあなたは驚いた。

私はそれまでも、アナタニ、ジブンノエンソウヲ、聴いてもらっていた。流行歌が多かったが、時々、即興でも、吹いた。そんな時、あなたは気づいていただろうか？　私はトランペットで、あなたに愛を告げていたのだ。奥手の私は、言葉でなく、トランペットの音色で、自分がどれだけあなたを愛しているかを、伝えていたのだ。

あの時、私はあなたを包みたいと思った。包んで、守りたいと。今の戦争から。あの男が語った、未来のさらなる戦争から。父がおらず、酒場で媚態を振り撒き働く母との二人暮らしのあなたを見る、世間の全ての好奇の目から。息苦しくなる社会から。あなたのほつれた服の糸から。あなたが抱える貧困から。

あなたは、涙を流した。私はあなたの涙に得意になったけど、あなたの言葉は思いがけないものだった。

〈アナタハ、トオクヘイクネ〉

私の演奏が、出す音が、現実に思えなかったという。あなたはこの国を出て、遠くへ行くと。そして、あなたの周りは、あなたに相応しい、華やかな人だらけになると。そこに自分の居場所はないと。

愚かにも私は、その涙が、恋愛によると判断できなかった。年上の親戚が離れ寂しく泣く、姪のようなものかもしれないと。だから私は抱き締めもせず、心配ないとしか言わなかった。

私は続けて吹いた。アイヲコメテ。でもあなたも、その音色を、愛と思わなかっただろう。ただの優しい曲だと。

男の別荘に行った。男の家族や招待客がいると思っていたが、広い部屋に椅子が一つだけあり、男が上等なスーツを着てそこに座った。演奏者の私に、もしくはトランペットに敬意を示す雰囲気で。

二つの壁を天井まで埋めた棚に、膨大なレコオドがあった。数だけでもう、男が正常でないと思うほどの。

私が演奏している間、彼はずっと目を閉じていた。暗く、息苦しくなっていく時代に目を閉じるように。彼の言う、愚かさと幼稚さに包まれていく時代から逃れるように。

〈スバラシイ。今から百年以上前、……パガニイニのヴァイオリン演奏を、生で聞いた欧州の人々の衝撃は……、こういうものだったとでも言いたくなる。……彼の演奏を悪魔の仕業と見て、十字をきった客の気持ちもわかるな〉

私はパガニイニを知らなかった。

〈戸山の陸軍学校を卒業したら、そのトランペットを君にあげよう〉

ワタシハオドロイタ。

〈私のような愛好家でなく、楽器は生きた演奏家が持つべきだ。君に相応しい。だが学校には持って行けない。上級生に奪われる。……才能も何もない、ただ威勢のいい愚か者に奪われる。そうなれば私も耐えられない。軍とはそういう場所だ〉

男は立ち上がり、窓の外を見た。

〈制作者が、天才だったわけではないようなんだ。……どうやらね。前にも少し言ったが、もしかしたら、人類の惨劇が始まるこの時代に、そのザワツキの中で、このトランペットは何かの加減で突然出現したのかもしれない。……制作者が作っている途中で、そのトランペットが、ソウイウモノになったというかね。そしてジブンを仕上げさせたというか〉

私が制作者の現況を聞くと、ノウビョウインと答えた。

〈いま彼は、入院しているベッドを磨き続けているらしい。抜け殻というかね。ベッドが鉄製だったのがいけなかったのかもしれないね。……でも私は、彼が少し羨ましい。少しだが。これからの時代を見なくて済む〉

私は何も言えなかった。

〈私は不思議なんだ。なぜ人々は、容易に国を信じるのだろう？　満州での軍の暴走に、なぜあんなに喜べるのだろう？　これからシナとさらに泥沼の戦争へ突入していく時、大流行のトウキョウオンドを背後に明るく踊る民衆を見ながらね。……なぜあのように愚かになれるのかとずっと不思議だった〉

私は彼の言葉に、なぜか素直に頷けなかった。本当に、愚かなのだろうか。ああいうゲンショウを、愚かという言葉で片付けていいのだろうか。

〈……見てみるといい〉

男に促され、私は窓に寄った。声は聞こえないが、やや遠くに駅が見えた。列車の前に人だかりができ、軍服の青年を見送っている。

ワタシハムネガイタンダ。恐らく彼は、私と歳が近い。

人々が万歳をしている。軍人になるのは名誉だから。しかしうつむいている女性がいる。モシカシタラ。

〈あれはあの青年の母親かもしれない。恐らく泣くのを堪えている。彼女は愚かではない。だが周囲の愚かさに彼女は沈黙するしかない〉

私はまた、何も言えなかった。

〈君の才能は私が守る。……このような愚かさの中で、君のような才能を消すわけにいかない〉

ホントウニ、オロカサナノダロウカ。私などが、守られるべき存在なのだろうか。あの時の私のイワカンは、戦地に行くまで残り続けた。

私の、陸軍戸山学校への入学。

噂を聞きつけたのか、バンドのメンバーやダンスホウルの元支配人、従業員達までが、祝いをキカクシタ。

元支配人が会を開いてくれ、さらに遊郭へ連れていってやる、というのだ。陸軍学校に入ってしまえば、もう自由はきかないと。私は迷った。何も、優等生的に迷ったのではない。あなたに知られるのを、恐れたから。

あなたは大人っぽかったが、まだ十六歳になったばかりだった。あなたの母親の派手な男性関係を考えても、あなたはソウイウコトを毛嫌いしていると私は思っていた。だから当然、あなたに望むことはなかった。

でも性欲は、当然私にもある。私は童貞ではなかった。ダンスホウルのハナガタだった私を、誘惑する女性が時々いた。

誰もが、年上の、裕福な女性だった。私が童貞を失った時、女性が私をツツミナガラムネヲ出し〈あなたは吹いてばかりだから、たまにはね〉とササヤイタ。

終わった時、彼女は私を抱き締めながら〈あなたは、無条件の愛を知らないのかもしれない〉とも言った。

〈ご両親に、愛されなかったと言ったわね。……無条件で、人に受け入れられた経験がない。

だから、皆を喜ばせようとするのかしら。愛されたいから。……ある意味では、与えられたことがないのに、人に与えようようとしている〉

こうも言った。

〈そんな私も、あなたの演奏に惹かれたのだけど。あと外見ね。奇麗な女性みたいな顔。もしかしたら、あなたを愛さなかった、お母様に似たかもしれない顔〉

……でもあなたに出会い、そしてダンスホウルが閉鎖されてからは、随分そういうことをしてなかった。ソレハホントウダ。

私は迷いながら行くと返答した。でもその会の前日の夜、アナタガ、ワタシノ、ゲシュクサキニキタ。

女性を部屋に入れるのは、禁止されていた。私は驚きながら外に出て、やけに丸い月が出ている下で、不機嫌に、無言で私を先導するあなたの後ろを歩いた。いつもの林に着いた。

〈夜だから、蓄音機の代わりはできないぜ〉

私はそう引きつりながら言ったが、あなたはムシシタ。

〈遊郭へ、行くの？〉

たじろいだ。誰が言ったのかと、ウラメシカッタ。

〈行かないよ〉私は嘘をつく。

ウソダ、ホントウダト、シバラクツヅイタ。

〈あなたがそういうことをしたいなら〉

あなたは立ったまま、林の中でモンペの帯を解いた。〈ワタシニスレバイイ〉

オドロイタ、ワタシハ。そして、あなたが震えているのに気づき、胸が熱くなった。

コンナニモ、イトオシイ、ソンザイガ、アルナンテ。私はあなたの、はだけた美しい胸元を元に戻し、抱き締めた。

〈そんなことはしなくていい。学校を卒業したら、ケッコンシヨウ〉

あなたは驚いていたが、そう言った自分に、私も驚いていた。でも、思わず言った言葉が、遅れて私の中に、とてもしっくりくるものとして、広がった。

〈今はこんな時代だよ。ダンスホウルも閉鎖させられた。でも戦争が終われば、ジャズも吹ける。もっと自由な音楽ができる。もっと稼げる。その時、結婚しよう〉

今度はイシキシテ、ソウイッタ。あなたは、頷いてくれた。私を抱き締め返した。

あなたは震えていたのだが、せっかく覚悟したのにというか、何だか、名残惜しそうだった。もちろん、私も名残惜しい。だからなのか、私達はセップンした。今の、この時間の証拠だった。今のこの時間を、何かに刻むように。

覚えているだろうか？　今、あなたが何をしているのか、わからないけど、私達にも、ああいう時間があったのだ。でも、アナタノカオガ、ウスレテイク。あの時の、唇の感触までが、ウスレテイクノダ。

〈罰があたるかな。デモ、セップンダケダシ、私達は結婚するのだから〉

あなたがソウイッタ時、私は不思議な言葉だと思った。

〈ワタシ、キリストキョウトナノ〉

そう言って、私に十字架のついたロザリオを見せた。

〈ワタシ、キリストキョウトダケド、イイ?〉

だったろうか。とにかくあなたは、ワタシニロザリオヲミセタ。ヒカッテイタ。

私はキリスト教に詳しくなかったが、おおよそは知っていた。あなたが長崎出身と聞き、アアナルホドと納得した。あなたの母は、元々敬虔《けいけん》なクリスチャンだったが、わけあって、もう信仰を捨てたらしい。

〈キリスト教では、命は皆大切なの〉

それは、聞いたことがあった。仏教でも、そこは似てる。

〈だからお願い。戦争に行かないで〉


全国から、腕に自信のある者が来ていると思ったが、違った。陸軍戸山学校。入学者の大半が、楽器経験がなかった。経験者は希望楽器を担当できるが、そうでない者は、上官に決められた。

ハイカツリョウで楽器が決められるのも、おかしかった。さらに体格や、唇の厚さや歯並び、指の長短で決められたのにも驚いた。百名近くが入学したが、これはと思う演奏家はいなかった。本当に、ここからタッタ二年で軍楽隊に入れるのか。他人事ながら心配もした。

体罰は当たり前にあった。でも、私はそれほどやられなかった。私の演奏に、先輩も上官も驚いていたから。

巧妙に生活した。上級生の演奏を、嫌味にならぬよう気をつけて、いい所、伸びそうな所を、見極めて褒めた。同級生達にも、同じようにした。上官は自習を、私に任せることもあった。私は、トランペット以外の楽器も、ダンスホウルで貸してもらったりして、大抵は演奏できた。私は指導した。とても控えめに。

T。君の顔も、君の名前も、モウワスレテシマッタ。いや、名前は覚えてる。でも、書くのが、クルシイ。クルシイ。

海軍の方の軍楽隊に、天才がいた。我々は陸軍だが、毎年親睦会があった。T……、君のことだ。

クルシイ。ドウニカシロ。

親睦会で、海軍軍楽隊の演奏を聴いた時、一人、別格の音を出す男がいたのだ。T。あの時君は、サキソホオンを吹いていた。

私達の方も、当然演奏した。

〈キミダロウ？　トヤマの天才は〉

T、君はあの時、ソウイッタ。……君の声が、演奏が、蘇るようで、クルシイ。

ナリカワルノハ、スコシマッテクレ。ソコノムシヨ。確かに、私は虫に、君達に、アコガレテイル。

君達のような、精神に、なりたいのだ。ヨケイナモノノナイセイシン。食し、交尾し、食す精神。キミタチハ、正常なのか、狂っているのか。デモ、キミタチノレイコクナセイシンヲホッス。私は人間だ。一匹では、脳の容量が足りない。フクスウノムシガヒツヨウダ。

〈音が違う。すぐわかったよ〉

アア、T。あのとき君は、ソウイッタ。

私が敬語で礼を言うと、君は、ヨセヨ、ドウネンダロウ？　トイッタ。私はすぐ敬語をやめた。

〈君こそ、音が違った〉

私が言うと、君はハニカンダ。二十歳だが、少年のように。

君は、本当はピアノなんだと言った。学校にあったピアノに、目を向けた。

〈チョット、ヤルカ？〉

あの時の素晴らしいセッションを、私は忘れない。クルシイ。マルデ、クルシイモノダケガ、頭に残るようだ。

即興のジャズ。君がアドリブでピアノを弾いた瞬間、鳥肌が立った。天才がいると思い、私は自然と、唇に笑みができた。

私が吹く。君がしかける。

あんなに楽しかった演奏はない。

君も私のホンキの演奏に、驚いていた。君の演奏は、私の即興演奏の、能力を上げた。ソウクルカ、と思い、それに乗ると、自分でも驚くフレイズが出た。君もそうだった。私がしかけ、どこまでも昇っていく私のトランペットに、君は追いつきながら追い越し、どんどん、ヒラメキの質が、尋常でないものになった。

生徒達が集まってきた。海軍の軍楽隊も。

皆が熱狂した。一緒に参加しようとする者はなかった。私達二人の邪魔をしないように。デモ彼らの掛け声や、口笛は、私達二人の熱を上げさせた。渦ができた。音の渦。音楽の渦。厳しい上官達までが、感心していた。思ったはずだ。彼らも。

ハヤク、センソウナド、オワレバイイト。

だがそこで、怒鳴り声が響いた。海軍と陸軍の、幹部の声。

〈敵国の音楽をやるとは何事だ〉

数日前、日本は真珠湾を攻撃し、アメリカと開戦していた。その後日本では、敵国の音楽の全てが、演奏も販売も、不可能になる。

〈申し訳ありません。私が誘いました〉

君は笑顔を一変させ、責任を被ろうとした。私も似たことを言った。

互いに罪を被ろうとしたが、私の意識は、別のところにあった。

なぜあの二人の幹部は、あれほどの演奏を聴いても、内面が固まったままなのだろうと。

彼らの内面を閉じさせているものは、一体何なのだろうと。

〈相応しい曲をやれ〉

さっきまで、感心していたはずの上官が言った。自分は、今にもそう言うつもりだったと誤魔化していた。

誰の言葉で、ウミユカバをやることになったか。でも君と私は、全力でやらねばならなかった。自分達のシッパイを取り戻すために。どのような懲罰があるかわからない。

カレラヲ、カンドウ、サセナケレバ、ナラナイ。

君がピアノで伴奏を始めた。私は歌の旋律を吹いた。本来伴奏で入るトランペットは、君が即興で和音にし、厚みを出して弾いた。

海に行けば水に浸かった屍《かばね》となり、山に行けば草が生えた屍となり、天皇陛下の足元で死のう、顧みはしない。

このような意味のあの歌詞を、トランペットで表現しようとした。私は思い浮かべた。海や山に広がる、戦地で力尽きた死体達を。その無数の死、屍の姿を幸福と思い、陛下のために死ねる喜びを、私は自分の中に発生させようとした。

初めは演技だった。だが途中、本当に入り込んだ。恐ろしいまでに。

特に〈顧みはせじ〉のところで、決意を込めた。多くの死体を背後に、決して振り返らず、彼らの死を胸に、銃を手に前に進む我々の姿。

集まっている者達が、室内が、一変していた。さっきまでの浮ついたジャズが、君と私のウミユカバでかき消えた。

アア、ヘイカ。私は思っていた。テンノウヘイカ。私達は、あなたのためにいつでも死ねる。あなたのためなら、私達は何でもすることができる。

我々の死が何だというのだろう？　そんなものは小さなことでしかない。個などどうでもいい。勝利という栄光を、日本国に降り注ぐ栄華を。そのために死ぬことができるなんて。

私達は栄華の礎だ。私達の屍の上に、大日本帝国がアジア全土に聳《そび》え立つ。

アア、ヘイカ。テンノウヘイカ。

あなたのお蔭で、私達の卑小な自己は、死という純潔によって清められ、大いなる栄華に昇華されていく。

ワレワレノ、ケダカキ、ヒカリ。

私は涙を流しながら吹き、聴いている者達の大半もそうだった。この場が、君と私に制圧されているのに気づいた。

演奏を終えた瞬間、我に返った。演技をやめる役者のように。

だが聴いていた者達は、その中に浸り続けている。私が戸惑いながらトランペットを下げた瞬間、熱狂的な歓声が上がった。

続いて、皆でアイコクコウシンキョクをやることになった。楽器が近くにない者は、合唱した。ヒドク、アカルイ、グンカ。

私はもう我に返っていたが、高揚した皆の演奏に合わせ、時にリードした。さっきの二人の幹部は、いつの間にかいなくなっていた。満足した、ということなのだろう。懲罰はなかった。

だが奇妙な感覚に囚われた。あの二人の幹部は、私達のウミユカバの、演奏のデキバエに満足したのではないだろうと。

カレラハ、オンガクガ、ワカラナイノデハナイカ？　というより、わかることが、ムズカシイのではないだろうか。

子供の頃に聞いた曲でも聞けば、懐かしいと、感じるかもしれない。その懐かしい、という感覚が、いい曲、という風になるのではないか。

さらになぜかこうも考えた。モオツァルトやバッハが、彼らの前で曲を披露しても、彼らは不快には思わないだろうが、特に感動もしないのではないかと。

アイコクコウシンキョクと、バッハのパルティイタ2バンを聞き比べたら、彼らはアイコクコウシンキョクがいいと言うだろう。わざとでなく、心から。

イイオンガクトハ、ナンダロウ。

そもそも、犬や猫に音楽を聞かせても、カレラハナントモ、オモワナイ。ムシデモオナジ。人間にしか通じない。では音楽とは、普遍的な価値があるものではないのか。

イイオンガクトハ、ナンダロウ。

交流宴会の時、私はヨカゼに当たろうと外に出た。さっきのギネンより、ウミユカバの高揚を、鎮めたかったのかもしれない。

月の光を感じた時、君がいるのに気づいた。私と同じく、夜風を求めていた。

〈懲罰、なかったな〉

私は言った。二人の手柄として。君はどんな表情をしていただろう。

草むらの上で、杯を交わした。これまでどんな懲罰を受けたか、と聞かれ、平手打ちと答えた。日常だと。すると君はイッタ。

〈俺達の寝床は釣床《つりどこ》でね、ハンモック。毎朝、起床の号令の瞬間、皆一斉に起きてそれをくるんだ〉

起きてすぐ何かやらせるのが、軍隊は好きだ。

〈でもしまい方が下手で毛布が出てたりすると、罰として、毛布が出てる状態の寝具を抱えたまま、近くのコースを一周させられるんだぜ〉

私は笑った。面白い罰だ。

〈で、なぜかわからないけど、……俺はいつもできない〉

君の声の調子が、少し前から微妙に変わっていたことに、遅れて気づく。

〈何でだろうな。ハンモックの布をいくら丁寧に包んでも、必ず毛布が出てしまう。……夢にも出るよ。どう頑張っても、俺の布からは毛布が出てしまう。焦ってると起床の号令が聞こえて、つまり夢が覚めて、俺は起きたばかりで朦朧とする意識で焦って、寝具をまとめる作業をする。完璧だ、と思っても、必ず毛布が出てる〉

〈すまない〉私は謝った。

〈深刻な話なのに、冗談の文脈で捉えてしまった〉

私が言うと、君は驚いた様子をしていた。カオハオモイダセナイ。

〈いや、俺が冗談っぽく話したのがいけない。俺の方こそ悪かった〉

君は言い、続けた。

〈それで、毛布が出た寝具を、抱えたまま走る。俺以外に、いつも上手くできない奴がいてね……、ほら、いるだろ？　軍隊で何をやっても、なかなか上手くできなくて、上官に叱責されたり、懲罰を受けてしまう奴。……そいつと走るんだけど、俺はその作業以外で、叱責されたりする人間じゃないから、……上官は、俺が同情して、彼と一緒に走ってやるためわざと失敗してると判断して、俺のランニングはなくなったんだが……、でも違うんだ。俺はそんなお人好しじゃない。まあ、考えたことはあるよ。俺の無意識みたいなのが、奴のランニングを止められないことに、その懲罰をやめさせることができない罪悪感から、自分を罰してるのかと。……でも、そうではないんだ、恐らくね。……抱えている飛び出した毛布は、自分の恥部だろう？　そんな自分の内面を人に見られながら、さらに無様にその姿で走らされてる時……、奇妙なんだけど、安心することがある〉

アンシン？　聞き返すと、君は頷いた。

〈自分が隠してることに、俺は多分、罪悪感を感じてるんじゃないかな。……だから、それを象徴的にだけど、公にして、罰を受けている時、……安心するのかもしれない〉

カクシテルコト？　私はまた聞き返した。

〈つまり、何というか、……こういうことなんだ〉君は言った。ツキアカリノシタデ。

〈俺は軍楽隊だ。だけど、こう思うことがある。皆が望む曲を演奏することが、本当にいいことなのか〉

私は、自分がウミユカバを演奏し、我に返り、でも皆は感動の中に残された情景を思い出していた。

あの時の君の言葉を、私はもっと考えておくべきだった。

〈戦争が終わったら〉君は言った。立ち上がりながら。

〈イッショニ、バンドヲ、クマナイカ？〉

ココロノウチニ、歓喜が広がった。私達が組めば、アメリカの本家も敵じゃない。そんな調子に乗った高揚が湧いた。私達が組めば、互いの技術やヒラメキも上がり、誰も聴いたことのない音楽ができる。私達は二十歳だった。

〈ヤロウ。絶対だ〉

君は私のその返答を、予期していたようだった。考えてみれば当然だった。私達のような者が出会えば、組まないわけがない。

〈トウキョウオンガクガッコウに、知り合いのいいベイス弾きがいる。あとはドラムだが、それさえ見つかれば〉

君は言った。私の頭の中に、ダンスホウルでのバンドメンバーだったドラマーが浮かんだ。ダンスホウルが閉鎖され、今は広島に帰ってしまったが、あのクライ目の男の言う通り、彼は基礎を学び直せば絶対化ける。私が彼の存在を告げると、君は笑顔を見せたはずだ。ヒョウジョウハ、オモイダセナイガ。

〈君がトランペット。俺がピアノ。そしてベイスにドラム。カルテットだ〉

〈いいな！〉

〈バンド名はどうする？〉

〈そうだな、……フォウ・プレイヤアズはどうだ？〉

私はわざと、英語のバンド名を言った。彼のハミダス内面を慮《おもんばか》るように。

〈いいな！　決まりだ！〉

私達は奇声を上げ握手し、抱きアッタ。

今でも、月が、出てるだろうか？　あなたや君、私を照らした月が。

眼下で、どれだけ人類の惨劇が行われても、月はただその地を照らし、沈んでいく。月は、覚えてるだろうか？　アノトキノ、ワタシタチヲ。ワタシタチニ、タシカニアッタ、ジカンヲ。

（＊この最後の「ヲ」という字から線が伸び、それはカーブし、やがて渦をつくっている。渦になった線は内側に曲がっていくというその法則のままどんどん内側に入っていき、やがてどこへも行き場がなくなり、円を描き続けながら苦しく細くなり、中点のさらに中点に入り、不意に途切れている。そこからスペースがあり、また文章が始まっている）


陛下を見たのは、観兵式。

カンペイ、シキシキ、カンペイシキ。

前日はキンチョウシタノニ、当日は奇妙だった。

他に大勢の、軍高官がいた。後ろ姿だったのもあり、誰が陛下か、白馬にもしノッテオラレナケレバ、わからなかったかもしれない。

儀礼曲を演奏したが、緊張しなかった。こんな簡単な曲は、ダレデモフケル。

広場を、これから戦地に行く兵士達が、大勢行進していく。

陛下は、メガネヲカケテオラレタ。兵士達の一人一人を、しっかり見るために。

テンシサマガ、メガネヲ。我々の戦争は、神の奇跡を必要としている。アメリカという大国を前にすれば、神の力がなければ勝てぬ。その奇跡は、テンシサマトトモニアル。ワレワレニホンハ、テンシサマノ、オメヲ、ナオスキセキスラ、オコセヌノダロウカ。陛下の首元に光るのは、汗ではないか。私はなぜか動揺した。カミデアル、テンシサマガ、アセヲ。モシテンシサマガ、ジュンスイニンゲンデ、アッタナラ。死地に向かう若い同世代の兵士達が、目の前を行進していく。力に満ち溢れた生命の群れ。

観兵式が終わり、陛下が私の目の前を横切った。ソノオカオガ、ヒロウシテ、ミエタ。動揺が濃く、深くなっていく。なぜなら、ある噂を、聞いていたから。

陸軍の幹部達の一部が、陛下を蔑ろにしているという噂。彼らが陛下を、利用しているという噂。

満州で暴走し、日本を戦争の渦に巻き込んだ陸軍の中に、奇妙な宗教を、信じている者がいたらしいと。天皇という絶対的な存在を、仏教に組み込んだ、独自の宗教。

今、日本では、キリスト教も、仏教も、弾圧されており、テンノウヘイカノ国家神道が、中心のはず。

なのに、満州での何かの会で、南無妙法蓮華経という仏教用語が、堂々と掲げられ、写真まであるらしいという噂。カレラハ、ナニモノダ？

陸軍の一部の暴走が、アメリカの利権とぶつかり、今に至る。

イッタイ、ドウナッテ、イルノダ？　我々は、純粋な、コッカシントウデハナイノカ？　神の下に日本があり、我々があるなら、この戦争は勝てる。でも、一部の軍部がコウゾクという名の王族を利用しているなら、この戦争は、カナラズマケル。

ヘイカノ、ヒョウジョウガ、ヒロウシテ、ミエタ。

がんじがらめになって、おられるのではないか。この戦争は、陛下の意志では、ないのではないか。

カラダニ、オカンガハシッタ。

もしかしたら、陛下を、解放しなければならないのではないか。私達日本人から、陛下を、解放してサシアゲナケレバ。

目の前を行進していった無数の兵士達は、恐らく大半が死ぬだろう。

テンノウヘイカ、バンザイト、サケンデ。

私達日本人は、この戦争から、陛下を解放してサシアゲナケレバ、ナラナイノデハナイカ

……。

トナレバ、

ニホントハ、ナンダロウ？

マタ、オカンガ、ハシル。時代に発生する裂け目に向かい行進していく、膨大な死にゆく兵士達。

キミモ、シンダ。

君は、戦地に召集されたのを、私に知らせなかった。

海軍軍楽隊も乗っていた戦艦が、戦地に向かう途中、敵軍の魚雷を受け、沈んだ。

ソコニ、キミモ、ノッテイタ。通る船が次々沈められる、死の海峡で。

君は、君達は、戦地に着くこともなく、一曲も、演奏することもなく、海上で、敵の無造作な魚雷により、楽器と共に沈んで死んだ。ワカイカオデ、タクサン、タクサン、ミズヲノンデ。

君の葉書が届いたのは、君の死の後だった。

湿っぽいのは嫌いだ。再び会う時は日本の勝利の後だ！　約束、覚えてるだろうな。絶対だ！

そのような、意味の言葉だった。その下に、四本の縦線が描いてあった。日本の勝利、の表現は、本当は、戦争が終わったら、と書きたかったのだろう。私達の手紙や葉書は、全て検閲されるから。

四本の縦線は、フォウ・プレイヤアズを表していたのは間違いない。君は絵もタッシャだったから、本当なら、戦争が終わり、自由に演奏する私達四人を描きたかったのだろう。でも十分伝わった。その四本の線は、君の巧みな絵の技術により、それぞれ一本の線のはずなのに、トテモ、イキイキト、シテイタカラ。

アメリカヨ、彼は、驚嘆するほどの、類まれな才能を有し、あなた達の国のスタア、デュウク・エリントンが好きだった。

だが、アメリカからすれば、彼は、敵国の一人であるのも、間違いない。

他の大勢と共に、海に沈んだ。日本も、アメリカ兵を、膨大に殺してしまっている。

なぜ、死の海峡と呼ばれるところに、何度も、何度も、日本は船を出すのだ？　いちかばちかで、なぜそんな、無造作に人の命を扱う？

私は、君の後を、追いたくなった。あのようなプレイヤアとは、もう、アメリカにでも行かない限り、出会えない。

天国で、私達は、バンドを組む。そんなことが、浮かんだ。でも、我々日本の軍人は、死ねば、日本の神社、ヤスクニジンジャに祀《まつ》られる。英霊として。

ワタシタチハ、シンデモ、ジャズガ、デキナイ。

起きてすぐ、皇国軍人であるのを強制され、死んだ後も、強制される。自由なのは、夢の中だけだ。

戦況が悪化していく。私達の卒業も、早められるという。戦地が軍楽隊を望んでいると。現地の兵士達の疲労が、限界にきていると。そこに小包が届いた。中身はあのトランペットだった。

送り主は当然あの男のはずだが、名前が違った。同封されていた葉書には、一言だけ、こう書かれていた。

〈スマナイ〉

意味がわからない。同じ軍楽生徒の、トロンボオン奏者に聞かれ、私は事情を簡単に話した。本当は、別の人間のはずなのに、送り主の名が違うことも。私がその本当の名を告げると、彼は驚いていた。

〈君には、かなりの大物がついてたんだな〉

事情通の彼からは、前にも、日本の中国戦線の泥沼に影響を与えたと疑われる、奇妙な宗教について聞いていた。上官から、こっそり色々と、教えてもらえるそうだ。

日本の戦況がニュウスと違い、大変マズイことも、彼から聞いた。

〈でもちょっと、妙なウワサ聞いたぜ。……待ってろ。探り入れてみる〉

彼は詮索好きだったが、とても、善良な男だった。トロンボオンは素人《しろうと》だったが、筋が良く、随分上達した。彼も後に死んだ。フィリピンで。

最後は、テンノウヘイカバンザイトハサケバズ、オカアサンと叫んだ。苦労をかけたと、以前言っていた。

数日後、彼は色々教えてくれた。陸軍内での、一つの騒ぎ。

これまで自分の意見はほとんど言わず、着実に地位を上っていたあの男が、突然、軍の方針に反対を示したと。アメリカとの全面戦争を、何としても、早期に収束させることを。満州を放棄し、この世界大戦の人類の愚劣から、一刻も早く距離を取ることを。コノママデハ、ニホンコクミンガ、タイリョウニ、シヌト。

彼は、アメリカのスパイ嫌疑がかけられた。彼が秘密に借りていた別荘に内偵が入り、大量のアメリカ音楽が発見された。

このことは、内々に処理された。戦況が切迫している時、軍内にスパイがいるとなれば国内が動揺する。彼は職を無残に解かれ、地方に消えたという。

私は驚いた。なぜなら、彼は日本のことを、どうでもいいと言っていたから。そして、あれだけ先を予測できる観察力が、あったのだから。

ソンナコトを言えば、自分がどうなるかも、わかったはずだった。もう時代を止められないとわかった上で、そして自分がこう言えば、自分の処遇がこうなるともわかった上で、それでもなお、彼はとうとう、言わずにいられなくなったのだろうか。

オソラク、カレハ、タイシュウヲ、アイシテハ、イナイ。言ったのは、戦況を目の当たりにし、黙っている自分を、許せなくなったからかもしれない。自分の存在としての、在り方というか、その可否というか。ソシテ、タイシュウヲ、アイシテハ、イナイガ、サスガニ、シンデホシクハ、ナカッタトイウコトカ。

彼が私に、トランペットを送ってきた理由は、わからない。あらゆるものが押収される中で、守りたかったのか。私以外に、信頼できる知り合いすら、いなかったのか。滅びゆく時代に、死にゆく私に、最後くらい、好きな楽器を、好きなように吹けということだろうか。

〈スマナイ〉と彼は一言だけ書いている。

確かに、私が教える側になる話は、一切ない。戦争も終わらない。

ワタシタチハ、ソツギョウヲハヤメラレ、センチニイクコトガ、キマッタ。

卒業式には、音楽界の重鎮が様々にいて、壮観な眺めだった。

ヤマダコウサクがいた。あの美しい名曲、アカトンボを作曲した天才。あんなに美しい童謡を、私は知らない。そんな彼も、今は愚かなグンカを書いている。

雑誌、オンガクノトモ、で、彼が書いた文章は、衝撃的だった。楽壇は音楽のために存在するのではなく、皇国のために存在すると。楽壇は、音楽家一人一人の持つ芸術を、互いの力で磨き上げ、高く正しく逞《たくま》しいものにし、皇国最高の目的に捧げつくすための基地であると。

あんなに繊細な、日本の本来の柔らかな精神を、アカトンボの旋律で紡いだ男が。

やらされている、という雰囲気でなかった。カレハ、トテモ、セッキョクテキニ、ミエタ。

彼は、私達を厳粛に見ていた。

今、五十代くらいか？　戦地には、オマエガイケ。

オマエノ、イウコトハ、ドウデモイイ。ドウデモイイカラ、オマエガ、センチニイケ。

彼は、私達を、決して茶化すようにも、他人事のようにも、見ていない。厳粛に、尊敬の念すら抱くように、私達を見つめている。

デモ、ソンナコトハ、ドウデモイイノダ。オマエガ、センチニイケ。

オマエダケデハナイ。戦争を肯定する学者や、文学者の中年や老人も、全て戦地に行け。

だが、アカトンボの旋律をつくった天才が、愚かなはずはない。

では、何だろう。

ヤマイ、トイウ、コトバガウカブ。

ヤマイは、聡明な人間も、優秀な人間も、優しい人間も、罹患《りかん》する。

集団病。もしくは、民族病。国家病。

彼は恐らく、あのアカトンボの繊細で柔らかな旋律を、もうつくれまい。音楽を、正しく逞しく、ナドト表現してしまったのだから。

でも卒業し、戦地に行く知らせを受けた時、奇妙な身体の軽さを感じた。同世代が次々戦死していく中で、内地にいるザイアクカン。自分だけが不当に生きているというつっかえから、解放された感覚。しばらく、なぜか視界の上半分が、白っぽく見えることが続いた。奇妙でフキツな白が、身体を軽くしていく。

戦地に行く前、一泊の外泊が許された。私が向かうのは当然父のところでなく、アナタノモトダ。

商店街で、あなたに贈るクシを買った。その店先で子供にじゃれられた。

〈僕も、飛行士になりたい〉

陸軍軍楽生徒の肩章は、コバルトブルウの線が入り、少年航空兵とよく間違えられた。飛行学校の。

テニハ、セントウキノ、ガング。

子供の両目が輝いていた。こんなに輝く目を、私は初めて見た。軍楽隊だと言うと、でも子供は歓声を上げた。市中パレードで見たと言う。聴いたとは言わなかった。

ねだられ、トランペットを見せ、さわらせた。格好いいと子供は言うのだ。軍人は格好いいと。セイフクノ、チカラカ。

下宿先の老夫婦は、気をきかせ出かけていた。

私の部屋にあなたが来た。私達は結ばれた。

全てが終わった後も、私達は抱き合っていた。互いの肌の、境目が感じられなくなるほどに。そうなることを、望むように。

私は、裸のまま布団から手を伸ばし、バッグを漁りクシを出した。桜の模様が描かれた、黒いクシ。あなたは、寝たまま自分の髪をそれで梳《と》かし、その後ふざけ、私の髪を梳かした。

コンナニ、イトシイソンザイガ。私は幸福で、幸福で、息が詰まりそうだった。信じられなかった。

感情が、私の中に、旋律を生んだ。トランペットを吹くわけにいかないから、口笛も、大き過ぎるから、私は囁くように、旋律を声に出そうとした。

私の旋律を、あなたは目を閉じて聴いていた。私にしがみつきながら。ソノ、アナタノ、ヤワラカサトタイオンガ、サラニ、キョクヲ、ウツクシクシテイク。

自分で感じるのも妙だが、奇跡のような曲だった。喉から出るメロディは、あまりに美しいものだった。

だが突然、オカンガシタ。

死、というものを、意識したから。私は明日、戦地に行く。

不意に途切れたメロディに、あなたは目を開いた。私は誤魔化そうとした。

〈ハハ、スマナイ。ツヅキヲ、ウタウヨ〉

でも、駄目だった。死への恐怖が、旋律を妨害する。メロディが生成されるところを、不穏と恐怖が、重いモヤのように塞ぐのだ。メロディが逸れていく。これではないと戻ろうとするけど、さっきまで確かに生まれようとしていたものが、消えてしまう。あまりに、無造作に。

〈コワインダ〉

〈すまない。……続きが〉

私は泣いていた。そして、日本男児が絶対に言ってはいけないことを、言っていた。

君の胸の中で、私は言っていた。

〈ナゼナラ、ボクハ、世界がこんなに美しいと、知ってしまったから〉

あなたが私を抱き締める。〈死なないで〉あなたも泣きながら言った。誰も殺さないでとも。私は軍楽隊だから戦わないと言ったが、あの時はまだ、戦地で軍楽隊がどうなっているか、知らなかった。

軍楽隊が、楽譜を読めるから、というよくわからない理由で、暗号員になっていることも。

戦地を、際限のない負傷者の運搬や伝令で、駆け回っていることも。やがては楽器を捨てろと命じられ、三八式騎兵銃と、銃弾六十発と、手榴弾二つを持たされることも。そもそも軍楽隊など必要とされていない激戦地に、無能な上層部の判断で、大勢の軍楽隊が派遣されていたことも。

あの時はまだ、私は何も知らなかった。無能な者達のペン先のインクで、私達の派遣先が次々決まっていく。

〈カミサマガ、マモッテクレル〉

あなたは私の胸に、爪を当てた。さらに重ねて当て、小さな、小さな、十字架を刻んだ。

〈十字架を、持っていくわけにいかないから〉

あなたはそう言った。私は泣きながら、でもこれは消えるぜと笑った。

〈消えたら、またあなたが刻んで〉

当時、キリスト教は弾圧されていたが、占領地がキリスト教国の場合、日本の宣教師を派遣していた。政府はキリスト教を、巧みに利用した。

あなたは裸のまま、私と同じように手を伸ばし、布袋から紙を出した。結婚届。

〈私達は、もう離れない。今ここで結婚しましょう。届けは私がする〉

私はすぐサインし、判を押した。あなたの十字の爪痕が、ノコッテイル時に。

〈私達は結ばれた。神様の下で。だから絶対一人にならない〉

私はまたあなたを抱き締めた。そして、もう一度結ばれた。

〈曲の続きは〉あなたは泣きながら微笑んだ。

〈帰って来たら聞かせて〉


（＊そこで手記は一時的に止まり、あまり上手いとは言えないタッチで、唐突に、胃袋が描かれている。十二個も）


何のために、こんなことを書いているのだ？　ヨミカエス、ユウキハ、ナイ。

何だこの字は。でもこうでしか、書けない。浮かび出てくる言葉が、こうだから。

何日間、茫然としていただろう？　私は、起きていたのに、ずっと眠っていたようだ。でも今は、思考が、ヒカクテキ、マトマッテル。カケルノデハナイカ？

私が、私の意識が、もうすぐ消えようとしている。私が点滅している。

戦地で、我々の軍楽隊は、熱烈な歓迎を受けた。

場所は、フィリピン。~~フィリピン。ピピンフィリ~~。場所は、ドコダッタロウ。シッテルケドネ。

ムシガ、距離を慎重に測り、近づいてきている。私が、気づかないとでも？　馬鹿めが。気づかない振りを、してるに決まってるじゃないか。これが人間の、高級なところだ。知っている。意識の交換をノゾンデイルノダロウ。耐えられるか？　私の内面に。いや、私も耐えられるだろうか。虫の内面に。虫の思い出に。彼が、自分より小さい虫を、食べた時の記憶に。メスの虫に、マタガッタ記憶に。でも、そこには快楽があるはずだ。

カイラクガ、ナイト、イキモノハ、ウゴカナイカラネ。

でもその快楽に、私は耐えられるか。

イキモノハ、カナシイ。あの崩れたタイルはどうだろう。タイルの、欠片に。

そうなのだ。フィリピンの森林に入った時、私は、ここは来るべきところではない、と思ったのだ。我々は、部外者だと。

気候が、根本的に、違う。森の中の蒸し暑さが、ワレワレ日本人の、脳の予想を大きく超え、体が拒否反応を示していた。部外者を弾く、激しい温度と湿度。そして森に潜む昆虫などの、豊饒過ぎる生物の気配。ここから先は法則、しきたりが異なるのだと。

ここは、この森に住む人間達、生物達の地であり、私達のような者達が、占領すべきではないと。相応しくない者が、相応しくない理由でいてはならないと。ここで発生する病に、恐らく私達は耐えられないだろうとも。

　だが私達はこの異地に住み、任務を全うしなければならない。

　兵士達は、私達の演奏に感涙した。最初に演奏したのは、確か兵站《へいたん》病院だった。従軍看護婦や負傷兵だけでなく、軍の高官達もキキニキタ。軍歌をやるのだが、人気なのは、歌の慰問袋の流行歌だった。童謡や民謡も。日本を、内地を、思い出すのだろう。兵士も看護婦も、皆泣いていた。

　私には独奏も用意されていた。練習時、あのトランペットで吹いた私の演奏に皆は驚嘆し、独奏もしろと上官に言われた。だから私は最後に一人立ち、迷った末、アカトンボを吹いた。観客は皆、内地を想い感傷にヒタッテイル。そう感じたからだった。人々が、望むもの。今のヤマダコウサクを思えば気持ちは複雑だった。でもこの場で最も求められ、相応しい曲はあれだと思った。

　泣いていた者達が、意外な選曲でもあり、サラニナイタ。号泣する者まで。このトランペットがつくりだす音が、彼らの脳を直接震わせているとさえ思えた。私は感情を込めて吹いた。目の前に、日本の田園と、そこに飛ぶアカトンボまで浮かび上がらせようとするように。

　全ての演奏が終わった後、我々を歓迎する宴会が開かれた。私はヨカゼに当たりたくなり、外に出た。Tを思い出した。

人の気配を感じ見ると、何人かの看護婦達が、やや離れた場所で私を見ていた。私が頭を下げると、彼女達は短く何か声を上げ、互いに照れ笑いながら、隠れる風に建物に戻った。〈オウオウ、モテヤガル〉私に言ったのは誰だったか。〈戦地の感じがないな。長閑《のどか》だよ〉

確かに、そうかもしれない。そこの兵站病院には、重症患者もなかった。町で買い物までできるのだ。日本軍発行の軍票で。

だが宴会に戻ると上官に呼ばれた。お前の演奏に、将校達が不満を持っていると。あれでは戦意がなくなる、と言うのだ。だから次は、独奏でも軍歌をやれと。

あの若い兵が来たのは、私達が何度目に演奏した時だったろうか。

森を越えた先の駐屯地に呼ばれ、私達は演奏した。貧しく小さな、なぜか霧に覆われた湿った町。大勢の兵士達に、現地の住民達もいた。数百人だろうか。将校達は最前列にいたが、その脇に何人かの女性がいた。慰安婦と教えられた。日本人慰安婦。

将校専用の慰安婦らしかった。彼女達は、主に私達の演奏する童謡で泣いた。

私は独奏の時、ウミユカバを吹いた。間奏のところで、アドリブもした。

私の、静かながら、しかし感情の激しい演奏に、場の全てが、一点に集約されていくようだった。シ、トイウモノノ、ゲンシュクサニ。すすり泣きが大きくなる。常に威厳をつくり顔をしかめていた将校達までが、固く唇を締め、目を閉じていた。

演奏の後、いつものように我々は宴会に呼ばれた。私のもとに小柄な兵士が来た。照れながら。

〈演奏、素晴らしかったです〉

まだ十代ではないか？　額にニキビが目立った。

〈明日、ある任務を帯び、南方に行きます〉彼は続けた。真剣な目で私を見た。

〈覚悟ができました。立派に死にます〉

何も言えなかった。言うことなどできるわけがない。

私は自問する。彼の任務が何かわからないが、恐らく機密だろう。小隊で密かに動き、不穏な地域に諜報に行くのかもしれない。既にフィリピンの戦況も、悪くなっていた。

彼が死ぬことに、私に責任はないかもしれない。死が決まっているのなら、それを美しくするのが、私の務めではないか。

ダガ、ワタシノ、エンソウガ、カレニ、ムリヲ、サセルトシタラ。

〈あなたのウミユカバ……。死ぬことが怖くなくなる〉彼は、こうも言った。

〈死ぬことが、何かの形式、儀式のように思えます。厳粛さが、恐怖をかき消してくれる〉

私は、T、君の言葉を思い出していた。君は言ったのだ。

〝皆が望む曲を演奏することが、本当にいいことなのか〟

曲だけではない。内地では、本当の戦況は伝えられず、皆が喜びそうなものだけを、ニュウスで伝えているらしい。

果たして、皆が喜ぶことだけを、望むことだけを伝えることが、ニンゲンシャカイにとって、いや、その聞かされる個人にとって、本当にいいことなのだろうか。

困惑していると上官に呼ばれた。将校が呼んでいるという。将校達は我々とは別の建物で、日本人慰安婦達も交え酒を飲んでいた。考えがまとまらないまま、呼ばれた将校の前で敬礼した。将校は酔っていた。

〈お前、達者だな。トウキョウ音楽学校の出か〉

私はカシコマリ、独学と言った。任務の報告でもする気持ちで。ダンスホウルの出かと聞かれ、やや驚き肯定した。

〈やはり。途中の間奏、あれジャズだろ〉

私は言葉に詰まる。だが彼は笑った。

〈いい。いい。大丈夫だ。お前が気に入った〉

隣の慰安婦の肩を抱き、その将校は続けてこう言ったのだった。

〈一晩、こいつに相手をさせてやろう〉

　二十代後半くらいだろうか。長い髪の日本人慰安婦が、私を笑顔で見た。彼女も酔っていた。

〈あなたの演奏、素敵だった〉

　私は礼を言った。

〈よし、相思相愛だな！　いけいけ。アッハハハ！〉

　他の将校達も笑った。彼女はおどけて古い着物を肩まで下げ、媚態をつくり私の手を取った。彼女はやつれていたが美しかった。ダンスホウルに来ていた婦人達と違う、嗅いだことのない安物の香水の匂い。ワタシハコマッタ。

　狭い木の階段を上がり、簡素な部屋に入る。だが彼女は二人きりになると笑顔をやめた。

〈ふざけてる。私は将校専用なのよ。けむたくなったんだわ〉

　緊張していた私は、救われる思いがした。

〈申し訳ございません。私は何もしませんから、くつろいでください〉

　彼女が私をまじまじ見た。珍しい昆虫でも見つけた風に。

〈そんなわけにいかないわ。終わった後、何て言うの？　喇叭吹きに振られたとでも？　私を抱かないとあなた、あの将校に嫌われるわよ。前線に送られるんじゃない？〉

　私は、したことにすればいいと言った。

〈無理よ。あなた根ほり葉ほり聞かれるわ。私がどんなだったか。私がどれだけスケベだったかをね！〉

私が上手く言うと言い、妻がいると告げると彼女は私を睨んだ。

〈私みたいな女は抱けないの？〉彼女の酔いは醒めてなかった。

〈生真面目なお坊ちゃんなのかしら。でも〉

彼女が笑みを見せる。将校達に見せていたのとは、全く違う笑みを。

〈ムリヨ。……あなたもここに染まる〉

直立した私の前で、彼女はサップウケイなベッドに腰をつけた。見慣れない虫が動いていた。何かの偵察のように、数匹床を這っていた。

〈日本の占領地に、どれだけ慰安所があると思ってるの〉

慰安所、国が管理する売春所のことは、噂で当然知っていた。

〈そこら中に存在してるのよ。ホラ、アルデショウ？　日本が占領した地域、シナとか東南アジアとか、この辺の島を真っ赤に塗って示した世界地図。いい？　その地図の赤いとこに物凄い数あるわよ。情熱よ、情熱！　もうそこら中に慰安所があり過ぎて、情熱としか言いようがないわ！〉

酔った彼女は、ワタシノ、メヲミテ、イッタ。

〈そこら中で強姦もしてるのよ。私は将校から色々聞いてる。いま軍のお偉いさんを悩ませてるのは、日本軍の性病と強姦なんだから〉

その噂も、当然聞いていた。

〈慰安所って言っても、私みたいに志願した女ばかりじゃないのよ。占領地の女達を洗濯の仕事とか騙して連れてきて、無理やり働かせてるところなんて物凄くあるわ〉

ワタシハオドロイタ。ソレハ、キリツイハンデ、モンダイダ、トイッタカモシレナイ。彼女が、ワラウ。

〈私達は定期的に性病検査、受けさせられるんだけどね。軍医さんに聞いたわ。気が滅入るって。騙されて連れてこられた女を押さえつけて検診する。その後、最初に味見するのはいつも将校だって。彼女達が騙されて連れてこられたなんて、知ってるに決まってるじゃない。泣きながら抵抗する現地の女を、将校が組み伏せて味見するんだから！　銃まで出して！〉

ムネガ、ワルクナッタ。

〈四、五人の相手してもう無理と言った女の、手足を縛ってその後も続けさせたって話も聞いたわ。だって兵隊さん達が行列つくって待ってるんだから。彼らも浮かれ騒いで並んでるんじゃなかったりするのよ。あなたが思い描いてるのと違うわ。みな憂鬱そうに、でも目だけ血走らせて、終わった後も無言で帰っていくの。明日死ぬかもしれない中で、最後にせめて女を、みたいな感じかしら？　彼らはヒッシに慰安所に並んでるのよ。壮絶で真剣な場所だったりもする。私が聞いた最高記録は、ビルマだったかしら。一日六十人相手にした女ね。モルヒネ打って痛みを止めて、相手し続ける女もいるわ。同情した衛生兵がモルヒネを持ち出して捕まったり〉

彼女が私をじっと見た。診断する医者のように。

〈あなたも、感じるんじゃない？……何か妙でしょう？　みな言うのよ。戦地にいると〉

確かに、そうだった。私には、あなたという存在がいるのに、現地の女性を見ると、アタマガ、オカシク、ナリソウニナル。

抗日ゲリラの奇襲を受けた時、銃弾が、私達の頭上の木に、二ヵ所当たった。その後などは、特にそうなった。センチヲ、オオウ、ケイケンシタコトノナイ、ザワツキ。

〈死を感じると、男の身体は、子孫を残そうとそうなるみたいね。作戦が劣悪なほど、激戦地ほどそうなるみたい。……シナから来た日本軍がたちが悪いって聞くわ。もちろん隊によるでしょうけど。彼らは現地で相当無残な目に遭って、自分達も無残なことをしてきたみたい。……フィリピンでも今、日本軍の強姦が酷いのよ。抗日ゲリラがこんなに抵抗するの、そのせいじゃないかしら〉

オドロイタ。ココデモ。

〈知らないの？　無理やりさらって、何人も工場の一室に監禁した慰安所ともいえない話から、正規の慰安所もあるわ。ルソンやミンダナオに行ってみなさい。ちゃんとあるから。インドネシアから騙されて連れてこられた女達も多くいるみたいね。アソコはちょっとした女の供給地になってるみたいだし。……日本だけじゃないけどね。敵国さんもそうよ。どこだったかしら。イギリス兵の相手が日本に代わっただけって言ってた女もいたし〉

タシカニ、ワタシハ、目の前の女が、ホシクテ、ホシクテ、シカタナカッタ。

私は、こんな風ではなかった。帯を解いたあなたを前に、自重できた。

やはり、おかしいのだ。現地の女を、気づくと目で追っている。ココロノソコカラ、渇望してしまう。彼女達が肌を出していると、激しい怒りさえ覚えた。そんな時、私は便所に入りジトクした。私だけではない。ミナモ、ソウダ。デモ、ソレデモ、身体も、精神も、オンナヲミルト、コガレテシマウ。

〈わかってるのよ。あなたもそうなってる〉

オンナハイッタ。キモノカラ、シロイカタヲ、ダシタママ。

〈我慢しないでいいのよ。……ほら〉

彼女が微笑む。わざと後ずさりしながら。

〈着物は、脱がない方がいいでしょ？　あなたのお仲間達みたいに、無理やり引き裂きたい

んじゃない？　泣いて嫌がってあげる。泣いて嫌がるかぼそい女を組み伏すのよ。ほら、ほら、……感じて泣いてあげる〉

私は唾を飲んだ。自分の右手で右の太股をさわり、爪を立てた。十字をつくった。服の上から。キリスト教徒ではないが、あなたを呼び出すために。

私は目を逸らし首を振った。妻がいるからできないと。

彼女はため息を吐き、煙草を取り出してノンダ。細い煙が口から伸びる。煙草は興亜だった。

〈まあいいわ。部屋に戻ったら、あなたは照れた感じですぐ退散して。私が上手く言ってあげる〉

礼を言うと、彼女は笑った。

〈でもきっと、あなたも一年、……半年後に私を見たら、きっと襲いかかってくるんじゃないかしら。必死にね。目を血走らせて。……可哀想に〉

それに対し、何を言っただろう。覚えているのは、なぜ慰安婦に志願したかと聞いたことだ。彼女は、若い人はヤボと呆れた。

〈お金よ。決まってるじゃない。こんな時代、お金しか頼れるものなんてない〉

サップウケイナ、ベッドノシタニ、フロシキヅツミガアッタ。

彼女の最後は、噂で聞いている。

一年後、米軍の包囲網から逃げていた隊に、彼女は同行していた。慰安婦を連れ撤退するなど、メズラシクナイ。

だが隊も、慰安婦達を守る余裕がない。流れの速い川を、泳ぎの上手い者がロープを持って渡り、対岸の木に結ぶ。そのロープを摑みながら、一人ずつ川をワタッテいく。

全ての兵士達が次々自分の荷を捨てていく中、彼女は背負った巨大なフロシキを、決して手放そうとしなかった。大量の仮の紙幣、軍票が入ったフロシキを。

彼女は驚異的な体力を見せ、川の途中まで行くことができたという。だがフロシキの軍票が水を吸い重くなり、激流の中、ロープから手を離した。

細く小さな白い手が、武骨なロープから離れた瞬間を、大勢の兵士達がはっきり見ている。

誰かが、言えばよかったのだ。そんな軍票は、日本が敗《ま》ければ紙屑になると。既にもう、紙屑同然になっているのだと。

デモ、ソレハ、イウコトハ、デキナイ。絶対に、言うことはできない。

彼女も、それを、認めるわけにいかなかったはずだった。

彼女は軍票の重みで流れて沈み、水を飲みながら死んだ。川に軍票が、彼女の血液のように激しくヒロガッタ。その時の彼女の、水を飲んだ喉や胸の苦しみ。濁った水が大量に喉に入り続け、息ができず死んだ時の苦しみ。その一つの苦しみだけで、この戦争の全てを否定できる。ワタシハ、ソウオモウ。

あの時に見たフロシキヅツミは、自分が近い未来に彼女を殺すことを、知っていたのだろうか。自分のナカミも川に流れ、激しく散らばることも。

階段を下りて来た私達に、将校達が揶揄《からか》いの声を浴びせた。どうだったか、という誰かの声。オハツヲイタダキマシタ、と彼女は答えた。将校達が一斉に笑った。

彼女のコトバが本当だったことを、私は後に知ることになる。各地で演奏したが、抗日ゲリラの奇襲で、コルネット奏者とホルン奏者が死んだ。ルソンには、やはり慰安所があった。私に様々な噂を教えてくれたトロンボオン奏者が、まるで死地に向かう決意をした様子で、自分は慰安所に行くと私に宣言した。血走った目で前日から激しく緊張し、当日、なぜか私に握手をして町に向かった。

帰って来た彼は、自分の寝床で頭を抱えていた。青白い顔で、自分を責めるように。

あんなに憂鬱そうな彼を見たのは、初めてだった。そこで何を見たのか、私は何も尋ねなかった。

あなたからの手紙を戦地で受け取ったのは、その頃だったかもしれない。私達の結婚届を、カンタが燃やしたという。

カンタが、あの左目の濁った子供が、私との結婚に反対したと。モノスゴク、ヒッシニ。ソシテ彼女から用紙を密かに奪い、燃やしてしまったと。あなたは、帰って来たらすぐ結婚しましょうと書いていた。カンタが私の未来について、何を言ったかは書かれていない。オオヨソノ、ヨソウハック。彼が私を見て、トランペットをやめろと言ったことがある。ソノホウガ、シニカタガイイと。なぜわかる？　私は言ったが、彼は、わかるのではなく、感じるのだと言った。

デモカレハ、ハズスコトガアル。はっきり言って、外すことの方が多い。

でも私は不安になった。この異地から生きて帰ることの方が――植物であることの成長の速度に、自らキュウクツさを覚えているのではと感じられるほどの勢い、そのあまりに生命的な、フタバガキ科の木々の重なりや、絡みつくマングロウブの、歪む交差から帰還することの方が――キセキのように思えたから。こんなに緑らしい緑を、本来の緑とは、こういう色なのだと思うほどの攻撃的な緑を、私はこの地で初めて見た。

アナタと出会ったのは、川だった。私が修練していた時、あなたが現れたのだった。

アノデキゴトガアッタノモ、カワダッタ。

モモタロウ、トイウ、ドウワガアル。

平穏に暮らしていたロウフウフ。老婆の方が川で洗濯していると、巨大な桃が、川上から流れてくる。

　桃の中から、アカンボウが現れる。子供のなかった老夫婦は、そのアカンボウを育てる。モモタロウと名付けられたその子供は後に、キビダンゴを与え犬や猿やキジを仲間にし、村を困らせていたオニ達を退治するため、オニガシマに行く。オニ達を倒し財宝を持ち帰る。攫《さら》われていた姫を助け、結婚するバアジョンまで。

　子供の頃から、嫌な話だと思っていた。

　待っているところに、幸運が出現する点。オニを退治するために、モモタロウが村人の奮起を要求せず、動物達を連れていく点。村人は何の努力もせず、モモタロウと動物が全てオニを退治する点。オニというものが酷い悪であり、退治する逡巡《しゅんじゅん》を一切感じさせないように、キモチヨク作られている点。こんな物語を、子供の頃から聞かせていいのか、トモオモウ。いかにも、日本人の甘えた精神を、喜ばしそうな物語。

　米と英を、いま日本人は鬼に喩えている。モモタロウを、意識シテイル。

　しかし私は、そのことより、なぜ桃が川から来たのかが、アタマカラハナレナイ。

　川から来る桃とは、ナンダロウ。異世界から来た、という感じがする。少なくとも、その人間のコジンセイカツの、外から来たものだ。

　あなたも、川に現れた。ソシテ、アノデキゴトモダ。

正確に言えば、私そのものが、戦地という異世界に行き、その異世界の川から、その異世界が含んでいたもう一つの深層が、流れてきたのかもしれない。チラチラと、その端だけは、時々見せていた深層が。カワ、トイウ、シンピテキナ、モノヲトオシテ。

米軍が再び迫っていると、誰もが認識していた。斥候からの情報で、各地で、我が軍が米兵に駆逐されていると。私達が派遣された駐屯地では、足止めが続いていた。

我々の行先が、まだ決まらなかった。緊迫していく周辺の内にある、フキツな中だるみの日々。私は兵舎近くの川に向かった。暑くて、水を浴びようとしていた。

女の悲鳴が聞こえた。

私は駆けていった。銃も何も持たずに。

だが、悲鳴とは別の方角に、走っていく女を見た。女は裸で、衣服を手に持ち前だけを隠していた。私の姿に一瞬立ち止まり、恐怖に顔を引きつらせ、また走った。

水浴びをしていたのか？　と私は思った。日本軍がいると、知らなかったのか？　そんな無防備な行動を、する女の方がいけないのではないか？

自分がなぜ、女性の落ち度をまず考えたのかに引っかかった。その駆けていく裸の女性に、私は渇くほどの情欲を感じた。あなたという存在がいるのに。あの頃の私はもう、何かベツノモノになっていたのかもしれない。

負傷兵を受け取り、陣地まで走る任務を続けながら。身体のイチブヲ失った血だらけの兵達に、運びながら、頑張れと空虚な言葉を吐き続けながら。もうほとんど、我々は演奏もしてなかった。

米軍の巨大な鉄の戦艦達の噂。もうこの島を、取り囲んでいるという噂。

私は駆けていく女を前に、ナゼオマエハニゲルノダ、と思っていた。私達は、こんな風であるというのに。オマエハ、家族のもとに、帰るのか。ソウハ、サセナイ。ナゼナラ、オマエハ、コノキケンナカワデ、水浴びをしていたのだから。

太股に、軽い痛みを感じた。私の右手が爪を立てている。あなたの十字架。

不意に恐怖に襲われた。さっきまでの、自分の状態に。彼女に落ち度があると思うことで、自分の情欲を肯定しようとしたことに。ソノ、オロカサニ。

だが続けてまた悲鳴がした。カワノホウカラ。さっきの悲鳴はこれだと思った。駆けていくと、川辺に四人の人影がいた。

砂で汚れた半裸のフィリピン人女性を、三人の兵士が押さえつけている。

女性のこめかみに、銃が突きつけられていた。皇軍のための銃。天皇家の家紋つきの。

その兵の一人は、中隊長だった。

〈ナンデモナイコトダ〉

一人が言った。中隊長は銃を下に置き、ズボンを脱ごうとしていた。彼らが激戦地中国から来た隊であると、そのとき気づいた。

女性と目が合う。十代ではないだろうか。私の出現の意味をつかめず、助けを求める目。

カノジョハ、アナタニニテイタ。

〈ソレハ〉私は反射的に言う。恐らく、規律違反であると、言おうとした。だが言葉が出ない。私の様子に、彼らは面倒そうにしていた。トテモ、メンドウソウニ。

〈ナンデモナイコトダ。ソウダ〉一人が言う。冗談で媚びる様子で。

〈中隊長どの。彼に伴奏を吹かせますか〉

〈ナニ言ってる〉中隊長が言う。長い顔で。うんざりしたように。

〈こんなとこで吹いてみろ。連中も来るぞ。……そうか、水浴びか〉

ソシテ、中隊長が言った。

〈お前、兵舎に戻り喇叭を吹け〉

何を言ってるのか、わからなかった。

〈ここに来させるな。三十分、いや一時間ほど吹け。お前が吹けば、連中は熱狂するんだろう？〉

自分の存在が、中点から揺らされるようだった。そんなことを、できるわけがない。

私がもう一度、規律違反であると言おうとした時、右斜め後ろから手が伸び、私の胸を制して押した。

〈失礼しました。仰る通りここ数日、我々は修練が足りません〉

私達軍楽隊の、隊長だった。元々の隊長が抗日ゲリラに攫われ、隊長になった元副隊長。

〈よし下がれ。他言は無用だ〉

隊長は軽く頭を下げ、私を後ろに引いた。敬礼はしなかった。

〈しかし〉私が言うと、隊長は前を向いた。

〈忘れろ〉

〈デモ、アノムスメハ〉

〈そこら中で行われていることだ〉ソシテ私の頰を強く張った。〈彼は私達をどこにでも送れる。いかれてるんだ。評判の男だ〉私に顔を近づけ、押し殺した声で力を込めた。〈死にたいのか。言う通りにしろ〉

あなたの顔がウカンダ。そうだ、あの時はまだ、あなたの顔を、思い出すことができた。

私は呆然と兵舎に向かう。前から数人の兵士がこちらに向かってくる。上半身は裸だった。水浴びをするのだ。

〈今から公開練習をする。彼の新曲だ〉

兵士達が立ち止まる。兵舎からも、その声を聞いたのか、ぞろぞろ兵士が出てきた。中だるみの日々で、みな緊張しながらも退屈していた。気晴らしを望んでいた。

トランペットを持ったまま、身体が震えた。頭の中に、幻聴が響いた。さっき見た娘の、悲鳴。娘の苦しみの、悲鳴。

慌ててトランペットに口をつけ、吹いた。かき消すように。出てきた音はジャズだった。

こんなことのために、トランペットを手にしたわけではない。こんなことのために、あのフランス人から、厳しいレッスンを受けたわけではない。こんなことのために、ルイ・アアムストロングを、貪《むさぼ》るように聴いたわけではない。こんなことのために、バンドノトモの発売日に、本屋に走ったわけではない。こんなことのために、ダンスホウルで、腕を磨いたわけではない。

こんなことのために、私は、軍楽隊に入ったわけではない。

涙が流れた。頬だけでなく、その冷たさは首を伝った。私の演奏が冴えないことに、皆は戸惑った。私は恐怖する。飽きさせてはならない。皆から否定されてはならない。でも、とても、吹くことなどできるわけがない。

ソノトキ、声ガシタ。

〈キオク〉誰の声か、わからなかった。私には、トランペットの声としか思えなかった。

〈アノ、テノカンショク〉

よぎったのは、小さかった頃の情景だった。

私は、母が夜にどこかに行くのを知っていた。だからいつも、一緒に寝る時、母の寝間着のどこか一部を、摑んでいた。

でもいつも、目が覚めると母がいない。母は台所にいた。だが知っていたのだ。本当は夜中に一度外に出、マタモドリ、台所に立っていると。

霧のような雨が舞った日、目が覚めると布団に母はいなかった。私の控えめに伸ばした小さな手だけが、そこにあった。いつもより、不在の布団の皺と空気は温かかった。直観のようなものだろう。その日、母は台所にもいなかった。

その時、何も摑めず宙に浮いた手が、父のトランペットを摑んだのだ。それには吸いつくところがあった。母はいつも嫌そうだったが、トランペットは嫌そうでなかった。

だから私のクウハクは、トランペットが埋めたことにもなる。でもそこにはジカンサがあった。そんなにすぐ、何かを何かで埋めることはできない。

母親と一緒にいる子供を見ると、不意に怒りが湧くことがあった。そんな広告の、看板を見るだけでも。

そのトッパツテキな感情は、一時期で消えた。私はトランペットに、というより当時は玩具のラッパだが、夢中になったのだから。私の吹く玩具のラッパには、既に人を惹きつける力があった。

〈君はそういう欠落を、上手い具合に昇華してしまった。でも今はその昇華が邪魔だ〉

トランペットが言っているとしか、思えなかった。私の冴えない演奏に混ざりながら。

〈君の腕に呼ばれた、私は。確かに君は腕がいい。だが甘いところがある〉

〈君に足りないのは躊躇を越えたクルオシサだ。全ては音楽のためにある。善悪などいらぬ。音楽が良ければそれでいい〉

　声は止まなかった。

〈今の状況を見てみろ。女に狂った軍人達。若い女が襲われている。今、この時間、襲われている。サアどっちを吹いたら面白い？　どちらが凄まじい音楽をつくれるか。女の悲しみと苦しみか？　違う。女の苦しみをも交えた軍人達の狂気だ〉

　自分が裂かれていくようだった。

〈この時代を覆う人間達の狂気。ホラわからないか。最初の音はこれだ〉

音が、高く上昇した。その瞬間、私に激しいインスピレエションが降りた。

　こんな旋律が、自分から。私は驚きながら、次第に驚きも忘れた。熱狂。命の熱狂。殺して犯す熱狂。カイホウシロ。カイホウシロ。

ミナカラノ、カッサイヲ。

夢中で吹いた。溢れてくる旋律を。凄まじいインスピレエションを。熱帯の異地の空気を激しく吸い込み、胸と喉から音にし出し続ける。息継ぎもしたくない。そんな時間はいらない。T、君もいらないと一瞬思った。君がいなくても、もう私は一人で高みにいける。

その場に音が渦をつくり、上昇し叩きつけるようだった。私の指はイツマデモ、イツマデモ動き続ける。戦慄する音とメロディで、辺りの空気を彼らの頭部ごと、長く激しく震わせるように。力尽きトランペットを下げた時、ずっと茫然としていた皆が狂ったように叫んだ。私は精を漏らしていた。

その場に膝をつき、ナキツヅケタ。

皆は、私が演奏のため昂って泣いたと思っていた。でも違った。

取り返しのつかないことをした、と思ったのだった。私は女性を襲う狂気を音にした。焚きつけるように音にした。君の顔が薄れていく。また声が聞こえる。

〈あの女はいらない、君には。必要なのは孤独だ真の芸術家には〉

気づくと走っていた。皆は呆気にとられたろうが、どうでも良かった。

殺すとでも、思ったのだろうか。あの顔の長い中隊長を、あの連中を。殺して自分も死ねばいいとでも、思ったのだろうか。遅くはない。遅いに決まっているのに、私は過ぎた時間に抵抗するように走っていた。無様に。何の意味もなく。

川辺で見たのは、彼らが女の死体を川に流したところだった。岩に顎が引っかかっている女を、彼らの一人が、火焔樹《かえんじゅ》の枝でつついた。女が流れた。

マルデ陽気な踊りでも踊るように、女の細い身体は川を流れた。目を開いた無表情で。

〈ん？　どうした？〉彼らは何でもない風に言う。

〈お前もやりたかったか？　こいつがヘマしてな。殺《や》っちまった〉

彼女の身体が遠ざかっていく。沈みながら。傾く日の光と入れ替わりに白く浮かんだ半月が、川の水面に映り続けている。

眩暈がした。覚えているのは、黒色になった視界と、身体が地面に倒れた痛みだった。

それから私は、マラリアにかかった。ムシガ、発熱で視界が安定せず、足が立たなくなり、舌がもつれた。だが自分の身体が急速に損なわれる感覚には、安堵感があった。熱に浮かされた脳が、一時的に奇妙な状態にあったのかもしれない。罪悪感かもしれない。

〈コリヤマチガイネエ。典型的だ〉

軍医はなぜか笑った。あの頃はまだ発症者も少なく、隊にはキニイネがあった。兵士達が次々罹患しキニイネが底をつき、駐屯地の小屋が病人と死者で埋まるのは、それを我々が全て見捨てるのは、もう少し先のことになる。モットウキエイケ。

熱に浮かされている時、幻覚を見た。あなたと、Tが、マングロウブの並ぶ川辺で、結婚式を挙げていた。夢かもしれない。

T、君は、戦地で汚れる前に死に、悲劇の純潔な存在として、歴史にプリントされている。その純潔な君は、確かにあなたと結ばれる資格がある。

君達は誓いのセップンをする。アメリカ人のように。でもそれだけではやめず、続きまで始めていた。私の目の前で。

私は伴奏係として、君達の脇に立っていた。私は君達の性交のため、メンデルスゾウンのケッコンコウシンキョクを吹いている。私は再び奇妙な快楽を感じていた。徹底的な滑稽さと惨めさの中で、トウサクした快楽を。

だがそこから、別の情景と音が重なり合う。君達が愛し合っている時に、私がエルガアのアイノアイサツをアレンジして吹き、彼らを惨めに祝福している情景と、ワアグナアのタンホイザアの肉欲に溺れる場面を吹き、この男もいずれ他の女に溺れるのだと、妨害する情景。両方とも、私は吹きながら泣いている。マングロウブの根が揺れながら、囃《はや》すように伸びてくる隙間に、実物の七分ほどになったカンタがいた。

川の一方からあの日本人慰安婦が、そしてもう一方から中隊長達に殺されたフィリピンの女性が流れて来る。月の映る水面で、二つの遺体がずれながら交差した。

〈時間も場所も越え、彼女達は交差する〉カンタが言う。

〈彼女達は時間も場所も越え、イツマデモ流れている。世界中の川に。皆は気づいていない。彼女達は、そのような存在として記録されている。人間は素粒子の集まり。全てはその流れに過ぎない。ソシテ、キミハ、その流れでは、そのような流れとして存在している〉

　彼の言っている意味は、全くわからなかった。

〈だから気にするな。君が関わらない方が、彼女は幸福になる〉

なぜ、あのような幻覚を見たのだろう。夢かもしれないが。恐らく、あなたからの最後の手紙を、受け取ったからだ。~~モットワキエイケ~~。

あなたの母親が風紀を乱しているとの噂を立てられ、憲兵に聴取された。徐々にいづらくなった母親とあなたは、長崎の祖父母のもとに行くという。私は今後、東京より長崎の方が安全と思い、少し安堵した。

　私は返事を書いていない。書こうとすると、あのフィリピンの女性の悲鳴が、頭に響いたから。それに、もう状況は、手紙を出せるようなものでなくなっていた。

　ワレワレは米軍ではなく、現地の抗日ゲリラと戦っていた。中隊長は勇ましい言葉を吐き続け、部下に深追いさせ被害を拡大させた。私達軍楽隊も十人を切り、既に騎兵銃と手榴弾を手にしていた。

ゲリラの顔を、一度だけ間近で見たことがある。ワレワレに攻撃をしかけ、すぐ退避し、また攻撃をしかけてくる身軽なゲリラの顔を。褐色の肌に、奇麗な白い目をしていた。正しい目をしていた。

村の食料を漁る強姦者を追い出すための、マットウな攻撃。マットウな怒り。私達は、何と戦っているのだろう。その奇麗な目を見た時、激しい嫉妬に駆られた。私達はもう、あのような奇麗な目を持つことができない。

他の中隊と合流するため、私達は南下した。だが実際は激しくなるゲリラの攻撃から逃れるためだった。合流した中隊は病人と負傷兵が多く悲惨の底にあり、私達も食料の備蓄がなく衰弱の極みにアッタ。私達は互いの姿に失望した。

助けを必要とする者同士の数が増えても、濃くなるのは惨めさだけだ。ゲリラの攻撃はイッタンなくなったが、無線で送られる暗号を解読していると、ドケ戦況が相当まずく、我々は既に米軍に包囲されているとわかった。援軍を送るという大隊本部のシラセから、もう数ヵ月が過ぎていた。だが少ない援軍を送られても、我々は戦って援軍ごと死ぬだけだ。

時間稼ぎに使われている。私達はそう感じていた。この島に米軍を足止めさせておくための。私達中隊は、大隊本部から見捨てられたのだと。そして大隊本部も、恐らく日本本土から見捨てられたのだと。

　本土の状況も、電報を受信し、暗号を解くことで伝わった。専門の暗号員は既に死に絶え、我々軍楽隊が全て負っていた。サイパンもイオウトウも連合軍の手に落ち、東京が空襲されているという。なぜ降伏しないのか。セイフは、ダイホンエイは、何をしているのか。私達は解いた暗号の口止めを命じられた。私は、あなたが既に長崎にいることに安堵していた。長崎なら安全だ。

　我々は近隣の廃村の民家を漁り、逃げていた家畜を森で見つけ狩った。我々は米軍と戦っていない。ただこのフィリピンの森林で、病にかかり食料を探し続けた。我々の狩りの腕は、日ごと上達した。

　マラリアが止む気配はなかった。キニイネは底をつき、軍医も全て死んだ。兵舎が病人で埋まっていく。マラリアではない、何かもわからないフキツな熱病も増えていた。そちらの方がスグニシンダ。

　運搬し埋めていた死体も、もう放置されている。初め不吉な黒い煙と思ったものはハエの群れで、その群れは死体達と私達をほぼ同列に扱った。上空に米軍機が見えることが増えた。惨めに伏せた私達の上で、戦闘機の腹の銀色が、太陽と重なり一瞬の影を何度もよぎらせた。

その度にクビの裏の筋肉が引きつり、場のハエ達の濃度も濃くなるようだった。

私達はまた移動しなければならなかった。狭くなる米軍の包囲網の中の、僅かなスペエスを探すように。彼らを置いていく、と二人の中隊長は結論づけた。百人を超える病人を熱帯の湿った森に捨てるのだ。

上手く歩けない者も、残ることになった。連れて行ってくれとは、言えない空気をナカマタチはつくり続けた。アイテノメヲ、ミナイヨウニシナガラ。

軍楽隊はもう五名になっていた。コントラバスやドラム、つまり木のケースに入った重く巨大な楽器は捨てろと命令された。

私のトランペットは革のケースであり、所持は任された。最後に何か、吹いてやれ。そう言ったのは誰だったか。軍楽隊の隊長だったと思うが、ソレハ、オカシイ。あのフィリピンの女性を見捨てた彼は、マラリアで糞尿を漏らし、最後は微笑みながら死んだのだから。自分を罰することができたという風に。

兵舎となった廃村のコヤを重なるように埋める病人達の、その命の束を見ながら、侵入者の我々は、森に浄化されているのだと不吉なことを思った。森の勝利だと。

我々が演奏の準備をしている時、既に隊は移動を始めていた。軍楽隊など、足手まといに過ぎぬ。我々も、もうあまり生きようと思っていなかった。少なくとも私は、もう死にたかった。

私達がまず〈テルテルボウズ〉を演奏すると、病人達は力なく笑った。〈テルテルボウズ〉は、晴れを願う曲。ここ数日アメが続いていた。死を前にした奇妙な明るさの中で、私達はまだ、冗談をやる考えがあったことになる。冗談をやることで、死を前にした彼らの恐怖を、少し紛らわせてやりたかったのか。観客の緊張を初めに解く音楽家の姿勢が、まだ私達に残っていたのだろうか。

ハエが乱れ飛ぶ中で演奏したのは童謡だった。〈アカイトリコトリ〉〈シャボンダマ〉まだ意識のある者は故郷を想い泣き、意識がモウロウとしている者は、童心に戻っていた。〈アカトンボ〉も吹いた。我々の演奏中、何人かが息を引き取った。演奏しながら、アソコデヒトツ、ムコウデヒトツと、命が消えていくのがわかったのだった。

生きる気力を、私達の音楽が失わせたのかもしれない。今なら子供に還り死ねるとでもいうように。

私は独奏で天国を表現しフイタ。光り輝く場所。全ての不安を、取り除く場所。

軍楽隊のメンバーは、やがて私の独奏についてきた。私は微かに驚いた。彼らも腕を上げたのだ。

私は天国を意識しながら、自分が経験することのなかった、母の愛を焦がれるように吹いた。どのような不安も、鎮めてくれる温もり。その温もりの中で、生きていくことができる場所。私があなたに出会い、その愛に直面した瞬間、失った場所。

メンバー達はみな泣いていたが、私の目から涙は出なかった。あの頃からもう、私はおかしくなっていたのかもしれない。私の演奏が続く中、泣き過ぎたメンバー達が一人ずつ演奏をやめ、自分達の楽器を、涙を流したまま粗い土に埋め始めた。

私のトランペットはあの男から譲り受けた私物だが、彼らの楽器はどれも陸軍のものだった。古くは、約五十年前、日清戦争から受け継がれていたもの。

命は皆大切なの。あなたの言葉がウカンダ。目の前にある、無数のマラリア患者達や負傷兵達。ハエ達と共に見捨てられていく者達。不潔な軍服を着た不潔な無数の肉の束達。私達はずっと間違い、今も間違い続けている。今後もだろう。

これ以上離されると、もう隊を追えなくなる。誰かが言い、私は演奏をやめた。あの場で自分も死ねばよかったのに。戻り際、まだ意識のあった痩せた病兵が私の足をつかもうとし、宙をかいた。モウロウとした目で〈本当か〉と聞いた。

音楽に対し、本当かの問いは奇妙だ。彼は私を私と認識しておらず、寺や教会の坊主と感じていたのかもしれない。

〈本当だ〉私はイッタ。天国は、そのような場所という意味で。彼は恐らく私の言葉を聞いていないが、重々しく頷いた。私はその場を去った。天国など全く信じていない私は。隊は廃村に辿り着いており、私達も合流した。廃村に嫌がらせのように残っていた腐敗した食料は、既に食い尽くされていた。我々の主な任務は戦闘でなく食料の調達であり、病との戦いであり、圧倒的な兵力を誇る米軍からの逃亡だった。我々はまた南下しなければならなくなった。キエロ。

追いつめられた中隊長が、斬り込み隊を組織した。若く、まだ純粋な者達が選ばれた。米兵達の一点を攻め、キエテクレそこを突破する無謀な作戦だった。

だが志願する者は意外と多かった。このまま飢えや病で死ぬのなら、米兵と一戦を交え死にたいと願う者達の中には、意外なことに、まだ帝国陸軍と天皇陛下に忠誠を誓っている者が多かった。私は人間の精神の強靭さに驚嘆する思いだった。あるいは、人間の精神の硬直さに。

〈エンゴシロ〉中隊長が私に命じた。

〈彼らを音で送り出せ〉

あまりに愚かな命令に驚いた。我々の貧弱な銃声だけでなく、米軍の砲撃が鳴り響けばトランペットの音など聞こえない。だがやるしかなかった。三十名ほどの斬り込み隊だった。狩りで弾を使い過ぎ、もう軍刀と手榴弾しか持っていない者もいた。私はその兵に自分の騎兵銃を渡した。ここで自分も死ぬのだ、と思った。死を前に、見事に高揚できる目の前の不思議な三十名と共に。

だがよく見ると、彼らの半数の足が震えている。あの震え方は疲労ではない。私の足も。不意に親密感が湧く。命というもので結ばれた親密。歴史に何も残ることなく、来るべきでなかった異地のジャングルで死ぬ者達の親密。元々は善良であったのに、ソレゾレに何かしらの不本意な罪を負い、惨めさと無意味さに打ちひしがれながら、米軍の高価で美しい最先端の砲弾で、肉と骨が引き裂かれる無名な者達の親密。

なるべく音を立てず近づき、米兵が見えたら突進する。作戦と呼べただろうか。私は自分の意見を言った。私が少し離れた場所でトランペットを吹くから、合図にしようと。米軍は音の鳴った私に気を取られる。その隙に突っ込めと。

私がマトになるのを意味した。私の勇気に、この親密さが増した気がした。だが私の中に奇妙な感覚がワイタ。この者達の命の祭りを音にしたら、一体どんな美しい旋律が鳴るだろうと思っていたのだった。

自分が犠牲になることで、罪悪感が減り、ソノヨウナ悪徳を抱かせる余裕が心に生まれたのかもしれない。月が出ていた。私達を見つめる月。

我々は音もなく、米軍達が駐屯する地を避け、手薄な地点を目指した。フカクだったのは、米軍が既に向かってきていたことだ。

　だが我々は限界点まで近づいた。我々は家畜を狩ることに慣れ、音を立てず近づく術を身に付けていた。少人数で動く我々がまず奇襲し米軍が混乱したら、背後から本隊の第二派が来る。包囲網を突破する。あとは逃げ続けるのみだ。

　私は隊の背後に回らず、隊の端に移動した。小高い丘が見えた。ここなら米軍のマトになるが戦況が見渡せる。丘に立ち、木々の間から兵達を見下ろした時、恐怖が消えた。

月が私を照らしていた。不意に、私達はこの光により記録されていると感じた。歴史書にではない。もっと根本的な何かに。

　ミテイルトイイ。私は月に向かい呟く。惨劇のすぐ手前の、この不思議な静寂の時間を。そしてそれが破られる決定的な瞬間を。その後の命の祭りを。私は爪で太股に十字を刻んだ。なぜだろう。全てを越え、捨てようとしたのかもしれない。十字などの温かなもの全てを。

　激しく息を吸い、音を出した瞬間全身が震えた。降りたのは凄まじい旋律だった。実現するには相当な技術がいる。でも私の指は完璧に動いている。

　旋律は空気を裂き、圧縮し潰しながら丘の下へ落下した。仲間達の脳を震わせる。彼らも私の旋律により、進んで高揚しようとしている。そのように、自分達を騙そうとしている。だから私の音は躊躇なく進んで彼らの脳内に受け入れられていく。

軍刀を抜いた仲間が驚いた米兵の胸をサス。桃色に日焼けした米兵の、なぜか官能的に見える肌に血液が流れ飛び散っていく。その血液の赤が旋律を染め、サラナル高みへ音の渦を上昇させる。仲間達が撃たれて死ぬ。だが仲間達の軍刀や銃弾で米兵達も死ぬ。叫び声が一斉に上がる。命の祭り。私のすぐ側を銃弾が掠める。狙われているがどうでもよかった。

こんな凄まじい曲は聴いたことがなかった。自分から出たとも、信じることができなかった。命を貪り合う。命を潰し合う。アップダウンを激しく繰り返す私の旋律はその惨劇を完全に体現し、私の音により彼らの死が増え彼らの死がさらに私の旋律を激しくしていく。モットダ。私は思った。モット美しくできる。際限なく、美しくすることができる。もっと命が必要だ。もっと貴重な命が必要だ。その命が貴重で数が多いほどこの旋律は激しく美しくなる。

爆風を感じ、私は吹き飛ばされ丘から落下した。だがすぐ自分に意識があると気づき立ち上がり吹いた。銃弾が鳴り響く。だが私の音は終わらなかった。私はこのまま何か抽象的な存在になり音そのものに旋律そのものになりこの世界を引き裂くのだ。

オト、ソノモノニ。

私の音が限界を越え高く上昇し続け、そこから螺旋《らせん》をつくり急激に落下する。コロセ。コロセ。そんな死に方でいいのか？　もっと無残に死んでみろ。狂気でこの空間を歪ませるほどに。命が次々苦しみながら潰されていく。ソウダ。ソウダ。私は届いていると感じていた。私は届いている。この世界にある何かに。この世界にある真実の一端に。本来人間には届かないはずの、この世界の圧倒的な無造作さに。そこにある狂喜のエネルギイに。私の存在がそこに溶け一体化していく。オトソノモノニ。私は音でそこに届く。全て潰すのだ。この音と共に。この旋律と共に。この旋律は世界の全てを終わらせる音だ。

爆風を感じ、私は再び吹き飛ばされる。私は笑みを浮かべていた。火薬と土埃に包まれながら、しかし第二派が来ないと気づく。我々の大半はもう死んでいるのに第二派が来ない。この祭りの第二派の命達が来ない。

裏切られたのか？　我々は囮《おとり》に使われたのか？　本隊は別の方角へ逃げたのか？　気を失った。

（＊ここに意味の取れない歪んだ線がいくつか描かれ、空白の後にまた言葉が続く）

目が覚めた私が初めに見たのは、やはり月だった。媚態のように曲がる植物達の中に、仰向けでタオレテイタ。

喰おうとしている、と思った。今、この植物達が、私を喰おうとしていると。彼らの動きがモット速く、私がこの場から動かなければ、彼らは微生物達に私を分解させ、根から吸い上げ喰っただろう。

私は月に驚いていた。あのような惨劇があったのに、月には少しも変化がないことに。

全身に痛みが走り、私は自分の肢体を見たが、欠落しているところはなかった。自分が手にトランペットを持ったままなのにも驚いた。小学校のシュウシンの教科書に載っていた、日清戦争時の模範的な喇叭吹きのようだ。死んでもなお、口から楽器を離さなかった軍楽隊の喇叭吹き。歌にされヒットした。私は起き上がった。静か過ぎる暗闇の中で。

火薬と血の匂い。爆裂音で逃げたのか、虫達の音も気配も消えていた。何か踏みそうになり見るとアシクビだった。靴だけでなかった。口のような靴に脛《すね》から下がついていた。

仲間達の死体が、散らばっていた。軍服に包まれた痩せた肉達。砲弾という鉄と火薬に負けた柔らかな身体達。あまりの血の量に、私の首の辺りの脈がヒクヒク揺れた。彼らがこんなに体内に血を有していたことが、不思議なことのように思えたのだった。

ワタシハモウ、死体を見ても心は動かされないはずだった。でもあまりに周囲が静かで、風すらなく、月だけが輝いているので、死体に人間が感じる当然の反応が騒ぐ。でも一瞬で過ぎた。

危なかった、とぼんやり思う。あれに囚われたら、ワタシハ、クルウ。それとも、反応しない私の方が、狂っているのだろうか。でも今の方がいい。狂うにしても、静かな方がいい。

この死体達も記録される。私はそう思っていた。歴史書ではなく、何かもっと根本的なものに。光に関係するものに。デモ、ソレハ、ナゼダロウ。ナンノタメニ。

しかし同時に、この風景だけが、歴史から切り取られていくようでもあった。宇宙のしかるべき時間の流れから、この風景だけが断絶し、次元すら越えた遥か遠くの暗闇の中で、永遠にホウチされているとでもいうように。冷気が股間付近から頭部に走った。孤独を感じたのだ。離れないと、この風景と同化してしまう。

でも同化するべきでもあった。私はこの死体達の原因の一つであり、結果の一つだった。私は歩いていた。この風景を引きずりながら。どこかの異次元に、この風景が放置されていかないように。私は残酷なまでに、まだ死んでいなかった。しかもこの期に及んで腹を空かせている。

月が歩く私を照らしている。私を記録し続けている。

ヤメテクレ。私は思う。ヤメテクレ。

私の罪は、何だったのだろう。トランペットで、喝采を得ようと、有名になろうとしたことだろうか。この戦争において、強靭な精神を、持つことができなかったことだろうか。あるいは、存在したこと、そのものだろうか。ワカラナイ。

私は何日も歩き続けた。驚くべきことに、中隊長の後ろ姿を見た。アノ、カオノナガイ、オトコ。

やつれた中隊長は、私の姿を見て目を見開いた。死んだと思っていたのだろう。側に一人、彼とよく行動を共にしていた部下がいた。あの川辺には、いなかった男。

私は全て悟った。我々を突撃させ、米兵達が驚きそこに兵力を集中させている時に、別のルートから抜けようとしたのだ。だが砲撃に遭い、隊はバラバラになったのだと。

〈ご無事で何よりであります〉

私は彼に敬礼をして見せた。あの時にはもう、何をするか決めていたのかもしれない。中隊長は汚れた長い顔を引きつらせながら、でも安堵したようだった。

〈敬礼はよせ〉中隊長がイッタ。

〈俺は上官じゃない。いいな？〉

〈は？〉

〈決まってるだろ。降伏するんだよ〉

私は足から崩れ落ちそうだった。

なぜこんなに、凡庸なのだろう。私の運命の歪みに加担し、それゆえに私が打ち倒すべき悪であるなら、特殊な悪であって欲しかった。なぜ凡庸なのだろう。なぜこうも、恥ずかしげもなく、凡庸な卑劣さをまとえるのだろう。

だが私は笑みを浮かべたかもしれない。彼の殺害に躊躇する必要がないからだ。

〈しかし〉中隊長が歩きながら言う。

〈いざ降伏しようと思うと、なかなか見つからんもんだな、敵兵さんは〉

彼が私にセを向けている。自分が裏切った男に無防備なセを曝している。彼の不用意さに苛立った。彼は凡庸であるだけでなく無能であり、人を裏切るわりに裏切られる可能性を考えていない。その不潔なセにはハエが数匹ついていた。恐らく私のセにも。

月を見る。ここで彼と会ったのは天啓に違いない。心臓が、トクトク音を立て続けていた。もう私に銃器はない。だから私の武器は。

一日ほど、彼らと行動を共にしただろうか。夜になり、声がした。

〈英語だ。そうだろう？〉

中隊長が、同行する部下に聞く。その彼は英語がタッシャだった。確かに、微かに英語が聞こえる。一人でなかった。

〈武器を捨て、手を上げるぞ。お前が英語で叫べ。降伏すると〉

ソウハ、イカナイ。

私はトランペットを手にし、静寂を破り、彼より先に高らかに吹いた。曲は決めていた。

一番愚かで幼稚な曲。グンカンマアチ。我々の攻撃の合図。

〈ヤメロ〉

中隊長の口がそう動く。

〈モウイイ。モウ、イイ〉

もういい？　そういうわけにはいかない。散々軍歌を演奏させ、ワレワレを焚きつけたのだろう？　相手が聞きたい音楽を、聞かせることがいいことなのかどうか。ダガオマエハ、この曲を聞きたいだろう？　グンカンマアチ。

ベイグンヨ。ワレワレハ、ココニイル。君達の情報収集は素晴らしい。知ってるだろう？　これは我々の戦いの歌。我々の戦意を示す歌。

〈ヤメロ。ヤメテクレ〉

左腕に激しい熱が走る。撃たれていた。中隊長の部下が、名も知らないその彼が私に銃口を向けていた。撃たれただけでなく、私の左腕の神経が、演奏に必要な神経が、決定的に損なわれたのを激痛で直感した。

私は倒れる。私を喰らう植物達の上に。

〈降伏すると叫べ〉

中隊長が部下に怒鳴っている。

〈何と言えばいい？　もう俺が言う〉

ソウハ、イカナイ。私を誰と思ってるんだ？　私は戸山の天才。軍歌など片手で吹ける。トランペットを空にムケ、私は倒れたまま再び吹いた。音が上昇する。音は叫んでいる。私達はここにいると。

不意に溶岩に似た砲弾が我々に降り注いだ。我々は三人だが、大勢いると思ったらしい。炎と噴煙の中、中隊長と部下の身体が肉片となり、宙に散るのが視界に入った。私はまだ吹いていた。降り続ける砲弾の下で、煙で何も見えなくなる中で、最後に吹いたのはなぜかアカトンボだった。でも最初の三、四つの音しかオボエテイナイ。身体が宙に浮いた記憶はある。私は吹き飛ばされたはずだった。


メガサメルト、ココニイタ。

灰色の小屋。私は現地のゲリラに捕えられ、この村の小屋に監禁されている。

日本が敗戦したのを知ったのも、この小屋だった。日本にシンガタバクダンが落とされたという。二発落ちたと聞いたが、ドコダロウ。

トランペットは手元にあった。不思議だったが、後から聞けば、このトランペットを悪魔的な何かと思い、村人達は触れたくなかったらしい。左腕に包帯が巻かれていた。取りあえずそうしておいたという風に。シンケイがないのか、なぜか痛みをそれほど感じなかった。化膿しているようだった。

私は記憶から、あなたの表情だけでなく、名前も薄れているのに気づいた。ナゼダロウ。あなたという、今の悪徳の私と相反する存在を、脳が、無意識が、剝がそうとしたのかもしれない。そんなものを同在させていれば、意識そのものが崩壊すると、危惧したのかもしれない。

私は焦った。包帯を雑に留めていた針金を外し、トランペットにあなたの名を刻もうとした。ミチコだったか、ミチヨだったか。あなたに怒られる。そう思うと涙が出た。怒られないように、途中まで名を記そうとした。ミチと刻んだ。愛称のように。後で、女の名を刻んでいると揶揄われないために、そう刻んだと言い訳できるように。

刻んでいる時、トランペットが女のように喘いだ。女だったのか、と驚きながら、喘ぎ声を楽しんだ。泣きながら笑う私に、様子を見に来た村人が軽蔑した視線を向けた。私はジトクを見られたように興奮し、笑いと涙は次第に涙の比重が強くなった。この戦争は、他国を巻き込んだ日本のジトクだと思った。日本はジトクしながら死んだのだ。

私の状況は、次第にわかってきた。村人達は、私を処刑するか、役場に送るか、つまり政府に委ねるか、迷っているようだった。フィリピンで捕まった捕虜達が、戦犯としてイマ、裁判所で裁かれていると聞いた。裁判などせずコロセという世論を、フィリピン政府が必死に抑えていると。

来客の知らせもなく、ドアが開いた。

上等なスーツを着た、若い男が立っていた。日本人のように見えるが、雰囲気が違う。日系アメリカ人だった。背後には、付き添いと見られる米兵が二人いた。

彼は私に、英語で何か侮蔑的なことを言った。私はフランス語はわかるが、英語は大してワカラナイ。彼は恐らく日本語を話せるが、わざとのように英語を使った。

お前達のせいで、アメリカにいる日系人がどんな目に遭ったか知ってるかと、彼は言っているようだった。彼は私を殴りたいようだった。気が済むなら殴ればいいが、彼の目的はトランペットだった。彼は私の隣で横たわる、疲労したトランペットを手に持った。

米軍の間で、噂になっていたのかもしれない。続けて彼は私の左腕を見た。包帯が巻かれた左腕を。天罰だという風に。もう楽器を扱えないオマエは必要ないという風に。

ガラスのない小窓から、月の光が差していた。何だか自信に満ち溢れた、知らない男に持ち去られようとしているトランペットに、青みを帯びた光が注がれていた。

〈あなたは私のせいにした〉

毛深い腕に摑まれながら、トランペットがそうイッタ。

〈あなたは私のせいにすることで、精神を狂気の方へいかせた。善的なものと惨劇との狭間で、完全な精神の崩壊を防ぐために、あなたは狂気を選ぶことで精神を安定させた〉

私は呆然とし続けた。

〈私は悪魔ではない。私は偶然が生んだただの楽器。あんな演奏はしたくなかった〉

トランペットの声は、抑揚がなかった。

〈なのにあの演奏に、あの旋律に、私も興奮してしまった。どうしてくれるのです。私は〉

私はどのような表情をしていただろう。

〈私は、慰められたい。あんな旋律に、高揚してしまった私は〉

なら、あの時の楽器の声は、何だったのか。そして今の声は、何なのか。これが本当の声だったというのか？　これが本当の？

日系人は小屋を出る時、私を一瞥した。その目は、オマエの処遇は現地の村人達に任せると言っていた。日系人の背後に、あの女性がいた。私が川の近くで見た、半裸の女性。欲情した私を恐怖の目で見て、去っていった女性。

彼女は私を怯えながら見て、間違いないという風に頷いた。続けて母親と思われる人間のムネで泣いた。私は彼らの同類だ。私の処遇は決まった。

恐らく彼女は、私が見捨てた女性の知人だろう。あの時、演奏を終えた私は、中隊長達のもとに走っていった。でもあれは、思い返せばポウズに過ぎない。

自分が可愛くて、走ったのだ。あの現象に、抵抗する振りをしたのだ。もしマダあの女性が襲われていたとしても、私は自分が、彼女を助けられたとは思えない。私は硬直していたのではないだろうか。反抗すれば、私達軍楽隊が、最前線に送られると恐怖して。いや、目の前の彼らの、銃にさえ恐怖して。

日系人はもう消えていた。トランペットと共に。私は自分の精神が、遊離していくようにいま思っている。

緩慢に揺れるあの何とかという遊具のように、その感覚は私にテイキテキに訪れる。次の機会を逃すことはできない。虫の記憶を受け継ぐのはつらい。だから私は、この小屋に無数にへばりつくタイルの欠片にならなければならない。私が私から遊離する前に、あなたに贈る曲を。あの未完成の愛の曲を、完成させなければ。

私はあなたの顔も、名前も忘れてしまったが、あなたを愛している。

涙でぼやけるが、月を見上げた。この手記が彼女に届くとは思えないから、光る月よ、伝えてくれないか。

あなたの恋人は、私は、このフィリピンの地で人間ではなくなったと。

あなたの前に現れる資格も、あなたの愛情を受ける資格も失ってしまったと。

ダカラオネガイダ。私以外の男性を好きになって欲しい。幸せに、なって欲しい。あなたのような人間が、幸せでないのはオカシイカラ。あなたが幸せでありさえすれば、私はこのようなことになってしまったが、私はまだ、この世界を肯定できるから。

幸せになって欲しいと、伝えてくれ。ヒカルツキヨ。お前に言葉があるなら、いや、言葉がなくても、その光があるなら、その光で、彼女に伝えてくれないか。

一気にあの曲の続きを書き上げた。感情が迸るままに。曲は完成した。この音符が見えるだろうか、この曲を彼女に届けてくれ。

時間がかかってもいい、どんな手段を使ってもいいから、届けてくれ。

彼女に向けて、歌ってくれ。

（＊ここで手記は終わるが、別紙のような紙があった。本来は、全て雑に斜線で消されている）

――〝鈴木〟の手記（別紙）――

人間がタイルになるのはそれほど難しいことではない。これまで幾人もの人間がタイルになることに成功している。

自分の意識をまず、あの壁にしがみつくタイルに溶け込ませることだ。狙いはもう定めている。私は戸山の天才。不可能はない。

常人にはわからぬだろうが、コツがある。いきなりタイルに乗り移ろうとしても不可能だ。だからまず、私自身がタイル的要素を有しなければならない。鍋にいきなり野菜を入れるのは愚者のやることだ。まず鍋を温めるだろう！　それからだ。だから私はまず、自分を、乗り移らせる前に、既に、タイルのように半身くらいはなっていなければならぬ。

そうじゃないと弾かれるのだ。彼らは石だから。フランス風にいこう。私はまず、自らをタイル的にする。その上で、タイルに馴染む自分を作り上げた上で、タイルにならなければならない。

あの部屋の壁にへばりつくタイル達はみな日本兵だ。日本兵達がタイルとなりへばりついている。ずるいぞ。先にへばりつくなんて。待ってろ。戸山の天才がいく！　石の繊維は粗く、私の意識も丁度良く収まるだろう。丁度良く、というのが、何ともいえず良い。

でも、恐ろしくもある。石は固く、冷たいから。なぜこんなに冷たいのだろう。外のジャングルは熱されているというのに。

シカシ……、石になっても、音楽は聴けるだろうか。

〈点と線〉


僕は〝鈴木〟の破壊されたフランス語——時折フィリピンのタガログ語も混ざる——を意味が通るように、日本語に復元し続けた。

〝Rの光輪〟の西倉沙織も手記に興味を持ち、元々知っていることと、独自に調べたことをメールで伝えてくれた。主に〝Rの光輪〟の〝リーダー〟、つまりこの手記での「カンタ」から聞き出したこと。彼はずっと過去を語るのを拒んでいたが、ここ数年、なぜか不用意に思えるほど話すようになっていたらしい。

鈴木はフィリピンの地で死んでいる。

自殺ではなく、これを書いたと思われる小屋の中で、腕の傷の感染症による死だった。

この手記には住所が記されており、長い年月の末カンタのもとに届いている。カンタはこれを〝鈴木〟の父親に渡した。息子の死の報と、破壊されたフランス語の乱れた狂気的な字の羅列を見た時、〝鈴木〟の父はその場に蹲《うずくま》り泣いたという。

カンタ、つまり〝リーダー〟の左目は、彼が子供だった頃、西洋人からぶたれ視力が低下した。

相手がどういう人物だったか、わからない。外国政府の役人か、貿易の商人か。走っていたカンタが、女性連れの西洋人にぶつかり、西洋人が、殴るというよりは、手を下げたまま、カンタの顔を払うように、どけるように手の甲でぶった。

その時、西洋人が言った言葉の意味を、カンタは知らなかったが、ずっと響きを覚えていたという。後に彼は、その言葉の意味が日本語で「汚い」だったことを知った。カンタの家は貧しかった。

だがそこから、カンタは少し先のことを感じるようになった。外れる方が多く、本当に能力があったかわからない。その手の無造作さに、この世界の真実を見たように思った、とカンタは、つまり〝リーダー〟は言う。

あの手の「動き」は昔からずっとあったものであり、これからもなくならないものであり、その行為に直面した瞬間、宙に浮く無数の点の羅列が見えたという。私達の存在が、歴史が記されたような、何か恐ろしげで巨大なもの。読み取るように何か感じられる時と、恐怖でできない時があったと彼は言った。

最新の物理学によれば、この世界の本質は、三次元ではなく、二次元のホログラムだという。立体のように見える全ては脳の仕業であり、実は二次元のホログラムのようなものだと。

全ては、遥か遠く離れた二次元の面に、コード化されたものから生じていると。

小さい頃のカンタの言葉と、どう関連するか僕にはわからない。

カンタの目をぶった手は、とても大きかったという。その時の屈辱の感情は恐怖に押し潰され、ずっとカンタから離れなかった。絶対に刃向かってはならないものとして、カンタの小さな身体の全身を捉えた。

その後東京が空襲され、逃げ続けたカンタの濁った左目に、焼夷弾の欠片が当たる。元々視力の低下していた左目が失明した。

カンタはやはり、抵抗してはならないと感じたという。以降、カンタは無数の点を見ることがなくなった。

〝焼夷弾の欠片は、四角だったんだよ〟西倉に〝リーダー〟は言った。

〝はっきり覚えてる。失明する直前に私の左目が見たそれは、波打つような四角だった。国旗のような四角だよ。それぞれの人間が住む場所を線で分け、その集団をまとめるための象徴。そこに強弱が生まれることの象徴〟

無数の点の羅列を見ようとした、越権行為を敵国に潰されたと感じたという。自分の置かれた立場での幸福。幸福の定義と認識を変える。〝リーダー〟の思想の奥にあるもの。

〝鈴木〟の許嫁《いいなずけ》の名は、ミチヨでもミチコでもなかった。ヨシコと言った。

記録によると、あの時期、あの場所にいた慰安婦に、ミチエと呼ばれた女性がいた。川に流されたと思われる慰安婦。恐らく〝鈴木〟の崩壊した意識が、彼女達の名を入れ替えていた。

ヨシコは長崎に落とされた原爆で被爆し、顔を焼かれた。〝鈴木〟の手記はまだカンタのもとに届いておらず、ヨシコは広島と長崎で多く見られた、顔を損傷した被爆者として外に出られない年月が続いた。

彼女は顔を損傷した自分を、〝鈴木〟は愛してくれると信じていた。

だがそこで、彼女と同じく原爆で顔を損傷した男性と出会う。カンタの遠い親戚だった。彼女と男性は惹かれ合い、後に結婚する。社会の目は冷酷であり、貧しかったが、彼女達二人の間では、平穏で美しい日々を送った。

カンタのもとに〝鈴木〟の手記が届いた時、既に彼女はその男性と暮らしていた。言語の崩壊している手記を、フランス語に明るくないカンタは途中までしか読んでいない。辞書を片手に進めたが、内容的に読むことが辛過ぎた。既に結婚したヨシコに渡すのは、適切でないと判断した。

〝世間に公表することも、できないよ〟

〝リーダー〟は、西倉に言った。

〝皆が望んでるのは、音楽によって、数や装備で劣る日本兵が巨大な米軍を倒した物語だろう？　こんなものを公表できるわけがない。……人々も望まない〟

手記は葬られた。

本当は、〝リーダー〟が死んだ時、一緒に燃やされるリストに入っていた。


楽譜を読んだ所沢は、これはラブソングだが、途中から、突然旋律が壊れていると言った。

〝出だしは愛が溢れるようで、さらに優しく、温かくなります。信じられないほど、美しい旋律です。……でも途中から突然、旋律が変わる。どう言えばいいかな。口を閉じたまま、精一杯金切り声を上げてみてください。それが続いた後、急激に低音になって、そこからは、音階が激しい上下のジグザグになります。ジグザグの角が見えるくらい、極端な高低……、これを吹くのは、相当な技術がいる。でもその技術が、1ミリも旋律の美しさに貢献していない。……こんな曲は初めてです〟

曲の続きを記した時の〝鈴木〟は、もうその新たに生まれた音符を愛の旋律と思うほど、損なわれていたことになる。

僕から奪った二つ目のトランペットを吹いた時、偽物であると所沢は気づいたらしい。でも彼は〝Rの光輪〟に伝えなかった。破壊された楽譜を見、何か感じたのかもしれない。彼の真意はわからない。

トランペットは、紛失していた事実は伏せられたまま、大々的にコンサートの開催が発表された。自衛隊の音楽隊による演奏に加え、政権と親しいとされる歌手達も出演し、トリは所沢の、このトランペットを使用した独奏だった。彼は演奏家として、トランペットの抜本的な再修理を要請したという。選挙期間中に開催と決まった。

僕は本物のトランペットを、宅配業者達の輸送ルートの網に紛れさせていた。発送人も受取人も偽名にし、配達日を指定可能ギリギリの一週間後に延ばした。受取先は、僕を匿ってくれた長崎のホテルのオーナー、あの彼女の知り合いが経営する別の東京の民泊。もし僕の二番目のトランペットが偽物と発覚しても、本物だけは上手く探せない仕組み。

〝Rの光輪〟の働きかわからないが、僕の逃亡報道の続報もなかった。僕は恐らく指名手配のままだが、トランペットが手に入ったと思った時点で、用済みなのかもしれない。

その東京郊外の民泊に籠もり、〝鈴木〟の手記を復元し続けた。オーナーは眼光の厳しい男の老人だった。あの長崎のオーナーの元恋人かもしれない、と僕は思った。

「一九六〇年代、私達は学生運動をしていてね」

一度、オーナーの男の老人が僕に言ったことがあった。

「過激化する反米の安保闘争の中、君を匿ったあの彼女は大学を卒業後、健全な運動に方向を変えた。でも私はそれができなかった。学生運動をしていたのに、卒業後は批判対象でもあったはずの大企業に就職していく仲間や、彼女のように穏健な活動にシフトしていく者達を、……私は軽蔑していたんだ。私達はでも、自分達の思想と理想を実現することに、酔い続けるのが目的になってしまった。私達の活動は、いつの間にかこの国に生きる人々を忘れたんだ。人々を軽蔑した瞬間、革命は独善になる。……人々を軽蔑することで、私達は自分達の存在意義を確認していたのかもしれない。私や私達が理想という純粋さによって社会から外れていく姿を、彼女達は憧憬と罪悪感と軽蔑の視線で見ていただろう。私は彼女より革命を取り、当然の帰結として微罪だが刑務所に入ることにもなった。……私達の最大の罪は、運動を過激化したことで、この国にデモなどに対する嫌悪感を根付かせたことだ。申し訳なく思う。でも近頃、あの頃の学生運動を詳しく知らない若者達が、再び路上に出るようになった。私はそれを見て泣いたんだ。ありがとうと。……しかし」

話した時のオーナーの老人は、酔っていた。

「君達は、このまま敗北し続けていくだろう。人権や多様性と言いながら、敗北していくだろう。黒人達のために立ち上がった、キング牧師の言葉を知ってるだろう？『最大の悲劇は、悪人達の圧制や残酷さではなく、善人達の沈黙である』……君達は善人達の沈黙に負けるだろう。君達の言葉は、そのような善人達を苛々させるだけのものだから。率直に聞こう。君は自分を大衆と思っているか？　君は自分を大衆であると嘘ではなく本気で認識し、さらに大衆を愛することができるか？」

〝鈴木〟のトランペットの所有権を主張した、記者会見に現れない「遺族」の存在。僕は五十嵐に連絡を取ったが、番号もメールアドレスも繋がらなかった。僕は髪を切り、マスクに眼鏡をかけ、彼が原稿を書く雑誌の版元に行った。彼は面会を拒絶したが、簡素なメールが来た。

トランペットの所有権を主張していた「遺族」は、やはり〝鈴木〟の元許嫁のヨシコだった。〝鈴木〟の遠い親戚の〝リーダー〟の、さらに遠い親戚と結婚したのだから、確かにヨシコは〝鈴木〟の「遺族」といえた。〝リーダー〟は西倉に彼女は死んだと告げていたが、ヨシコは生きていた。

〈その温度の先に〉

病院脇の新しい喫茶店には、僕達以外客はなかった。

彼女の姿を見て、五十嵐がトランペットのために動いた理由を、知ったように思った。ヨシコの娘で、美佐枝といった。五十歳を過ぎたほどの、長い髪の美しい女性。ヨシコと、もう亡くなったヨシコの夫のもとに、十五歳で養子に入ったという。

「メールでもお伝えした通り、母のヨシコは今、目が見えません。耳も聞こえず、言葉も難しい。……でも意識はあります。ない時もありますが。……人生の最後を、平穏に終えようとしています。ですから、本当なら、そっとしておくべきとも思うのですが、……私は違いますが、母はクリスチャンです。運命というものがあるなら、これも何かの、必然なのだろうと」

彼女は目の前の紅茶に、ほとんど手をつけなかった。名刺は、環境保護団体のＮＧＯのものだった。体内に入れるものに、気を遣っているのかもしれない。

「五十嵐さんがトランペットを持ち去った時、母はとても哀しみました。乱れてしまった神経で、危うく息を引き取るのではと思うくらい。……本当なら、私が初めに〝鈴木〟さんの書いたものを読んで、母に伝えるか判断するべきなのですが、……私が入る余地のない物語ではとも、思っています」

それを言えば、僕も同じに違いなかった。

「あなたのことは、もう母に伝えています。手記が見つかったことも。……長い内容を、今の母は恐らく理解することができません。神経が乱れ過ぎるものも、できれば避けて欲しい。ですので、かいつまんで、伝えてくださいますか。私が指で母に伝えます。でも」

そう言い、水を一口飲んだ。緊張に耐えられないという風に。

「内容によっては、私は母に伝えないかもしれない。よろしいですか」

僕は頷いた。

病室は個室で窓が大きく、日の光に満ちていた。ヨシコは可動式のベッドの上で、上半身だけ僅かに起き上がっている。来客を迎えるように。

痩せてはなく、中肉中背で、薄い水色のパジャマを着ていた。白い髪は、顎の辺りで清潔に切り揃えられている。確かに顔に火傷《やけど》の痕があるが、言われなければ気づかないほどだった。長い年月と、度重なる手術のためかもしれない。美しい老人だった。

奇妙な言い方になるが、僕は彼女の高齢さにたじろいだ。計算すれば、九十歳を超えている。歴史の重さを感じたのだった。部屋に入った僕の存在に、彼女はすぐ気づいたようにも見えた。いつもと違う空気の揺れや、匂いの変化かもしれない。

美佐枝がヨシコの片方の手に優しくふれ、何かを書く。

ヨシコが微笑み、頭を下げた。でもその微笑みは緊張していた。聞く覚悟を決めたように。

僕は自己紹介をした。さっきまで外にいたのに、これほど日の光を感じたのは、久し振りのことだと思っていた。

「お伝えした通り、〝鈴木〟さんの手記が見つかりました。〝鈴木〟さんはフィリピンの地で亡くなっています。……彼は戦争で傷つき、もう、日本には帰れないことを知っていました」

美佐枝が、緊張しているヨシコの手のひらに、言葉を書き続ける。社会から時に虐げられても、夫となった男性と、静かに美しく過ごした手のひらに。

「そして、あなたに向けて、こう書いていました」

僕は息を吸い、続けた。

「あなたを、愛していると。だからお願いだと。他の男性を、好きになって欲しいと」

ヨシコが一瞬、身体を揺らす。その唇が震えた。

「愛するあなたが幸せでありさえすれば、私はこの世界を肯定できるからと。だからどうか……、どうか幸せに、なって欲しいと」

日の光が強くなる。涙を流したヨシコの手を、美佐枝が握っている。ヨシコのもう一つの手には、クシが握られていた。恐らく〝鈴木〟が戦地に行く前日、手渡した桜模様のクシ。

「お伝えしたかったのは、以上です。あとこれが、……トランペットです」

手記では革とあったから、あの木のケースは誰かが後に作ったものになる。トランペットを、ベッドの上に静かに載せた。ヨシコがふれる。

「〝鈴木〟さんによると、そのトランペットは悪魔の楽器などではないそうです。トランペットはずっと、……慰められたかったのではと、書いています」

ヨシコがトランペットを撫でた。それを見た瞬間、僕は目に涙が滲んだ。ヨシコが手で、トランペットを撫で続ける。

「僕がずっと持っていました。……申し訳ございません」

ヨシコが指を伸ばし、今度は美佐枝の手のひらに何か書いた。

「近づいて欲しい、と言っています」

ヨシコが側に寄った僕の頭に手を当て、そっと撫でた。

「私が高齢でなかったら」

ヨシコの言葉を、美佐枝が言う。

「あなたも養子にできたのに」

僕は不意をつかれ、また涙ぐみそうになる。

「私は毎晩、祈っているのですが」

ヨシコの言葉は、終わらなかった。

「これからは、あなたのことも祈らせてください。……ありがとう」

「発見されたトランペットの……、ニュースを知った時」

病院の薄緑の廊下を歩きながら、美佐枝が言った。ヨシコは眠っていた。

「母は所有権を主張しました。……〝鈴木〟さんとは呼ばなかった。だから本当の〝鈴木〟さんの本名は違う。……でも、仮名であったとしても、彼のことには違いない。そんな彼が、また軍国主義の象徴として認識し直されることが、耐えられなかったのだと思います」

「でも、よく二人で」

「T会……、いや、今はQ、じゃなくて、Rの光輪でしたか、接触をしてきたと思っています。正体を隠して」

美佐枝の眉間の皮膚が強張っている。

「権力に渡すわけにいかない。私達が弁護士も用意すると、偽りの団体名を名乗って。……恐らく、こういうことです。国がそのままトランペットを手に入れるより、政権の中枢に近づくために、騒ぎを自演した上で解決して、恩を売ろうと思ったんじゃないですか。元々私達は所有権を主張しようとしていましたが、彼らが入って複雑になりました。やがて嫌がらせが始まって……。でもそのとき五十嵐さんが現れて、彼の調査で全てわかったんです。嫌がらせは、協力者と思っていたそのグループがやっていたって」

　美佐枝が小さく息を吐いた。

「彼らは、疲労した母から合法的に、トランペットを譲り受けようとしたのだと思います。Rの……、光輪は、地方議会に影響力がありますが、まだ政府中枢に入り込んでるわけではなかったですし。……現在の政権には、国民がちゃんと知れば驚愕するほど、あらゆる宗教団体が近づいている。ライバルも多い。……でもそれだけじゃなくて、……恐らく、あの教祖は以前、母のことが好きだったのだと思うんです。……愛情と、わからないですが、憎しみが混在したような」

　あり得るかもしれない、と僕は思う。

「でもトランペットは五十嵐さんが持ち去ってしまって、その後はあなたが」

　僕はあのトランペットを、悪魔的なものと信じた。自分の人生を損なうために、そう信じたかったのだった。人は信じたいことを信じようとする。〝鈴木〟は戦犯容疑で追われていたわけではなかったし、元アメリカ兵のあの手記も、虚構されていた。

「このトランペットは、もう解放されたのですよね？」

　彼女の解放という言葉に、僕の喉の辺りが重く引きつる。

「……そう思います。〝Rの光輪〟は、もうあのトランペットを本物と認識しているそうです。所沢という演奏者は気づいてますが、本物ということで黙ってる。ですから、恐らく政府も」

「今の彼らは、事実に頓着しない傾向がありますからね。事実よりイメージを大事にしますから。もうコンサートは発表されてますし、このままやるんでしょう。偽物でやるなんていい気味ですけど、……でも恐らく、コンサートは成功するんでしょうね。テレビの大半ももう、一体どうしてしまったんでしょう。中立を装いながら、馬鹿みたいに盛り上げるんじゃないですか。恥ずかしくて見ていられない」

彼女の言葉がやや悪くなったことに、僕は少し笑いそうになる。よほど嫌いなのだろう。でも気持ちはよくわかる。廊下が尽き、ロビーに出た。

「私の知り合いに、信頼できるプロの演奏家がいます。彼女に使ってもらおうと……、いかがでしょうか」

「それがいいです」

トランペットとは、ここで完全に別れることになる。でも彼女の提案通り、演奏家が持っていた方がいい。当然だった。

間違った寂しさを、感じる自分に気づく。でももう、こういうことには慣れている。やり過ごしても消えず、喪失が喪失として残ることにも。

「山峰さんはジャーナリストで、ライターですよね？」

首を横に振る。もう僕に仕事はない。そもそも指名手配中だった。

「いえ、働いてください。……手始めに、食の安全について、書いてくださいませんか」

美佐枝が控えめに言う。

「アメリカから、ゲノム編集の作物が、規制も表示もされず入ってこようとしている。……食の安全の基準はせめてEU並みにするべきなのに、この国は本当に、何をやっているのでしょうか。このままだと、本当にまずいと思うんです」

〝君達は敗北するだろう〟。民泊のオーナーの、酔いの滲んだ言葉が浮かぶ。僕は返事をすることができない。

でも敗北とは、本当は、他者が決めることではない。そのことは、わかっているはずなのに。

彼女は自動ドアの外まで来てくれた。接触が悪いのか、ドアが片方だけ開く。迷ったように、彼女が言葉を続ける。

「……五十嵐さんに聞いたのですが、山峰さん、あなたも、長崎にゆかりがあると。……とても深く」

日の光が眩しく、僕達はほぼ同時に、手で光を遮ろうとした。

「私の母のヨシコの旧姓は……岩永です」

僕は驚き、彼女の顔をまともに見る。

「岩永なんて、ありふれた苗字です。母の先祖が、岩永マキさんの養子だったかまではわかりませんが、……この手記を母に伝える役割は」

僕はまだ、驚いたままだった。

「あなたが相応しかったと、思います」

日の光が、徐々に雲に隠れる。僕は悪寒がした。

感動ではない冷気が、頭部から足先までを、通っていったように思っていた。

「手記は公表してください。それがこの社会の役に立つことなら。……母には、私が伝えるべきと思ったところだけを、伝えますので」

僕は茫然としたまま、美佐枝と握手をして別れた。日の光を隠す雲は、もう厚くなっている。

偶然だ。僕は思う。

岩永という苗字はありふれている。偶然に決まっている。

ジョマルから、アインの創作ノートがメールで届いた。

送ることができる、という連絡は以前に来ていた。彼がノートをＰＤＦファイルにしてくれた。

アインが書こうとしていた小説。恋愛小説が好きだった彼女は、それぞれの歴史と繋がった男女が出会い、結ばれる話を書こうとしていた。実話を元にするから、僕は自分に繋がる歴史を用意する必要があった。

既にそのパートは書いている。アインとの出会いも。彼女がトランペットの物語も必要としていたと、ジョマルは言う。だから入れたいが、どう組み込めばいいかわからない。

ジョマルはノートをアインの遺品から見つけたが、彼女の母から予想外の抵抗に遭い、手にするのに時間がかかったという。母親の抵抗は気になるが、アインに繋がる歴史と、彼女の構想がわかることになる。

ジョマルはメールに色々書いていたが、僕は思わずファイルをクリックしていた。落ち着くためコーヒーをつくっていたのに、いざ見ると余裕がなくなっていた。ＰＤＦファイルで現れたのは、ノートの表紙だった。英語で「創作ノート」と書かれている。

次のページにいく。

〝思った通り、脈あり！〟

〝山峰さん、ちょっとやつれてたけど。〟

そう英語で、手書きで書かれている。何だろうこれは？　創作ノートのはずなのに。

〝でも……失敗。せっかくお寿司奢ってもらったのに、舞い上がって、おいしいって言うの忘れた……。反省。おいしかったのに。〟

そんなこと。呟くと喉が震えた。そんなこと、僕は気にしない。アインの英語の手書きの字が、あまりにアインを思わせた。個性的な字ではないのに。

〝でもおいしかったのはタマゴ。ワサビ、いけると思ったのに、結構強かった。でもタマゴにワサビはないからね。あとアナゴも。甘いお寿司とは驚き。くるくるって言ったこと、山峰さん、気に入ってたみたい。わざと何度も言ってみた。くるくる。〟

ワサビが大丈夫とやせ我慢を？　日本に詳しいキャラだったから？　くるくるも演出だったのか？　絵も描かれている。ピカチュウだろうか。あまり上手くない。

〝でもはしゃがないこと。クールにね、クールに。告白は、男性にさせるべし！〟

僕は泣けて仕方なかった。

〝キャバクラは、……思ってたのと違うな。お客さんによるけど、触ってくる人いて、凄く辛い。……鳥肌が立ったの見て、嫌な顔された。触られて、鳥肌立った私が悪いの？　ノートになら強気に書けるけど、実際の私は愛想笑いしてた。悔しい。〟

〝フィリピン人のくせに、という言葉。覚えておこう。私ヴェトナム人だけど。〟

〝幸せは続かない。怖い。こういう性格、直さないと。でも、仕方ないじゃない？　告白されてすぐ、あんなことしちゃったけど、仕方ないじゃない？　盛り上がってしまったんだから！

でも、軽いと思われたかな。次は拒否するか？　いや、そうじゃなくて、どうしたらいいんだっけ。もう遅いよね。〟

ＰＣに置いた手が濡れたのは、僕が泣いているからと改めて気づく。確かにそうだ。僕は思う。アインは、自分が死ぬと思っていなかった。小説の構想は、別にまだやる必要はなかった。いくらでも時間はあったはずなのだから。ノートが、個人的な日記になっている。空いたスペースに、漢字の練習もしている。絵は上手いと言えないが、漢字は上手い。難しいはずなのに。

〝私なんて、と思う癖、やめること。自分を鼓舞するの。大丈夫。私はできる。大学生になれる。作家にだってなれる。〟

〝本当に？　私はこのままかもしれない。〟

〝日本人は結婚が遅いみたい。何でだろう？　早く結婚したい。でも、自分から言うのは……。今日、通りかかった乳母車の子供を、可愛いって言ってみた。アピールし過ぎか？この加減は正解か？　重いって思われないか？　いや、私重いけど！〟

知ってたよ。僕は思う。

〝ちょっと今、怖いこと考えた。もしこれ読まれたらどうしよう。凄い恥ずかしい。でも消したくない。〟

〝隠してるから大丈夫かな。何でこんな小さなことばかり、考えてしまうんだろう。〟

〝前もって書く！　山峰さん、これ、いま読んでるでしょ。人のノート勝手に見るなんて、絶対駄目なことだよ！　もし読んだら私に言って。正直に謝ったら許すから……、でも、ここで言ってしまいます。もう読まれてるわけだし！

山峰さん。私はあなたが好きです。私と結婚してください。私は、あなたを幸せにする自信があります。

なーんてね。これ直接言うのは絶対無理！〟

そして蓮の絵が描かれていた。

僕は気づくと、座ったまま部屋の壁にもたれていた。咳き込まなければ、自分の状態に気づかなかったかもしれない。立ち上がろうとしたが、上手くできなかった。

時計を見る。午後十一時だった。僕は三時間ほど、泣いていたことになる。


ジョマルのメールには、これが創作ノートと題されてるだけで、日記になっていること、アインが何もまだ、手をつけてなかったことが書かれていた。

でも資料だけは集めていたこと、どれをどう使うか不明で、数も多く、全てPDFファイルにするのは困難であること、輸送するのは不安で、直接日本に持って行くこと、以前から一度行こうと思っていたが、アインが死んだ国であり、恐怖もあるが、でも乗り越えたいのだと書かれていた。

ジョマルは追伸で、送る時、嫉妬を感じたと冗談風に記していた。


ジョマルに会う日、僕は鏡の前で自分の顔をじっと見た。

「しかし、……念入りだな」

あれこれしている僕に、民泊のオーナーの老人が言う。訝《いぶか》しそうに。

「女か」

「違いますよ。……あの、何で悔しそうなんですか」

「あ？　お前老人の欲望なめるなよ」

「なめてないですよ。若い……、友人に会うんです」

「ほう」

「今、十五歳くらいかな。フィリピンから来るんです。若い人間に会う。そういう時、大人が格好悪かったら駄目でしょう？」

彼が不思議そうに僕を見る。

「でもお前、さっきから何やらやってるが……、少しもクオリティ変わってないぞ」


部屋を出て電車に乗った時、西倉沙織からメールが来ていた。〝Rの光輪〟の〝リーダー〟が倒れた。

命に別状はなく、容体は安定したが、何年か振りに、強い不安に襲われたと書かれていた。できれば、会って話を聞いてくれないかとも。

〝でも気づいてると思いますが、恋愛の誘いではないです。〟

西倉は、そうも書いていた。

〝心の中に別の女性を想っている人間に、言い寄ったりしないので安心してください。……

そうじゃなくて、敬語になってるくらいだし、上手く書けないですが、……話を聞いて欲しい。何かあった時、内面の、言いたくない部分まで、言える相手が、……今の私にには、必要なんです。〟

しばらく文面を見つめる。僕なら恋愛の面倒に発展しないから、選んだのだろうか。誤字があるのは、読み返さず送ったことを、つまり深刻でないと示すためだろうか。

考えるのをやめ、承諾のメールを送ろうとした。長文のメールに短く返すわけにいかず、言葉を考えるうち駅に着いた。

でもすぐ返信した方がいい。僕は了解の言葉を短く伝え、日程を問うメールを送った。だが返事は来なかった。

ジョマルに会うことに、意識を集中させようとした。若さに向き合う時は、言い訳しないことだと自分に言い聞かせる。僕をしばらく育てたあの人は、重要なところでは言い訳をしなかった。大人に失望する回数は、なるべく少ない方がいい。

点字ブロックの凹凸が、左端だけぼやけながら、繰り返し面前に迫るようだった。意識を向けないようにし、改札を抜けると携帯電話が鳴った。

ジョマルか西倉と思い咄嗟に出ると、編集者だった。

「山峰さん……、そうですよね？」

彼は以前、僕に政権批判の原稿の訂正を求めたが、僕が断ると、そのまま載せて今度は拡散に努力した編集者だった。

僕は彼に、匿名でアインの小説の企画書を送っていた。彼の反応を知りたいと思った。それにアインの本の版元は、なるべくしっかりしたところがいい。

「いえ」僕は咄嗟に言う。「違います」

「ああ、山峰さんですね、良かった」

彼の声に、涙が滲んでいる。

「心配していました。無事で、……本当に良かった。別人を装っても、声出せばわかりますよ」

「いや」

「あなたは前からそうです。少し抜けたところがある」

彼はそう、泣きながら言った。

「投資詐欺なんて、僕は全く信じてない。本をぜひ出版させてください。僕は、あの時、本当に後悔したんです。あなたに訂正を頼んだ時、……あなたを守ることを言い訳にしていた。僕は」

「作者は彼女の名で。著者だと嘘になるから原案者として」

「え？　山峰さん？」

「あと、……お願いです、ジョマルという少年に」

目の前に〝B〟がいた。

スマートフォンが手から離れる。何かを投げられて当たり、アスファルトに落ちて弾けた。

「人としゃべる時は」

〝B〟が言う。そんなはずがないのに。彼がここに、いるはずがないのに。日本のこんな路上に。

「携帯電話は切っとけよ」


〈数字の羅列〉


人々が通り過ぎていく。川沿いの道路を。僕達の横を。

「新しいグリム童話を思いついた」

〝B〟が言う。無表情で。

「ある男がいて死んだ。……この話をどう思う」

「……待ってくれ」声が震えていく。

「お願いだ」

期限の一ヵ月は既に過ぎていた。

「あと少しでいい、……今は」

「駄目だ」

〝B〟は無表情のままだった。黒ではなく、異物のような青い高級なスーツを着ている。

「そもそもタイムオーバーじゃないか？　確かそうだろ？　どうだったかな。私は飽きていた。状況も変わっていた。だからわざわざ君を追って来るなんてしない。……でも君は運が悪い。とてもとても運が悪い。ちょうど今、日本でアフリカの開発会議が開かれてるだろ？　だから私は来てるんだよ。この国では今、そういった国際会議が連続で開かれている」

身体が動かない。逃げようとする意志が、上手く働かない。

「ある国の大臣の秘書にね、会う必要があった。ちょうどいい、と思ってしまった」

彼の言っていることが、本当かわからない。僕の足元に影がある。背後に三人いる。ジョマルが待っている。僕は思う。

「お願いだ」

「場所を変えようか」

背後の男達に腕や肩をつかまれる。身体に力が入らなかった。アスファルトの上の僕のスマートフォンを、彼らは拾おうとしない。

「あれはそのままでいい」黒塗りの車がすぐ脇に停まる。

「いかにも誰かがここで、突然行方不明になった感じじゃないか？　ここでふと消えたようだな」

＊

誰かが住んだ後、何年も放置された部屋に感じた。鼓動が痛いほど速くなっていく。何かの袋が散乱し、テーブルなどもあるが上手く認識できない。川沿いの朽ちたアパートだった。人の住んでいる気配が感じられない。

「私はトランペットと楽譜を用意しろと言った」

〝B〟が近づく。オーデコロンの匂いがする。

「でも君はどちらも持ってない。楽譜はあるかもしれないが、あってもコピーか、君が書き写したものだ」

部屋には〝B〟以外に若い男が三人いた。いつ来たのかと思ったが、彼らが最初からいたのに気づく。〝B〟から微かにワインの匂いがし、誰かと食事をしたついでだろうと思った。思ったが、それがどうであっても何も意味はなかった。

視界が揺れ、また戻っていく。隣にも部屋があり、破損した片開きの引き戸で閉められている。でもそれは部屋に入った時、既に認識していたことを思い出した。

「トランペットは、あの宗教団体のもとへ行った。お前が手放した」

〝B〟が話している。僕は聞かなければならない。

「でもそれは、今となってはまあいい。私にとっては。……たとえ彼らのが偽物でもね」

息が苦しい。思考が追いつかない。

「要は、世間でそれと認知されているものが必要でね。本物かどうか、依頼された私には別にいい。どこかに本物が隠されていても、今必要なのはむしろ、彼らが持っているものに代わっているんだ。楽譜もすぐ手に入るだろう。日本にあるとはな」

彼の言っている意味がよくわからない。いや、何も彼はわからないことは言っていない。恐らく理解できることを言っているはずだった。

「〝ハーメルンの笛吹き男〟という話を知ってるだろ？」

でも何を言っているかわからない。

「日本人でも知ってるはずだ。ネズミの大量発生に悩まされた町に、一人の笛吹き男が現れる。報酬と引き換えにネズミの駆除を請け負った彼は、笛を吹きネズミ達を集め、川に誘導し溺死させた。……町は助かったが、しかし町は男に報酬を払わなかった。一旦消えた男は、ある日また町に姿を現した。そして笛を吹くと、今度は町の子供達がその音色に惹きつけられ、男の後についていってしまう。男は子供達と共に消える。町の人間達は嘆き悲しむ……。この物語には実話が元にあるとされる」

声は頭上から響く。部屋の薄暗い照明と混ざり、床に座る僕を見下ろしている。さらに匂いがまとわりついてくる。

「様々な説があるが、一つは植民地への入植を促す植民請負人が、この町の若者達を言葉巧みに誘い出した、というものだ。……ハーメルンの笛吹き男の物語は、その物語も様々に変容し、元になった事実の推測も変容している。興味深い。まるで人々の望みに沿っていくかのようでね。……君の失踪も、誰かが物語にしてくれるんじゃないかね。ええ？」

〝B〟が拳銃を取り出す。僕があの場所でなくした銃。

「植民請負人は、どのような言葉で彼らを誘導したか。物語風に言えば、どのような笛の音色だったか。……数日後、あのトランペットが吹かれるそうだな」

僕は一度もこの銃を撃っていない。初めにこの男が部屋に来た時、撃てばよかったのだ。

だが今あの場面に戻れてもできると思えない。僕は狂うことすらできなかった。

「ちなみに、君のこの銃はモデルガンだ」

僕は驚いている。驚いても仕方ないのに。

「知ってたか？　ふざけてるな。本物は、……こんな風だ。あまり変わらないが、重さと存在感が違う」

〝B〟が新たに銃を僕に見せる。僕の右目のすぐ側で。

「トランペットが吹き鳴らされた結果、どうなるか、……私の大好きな聖書にこうある。イエスは当時の人々を、広場に座り、他の者にこう呼びかけている子供達に似ていると言う。〝笛を吹いたのに、踊ってくれなかった。葬式の歌を歌ったのに、悲しんでくれなかった〟。……やはり聖書はいい。まさに断絶の現代、そう思わないか？　イエスも自らを、そういった子供のうちの一人であると、虚しく自認していたと私は思うがね。人類は永遠にそうであり続ける。俺はこうやったのにああならない、私はああしたのにそうならないと文句を言い続ける。君もそのクチだろ？　しかし人々は、ああいうトランペットの音は聴くんだろうか」

銃が揺れる。

「まあ聖書には喇叭がそのまま出てくるがね。黙示録の、世界を終わらせる七つの喇叭。喇叭が鳴る度あらゆるものが破壊されていくが、あれは当然比喩だろう。現代までに、一体いくつの喇叭が既に鳴っただろうか。人類史のどの惨劇が一つ目の喇叭で、どの戦争が四つ目の喇叭だったか。はっきりしてるのは、七つ目の最後の喇叭が鳴った時、聖書のように神を信じる者以外が滅びるのではなく、神を信じた者も含め何もかもが全て死に絶えるということだ。その瞬間は見てみたいがね」

頭上の照明が気になって仕方ない。

「だが人類の最後はそんな派手で壮大なものじゃないな。もっと愚かで地味だろう。逃げようとする人間達の大行列の中で、ほぼ全ての人間が行列に苛つきながら死ぬ。つまり他人に苛つきながら死ぬ。そんなところじゃないかね。……まあ喇叭を吹いたのに滅んでくれなかった、となるかもしれないがね。ふはは！　私が君に提示した三つの選択を覚えているか」

銃が僕の閉じた右目だけを執拗に押している。痛みを与えない寸前の境界の力で。顔中の皮膚が強張っていく。

「でも私はやはり、君にはⅢがお似合いと思うがどうだろう。君が最もなりたくない人間になることで、命と人生を守る選択。最もなりたくない人間はそれぞれ違うが、君の場合は差別主義者になることだ。安心しろ。私達の拷問を受ければ君は変われる。差別主義者になり、幸福になる。ネット工作をする小さな会社に入り、幾つものＰＣの前に座る一人になってもらう。……どうだ？」

　僕は首を横に振る。

「しかし君は、……もしかしたら、私の言葉に幻聴を混ぜているかもしれないな。私の英語をちゃんと理解しているか？　私と対峙する人間は時々そうなるらしい。もしかしたら私は、トランペットを渡さなかった君に、単純に怒ってるだけかもしれない。今も無言かもしれない。いずれにしろ、私から始まったことは私で終わる」

〝B〟が笑いながら何かを出し、床に叩きつけた。木製の数珠が弾ける。僕がアインに贈ったもの。蓮の細工がされたブレスレット。

「何でお前が」

「フィリピンの少年」

　僕は立ち上がる。だが倒れていた。腹部に激痛が走る。

「安心しろ。前に言ったか？　私は動物を殺さないのと同様、子供も殺さない。君を待つ彼から少し拝借しただけだ。演出というやつだな。……一つ拾え」

　僕はもう一度立ち上がろうとするが、壁にぶつかる。

「拾え」

　目の前に落ちていた数珠の一つを、痛みの中でつかんでいた。

〝B〟が僕に近づき、襟をつかみ立たせる。テーブルの角に身体がぶつかる。酷く痛みを感じるのは、蹴られているからと遅れて気づく。何かの弾みで蹴るように、無造作に。息が苦しくなる。

「投げろ」

テーブルの上に、数枚の古びたカードがある。ちゃちなルーレットも。数人がこの場でゲームをしていた跡。テーブルの上に偶然を発生させ、その流れを楽しんだ跡。

「投げた球が入った数字と色で、お前のこの先を決めてやる。お前の好きなドストエフスキーはルーレット狂だろ？」

「……どれが、どうなるのか」

「それは私の頭の中にある。試せばいい。どうなるか。人生というのがその程度のものとわかるだろう」

「フェアじゃない」

「この世界はそもそもフェアにできていない」

後頭部に銃をつきつけられていた。いつ撃たれてもおかしくなかった。選択肢がなかった。何かをしても、しなくても。

「そもそもいいか、実は私は、君にもうそこまでの興味がない。この世界が君にもうそれほど興味がないのと同じだよ。今のこれは君への興味の残滓《ざんし》だ。もっと言えば、私は一時間後に別の用事がある。早くしろ。私が君に完全に飽き、銃でつまらなく殺す前に。……君はこの世界をいま濃密に体験している。それだけだ」

アインが僕に言った、僕の人生のテーマ。世界との和解。最後までできなかった。〝物語はハッピーエンドがいい〟。アインの言葉まで聞こえるようだった。

僕は涙ぐむ。彼女に対し、謝罪の言葉が無数に浮かぶ。僕の人生も、どうやらハッピーエンドではないらしい。

「投げろ。君達は、人生の価値を現在や未来にしか置けない。たとえ君がここですぐ死んだとしても、君の人生が幸福だったことに気づかない」

僕の指の先から、木製の球体が離れる。投げた自覚もなく、ルーレットの数字の羅列の中へ離れていく。

その球体の軌道は、酷く頼りなかった。全ての人間の人生というものが、酷く頼りないものであるのと同じように。

球体が落下していく。数字の羅列が歪んでいく。

そのルーレットは回ってすらいない。

〈エピローグ〉

「Nさん……、小説家として、もしご興味があれば」

気だるい打ち合わせの後、編集者がバウンドプルーフを、テーブルの上の水分を避けながら置いた。

まだ製本する前に、仮に綴じられた本。刊行前の宣伝用に配られるもの。僕の小説も、刊行前によくこのような形になる。

表紙に『片側の物語』とある。著者名ではなく、原案者として名が記されていた。グエン・ティ・アイン。

「アインっていったら……」

「はい。新宿のデモで男に押され、亡くなったヴェトナム人女性です」

窓の外の川辺から、湿った風を感じた。

「彼女は作家志望で、彼女の恋人が、彼女の小説の構想を代わりに本にしたものなんです。その恋人は、山峰健次さんという……」

「え？『戦争で稼ぐ人々』の？」

編集者が頷く。

山峰氏を、僕は一度だけ見たことがある。

出版社主催のパーティーで、僕と同じように、会場の隅にいた男だった。彼の本を僕は気に入っていた。感想を言いたかったが、彼が僕の小説を読んだことがない場合、彼が困ることになる。だから声をかけなかった。

彼が投資詐欺で行方不明になったと聞いた時、静かな不安に襲われた。政権批判の多いジャーナリストだった。狙われたと噂が立っていた。

「Nさんは、アインさんの事件の時、小説家として積極的に、発言をしておられました。……もしよろしければ、この本の帯文を書いてくださいませんか」

帯文。本の宣伝用の言葉。

「読みますが、……山峰氏は、今何を？」

編集者の表情が強張る。

「それが、……わからないのです」

タクシーに乗り、指紋で曇った窓の外を眺める。記録的な低投票率で、権威主義的な与党が選挙に大勝した翌日。町の風景は、表面的には変わらない。

編集者に様々に質問したが、彼は答えなかった。まず読んでくれ、ということだった。

車内でプルーフの本を開く。最初のページには、引用文が記されていた。どういう意味か、僕にはわからない。

〝蓮は泥より出でて泥に染まらず〟

マンションに戻り、全て読んだ。落ち着かず、煙草に火をつける。深夜だがコーヒーをいれた。

物語は、まずトランペットを取材しに来た男が、アイン氏と出会うところから始まる。二人は惹かれ合い、男が非常勤でクラスを持っていた大学で再会し、やがて結ばれる。

男はアイン氏から、作家志望であることと、小説の構想を打ち明けられる。存在とは、例外なく、歴史に繫がるものであると。その歴史は血縁に限らないと。アイン氏が小さかった頃、教会で見た幻覚／夢が元になっていた。男はプロポーズするが、アイン氏は死んでしまう。

男はアイン氏の小説を完成させようとし、自分の歴史を語り始める。潜伏キリシタンから長崎の原爆までである歴史。アイン氏の遺品から、二人が出会うきっかけになったトランペットの所有者、〝鈴木〟氏の手記が見つかる。男は〝鈴木〟の元恋人のもとへ行き、彼が伝えられなかった言葉を伝える。

物語を、男とアイン氏とトランペットの三点で筆者は強調しようとしている。アイン氏の歴史がわからなければ、本が完成しない。アイン氏の祖先が混血児として長崎から追放された場面は描かれているが、他の歴史がわからない。だが男はアイン氏の遺品から日記を見つける。その日記でアイン氏は男に冗談風にプロポーズしており、そのことは彼女が生きているうちに、男はすることができていたと記されている。

物語はそこで終わっていた。アイン氏の死により、小説が未完になってしまったことを強調するように。僕は眠るのを諦め、二本目の煙草に火をつける。どこまでが事実で、どこまでが虚構だろう。

〝鈴木〟のトランペット、通称〝熱狂《ファナティシズム》〟。選挙前、実際にコンサートが開かれている。あの〝鈴木〟の手記というものが本当にあり、内容がこれであるならこの本は事件になる。

僕は記事しか読んでないが、ただでさえ、あのコンサートは騒ぎになっていた。選挙前の開催に非難の声は上がったが、ネットの一部のみだった。自衛隊の音楽隊の演奏の後、政権と距離が近いとされる、ミュージシャン達のヒット曲が続いた。観客は政権のパフォーマンスと当然理解していたが、コンサートが楽しいことに変わりはない。

あれだけ権威主義的な政権と、距離が近いミュージシャンなどさすがに見ていられないが、コンサートは続いた。そして最後、人気トランペッターの所沢が〝熱狂《ファナティシズム》〟を吹いた。

曲は『海ゆかば』だった。多くの観客は、この曲を知らない。戦後に事実上封印されたものが、テレビ画面まで通し復活したことになる。

聴いた者達の感想は、おおむね感動だったらしい。戦前の兵士達の覚悟を漠然と想い、目を潤ませる者もいたとある。トランペットの独奏で、あの無残な歌詞はない。美しく厳粛な旋律だけが、曲の本質ではなくイメージだけが、鳴り響いたことになる。

〝熱狂《ファナティシズム》〟自体の音色に、特に変わった魅力はなかったらしい。だが所沢の腕前は見事で、あまりそのことは話題にならなかった。

所沢は続けて、アドリブでマイクを持った。今から吹く曲は、〝鈴木〟氏が実際に作曲したものと話した。〝鈴木〟氏には許嫁がおり、彼女のために作り、しかし戦地に行く恐怖で途中までしか作れず、曲の後半は、戦争で傷ついた彼が、死の前に作ったものと前置きを続けた。

会場にやや緊張が走った。テレビ画面の前でもそうだったろう。流れてきたのは、あまりに美しい旋律だったという。だが突然曲調が変わった。

途中からかなり狂気的な、聴く者を不安と恐怖で包むものになったらしい。所沢は茫然とする観客の前で一礼し、説明を加えず舞台を去った。

ざわつく会場に、空気を読んだあるミュージシャンが再登場し、ヒット曲を演奏した。緊張から解放され観客達は安堵したが、後に消化できないものが残った。

所沢の演奏を評価する声もあったが、おおむね否定的だった。せっかくミュージシャン達の「夢の競演」を目当てに行ったのに、壊された気分だったこと。『海ゆかば』はいい曲だったが、最後のはなぜか自分達が非難されたようで苛ついたこと。元々政権のパフォーマンスのコンサートだったが――首相も最初に登場した――音楽に戦争反対のメッセージを、つまり政治を持ち込むなという声もあった。

社会や政治などややこしいことは、絶対に考えたくないという人達はいる。脳がストレスを感じるからだ。だがそういった人々を非難できるだろうか。そういう興味志向、ストレスの耐久性は、その人々が、これまでにどのような文化や情報にふれてきたかで、明確に変わるのだから。そして人は、いつからでも変わることができるのだから。

僕はユーチューブでコンサートの動画を探したが、執拗に削除されているようだった。

この小説にある、〝鈴木〟の手記。そこに書かれた曲に関する文章と、所沢が吹いた曲調の変化は一致するとしか思えない。

僕は編集者にメールをした。帯を書くのはやらせてもらうが、これがどこまで事実なのかと。ほとんど事実としか思えなかった。

送るとすぐ、深夜だが電話が来た。

――手記の発見の経緯など、一部虚構が混ざっていると推測しますが……、大半は事実だと僕は思っています。

編集者は慎重に言った。彼はいつも断定を避ける。

――実は、……この本の企画書は、初め匿名で僕のもとに送られてきました。でも文書の作り方が、山峰さんを思わせた。彼が投資詐欺で唐突に指名手配になってから、いえ、その前の、音信不通だった頃から、ずっと気になっていました。連絡先を知っていそうな方に当たり、新しい携帯電話の番号を知って、……かけてみました。企画書はやはり山峰さんでした。ですが。

彼の声が、緊張していくのがわかった。

――電話の途中、突然彼が会話を急ごうとしました。続けて大きな音がして、そこからは、何て言うんでしょう。雑踏の音しか聞こえなくなって、……やがて切れてしまったんです。

「どういうことですか」

――わかりません。でもはっきりしてるのは、その電話の時はまだ、山峰さんは生きていたということです。

生きていた、という言葉に動揺した。

「いずれにしろ……、帯文の件は、お引き受けします」

――ありがとうございます。ですが、……すみません。

「え？　ああ」

――はい。……この小説に関わると、リスクがあります。それを承知で、Nさんにお願いしてしまった。

「大丈夫ですよ」

僕は言った。言うしかなかった。

「Nなら大丈夫と思ったのでしょう？　もう色々な発言をしてるし、あいつならまあいいかというか」

――いえ。あの。

笑うしかなかった。僕はよく、面白くないのに笑う癖がある。反射的に、相手を安心させようとしてしまう。

――すみません。その、……この本にも少し出てくる、トランペットを発見した子供達の一人が、いま日本に来ています。本に名は出てきませんが、ジョマルという少年です。もしよろしければ、……会ってくださいませんか。勝手ばかりで恐縮ですが、彼は作家志望で、Nさんの小説も、英語で読んだそうです。帯文の依頼の件を話すと、……会いたがっていて。

「いいですよ」

山峰氏のことを、聞いてみたかった。

ジョマルは十五歳だという。

目の大きな、背の高い少年だった。クラスで女子から人気があるだろう、とぼんやり思う。目に悲しみのようなものがあり、表情に落ち着きを与えていた。理由はわからない。

「この本は、正確に言えば未完なんです」

ジョマルがそう英語で言う。僕は自分のつたない英語で、何とか彼と向き合わなければならない。

「アインさんの持っていた資料を、どうにか組み込もうとしたのですが、……難しかった。山峰さんがやっても、難しかったのではと思います。どの資料を使うにしても、主観が入りますから」

大人びた英語。僕と編集者を前に、意識して使っているのかもしれない。

「山峰さんと、会う約束をしていたんです。空港まで迎えに来てもらうのは気が引けて、僕は自分の力で、待ち合わせ場所にも行きたくて、……ですが、来なかった。あと、……変なことが、ありました。資料と一緒に、僕はアインさんの形見のブレスレットを持ってきていました。山峰さんに渡すために。それがなくなっていたんです」

彼のまだ細い肩に力が入っている。

「なんか、ふわっとした感じというか、……風圧みたいなものというか、何人かの大人が近くに来たな、なんだろうと思った時、……香水みたいな匂いがしました。あの匂いはよくあるというか、嗅いだこともあるのですが、何の匂いかは、わからなくて、……その時だったかはわからないですが、手提げの一つがなくなっていて」

「……変だね」

「その匂いが、……何ででしょう。頭から離れないんです」

ジョマルは聞いていた山峰氏の滞在先に行ったが、チャイムを押しても出なかった。離れに住んでいる老人に声をかけられ、事情を話すと彼は顔を曇らせたという。彼は山峰氏が部屋を借りていた、民泊のオーナーだった。ジョマルは出版社の話も聞いていたため、老人に電話してもらい、編集者と繋がった。

この原稿は、山峰氏のＰＣ内にあったものだという。

奇妙な話だった。テーブルが静かになり、編集者が口を開く。会話が途切れた時の話題を、用意していた様子で。

「……ジョマル君は、作家志望で」

「あ、いえ」ジョマルが慌てる。急に表情が幼くなる。

「え？　そうでしょ？　Nさんの小説も」

「あ、いえ、……読んでます」

この編集者は気を遣う。わざと遠慮のない振りをし、ジョマルの会話を押している。本来の彼は世界に対し、恐る恐る接するところがある。それは僕もそうで、恐らく山峰氏もそうだったろうと思う。このジョマルという少年も。

僕の小説のジョマルの感想に、礼を言う。作家志望であることへの質問を慎重にすると、少しずつ答えた。英語で書きたいと言う。僕は英語で読むのは難しいが、アドバイスがいるなら人を紹介できると告げた。

編集者に促され、ジョマルが僕の本を出す。サインしたが、逆に僕が気を遣われているのでは、とも思う。

編集者が経費で会計している時、ジョマルが僕に向き直った。

「僕は日本語は読めませんが、あの本に、アインさんが教会で見た夢が、書かれているんですよね？……その話は、僕も聞いたことがあるんです」

彼の声が小さくなっていく。

「自分に関わる歴史が、一瞬で見えた夢、……その時、未来のようなものも見えたそうです。でもそこに自分がいなかったと」

彼はアイン氏が好きだったのだと、ようやく気づく。

「自分がいない未来の寂しさ、それだけは感じたと、言ってました。僕はそれを思うとわからなくなるんです。まるで、全部が」

たまたま見なかっただけだと思う、と僕は言った。先のことは変えられると。

でも人生というものを振り返る時、偶然と思えないことがあるのもまた事実だった。

「君は何にでもなれるよ」

別れ際、僕はジョマルに言った。いつも僕が、若い人間に対して言う言葉。

「それは凄いことなんだ。恐らく君が思っているより、とても凄いことなんだ」

ジョマルは一瞬不思議そうな表情をしたが、やがて笑顔で頷いた。

僕は自分にはもう言えない言葉を、人に言う機会が増えている。

店を出て階段を下りながら、トランペットを発見した時、木の箱に入っていたとジョマルが何気なく言った。恐らく自分達は、発見者になるよう利用されたと。

「小説の手記では、日系人が持ち去ったとあるよね」

「恐らくですが」編集者がやや小声で言う。日本語で。

「日本政府と多少関係のある何かが、後に手に入れたのかもしれないです。手に入れたのが仄暗いルートだった場合、よくある日本軍の遺品発見のニュースにするのは、あり得ることというか……、子供達が見つけた、というのも、どこか典型的で」

僕をタクシーまで見送ると言う彼らに、喫煙所に行くと告げ別れた。ジョマルとは再会を約束した。

この本に関わると、ろくなことがなさそうだった。喫煙所を見つけ、煙草に火をつける。

僕は小さく笑う。自分の小説も進んでいないのに。

「Nさん、ですよね」

目の前に女性がいた。僕は独り笑いを誤魔化すように、わざと軽く咳き込む。咳をしたところで、笑いは誤魔化せないのに。

「グエン・ティ・アインさん」

「……え？」

「彼女の本の、帯文を書く。そうですよね？」

心臓の音の間隔が、狭くなっていく。この女性は誰だろう。黒い髪の、かなり美しい女性だった。

「……あなたは」

「怪しいものではありません」

そう言い、名刺を出した。吉本由香と書かれている。弁護士。

なぜかわからないが、偽名を疑った。弁護士でもないかもしれない。

「山峰健次さんを、探しているんです」

僕達の会話に、誰も注意を向けなかった。それぞれが煙草を吸いながら、スマートフォンを見ている。正面のビルの巨大画面には、ニュースが流れ始める。選挙に大勝した与党幹部が、笑いを噛み殺した厳粛な表情で、頷きながら勝利宣言をしている。

「どうして僕が、帯文を書くと思うんですか」

知ってるんですか、とは言わなかった。念のために。

「本の内容を、教えてくれませんか」

彼女はそう言い、質問に答えなかった。僕は彼女を、問い詰めることもできるだろうと思った。帯文の件を知っているなら、あの会話を聞いていた可能性がある。ジョマルか編集者の後をつけていたのかもしれず、もしそうなら、そんな弁護士など聞いたことがない。

でも僕も、彼女から知りたいことがあった。山峰氏について。

「僕はあなたが、何を言ってるのかわからないです」

「教えてください」

本当は、場所を変えた方がよかった。でも彼女はどこか、男性に怯えている印象を受ける。

怯えているのに、男性を――僕ではないけど――求めるような。彼女はやや奇麗過ぎた。喫茶店に入るだけだが、もしかしたら彼女は、男性と二人でいるだけで、無条件に警戒してしまうのではないかと感じた。彼女が疲れたりもするかもしれないと。

この場で済ませることにする。でもどうすれば。

「場所を変えませんか。暑いので」

彼女があっさり言う。

「いま何か、気にする必要もないことを、うだうだ考えていたのではないですか。……誰にも理解できないことを、気にしていたというか」

僕は何を言えばいいかわからない。

「……変な男」

近くのカフェに入り、もう飲みたくないアイスコーヒーを注文する。吸い損ねた煙草も吸えない。

「内容を言えないなら、質問に答えてください」

彼女が言う。飲み物も来ないうちに。

「何か、宗教についての言及はありましたか」

宗教？　何を言っているのだろう。でもこれなら、事実を答えてもいいように思った。知らない振りをし続けていたら、彼女の話も聞けない。

「ないですよ。……ない」

「そうですか。その本に、〝鈴木〟氏の手記が出てくるのは知ってるんです。あなた達の会話を聞いていたので」

彼女はそう、またあっさり言った。

「ではあと一つだけ。……山峰さんにまとわりついていた、何かの存在についての言及はありましたか」

「……何かの存在？」

不機嫌な店員が飲み物を置く。僕の反応に、彼女はわからないほど小さく息を吐いた。

「では、……手がかりはないのですね」

「どういうことですか」

「私にも詳しくわからないのですが、……山峰さんはトランペットを手に入れたことで、妙な人間達と関わることになりました」

「ちょっと待ってください」僕は言う。

「山峰氏が、トランペットを？」

「ご存知ないのですか。ではその本では、そのこともふれられてないのですね」

彼女がカップを持つ。

「その小説には、骨格というか、そういうものだけが、書かれてるんでしょうね。……小説家のあなたに言うのも何ですが、……どんな物語にも、その周辺がある」

山峰氏の物語の、全てを知ることは可能だろうか。どこかに記録されていれば、と妙なことを思う。山峰氏の本の中に、似た言及があった。

「その周辺の人物の私は……、彼と会う約束をしていました。でも彼は消えてしまって……、調べては、います。でもはっきりしません。もう死んでいる可能性が高いのは確かです。でも、どこかのタイミングで上手く逃げて……、タイに似てる人間がいる、という情報があります。ポーランドで、片腕のない男が彼によく似ていて、現地の元売春婦と静かに暮らしている、とか。……最近日本で話題になっている、政権批判をするツイッターアカウントが、実は彼なのではないかとも」

僕は考え込む。

「あなたが帯文を書く本が刊行されれば、作者は誰かと話題になるでしょう。山峰さんのことも、どこかから出るかもしれません。彼はいま何をしてるのか、生死も含めて、様々な人が様々なことを言うはずです。……それぞれが求める物語が、そうであって欲しいと思う物語が、彼に関して発生するというか」

　僕は不意に、ベルギーでの出来事を思い出す。

　文学祭でのイベントを経て、打ち上げも終わった深夜、僕はタクシーの運転手に〝お勧めのバーを教えてくれないですか〟と言っていた。

　見知らぬ国で普段、一人でそんなことはしない。自分でもなぜ言ったのか、わからない。酔いで多少緩くなっていた意識の隙間で、自分の声が急に言った感覚に近かった。

　自分に不安を感じながら、地元の名物的なバーに連れられるのでは、と思っていた。だが窓から見えたのは古く、看板も錆びたバーだった。明かりは小さくついていたが、中の様子が暗過ぎてわからない。他者を寄せつけない場所に見え、その閉鎖性の中にある何かは、あまりよくない種類のものに思えた。

　僕は車内で運転手に言った。周囲には他に民家すらない。

〝えっと、やっぱりいい。ホテルに戻ってくれないですか。住所は〟

〝すまないが、私は帰らないといけない〟運転手はそう英語で言った。

〝店員に言えば、代わりのタクシーを呼んでくれる。……すまないが〟

　そう言えば、僕は運転手の顔を思い出せない。タクシーを降りる。クレジットカードだけは靴下に入れズボンで隠したが、自分でも不思議に思うほど、いざ目の前にすると自然と店内に入った。

カウンター内の中年の大柄な男性が、入った僕に視線を向けた。中の四、五人の客も、全員が僕を見る。

客として座るか、すぐ出るか迷った時、店主と見られるその中年の男性が、「コンニチハ」と日本語で言った。そして英語で「君は中国人じゃないな。日本人だろ？　観光客か？」と続けた。

僕は少し安堵し、タクシーに連れられてきたと言った。男は笑った。

「すまないね。多分俺の知り合いなんじゃないかな。やめろと言うんだが、……まあ一杯だけでも飲んでいってくれ」

僕はビールを注文し、恐れ過ぎた自分を内面で笑った。でもビールのみで、二杯飲んだら帰ると決めた。調理のいらない、簡単なつまみでも注文すればいいだろうとも。

一人の客が僕に近づき、恐らくオランダ語だと思うが、わからない言語で何か言った。僕がわからないとつたない英語で言うと、彼は英語に切り替えた。「滝は見たかい？」

「滝？……いや」

そこからまた彼はわからない言語で何か言った。カウンター内の男が彼に向かい、わからない言語で何か言う。今思えば「たかるなよ」という意味だったかもしれない。

「お前は俺の足を見ないな。怖いか？」

男が笑顔で言う。彼は右足の膝から下がなかった。

「違うな。気を遣ってるんだな。……一瞬この足を見た後、ずっと見ないようにする奴はいる。でもお前は最初から見ないようにしている。……そんな訓練でもしたのか？」

彼は言いながら笑った。どう答えればいいかわからない。

「何で足がないか聞きたくないか？　人間ってのは、ないものの話を聞きたがるもんだろ」

「やめろ」カウンターの男が、今度は英語で言った。「気持ちが動いて、勘定払うなんてする必要ないですからね。そのお代は受け取らない。おい、お前は自分で払え」

「うるせえな。自分で払うよ」

彼らのやり取りを、黙ってやり過ごした。彼らは文句を言い合っているが、仲が良さそうだった。

「あとその話やめろ。いつも縁起が悪くなる」

「勝手だろ」

僕はビールを飲み干し、彼らのやり取りが不快でないと示すため、また同じビールを注文した。

「もう昔の話だが、ある男と仲良くなった」

男が唐突に話し始める。僕が煙草に火をつけると、自分のくたびれた煙草パックが空であると見せたので、一本渡した。彼は自分の銀のオイルライターで火をつけた。カウンターの男は聞きたくないのか、ビールを出すと端に行き、別の客の相手を始めた。

「こんな風に、深夜のバーでね。煙草を吸おうとしてライターがないのに気づいて、誰かに火をもらおうとした時、その男がつけてくれた。会話をし、散々笑ったはずなんだけどね、覚えてないんだ。どんな話をしたか」

彼は僕の前の燻製のハムを、勝手に口に入れた。彼の唇はやや赤かった。

「もう一軒行こう、と言われた。俺も酔ってて、奢ってくれたもんだから、一緒に店を出たよ。そうしたら、後ろから撃たれた」

「……どういうことですか」

「わからないだろ？　俺にもわからない」

男はカウンターの椅子に座りながら、古く見える松葉杖に体重をかけた。

「撃たれたのは初めてだった。あれは何とも言えず……、嫌なもんだよ。焼けるというか、明確に、異物が体内に食い込んだ感じでね、その瞬間、決定的な恐怖と弱者の感覚に囚われるというか……。俺は倒れる。すると男は俺の側に屈み込んだ。強盗だったのか、と思ったが違った。男の表情がね、俺は驚いたんだが、困っていたんだよ」

「困る？」

「そうだよ。自分が撃ったことで、俺がその場に倒れたことに、困っていたんだ。撃ったのは自分なのに。もうこれで、俺ともう一軒行けない、しかもここに、倒れた俺という異物を発生させてしまったことに、困っていた。その顔は、……せっかくさっきまで楽しかったのに、という顔すらしていたんだよ」

「……何なのですか」

「だよな。……男は言った。〝避けろよ〟って。避けられるはずないだろ？　後ろから撃っておいて。しかもまた俺に銃を向けた。俺はやめてくれと言ったよ。言うだろ？　当然だよ。やめてくれと。でも男は屈んだまま、俺が撃たれた足の、つまりさっきの銃弾が入っているところに、また銃を突きつけ同じ場所を撃った。普通そんなことしない。意味がわからない。俺が叫び声を上げて転げるようにしていると、〝君は何も悪くない〟と言い歩いて行ってしまった」

音楽が、やたら大きく聞こえたのを覚えている。店の男が、音量を上げていたのかもしれない。カウンターの向こうで蛇口がひねられ、水が流れた。出たがっていたものが、許されて放出されたように。

「俺は当時、なかなかインテリだったんだよ。ガールフレンドもいてね。結婚するつもりだった。でも足を失って、自暴自棄になって、別れてしまったよ。仕事にも行かなくなって、一人で俺を大学まで育てたお袋も、ショックで寿命が縮まったのか死んでしまった。……理不尽な民話か童話みたいだった。でも何て言うのかな、……奇妙に聞こえるかもしれないんだが、俺はあの時、これは別に、あり得ることだと思ったんだ。人生の困難に遭った時、どうするのか。いや、難しいことはわからんけどね。少なくとも俺は運が悪かったが、その後については、運ではなく、俺が間違っていたというか……。俺の足がなくなったって、ガールフレンドは俺を全く変わらず愛してくれていたわけだし。だけど一番問題なのは」

彼は酔っていた。

「俺はまた、あの男に会いたいと思っていることなんだ。恐ろしいよ。当然恐ろしいんだが、今度は庇護されたい、と思ってしまう。恐怖の対象に、恐怖を消すために、今度は庇護してくれと、存在全体が請うように。これが一番の恐怖だ。そう思わないか」

またカウンターの向こうで蛇口がひねられ、水が流れていく。彼はそれから、自分から話したことなのに、何かの不吉を払う様子でわからない冗談を言った。入って来た二人の女性を目で指しながら、彼女達は売春婦だが云々と、恐らく性的な冗談も聞き取れない言語で短く言った。酔いに沈み始めた彼の言語が、次第に英語でなくなっていく。カウンターの向こうでは蛇口から水が流れ続け、細かな水しぶきがバーの薄暗い赤色の光の下に舞っていた。

蛇口は何度も閉められ、何度もひねられ水が流れていく。

僕は店を出た。彼の分の会計はカウンターの男が受け取らず、彼自身も受け取らなかった。外はいつの間にか霧が出ていた。店が呼んでくれたタクシーに乗った。

〝よかった。あなたが乗ってくれて〟

運転手はそう、不思議なことを言った。

〝さっき、うん、上手く言えないんだが、……嫌な印象の男を乗せていてね。いや、感じはいいんだよ。よく喋るし、チップも多めだった。でも、……不吉な感じのする男でね。彼が最後の客だと、何か引きずるというか、縁起が悪いように思っていたんだ〟

車内にオーデコロンの匂いがした時、僕は自分の身体が揺れたのを感じた。理に合わない恐怖を突然感じたのだった。タクシーが町に近づくにつれ、霧が薄くなっていった。

ホテルに着いた後、テレビをつけた。言語はわからないが、なるべく馬鹿々々しいものを見ようと思った。日常を感じられるような。

あの時、バーの男はこうも言っていた。知り合いの、高級ホテルの清掃員の話として。かなり高級なスーツを着て、愛想もよく、紳士的だった中年の男性の部屋が、トイレのようになっていたという。トイレの汚物が、部屋中にあったという。何か特殊な性癖によってというよりは、トイレの仕方が上手くない人間のようだったと。……小学生の頃、クラスに一人か二人、ズボンとパンツを下まで降ろさないと、立って用を足せない男の子供がいたが、清掃員はそんな子供の姿を連想したという。恐らくその紳士はその感じのまま大人になっているのではないかと言うのだった。その紳士の話を聞いた時、バーで僕に話しかけた彼は、自分を撃った男のことをなぜか思い出したと。

僕は乱れていく意識の中で、目の前の、弁護士を名乗る女性をぼんやり見ていた。カフェの冷房が強かったこともあり、肩や首に微かに冷たさを感じた。

「山峰さんは、関わってはいけないものと、関わってしまったように思います」

彼女が続ける。

「でも生きてる、と思う。私達は一度、彼に上手く騙されたのですよ。偽物のトランペットを二つも用意する、ということまでして。彼は潜伏キリシタンのようなしぶとさがある。……トランペットによって、彼が逃亡するという不自然な存在にならなければ、生まれなかったものがあったと思います。でも彼はまだ、逃亡者のままかもしれない。もう解放されたのかもしれない。私達の頭の中では、どのようにもなるけど」

彼女の言っている意味は、僕にはわからない。

「よく、遅過ぎた出会い、みたいな言葉があります。彼はまだずっと、内面に亡くなった女性を想ってるので、早過ぎた出会いなのかもしれませんが、……私はタイに、それからポーランドに行ってみようと思います。噂を確かめに」

飲み物が尽きた。帰る雰囲気が漂い始めた時、彼女が僕を正面に見た。

「あなたの本を、読んだことがあります」

こう言われると、僕はなぜか動揺することがある。

「あなたの最近の、政治的な発言も。……全部繋がってると、一応は思います。今の、独裁政権前夜のような状況が進んだ先に推測される社会は、あなたや、恐らくあなたの分身の小説の主人公達には、精神的にも耐えられない。本が避難所になればいい、という考えだけでなく、人が生きる社会を少しでも変えた方がいいと、試みるようにもなっている。それがどんな不毛なことに見えても。……そんなあなたの発言を、勇敢だとか、真摯だとか褒める人もいるでしょう。でもあなたの場合、違う気がする。あんな発言をして、いいことなど何もない。つまり、……自分の人生を可愛がるという発想が、あなたにはないのだろうと思うんです」

カフェが禁煙でなければ、僕は煙草に火をつけていた。

「だからあんな発言をしてる。そうではないですか。保身に無頓着なのは、褒められることではありません。全部あなたの、人生の不安定さからきてるとしか思えないんです。人生との向き合い方を、あなたは完全に間違えている。自分の人生の重みを言葉より下に置くということは、結局、不器用なだけというか」

彼女がしゃべり続ける。

「私はあなたの他に、不器用な人を知っています。あなたよりいい意味で、不器用な人を」

彼女が笑みを見せる。なぜかわからないが、僕はこの笑みを、ずっと忘れないだろうと思った。

「あなた達は、敗北していくんでしょうね。もしかしたら美しいかもしれない敗北を。あなた達の敗北が、後の希望に繋がるのかどうか」


犬が吠えている。

これは夢だ、と僕は思う。

自分のマンションに戻り、ベルギーでそうしたように、テレビをつけていたはずだった。なるべく陽気なものを見ようとし、ソファに横になっていた。でも派手なテロップがちらつく画面に、いつものように上手く馴染めなかった。

視界が回転した印象の後、天井を見ていた。まだ犬が吠えている。これは夢だ、と僕は再び感じた気がするが、わからない。

吠える犬に近づく。どのような犬か、見ているのにはっきりしない。犬は来たのが僕だったことに、失望しているように見えた。ここにあるものを、誰かに知らせようとしているのだ、と僕は思う。山峰氏の本に、似た犬が出てきたのを思い出していた。犬の先にあったものに、鼓動が激しくなっていく。見上げながら、足の力が嫌になるほど抜けていた。

ヨーロッパの古城に似た、黒い建物だった。なぜ恐怖を感じるのかわからないのに、恐怖を感じるのは当然とも思っていた。

――ここには来ない方がいいと、言っているのに。

すぐ隣に男がいた。黒い服を着ている。

「……あなたは？」

――交通誘導員です。

山峰氏の本に、同じ夢が出てきたのを思い出す。霧に見えるのは砂だった。目にも口にも、まだ入ってこない。

遠くから音楽が聴こえる。山峰氏の本のように、アウシュヴィッツの収容所にいた、囚人達による楽団の音色と僕は思っている。この曲は何だろう。

――来なくていいのですよ。見ない方がいい。その方が幸福になれる。……しかしもうすぐ、これは完成します。完成すれば、もちろんあなた達も無関係でいられない。

犬は消えていた。

——時々、物好きな人が来る。何に呼ばれているんでしょう？……不思議だな。中を御覧になりますか。

開いた両開きの扉から、僕は中に入る。茫然と立っていた。身体が硬直していく。

——この建物が完成する時、一つの惨劇が生まれる。あなたが見ている今は、それが建物の形をしているに過ぎない。こういった建物が、これまで世界に無数に出現している。当然これからも。

鼓動が痛いほど激しくなっていた。僕は叫ぶのを忘れ、ただ茫然としている。

——全て記録されている。過去も未来も。

男が僕に近寄る。悪寒が走る。

——臆病だな。もう限界か？

何かを踏み外した感触の中、僕は起き上がった。

酷く汗をかいている。ソファの柔らかさを急に不快に感じ、立ち上がった。何か夢を見ていた気がするが、思い出せない。身体に恐怖に似たものが残っていた。

机の椅子に座る。まだ震えている指で、ボールペンをつかんでいた。側に、アイン氏と山峰氏の小説、『片側の物語』が置かれている。

帯文を、と思っていた。実はそれほど、〆切の余裕はない。でも意識が乱れていた。

〝歴史と繋がる、四人の男女が生んだものは〟

そこまで書き、ペンが止まった。〝希望〟と書き、斜線で消した。

〝歴史と繋がる、四人の男女が生んだものは……〟

僕はもう一度書く。でも再びペンが止まった。

そこから先が、出てこなかった。

主な参考資料

・『長崎のキリシタン』片岡弥吉／聖母の騎士社
・『「旅」の話―浦上四番崩れ』カトリック浦上教会
・『愛のまち』西岡由香／長崎文献社
・ひとVol.4　岩永マキと「女部屋」の女性たち　葛西よう子（「岩永マキ展」配布冊子）
・岩永マキ展　２０１８年3月27日～6月末／浦上キリシタン資料館
・『大浦天主堂物語』監修＝カトリック長崎大司教区／執筆＝NPO法人世界遺産長崎チャーチトラスト（パンフレット）
・『エッセイ　浦上物語』「斎藤茂吉と浦上天主堂」土屋春子（パンフレット）
・『別冊　聖母の騎士』２０１８年春号／聖母の騎士社
・『ピース・トーク　きみたちにつたえたいⅩ　くり返すまい　ナガサキの体験』第2巻／長崎平和推進協会
・『ピース・トーク　きみたちにつたえたいⅧ（総集編）くり返すまい　ナガサキの体験』長崎平和推進協会
・『物語　ヴェトナムの歴史』小倉貞男／中央公論新社

・『軍歌歳時記』八巻明彦／発行＝ヒューマンドキュメント社戦誌刊行会／発売＝星雲社
・『軍楽兵よもやま物語　第二十八軍軍楽隊ビルマ戦記』斎藤新二／光人社
・『日本の吹奏楽史　１８６９―２０００』編著＝戸ノ下達也／青弓社
・『従軍歌謡慰問団』馬場マコト／白水社
・『強制収容所のバイオリニスト　ビルケナウ女性音楽隊員の回想』著＝ヘレナ・ドゥニチ－ニヴィンスカ／訳＝田村和子／新日本出版社
・『ソ連が満洲に侵攻した夏』半藤一利／文藝春秋
・『従軍慰安婦』吉見義明／岩波書店
・『日本軍「慰安婦」制度とは何か』吉見義明／岩波書店

ＤＶＤ
・「ナガサキの少年少女たち」企画＝長崎市／制作＝日本映画新社
・「復活の丘　マリアが見守る浦上の受難」制作・著作＝長崎文化放送／制作協力＝カトリック長崎大司教区／販売＝浦上キリシタン資料館／発行＝智書房／発売＝星雲社
・「長崎の記憶　幻の原爆フィルムで歩く長崎」製作著作＝長崎放送、日映映像／発売元＝日映映像／販売元＝クエスト

文庫解説にかえて
『逃亡者』について

僕のルーツの一つが長崎で、いつか書くと、強く決めていた物語でした。

単行本の刊行から約二年半が経ち、この度こうして文庫本になったのですが、初出から時間が経過したこともあり、作品の内部について、少し書いてみようと思います。

作中でも示唆されている通り、〝B〟は存在しているとも読めるけど、もしかしたら、存在していない、あるいは存在はしているけど、彼が（英語で）話している言葉を、山峰が違うように聞いている、とも感じられます。

リアリズムとフィクションの、間にいるような存在です。作中で〝鈴木〟が、コジンセイカツの外のものが川から来ると記していますが、〝B〟が出てくる時は、近くに川があったります。そうでない場合（空港）は、身体の一部が濡れています。

本当は文芸評論家の仕事なのですが、こういう指摘がなく、でも読んだ人に文学の楽しみを増やしてもらいたいと思い――発表から時間も経っているので――今こうやって書いています。

〝鈴木〟は、彼女に自分の言葉を伝え、曲も届けてくれと月に頼みますが、その時、「どんな手段を使ってもいいから」と書いています。

結果彼の言葉は時を経て彼女に伝わったのですが、これを偶然ではなく〝鈴木〟の願いの成就と捉えると、「どんな手段を使ってもいいから」という言葉が、少し気味が悪い響きを持ち始めます（でも、もちろんそう読まなくても、いいようにも書いています）。いわゆる運命というものがあるのか、ないのか、という要素も、どちらでも取れるように書いたつもりです。

「皆が望む曲を演奏することが、本当にいいことなのか」という言葉が作中にありますが、この問いは、そのまま物語、小説にも当てはまると思います。「公正世界仮説」という心理学用語が出て来ますが、世の中の多数の物語は「公正世界仮説」に沿っていると感じた人も多いかもしれません。この小説は沿ってはいないし、皆さんが知りたくないようなことも書かれているので、反発を覚える方もいるかもしれないです。

でもこの小説を書いたのは、何というか、僕の「不安」からでもあります。お気づきだと思いますが、作中の山峰とNの思想的なものは、とてもよく似ています。さらに言えば、「公正世界仮説」的な物語ばかりだと（それは人々の無意識にも作用しますので）、作中にある通り、世界は改善に向かい難くなり、歴史の中で悲劇が発生し続ける、とも思っています。

僕はクリスチャンではないですが、島原・天草の乱での「天地同根　万物一体　一切衆生不撰貴賤」という言葉は、今の僕にとってとても大切なものになっています。岩永マキ氏のことをこの小説で知る人が増えたとしたら、筆者としては嬉しいです。

「蓮は泥より出でて泥に染まらず」。この小説もまた、僕にとって特別なものです。共に生きましょう。ではまた次作で。

二〇二二年九月二十七日　中村文則

この作品は二〇二〇年四月小社より刊行されたものです。

幻冬舎文庫

●好評既刊
去年の冬、きみと別れ
中村文則

ライターの「僕」が調べ始めた二つの殺人事件には、不可解なことが多過ぎた。被告には狂気が漂う。しかも動機は不明。それは本当に殺人だったのか？　話題騒然のベストセラー、遂に文庫化。

●最新刊
黄金の60代
郷ひろみ

約50年間、芸能シーンのトップを走り続けてきた稀代のスターは、67歳の今が最も充実していると言い、自らを「大器晩成」だと表現する。人生100年時代を、優雅に力強く生きるための58の人生訓。

●最新刊
つぶやき養生
春夏秋冬、12か月の「体にいいこと」
櫻井大典

「イライラには焼きイチゴ」「胃腸がイマイチな人はお豆腐を」「しんどいときは10分でも早く寝る」など、中医学&漢方の知恵をもとにした、心と体の「なんとなく不調」を改善できる健康本。

●最新刊
二人の嘘
一雫ライオン

美貌の女性判事と、謎多き殺人犯。真逆の人生を歩んできた二人が出会った時、彼らの人生が宿命のように交錯する。恋で終われば、この悲劇は起きなかった。感涙のベストセラー、待望の文庫化！

●最新刊
もろくて、不確かな、「素の自分」の扱い方
細川貂々

漫画が売れても、映画化されても本名の自分はネガティブ思考のまま。体当たりで聞いた、みんなの意外な姿。そして見つけた自分を大事にするヒント。長く付き合う自分をゆっくり好きになる。

幻冬舎文庫

●好評既刊
トッ!
麻生　幾

原宿駅で発生した銃乱射事案。出動した制圧班長の南條は、被害女性の「最期の言葉」が気になり独自調査を始める。そして、四日後に来日する中国首脳に危機が――。衝撃的クライムサスペンス。

●好評既刊
容疑者は何も知らない
天野節子

夫が被疑者死亡のまま殺人罪で書類送検される。左遷されていたことも、借金を抱えていたことも、妻は知らなかった。なぜ、夫は死んだのか、本当に人を殺めたのか。妻が真相に迫るミステリー。

●好評既刊
イマジン?
有川ひろ

27歳の良井良助が飛び込んだのはドラマや映画の制作現場。そこには、どんな無理難題も情熱×想像力で解決するプロフェッショナルがいた! 有川ひろが紡ぐ、底抜けにパワフルなお仕事小説。

●好評既刊
楽しかったね、ありがとう
石黒由紀子

「寂しいけれど、悲しくはない」「綱渡りのような日々も愛おしい」――。愛すべき存在を介護し、見送ったあと心に残った想いとは。20人の飼い主を取材し綴る、犬と猫と人の、それぞれの物語。

●好評既刊
ピカソになれない私たち
一色さゆり

日本最高峰の美大「東京美術大学」で切磋琢磨する4人の画家の卵たち。目指すは岡本太郎か村上隆か――。でも、そもそも芸術家に必要な「才能」って、何だ? 美大生のリアルを描いた青春小説。

幻冬舎文庫

●好評既刊
とめどなく囁《ささや》く(上)(下)
桐野夏生

夫が海釣りに出たまま失踪し、年上の資産家と再婚した塩崎早樹。ある日、元義母から息子を見かけたと連絡が入る。突然断ち切られ、否応なく手放した過去に早樹は再び引き戻されていく――。

●好評既刊
焦眉
警視庁強行犯係・樋口顕
今野　敏

都内の刺殺事件で捜査一課の樋口の前に現れた地検特捜部の検事。情報提供を求めたうえ、自身が内偵中の野党議員の秘書を犯人と決めつけ……。組織の狭間で奮闘する刑事を描く傑作警察小説。

●好評既刊
花嫁のれん
大女将の遺言
小松江里子

女将の奈緒子は持ち前の明るさで、金沢の老舗旅館「かぐらや」を切り盛りしている。ある日、無茶な注文をするお客がやってきて……。お腹も心も満たされる人情味溢れる物語、ここに開店！

●好評既刊
同姓同名
下村敦史

日本中を騒がせた女児惨殺事件の犯人が捕まった。その名は大山正紀――。不幸にも犯人と同姓同名となった名もなき大山正紀たちの人生が狂い出す。登場人物全員同姓同名。大胆不敵ミステリ！

●好評既刊
落葉
高嶋哲夫

パーキンソン病を患い、鬱屈していた内藤がユーチューバーやゲーム好きの学生らと出会う。病の進行を抑える秘策を彼らと練り始め……。衰えに抗う人と世を変えたい若者の交流を描く感動作！

幻冬舎文庫

●好評既刊
虹にすわる
瀧羽麻子

職人気質の先輩と、芸術家肌の後輩。性格も能力も正反対のアラサー男子が、〝10年前の夢〟を叶えることにした。海沿いの町の小さな椅子工房を舞台に、〝こじらせ男子〟が、仕事に恋に奮闘する——。

●好評既刊
出張料理みなづき
情熱のポモドーロ
十三 湊

会社を辞めた季実は、本郷で下宿を営む祖母の家に転がり込んだ。無気力状態の季実に、「出張料理」の手伝いを頼んできたのは、同居人の桃子さん。人情溢れる料理小説。

●好評既刊
毒島刑事最後の事件
中山七里

大手町で二人の男が殺された。世間がテロに怯える中、刑事・毒島は「チンケな犯人」と挑発し、頭脳戦を仕掛ける。連続する事件の裏に潜む〈教授〉。勝負の行方は——。痛快無比のミステリ！

●好評既刊
ドS刑事
二度あることは三度ある殺人事件
七尾与史

次々と配信される謎の殺人動画。追い詰められたマヤは〝師匠〟である収監中のシリアルキラー・杏野雲の協力を仰ぐために東京拘置所を訪れるのだが——。大人気ユーモアミステリー第七弾！

●好評既刊
京都に女王と呼ばれた作家がいた
山村美紗とふたりの男
花房観音

日本で一番本が売れた年、山村美紗が亡くなった。ベストセラー作家と持て囃された〝ミステリの女王〟。華やかな活躍の陰に秘められた謎とは。文壇のタブーに挑むノンフィクション。

逃《とう》亡《ぼう》者《しゃ》

中村《なかむら》文則《ふみのり》

令和4年11月10日　初版発行

発行人――石原正康
編集人――高部真人
発行所――株式会社幻冬舎
〒151-0051東京都渋谷区千駄ヶ谷4-9-7
電話　03(5411)6222(営業)
　　　03(5411)6211(編集)
公式HP　https://www.gentosha.co.jp/
印刷・製本―中央精版印刷株式会社
装丁者――高橋雅之

幻冬舎文庫

ISBN978-4-344-43242-0　C0193　な-39-2